भारतीय
सैन्य पत्नियों की
साहसिक कहानियाँ

भारतीय सैन्य पत्नियों की साहसिक कहानियाँ

स्वप्निल पांडेय

प्रभात प्रकाशन

प्रकाशक • **प्रभात प्रकाशन प्रा. लि.**
4/19 आसफ अली रोड,
नई दिल्ली-110002

संस्करण • प्रथम, 2023
मूल्य •
आवरण • महेंद्र नारायण सिंह यादव
मुद्रक •

BHARATIYA SAINYA PATNIYON KI SAHASIK KAHANIYAN
by Smt. Swapnil Pandey
(Hindi translation of THE FORCE BEHIND THE FORCES)
Published by Prabhat Prakashan Pvt. Ltd., 4/19 Asaf Ali Road, New Delhi-2
by arrangement with Penguin Random House India
e-mail: prabhatbooks@gmail.com ISBN 978-93-5521-764-6

जब हम बिछड़ जाएँगे, तब भी मेरा दिल तुम्हारे पास रहेगा,
देश तुम्हारी निगरानी में सुरक्षित महसूस करेगा।
अपनी ही कमान से मिलेंगे तुम्हें ऑर्डर,
युद्ध लड़ने के लिए,
मोरचे पर जाने की हमेशा रहेगी तैयारी।
मेरा विश्वास कहता है कि कुछ भी अलग नहीं होगा
और मेरे आँसू केवल इत्तेफाक की बात हैं।
मुझे गर्व है तुम्हारे काम पर और तुम पर,

लेकिन मेरे प्रिय,
सैनिक होना कठिन होता है, और
सैनिक की पत्नी होना उससे भी कठिन होता है।

उन सभी वीर नारियों को समर्पित,
जो शक्ति की अपनी खोज में हम सबको प्रेरित करती हैं।
आप अकेली नहीं हैं और समूचा राष्ट्र आपके साथ है।

पुस्तक की अग्रिम प्रशंसा

"देश के लिए अपना सर्वस्व न्योछावर करनेवाले बहादुरों और उनकी बेहद साहसी पत्नियों की ये वास्तविक जीवन की कहानियाँ हैं। इनमें वीरता, शोक, शक्ति और दृढ़ संकल्प है।

एक सैनिक होना कठिन है और उससे भी कठिन होता है उसका जीवनसाथी बनना। अपनी भावना और शब्द शक्ति की गहराई के साथ स्वप्निल आपके मन में हर वीर नारी के लिए करुणा और महान् सम्मान का भाव पैदा कर देती है।"

—जनरल वी.पी. मलिक

पी.वी.एस.एम., ए.वी.एस.एम.,
ए.डी.सी., पूर्व थलसेना अध्यक्ष

~❖~

"स्वप्निल पांडेय सशस्त्र सेना बिरादरी के उस हिस्से पर विचार करने का विकल्प चुनती है, जिसके योगदान को मान्यता तो हमेशा दी गई है, लेकिन उनके बारे में लिखा शायद ही गया हो। यहाँ हरेक कहानी आपको सैकड़ों अन्य अलिखित मामलों की याद दिलाएगी। राष्ट्र उनके बारे में जितना सोचता है, उससे कहीं अधिक उनका ऋणी है। जय हिंद!"

—लेफ्टिनेंट जनरल सैयद अता हसनैन

पी.वी.एस.एम., यू.वाई.एस.एम., ए.वी.एस.एम., एस.एम., वी.एस.एम.
एवं बी.ए.आर. (रिटायर्ड) पूर्व जी.ओ.सी. 15 कोर

~❖~

" 'द फोर्स बिहाइंड द फोर्सेज' वीर नारियों की गंभीर और प्रेरणादायक यात्रा को स्पष्ट रूप से सामने लाती है। संघर्ष, धैर्य और आशा की इन व्यक्तिगत कहानियों

के जरिए पुस्तक इन परिवारों के मानस की पड़ताल करती है और इस विषय को जनचेतना में लाने में सराहनीय रूप से सफल होती है।"

—**विंग कमांडर एम.ए. अफरोज** (रिटायर्ड)

संस्थापक, ऑनरप्वॉइंट (हर भारतीय सैनिक का ऑनलाइन स्मारक)

"स्वप्निल पांडेय ने भारतीय बहादुरों के पीछे असली नायिकाओं के संघर्षों और पीड़ा को प्रस्तुत किया है। मार्मिक, किंतु सरल शैली में स्वप्निल परिचित कहानियों को बुनती हैं, जिससे इन गुमनाम नायिकाओं के जीवन और अनेक लड़ाइयों की गहरी और आश्चर्यजनक जानकारी मिलती है। अवश्य पढ़ने योग्य पुस्तक है।"

—**लेफ्टिनेंट जनरल विनोद भाटिया**, पी.वी.एस.एम.,

ए.वी.एस.एम., एस.एम. (रिटायर्ड)

पूर्व डी.जी.एम.ओ. एवं निदेशक, संयुक्त युद्ध अध्ययन केंद्र

"एक अलग तरह की सैन्य पुस्तक। हमारे सैनिकों और उनकी बहादुरी के बारे में लिखी गई पुस्तकों से पुस्तकालय भरे हुए हैं, लेकिन स्वप्निल पांडेय को इस बात के लिए बधाई कि उन्होंने इन वीर सैनिकों के पीछे की महिलाओं के बलिदान और वीरता को सामने लाई हैं। हमारे सैनिकों और उनके जीवन को बेहतर ढंग से समझने के लिए सभी भारतीयों को इसे जरूर पढ़ना चाहिए।"

—**विकास मन्हास**

सामाजिक कार्यकर्ता एवं प्रेरक वक्ता

भूमिका

लेखिका स्वप्निल पांडेय ने सैन्य जीवन पर कई सारी पुस्तकें लिखी हैं और खुद भी एक सैन्य अधिकारी की पत्नी हैं। उन्होंने 'द फोर्स बिहाइंड द फोर्सेस' शीर्षक की इस पुस्तक में पूरी संवेदनशीलता के साथ पीड़ा और गर्व, बहादुरी और विजय, प्रेम तथा देखभाल के भावों का वर्णन किया है। उन्होंने सात वीर नारियों और उनके परिवारों की जिंदगियों को इस पुस्तक में शामिल किया है। इनमें से सभी में कुछ समानताएँ भी हैं और व्यक्तिगत हानि, घर चलाने की जिम्मेदारी, भविष्य की चिंता, बच्चों के पालन-पोषण जैसी समस्याओं से निपटने और जिंदगी की सच्चाई का सामना करती पत्नियों के चित्रण में काफी कुछ अनूठापन भी है। वीर नारी को खुद भी यह समझने की जरूरत है कि कैसे उसके छोटे-छोटे बच्चे भविष्य की उन चुनौतियों से निपटेंगे, जिनका उन्हें भान तक नहीं है! उससे भविष्य के लिए मजबूत होने, छोटे बच्चों की देखभाल करने और दयालु होने की अपेक्षा की जाती है। अपेक्षाओं का बोझ उठाना आसान नहीं होता है। स्वप्निल धीरज और पवित्रता के साथ वीर नारी के 'असली गुणों' को बाहर निकालने में सफल रही हैं। मुझे विश्वास है कि वे भविष्य में भी ऐसी महिलाओं की वीरता और ताकत की कहानियाँ अपने पाठकों तक पहुँचाती रहेंगी। इससे राष्ट्र को ऐसी बहादुर महिला के बलिदान को जानने में मदद मिलेगी, जो न केवल शांति और युद्ध के समय में अपने सैनिक के साथ खड़ी रहती है, बल्कि दुर्भाग्य से उसके घर न लौटने पर भी आगे बढ़ती रहती है।

वॉर विडोज एसोसिएशन, नई दिल्ली में पहले सचिव के रूप में और अब अध्यक्ष के रूप में एक दशक से अधिक समय तक काम करने के बाद मैंने ऐसे कई मामले देखे हैं, जहाँ युद्ध/संघर्ष विधवाओं को हर तरह की कठिनाइयों का सामना करना पड़ा है, फिर भी वे अपने पतियों के बलिदान को याद करते हुए बड़े गर्व के साथ रहना पसंद करती हैं। मुझे लगता है कि देश को उनके लिए और भी

बहुत-कुछ करना चाहिए। इस पुस्तक की सफलता के लिए और इसे पढ़ने से पैदा होनेवाली सहानुभूति के लिए मेरी शुभकामनाएँ हैं। मैं यह भी कहना चाहती हूँ कि मैंने इन वीर नारियों की हर भावना को महसूस किया है, जिसके साथ उन्हें हमेशा जीना है। भगवान् उन्हें शक्ति दे और उनके सबसे बड़े नुकसान के बावजूद उन्हें सम्मानजनक जीवन जीने की क्षमता दे।

—दमयंती वी तांबे

पत्नी फ्लाइट लेफ्टिनेंट विजय वसंत तांबे
मिसिंग-इन-एक्शन
1971 भारत-पाक युद्ध
अर्जुन पुरस्कार विजेता (बैडमिंटन) एवं
अध्यक्ष, वॉर विडोज एसोसिएशन, नई दिल्ली

पाठकों के लिए टिप्पणी : डॉ. वी. मोहिनी गिरि, पद्म भूषण

मैं आठ साल की थी, जब मैंने पहली बार अपनी माँ को विधवा के रूप में देखा था। मैंने उन्हें संघर्ष करते हुए सभी बच्चों की देखभाल करते, परिवार का भरण-पोषण करते और सामान्य रूप से जीवन की चुनौतियों से निपटते हुए देखा। वे अकेली नहीं थीं, बल्कि विधवा थीं और हमारे समाज में उन दिनों की तो छोड़िए, आज भी विधवाओं को अलग ही समझा जाता है। एक विधवा की दुर्दशा के इस प्रत्यक्ष अनुभव ने मेरे मन पर गहरा प्रभाव छोड़ा। इसके बाद आया 1971 का युद्ध। बम विस्फोट हुए, सैनिकों की तैनाती हुई, आकाश में हवाई जहाज मँडराए और कई महिलाओं और बच्चों को विस्थापित होना पड़ा। आकाशवाणी के रेडियो प्रस्तुतकर्ता मि. मेलविल डी मेलो (पद्मश्री) युद्ध पर अपनी प्रस्तुतियों से हमें बाँधे रखते थे। दूर-दराज के क्षेत्रों से भी मिनट-दर-मिनट अपडेट जब हमारे पास राष्ट्रपति भवन पहुँचते थे और तब जीत की भावना तो थी, लेकिन साथियों को खोने के दु:ख का अहसास और आगे आनेवाली नई चुनौतियों से निपटने की दुविधा भी थी। मेरे ससुर और भारत के चौथे राष्ट्रपति श्री वराहगिरी वेंकट गिरि, हमारे सैनिकों और उनके परिवारों से गहरा लगाव महसूस करते थे। उन्होंने उन लोगों की सेवा करना अपना परम कर्तव्य माना, जिन्होंने अपने जीवन की कीमत पर भी राष्ट्र की सेवा की थी। कई हाई-प्रोफाइल गणमान्य व्यक्तियों के साथ बातचीत होती थी; सेनाध्यक्ष सैम मानेकशॉ, ए.डी.सी., प्रधानमंत्री इंदिरा गांधी, मंत्री, सामाजिक कार्यकर्ता, विद्वान् और अन्य लोग राष्ट्रपति से मिलने के लिए आते रहते थे और विभिन्न मुद्दों, चुनौतियों और आकस्मिक स्थितियों के मामले में संभावित तैयारियों पर चर्चा करते रहते थे। देश में उथल-पुथल मची हुई थी और कुछ भी हो सकता था। देश का पहला परिवार होने के नाते यह हमारा दायित्व था कि हम

सबसे बुरी-से-बुरी स्थिति के लिए तैयार रहें।

तभी मेरे ससुर ने मुझे रेलवे स्टेशनों पर जाकर सैनिकों को भोजन उपलब्ध कराने के लिए बोला। मैं उनके लिए बस यही कर सकती थी। मेरी सास ने भी मुझे अस्पतालों में इलाज के लिए जा रहे सैनिकों का हालचाल देखने-जानने के लिए जाने के लिए कहा। अस्पताल का दौरा दिल दहला देनेवाला निकला; हम देख सकते थे कि हमें जीत के लिए कितनी भयंकर कीमत चुकानी पड़ी है; बड़ी संख्या में लोग हताहत हुए थे। कुछ के साथ उनके परिवार थे, जबकि कुछ अब भी उनकी तलाश कर रहे थे। निराशा और अफरातफरी की स्थिति थी।

जिन्होंने मेरी बाँहों में दम तोड़ा, उन सबने मुझसे यही कहा, 'प्लीज, मेरे परिवार की देखभाल करना!'

युद्ध खत्म हो चुका था, लेकिन बहुत सारी विधवाएँ थीं, जो व्यथित, स्तब्ध और बेसहारा हो चुकी थीं। भावनात्मक रूप से टूट चुकीं विधवाओं और परिवारों को ऐसे सहारे की जरूरत थी, जो उनका उत्थान कर सके और उनके जीवन को आगे बढ़ा सके। तभी अंतिम झटका सुश्री रूपा मेहता के रूप में लगा। युद्ध के बाद, बांग्लादेश के पहले राष्ट्रपति और आगे चलकर प्रधानमंत्री बने मुजीबुर्रहमान के सम्मान में नई दिल्ली के अशोका होटल में भोज का आयोजन किया गया था। यह भारतीय सशस्त्र बलों की ऐतिहासिक जीत का जश्न मनाने का भी मौका था। विश्वपटल पर सेना पूर्ण प्रभुत्व की घोषणा करते हुए पहुँची थी। होटल के हाउसकीपिंग विभाग में कार्यरत श्रीमती रूपा मेहता मेरे बारे में तथा सैनिकों और उनके परिवारों के लिए मैं जो समाज-सेवा कर रही थी, उसके बारे में जानती थीं। वे 1962 के चीनी आक्रमण के दौरान विधवा हुई थीं और उन्होंने मुझसे अपने दिवंगत पति के बारे में बात की। अपने सैनिक पति की तलाश में उन्होंने भारी संघर्ष किया था। उन्होंने तीन बार चीन की यात्रा की थी, हर नुक्कड़ और कोने की तलाशी ली थी, यहाँ तक कि भिखारियों, पल्लेदारों और हर किसी के बीच जाकर पता किया था कि उनका पति जीवित है या नहीं? यह उनके लिए बेहद दर्दनाक अनुभव था।

उस समय मेरे लिए अपने अंदर की उथल-पुथल को सँभाल पाना मुश्किल हो रहा था। कई दु:खी युद्ध विधवाओं की दुर्दशा के साथ-साथ कष्ट, यंत्रणा और पीड़ा झेल रहे लोगों की कई सारी घटनाओं को देखते हुए मैंने अब इस उद्देश्य के लिए विशेष प्रयास करने का निश्चय कर लिया था। मैंने 1962, 1965 और 1971 के युद्धों की सभी युद्ध विधवाओं को बैठक के लिए राष्ट्रपति भवन बुलवाया। उस ऐतिहासिक बैठक के बाद हमने उनके मुद्दे उठाने का फैसला किया और जनवरी

1972 में 'वॉर विडोज एसोसिएशन' या 'युद्ध विधवा संघ' नामक एक संगठन को पंजीकृत कराया। इस मंच की शुरुआत युद्ध विधवाओं के साथ खड़े होने और उन्हें यह बताने के लिए की गई थी कि वे अकेली नहीं हैं और समूचा राष्ट्र उनके साथ खड़ा है। हमने इस संगठन की शुरुआत महज एक रुपए से की थी, जिसने बाद में हमारे सैनिकों की विधवाओं के पुनर्वास के लिए स्थापित करोड़ों रुपए के भवन 'शहीद भवन' में एक बड़ी परियोजना का रूप लिया। युद्ध विधवाओं के पास अब एक जगह हो गई थी, जिसे वे अपना कह सकती थीं। हमने समय से पहले चले गए सैनिकों की याद में युद्ध के मैदान में उलटी बंदूक और बचे हुए हेलमेट को अपने प्रतीक चिह्न के रूप में चुना। उस समय भी हमारे पास कोई ज्यादा धन नहीं था, लेकिन अपने वीर सैनिकों के परिवारों के जीवन को ऊपर उठाने की इच्छा के कारण हम आगे बढ़ते गए।

युद्ध के बाद पूरे देश में अफरातफरी मच गई थी; ऐसे में युवा युद्ध विधवाओं और उनको लगे सदमे की केवल कल्पना की जा सकती थी। उन्हें यह भी नहीं पता था कि उन्हें अपनी पेंशन कैसे लेनी है, अपने बच्चों को शिक्षा कैसे दिलानी है आदि। सरकारी अनुदानों का इंतजाम था, लेकिन पूरे देश में दूर-दराज के क्षेत्रों में रहनेवाली ज्यादातर युवा और कमजोर विधवाओं को यह नहीं पता था कि उनके बारे में कुछ पता नहीं था और न ही उनके अंदर अपनी ज़िंदगी को फिर से शुरू करने की इच्छा बची थी। ऐसे में 'युद्ध विधवा संघ' ने उनकी मदद की। एसोसिएशन में काम करनेवाले हम लोगों ने उस समय न केवल विधवाओं की भावनात्मक जरूरतों को पूरा किया, बल्कि उनके पुनर्वास में गैस एजेंसियाँ दिलाने, व्यवसाय चलाने, अस्पताल की सेवाएँ हासिल करने, सरकारी सहायता आदि पाने में मदद करके उनके पुनर्वास के लिए कड़ी मेहनत की, ताकि उन्हें हाशिए की स्थिति से आत्मनिर्भरता की ओर आने में आसानी हो। कई मामलों में हम उन बच्चों की पूरी शिक्षा का सहयोग करने में सक्षम हुए थे, जिनके पिता ने अपने राष्ट्र के लिए सर्वोच्च बलिदान दिया था। हम भूखंडों के आवंटन और विधवाओं को मकान बनाने के लिए ऋण की मंजूरी दिलाकर उनके आवास के मुद्दों को हल करने में सफल हुए, जिनमें वे सम्मान के साथ अपना जीवन व्यतीत कर सकें। हमने उन्हें कई स्तरों पर रोजगार और पुनर्वास हासिल करने में सहायता की।

हमारे पास दिन-प्रतिदिन के कामकाज के लिए धन नहीं था और इसलिए हमने उस समय की कई प्रमुख हस्तियों से मदद माँगी और उन्होंने उदारता से इस काम में मदद की भी। धन जुटाने के लिए शहीद भवन में कई कार्यक्रम करनेवाले

ऋषि कपूर के साथ-साथ मेहँदी हसन, हेमा मालिनी, मुकेश, गुलाम अली और कई अन्य कलाकार आगे आए और सबने हमें धन जुटाने में मदद की और अंततः हम उन महिलाओं के लिए एक प्रशिक्षण-सह-उत्पादन इकाई खोलने लायक हो गए, जिनके सैनिक पति उन्हें असमय छोड़ गए थे। मैंने भारत के विभिन्न राज्यों की यात्रा की और ग्रामीण क्षेत्रों में भी युद्ध विधवाओं का सहयोग करने की अपनी कोशिश में राजनेताओं, मंत्रियों और सरकारी अधिकारियों से मिली। कई मुख्यमंत्रियों ने 'वॉर विडोज एसोसिएशन' की महिलाओं को राजकीय अतिथि का दर्जा दिया और हमारे उद्‌देश्य का उदारतापूर्वक समर्थन किया, हालाँकि कुछ ऐसे भी थे, जो इस झंझट में नहीं पड़े। हालाँकि, इस सबसे अपने उद्‌देश्य में हमारा विश्वास कमजोर नहीं पड़ा। आखिरकार, हम पूरे भारत में युद्ध विधवा संघ की पहुँच का विस्तार करने में सफल हो गए। हमने कई राज्यों में प्रशिक्षण-सह-उत्पादन केंद्र खोले; सैन्य अभियानों में मारे गए सैनिकों के बच्चों के लिए कई छात्रावास बनवाए; और उन हजारों पीड़ित महिलाओं को कौशल प्रशिक्षण उपलब्ध कराया, जिन्हें जीवन में नए लक्ष्य और उद्‌देश्य मिले थे। कारगिल युद्ध के बाद हमने कई बाधाओं को पार करते हुए कश्मीर की यात्रा करने की भी पहल की, ताकि वहाँ बैठकें और इंतजाम कर सकें और यह सुनिश्चित किया जा सके कि युद्ध के बाद हमारी वीर नारियों को उनकी जरूरत की सभी सेवाएँ मिलें।

कचिन इंडिपेंडेंस आर्मी के सैनिकों की विधवाओं को सशक्त बनाने की यह कोशिश अब भी जारी है। अब कोई युद्ध नहीं हो रहा है, लेकिन हमारे सैनिकों की विधवाओं का कठिन जीवन अब भी एक कड़वी हकीकत है। ऐसी कई कमजोर महिलाओं के लिए अब भी वही दु:ख है, वही पीछे छूट जाने की दुर्दशा है, जिनके पति उग्रवाद विरोधी अभियानों में अपना सर्वोच्च बलिदान दे देते हैं।

देश के सामूहिक सपनों की रक्षा के लिए शहीद हुए किसी सैनिक की विधवा की दुर्दशा को आज की युवा पीढ़ी द्वारा समझना महत्त्वपूर्ण है। और अधिक युवाओं को आगे आने और इस सरोकार का समर्थन करने की जरूरत है। लेखकों, विद्वानों, मीडिया हस्तियों और राजनेताओं को हमारे वीरों के परिवारों के प्रति अपनी जिम्मेदारी निभानी चाहिए। इन युवा महिलाओं को अपने वैधव्य में हजारों तरह के आर्थिक और भावनात्मक संघर्षों का सामना करना पड़ता है। वे जिन गंभीर चिंताओं का सामना करती हैं, उनमें रहने के लिए जगह तलाशना और बच्चों की परवरिश और स्कूली शिक्षा शामिल है और अकसर आय का कोई साधन नहीं होने के कारण वे इन सबका सामना करती हैं। सरकार और उसके संस्थानों के पास

सीमित संसाधन हैं और विधवाएँ अपने दैनिक जीवन में पहले से ही सामाजिक कलंक और भावनात्मक संकट के दोहरे बोझ से जूझ रही होती हैं। इसलिए यह जरूरी है कि समाज इस उद्देश्य के लिए आगे बढ़कर सामने आए। इसलिए मुझे स्वप्निल पांडेय से मिलकर बहुत खुशी हुई, जो अपनी प्रेरणादायक पुस्तक 'द फोर्स बिहाइंड द फोर्सेज' के रूप में सैनिकों की विधवाओं की ओर ध्यान आकर्षित करने के लिए मुझसे मिली थीं।

खुद भी एक सैन्य अधिकारी की पत्नी होने के नाते स्वप्निल ने मानवीय भावनाओं के मूल को छूते हुए अनोखी शैली में सैनिकों की पत्नियों के अदम्य साहस, दुःख और तकलीफों का चित्रण किया है। यह पुस्तक उनकी सच्ची कहानियों की एक प्रेरक श्रृंखला है, जिसमें उस साहस को दरशाया गया है, जो एक बड़े उद्देश्य में बलिदान करने के लिए जरूरी होता है। उनकी भाषा शुद्ध है। उनकी भावनात्मक कहानियाँ सैन्य संस्कृति को संरक्षित करने के साथ ही नैतिक मूल्यों को भी स्थापित करती हैं। मेरे दिल में उन सभी अविस्मरणीय युद्ध विधवाओं के लिए सहानुभूति है, जिन्हें मैं विजयी मानती हूँ। मैं स्वप्निल को शुभकामनाएँ देती हूँ और मैं देशवासियों से भी उनके पवित्र प्रयास में सहयोग करने और वीर नारियों के प्रति कर्तव्य की भावना विकसित करने की अपील करती हूँ। मैं भारत के लोगों से अपनी बात यह कहते हुए समाप्त करना चाहती हूँ कि हमें समाज के रूप में वे सभी कलंक दूर करने की जरूरत है, जो विधवाओं की शोषण की स्थिति पैदा करते हैं और इसके बजाय हमें उनकी स्थिति सुधारनेवाले दृष्टिकोण सीखना और आत्मसात् करना चाहिए। सैनिक की पत्नी को वह सहारा और सम्मान दीजिए, जिसकी वह पूरी तरह से हकदार है। यह मत भूलिए कि वह भी इनसान है। यह हमारा परम कर्तव्य है कि हम इन महिलाओं को कभी न भूलें, जो आमतौर पर गुमनामी की जिंदगी जीने के लिए छोड़ दी जाती हैं। स्वप्निल, आप जो कर रही हैं, उसके लिए आपको शुक्रिया! मुझे आशा है कि और ज्यादा लोग आपके पदचिह्नों पर चलेंगे।

'द फोर्स बिहाइंड द फोर्सेज' भी उसी तरह की हीरो है!

—**डॉ. वी. मोहिनी गिरि** (पद्म भूषण)
संस्थापक अध्यक्ष, वॉर विडोज एसोसिएशन
पूर्व अध्यक्ष, गिल्ड ऑफ सर्विस
पूर्व अध्यक्ष, राष्ट्रीय महिला आयोग (1995-1998)

लेखकीय कथन

हम सशस्त्र सेनाओं के पीछे रहनेवाली महिलाओं के बारे में कितनी बार बात करते हैं? जब कोई सैनिक सर्वोच्च बलिदान करता है और उसकी पत्नी दुःख में डूब जाती है, तब थोड़े समय के लिए ही वह राष्ट्र की सोच पर छा पाती है। ज्यादातर लोगों के लिए फौजी की पत्नी एक मिथक की तरह होती है, जो जीवन भर अपने सैनिक पति के साए में रहती है, लेकिन ऐसा नहीं है कि उसे इस बात पर गर्व न होता हो। हालाँकि यह पुस्तक लोगों को यह बताने का विनम्र प्रयास है कि सेना के पीछे की महिलाएँ ही वास्तव में उसकी प्रेरक शक्ति हैं।

यह पुस्तक लिखना मेरे लिए एक साहसिक फैसला था। टूटे हुए सपनों, खोई हुई आशाओं और बिखरते परिवारों के बारे में लिखना आसान नहीं होता है। मैं उन महिलाओं का भी दिल से आभार व्यक्त करती हूँ, जिन्होंने अपने जीवन की सबसे दर्दनाक घटनाओं को मेरे साथ साझा करने का फैसला किया। आखिरकार, मेरे सवाल उनके जीवन में सबसे महत्त्वपूर्ण क्षति के इर्द-गिर्द मँडरानेवाले थे। दरअसल, इस बारे में बात करना इन नायिकाओं की हिम्मत का प्रतीक है। ऐसा समय भी था, जब मैं सो नहीं पाती था और इस पुस्तक को लिखते समय कई बार मैं लगातार कई रातों तक रोती रहती थी।

निर्लिप्त चेहरे के साथ उनकी दिल दहला देनेवाली कहानियों को सुनना मेरे लिए अब तक का सबसे हिम्मत का काम रहा।

कई बार मैंने लगभग हार मान ली, लेकिन फिर हर बार मैं फिर से शुरू करने के लिए उठ खड़ी होती थी, क्योंकि मेरा मानना था कि ये कहानियाँ लोगों तक पहुँचनी चाहिए और लोगों को बताया जाना चाहिए कि सशस्त्र सैनिकों की पत्नियाँ भी उतनी ही बहादुर होती हैं। ये कहानियाँ यह भी बताती हैं कि ये महिलाएँ क्यों अलग हैं और राष्ट्रीय स्वतंत्रता में उनका योगदान कैसे अद्वितीय है। ये कहानियाँ

आपको सैन्य पत्नियों के साहस और ताकत के आगे झुकने के लिए भी प्रेरित करेंगी।

मुझे याद है कि 2019 में आई.एन.एस. विक्रमादित्य पर अपने प्राणों की आहुति देनेवाले दिवंगत लेफ्टिनेंट कमांडर डी.एस. चौहान की पत्नी करुणा ने एक बार मुझसे कहा था कि उन्होंने वीर नारियों के अपने पतियों को खोने के दु:ख का सामना करने की ताकत के बारे में गूगल पर बहुत सर्च किया, लेकिन उन्हें कोई जानकारी नहीं मिली।

मुझे आशा है कि यह पुस्तक सैकड़ों महिलाओं की मदद करेगी, ठीक वैसे ही, जैसे इस पुस्तक में चित्रित महिलाओं को उनके दु:ख का सामना करने और उन्हें यह बताने में मदद मिलेगी कि वे अकेली नहीं हैं। मुझे यह भी उम्मीद है कि यह पुस्तक उन सभी लोगों को फिर से शुरुआत करने की हिम्मत देगी, जो टूटा हुआ महसूस करते हैं। यह आज की युवा पीढ़ी के बीच व्यापक रूप से फैले मिथक को दूर करने का भी प्रयास है कि सभी आशाएँ टूट चुकी हैं और सच्चा प्यार अब नहीं रह गया है।

अगर सैनिकों की जिंदगी असामान्य होती है तो उनके पीछे की महिलाएँ भी असाधारण ही होती हैं। प्रत्येक सैन्य पत्नी के पास ऐसी कहानी छिपी होती है, जो न केवल आपके दिल को छू लेगी, बल्कि समय-समय पर सैनिकों की इन पत्नियों के अपार साहस, वीरता, धैर्य, बलिदान और फैसलों के चित्रण से आपको झकझोरकर रख देगी। इनकी कहानियों में अलग-अलग तरह के रंग देखकर अविश्वास में आपकी आँखें चौड़ी हो जाएँगी।

इस ग्रह पर सबसे आसान काम भीड़ में शामिल किसी व्यक्ति के बजाय किसी वरदीधारी के प्यार में पड़ जाना है। हालाँकि एक अलग जीवन जीना और उसी वरदीधारी व्यक्ति के साथ संतुलन बनाना बेहद कठिन भी है—जो कभी-कभी एक प्रकाश-स्तंभ की तरह व्यवहार करता है।

किसी सैनिक की पत्नी का ज्यादातर जीवन 'सामान्य' दिनचर्या बनाए रखने की कोशिश में बीतता है। इन सैन्य पत्नियों के सामने असामान्य चुनौतियाँ होती है। वह हर चीज में पीछे की ही सीट लेती है। इनके काले रंग के फौजी बक्सों में आपको आई.आई.टी. की डिग्री, किसी प्रमुख बहुराष्ट्रीय कंपनी से 'महीने के सर्वश्रेष्ठ कर्मचारी' होने का प्रमाण-पत्र, कई हजार डॉलर वेतनवाली ऑनसाइट नौकरी का ऑफर लेटर मिल सकता है, जिसे लापरवाही से उसके काले रंग के फौजी बक्से में फेंक दिया गया हो। वह निस्स्वार्थ भाव से खुद को दूसरे स्थान पर रखती है, और कभी-कभी तो वह अपनी पहचान पूरी तरह से मिटा देती है। वह इसे

अपने सैनिक पति के प्रति और अपने राष्ट्र के लिए भी अपना कर्तव्य मानती है और उसका सहयोग करती है, क्योंकि वह सीधे तौर पर देश की सुरक्षा से जुड़ा होता है। ऐसा इसलिए नहीं है कि वह खुद को कमतर मानती है, बल्कि इसलिए कि वह मानती है कि उसका पति देश की रक्षा में निहित है।

पीस स्टेशन में जअ फौजी पति आराम से लेट के चाय की चुस्किया ले रहा होता है और बच्चे पास में खेल रहे होते है तो एक आर्मी पत्नी का दिल गद्‌गद हो जाता है उमरोई जैसा छोटा स्टेशन उसे सुकुन देता है वही सिकंदराबाद जैसे महानगर की रफ्तार समझने में उसे फिर समय लगता है वहा बैरक की जगह घर भी अच्छे मिलते हैं।

ऐसा भी होता है, जब युवा सिपाही उसके घर पर समय-असमय आ धमकते हैं और भोजन करके ही जाते हैं।

यह एक फौजी पत्नी के लिए खुशनुमा समय भी होता है, लेकिन यह सब बहुत थोड़ी अवधि के लिए होता है।

कुछ समय पहले मैंने मेजर सतीश दहिया की पत्नी श्रीमती सुजाता दहिया से दिल्ली कैंट के उनके फाफा आवास में मुलाकात की थी। मेजर दहिया ने 14 फरवरी, 2017 को हंदवाड़ा ऑपरेशन के दौरान आतंकवादियों से लड़ते हुए अपनी जान दे दी थी। घर के अंदर पहला कदम रखते ही आप उदास महसूस करने लगते हैं। हवा उदास लगती है और घर में ऐसी कोई खास सजावट नहीं दिखती, जोकि एक सैनिक की पत्नी के घर में होनी चाहिए। दीवारों पर कोई कलाकृति, फैंसी परदे या महू पेंटिंग नहीं है, लेकिन उनके पति के साथ खुशी के पलों की उनकी कुछ तसवीरें जरूर हैं।

जब मैंने पीछे छूट गई सुजाता की ओर रुख किया तो मैंने उन्हें लगभग पहचाना ही नहीं। वे वैसी नहीं थीं, जैसी तसवीरों में दिखती हैं; वे कभी जीवंत महिला रही होंगी, लेकिन अब उसकी छाया मात्र रह गई थीं। उनकी आँखें शोकाकुल और अश्रुपूर्ण लग रही थीं। उनके चेहरे पर थकान थी और उदासी का भाव फैला हुआ था। उन्होंने ज्यादा बात नहीं की और न ही मैंने ज्यादा कुछ बोला।

हिंसक गोलीबारी या हेलीकॉप्टर दुर्घटना या सैन्य अभियान में दूसरों की जान बचाने और राष्ट्र की सेवा करने के दौरान बेरहमी से अलग हो गए इन प्रेमी युगलों की ये कहानियाँ सामान्य परिस्थितियों में अलग होनेवाले किसी जोड़े की आम प्रेम-कहानियाँ नहीं हैं। यहाँ नियति ने उनके सैनिक पतियों को बेरहमी से छीन लिया होता है।

एक वक्त ऐसा भी आया, जब उनके साथ बिताए बेहतरीन पलों को याद करते हुए वीर नारी जोर से हँस पड़ती है। उसका दिमाग गौरवशाली दिनों में वापस जाता है और फिर सामने आती है तक़दीर में लिखी क्रूर मौत! और फिर यह सब उसे लंबे समय के लिए अशांत कर जाता है और वह आधी-आधी रात तक जागती रह जाती है।

ऐसी महिलाओं के दिलों में टूटे हुए सपने, अधूरे वादे और कमजोर उम्मीदें दबी होती हैं। वे एक ऐसे इनसान में बदल चुकी होती हैं, जिसके बारे में उन्होंने कभी नहीं सोचा था कि वे भी ऐसी हो सकती हैं! ये वीर नारियाँ भावनाओं की ऐसी अँधेरी कोठरी बन जाती हैं, जिसके जरिए दो विपरीत भावनाओं—दुःख और साहस के अलावा कुछ भी नहीं निकलता है। आंतरिक उथल-पुथल कभी-कभी उनकी सोच को धुँधला कर देती है और वे एक पत्नी, प्रेमी या माँ के रूप में लंबे समय तक भ्रम में रह सकती हैं।

ऐसा तो कभी नहीं सोचा था।

बेंगलुरु में मैं श्रीमती सलमा शफीक घोरी से मिली थी। उनके पति मेजर शफीक महमूद खान गौरी 1 जुलाई, 2001 को एक अभियान में मारे गए थे। वे आर्टिलरी ऑफिसर थे और 172 फील्ड रेजिमेंट के थे तथा बारामूला में 30 राष्ट्रीय राइफल्स के साथ सेवारत थे। सच्चे सेना अधिकारी के रूप में उन्होंने सुनिश्चित किया था कि उनकी पत्नी भी एक सच्ची सैनिक की पत्नी बनें। अपनी कोर्टशिप के दौरान वे उन्हें चिट्ठियाँ लिखते थे, जिसमें सेना के जीवन और सैनिक की पत्नी की भूमिका के बारे में विस्तृत ब्योरा होता था। शादी के बाद भी जब वे अग्रिम चौकियों से घर लौटे तो सलमा का हाथ पकड़कर अपनी रातें यह बताने में बिताते थे कि उन्हें कैसे एक अधिकारी की पत्नी होने के नाते बहादुर बनने की जरूरत है और कैसे उनकी चिंता किए बिना अपने कर्तव्यों को पूरा करना है।

अपने पीछे वे बहुत-कुछ छोड़ गए थे और बहुत-कुछ वे जानती ही नहीं थीं।

घटना के कई महीनों बाद भी वे इसे एक बुरा सपना मात्र मानती थीं और उनका कुछ करने का मन नहीं करता था। फिर उन्हें अहसास हुआ कि उनके बच्चे भी बेहद पीड़ा में हैं। तब सूफिया आठ साल की थी और सैफ चार साल का था। सलमा ने अपने आप को फिर से सँभाला। आखिरी बार मकान बदलने के लिए काफी कागजी कामकाज करना था, बहुत सारा सामान बाँधना था। एक-एक करके उन्होंने सब काम निपटाए। काफी समय तक उनके घर में कोई त्योहार नहीं मना, कोई जन्मदिन नहीं मना।

वे बताती हैं, "उनके इंतकाल के बाद हर तरफ मुश्किलें आ गई थीं। ऐसा लग रहा था कि मुझे बिना नाव के बीच समुद्र में छोड़ दिया गया हो। मैंने सबसे जरूरी मुद्दों को प्राथमिकता के आधार पर तय किया। चाहे पेपरवर्क हो या कोई और काम—उनके साथियों ने पूरे समय मेरी काफी मदद की—लेकिन इतना काफी नहीं था। मेरे सामने सबसे बड़ी चुनौती अपने आप को सँभालना और आगे की जिंदगी पर ध्यान देना था। मुझे केवल एक विचार ने आगे बढ़ने में मदद की कि किसी भी तरह से मुझे अपने पति की जिम्मेदारी निभानी है और अपने परिवार के लिए, जिसे हमने मिलकर बनाया था, अपने बच्चों के लिए, जिन्हें वे बेहद प्यार करते थे, उनके फर्ज को निभाना था।"

जब मैंने उनसे पूछा कि सेना की प्रेम-कहानियों में खास क्या होता है, तब उन्होंने बताया, "वे 'हमेशा मेरे' थे, हैं और रहेंगे, लेकिन मेरी ख्वाहिश है कि समाज, लोग और मुल्क सैनिकों की पत्नियों के त्याग को बेहतर तरीके से समझें, जोकि सर्विस के दौरान भी और उनकी मौत के बाद भी, सैनिकों की शक्ति-स्तंभ होती हैं।" इसके बाद एक पल के लिए रुककर उन्होंने कहा, "हमने आपके आज के लिए अपने कल की कुरबानी दी। मुझे उम्मीद है, आप इस बात को जान रही होंगी।"

इस तरह की बातचीत में हमेशा मेरे पास शब्दों की कमी हो जाती थी। खुद एक आर्मी वाइफ होने के बावजूद मुझे वीर नारियों से बात करने में मुश्किल आती है। वे ऐसी स्थितियों से कैसे उबरती हैं? जीवन के बेरहमी से टूटे हुए टुकड़ों को समेटने के लिए इतनी सख्त जरूरत के वास्ते वे अतिरिक्त हिम्मत कहाँ से लाती हैं? पिता के चले जाने के बाद गमगीन बच्चों को सँभालना कैसे सीखती हैं? उनके द्वारा छोड़ी गई विरासत का सम्मान करने के लिए वे अब भी नियमित जीवन जीने का साहस कैसे जुटाती हैं? इन्हें उनकी विरासत और उनकी महिमा पर बहुत गर्व होता है, फिर भी आगे बढ़ना कठिन होता ही है। पता नहीं होता है कि उनके पास कितनी ताकत बची है, क्योंकि ज्यादातर समय तो ऐसा लगता है कि जो कुछ भी अच्छा और खुशनुमा था, वो सब वे अपने साथ ले गए हैं।

ये महिलाएँ भावनाओं के द्वंद्व से गुजरती हैं। विरासत को जीने की पूरी कोशिश करते हुए कभी-कभी उन्हें यह अहसास नहीं होता कि वे अपने पतियों से ज्यादा बहादुर हैं। उन्होंने जो किया, राष्ट्र के लिए जो कुरबानी दी, उसका अहसान तो हम कभी नहीं चुका सकते हैं, लेकिन हम भविष्य की पीढ़ियों को प्रेरित करने और सही आदर्शों के साथ युवा पुरुषों और महिलाओं को आगे बढ़ाने के लिए तो उनकी

कहानियों को निश्चित रूप से कह ही सकते हैं। उनके लिए यह जानना अहम है कि स्वतंत्रता का संबंध केवल बंदूकों और हथियारों से नहीं है, बल्कि परिवारों, भावनाओं, लोकाचार और आत्मा के बारे में ज्यादा है।

यह पुस्तक हजारों वीर नारियों को यह बताने का एक विनम्र प्रयास भी है कि वे अकेली नहीं हैं और हम उनके बलिदानों का सम्मान करते हैं। इस पुस्तक में केवल कुछ ही कहानियाँ शामिल हो सकती हैं, लेकिन ये कुछ कहानियाँ ऐसी हजारों अन्य महिलाओं का भी प्रतिनिधित्व करती हैं, जो सशस्त्र बलों के सैनिकों की पत्नी होने की प्रतीक हैं।

आइए, इन असाधारण कहानियों की शुरुआत करते हैं!

—स्वप्निल पांडेय

अनुक्रम

उनके साथ समूचा देश रोया

लेफ्टिनेंट नीतिका कौल और मेजर विभूति शंकर ढौंडियाल, शौर्यचक्र (मरणोपरांत)

जब 19 फरवरी, 2019 को बत्तीस वर्ष के मेजर विभूति शंकर ढौंडियाल का पार्थिव शरीर देहरादून में नेशविल रोड पर स्थित उनके मकान में लाया गया, तब अंतिम श्रद्धांजलि देने जमा हुए हजारों लोग उनके सम्मान में नारे लगा रहे थे—'मेजर विभूति अमर रहें! भारतमाता की जय! पाकिस्तान मुर्दाबाद!' कई लोगों ने मेजर विभूति जैसे सपूत पैदा करनेवाली अपनी मातृभूमि का गुणगान करते हुए पाकिस्तान के खिलाफ प्रदर्शन किया।

नीतिका ढौंडियाल काफी देर तक अपने पति के ताबूत में रखे शव को ताकती रहीं। अपने आसपास जमा लोगों के विशाल जनसागर से बेखबर उन्होंने चुंबन भी उछाले। दुबली-पतली सत्ताइस वर्षीय महिला नीतिका कमजोर और निराश दिख रही थीं। उनका सिर एक मोटे शॉल से ढका हुआ था। कभी-कभी वे अपनी ठुड्डी को ताबूत के किनारे पर विभूति के चेहरे पर टिका देती थीं और उनके कानों में कुछ फुसफुसाने लगती थीं, लेकिन वे अब उनकी आवाज सुन नहीं सकते थे। ऐसा लग रहा था, जैसे कल ही उन्होंने अगले सात जन्मों तक एक साथ रहने की अपनी शादी का वचन दिया था और अब वे चले गए थे! मौत अंत नहीं हो सकती।

वह दिल दहला देनेवाला नजारा था, जिसे देश कभी भूल नहीं सकता। किसी ने विभूति के चेहरे को छूने की कोशिश की, लेकिन नीतिका ने तुरंत उसका हाथ हटा दिया। वहाँ तो उसका विभू पड़ा था; जो केवल उसका था! जब एक महिला अधिकारी ने उन्हें ताबूत से दूर ले जाने की कोशिश की तो वे चिल्ला पड़ीं, "आई लव यू, विभू! हम सब तुमसे प्यार करते हैं, लेकिन तुम जिस तरह से हर किसी से प्यार करते थे, वह प्यार अलग था, क्योंकि तुमने उन लोगों के लिए अपना जीवन

बलिदान कर दिया, जिन्हें तुम कभी जानते तक नहीं थे। तुमने उनके लिए अपनी जान देने का फैसला किया। तुम इतने बहादुर आदमी हो और मैं तुम्हें अपने पति के रूप में पाकर सम्मानित महसूस कर रही हूँ। मैं तुम्हें अपनी आखिरी साँस तक प्यार करूँगी। आई लव यू, विभू, आई लव यू! तुमने झूठ बोला कि तुम मुझसे प्यार करते हो, तुम तो अपने देश से ज्यादा प्यार करते थे…" वे मुड़ीं और बोलीं, "चलो, इनको सैल्यूट करते हैं। जय हिंद!"

जो लोग मेजर ढौंडियाल को श्रद्धांजलि देने के लिए एकत्र हुए थे, उन्होंने उस युवा दुलहन के दुःख से, शादी के दस महीने बाद ही विधवा होनेवाली महिला के दुःख से द्रवित होते हुए, वह आँसुओं भरा नजारा देखा। जब उनकी शादी हुई थी, तब मेजर ढौंडियाल 55 राष्ट्रीय राइफल्स (आर.आर.) से अटैच थे और कश्मीर में पुलवामा के पास तैनात थे। 19 अप्रैल, 2018 को उनकी परीकथा जैसी लगनेवाली शादी के बाद उन्होंने ऐसे डांस किया था, जैसे उसके बाद कोई कल न आना हो। हालाँकि वे केवल तीस दिन अपनी पत्नी के साथ रह सकते थे और उसके बाद उन्हें अपनी यूनिट में वापस जाना था। वे सारे लम्हे अब सपने-से लग रहे थे। नीतिका ने एक पल के लिए सोचा कि क्या उनका व्यवहार वैसा ही है, जैसा उनके योद्धा पति ने उनसे उम्मीद की होगी? लेकिन उन्हें विश्वास नहीं हो रहा था। शायद इससे ज्यादा फर्क भी नहीं पड़ना था।

सैटेलाइट चैनलों ने अंतिम संस्कार का सीधा प्रसारण किया। जब सैनिकों ने शोक शस्त्र का प्रदर्शन किया, तब देश भर के लोग नीतिका को देख रहे थे, जो अब भी खड़ी थीं, उनका चेहरा पीड़ा, प्रेम और अकथनीय दर्द के भावों से सख्त बना हुआ था। जैसे ही सेना के जवानों ने अंतिम विदाई दी, वैसे ही आसमान खुल गया और इतनी तेज बारिश होने लगी कि ऐसा लगने लगा था, जैसे आसमान भी उनके देहांत का शोक मना रहा हो।

18 सितंबर, 2011
अधिकारी प्रशिक्षण अकादमी
चेन्नई, तमिलनाडु

अधिकारी प्रशिक्षण अकादमी, चेन्नई में पासिंग आऊट परेड में सुबह की हवा, गर्व के साथ बह रही थी। सावधान की मुद्रा में खड़े युवा अफसरो के लिए यह साल भर के कठिन प्रशिक्षण कार्यक्रम के अंत और नई यात्रा की शुरुआत का

संकेत थी, जहाँ से वे जल्द ही देश की सेवा करने के लिए रेगिस्तान, पहाड़ों और हिमनदों में उतरनेवाले थे।

विभूति शंकर ढौंडियाल उन 352 कैडेटों में से थे, जिन्होंने युवा लेफ्टिनेंट के रूप में भारतीय सेना में शामिल होने के लिए उस दिन 'अंतिम पग' बढ़ाया था। श्री ओ.पी. ढौंडियाल और श्रीमती सरोज ढौंडियाल के चार बच्चों में से वे सबसे छोटे थे। 19 दिसंबर, 1987 को जनमे विभूति शंकर अपने माता-पिता के इकलौते बेटे थे और आज अपनी टुकड़ी के साथ खड़े होकर वे एक सपने को सच होते देख रहे थे—यह सपना उन्होंने इतनी लगन से पाला था कि वे सेवा चयन बोर्ड (एस.एस.बी.) की परीक्षा में कई बार बैठे और आखिरकार सफल होकर रहे। वे जैतूनी-हरी वरदी पहनकर राष्ट्र की सेवा करना चाहते थे। हर बार वे खुद को भारतीय सेना के भरती अभियान की टैग लाइन की याद दिलाते थे—"क्या आपके अंदर यह है?" और फिर वे जवाब देते, "हाँ, मेरे पास है!"

विभूति के पिता और दादा दोनों ही रक्षा लेखा नियंत्रक के कार्यालय में काम करते थे। प्रतिष्ठित सेंट जोसेफ अकादमी, देहरादून में छात्र के रूप में उन्होंने फैसला किया था कि उन्हें बस सेना में शामिल होना है। जब वे एक से अधिक बार एस.एस.बी. परीक्षा पास नहीं कर पाए तो उनके लिए हार मान लेना आसान था, लेकिन उन्होंने हार नहीं मानी। असफलताओं ने उनके उत्साह को कम नहीं किया और आखिरकार उन्होंने डी.ए.वी. कॉलेज, देहरादून से स्नातक होने के बाद संयुक्त रक्षा सेवा परीक्षा (सी.डी.एस.ई.) में सफलता पा ही ली।

ओ.टी.ए. के उनके साथी उनके उत्साह और कभी हार न माननेवाले रवैये को याद करते हैं। साक्षात्कारों के दौरान उनमें से कई साथियों ने बताया कि किस तरह से विभूति कोहिमा कंपनी के सबसे खुशमिजाज और मस्त सदस्य थे। इसका मतलब यह नहीं था कि उन्होंने अपने प्रशिक्षण को गंभीरता से नहीं लिया; वे तो अपनी कक्षा में अव्वल रहते थे।

एक बार एक कठोर अभ्यास के दौरान उनके पैर में फ्रैक्चर हो गया था और कुछ समय के लिए उन्हें हटा दिया गया था, लेकिन इससे उन पर रत्ती भर भी असर नहीं पड़ा और उन्हें जल्द ही कमीशन मिल गया। चोट उन्हें अपने लक्ष्यों को हासिल करने से नहीं रोक पाई और जल्द ही वे औल्ड लैंग सिने की भावपूर्ण धुन पर धीरे-धीरे आगे बढ़ रहे थे, प्रत्येक कदम उन्हें अंतिम पग के करीब ला रहा था—जो एक ग्रेनाइट की चौकी पर उभरा हुआ था, कैडेट से भारतीय सेना के ऐसे अधिकारी के रूप में उनके रूपांतरण का प्रतीक था, जो हर कीमत पर मातृभूमि की रक्षा के लिए

और चुनौतियों का सामना करने के लिए तैयार है।

विभूति के सीनियर उनके जुनून की कसम खाते हैं। उन्होंने अपने सभी पाठ्यक्रमों में बेहतरीन प्रदर्शन किया और अपने सभी कर्तव्यों को पूरी लगन से निभाया। उनका दर्शन सरल था। वे अपने दोस्तों से कहते थे—"जीवन को पूरी तरह से जियो, क्योंकि जिंदगी केवल एक बार ही मिलती है। आखिर में हमें उन मौकों पर पछतावा होता है, जिनका हमने फायदा नहीं उठाया।" उनके साथी उनके पसंदीदा शब्द "लिटिल-लिटिल' को याद कर रहे थे। उन्हें याद है कि वे कहते थे, 'लिटिल-लिटिल चलता है जीवन में। इतना सीरियस नहीं होना लिटिल-लिटिल बातों पे। चल, लिटिल-लिटिल पैग बना।"

कोहिमा कंपनी में उनके साथ रहे उनके पाठ्यक्रम के साथी मेजर सुनील कुमार एम.वी. ने बताया, "उनका हर चीज के प्रति बहुत सकारात्मक दृष्टिकोण रहता था। वे सबसे कठिन कामों के दौरान चुटकुले सुनाते थे, जब वे अकेला महसूस करते थे तो लोगों को हँसाने लगते थे। वे हमेशा जिंदगी से भरपूर रहते थे और अपनी ट्रेनिंग को लेकर उनमें जुनून था। विश्वास कीजिए, आपको गिरने और उठने के लिए बराबर प्रेरणा और उत्साह की आवश्यकता होती है, लेकिन वे ऐसे ही थे। विभूति हार मानना जानते ही नहीं थे। मुझे याद है कि उनका पूरा परिवार पिपिंग समारोह के लिए आया था। उनके पिता विशेष रूप से गर्व महसूस कर रहे थे।"

समारोह से एक रात पहले बारिश हुई थी और ओ.टी.ए. के अंदर मेजर परमेश्वरन् ड्रिल स्क्वायर पूरी तरह से गीला था। हालाँकि स्मार्ट और ऊर्जावान युवा पुरुष एवं महिला अधिकारियों का जोश इससे कतई कम नहीं हुई थी और उन्हें अपना अंतिम पग लेने से नहीं रोका जा सका था। वह खुशी का दिन था, जब विभूति की अभिमानी बहनें और उनके माता-पिता उनकी वरदी पर पात्र सितारों को 'पिप' करते हुए उसके साथ खड़े थे। उन्होंने ई.एम.ई. ज्वाइन की थी।

जैसाकि सर्विसेज अधिकारियों के साथ होता है, लेफ्टिनेंट ढौंडियाल को नियंत्रण रेखा के पास पुंछ जिले के कृष्णा घाटी सेक्टर में नंगी टेकरी में स्थित एक इन्फैंटरी यूनिट, 17 महार से अटैच किया गया था। यह संवेदनशील इलाका था, जहाँ भारी गोलाबारी, नियमित घुसपैठ और संघर्ष विराम उल्लंघन रोज की बात थी।

पहली पोस्टिंग तो हमेशा ही विशेष होती है और युवा अधिकारियों के मन पर एक चिरस्थायी छाप छोड़ती है। यहीं पर कैप्टन ढौंडियाल ने महार रेजिमेंट के युद्धघोष 'बोलो हिंदुस्तान की जय!' को आत्मसात् किया और अपने पेशेवर लक्ष्यों को तय किया। यही कारण है कि उन्होंने भारत में प्रमुख सैन्य संस्थानों से 2013

से 2017 तक विभिन्न महत्त्वाकांक्षी सैन्य पाठ्यक्रम पूरे किए। अपने आठ साल के सैन्य जीवन में उन्होंने वह स्थान हासिल किया था, जिसे पाने के लिए सैनिक अपना पूरा कॅरियर लगा देते हैं। कश्मीर के कार्यकाल के बाद उन्हें विभिन्न पोस्टिंग और सैन्य पाठ्यक्रमों पर राजस्थान, पुणे और सिकंदराबाद भेजा गया। पाठ्यक्रमों ने उन्हें सैनिकों का नेतृत्व करते हुए रणनीति-निर्माण और निर्णय लेने के बारे में मजबूत बनाया। इन पाठ्यक्रमों ने उन्हें न केवल एक सैनिक बनना सिखाया, बल्कि सैन्य अधिकारी भी बनाया, जिसकी उसके लोग तारीफ करते हैं।

2011-17 से उनकी रैंक लगातार बढ़ती रही और 2018 में मेजर ढौंडियाल ई.एम.ई. (इलेक्ट्रिकल और मेकैनिकल इंजीनियरिंग) अधिकारी बन गए, जो उस समय 55 राष्ट्रीय राइफल्स में तैनात थे, जोकि कश्मीर के पुलवामा में तैनात एक विशेष आतंकवाद विरोधी बल है।

~❖~

दिसंबर 2015

चंडीगढ़

नीतिका आखिरकार चंडीगढ़ के रॉक गार्डन में कैप्टन ढौंडियाल से मिलने के लिए राजी हो गई। उस समय वह पंजाब यूनिवर्सिटी से एम.बी.ए. कर रही थी। वह उसे तब से जानती थी, जब वह हरियाणा के फरीदाबाद में मानव रचना कॉलेज ऑफ इंजीनियरिंग में इलेक्ट्रॉनिक्स और संचार में बी.टेक. की पढ़ाई कर रही थी। उनका परिचय आपसी दोस्तों ने किया था। युवा अधिकारी विभूति पुणे के कॉलेज ऑफ मिलिटरी इंजीनियरिंग में इंजीनियरिंग में डिग्री की पढ़ाई कर रहा था और उनकी पहली बातचीत के बाद विभूति की तरफ से फेसबुक फ्रेंड रिक्वेस्ट और कई मैसेज आए। वह उसके पीछे पड़ा था और इसमें उसे कोई संकोच नहीं था। दूसरी ओर, नीतिका उसके प्रति लगभग उदासीन थी और अपनी पढ़ाई में व्यस्त थी।

हालाँकि जिनको मिलना होता है, वे मिलकर ही रहते हैं। विभूति का जब चंडीगढ़ जाने का संयोग बना तो उसने नीतिका से मिलने का अनुरोध किया और वह मान गई। विभूति में कुछ ऐसा था, जो आकर्षित करता था। उन्होंने 12 दिसंबर, 2015 को रॉक गार्डन में मिलने का फैसला किया।

उस दिन रॉक गार्डन में इसके निर्माता नेक चंद सैनी की जयंती के उपलक्ष्य में समारोह हो रहा था और यह स्थान तरह-तरह के लोगों से गुलजार था। गार्डन एक काल्पनिक मैदान की तरह था, जिसमें मलबे, पत्थरों और फेंके गए कबाड़ से

बनी हजारों मूर्तियाँ शामिल थीं। विभूति और नीतिका को लगा, जैसे वे एक आदमी की अविश्वसनीय कल्पना के भूलभुलैया के अंदरूनी हिस्सों में फिसल गए हों!

उस जगह ट्राम की सवारी, स्लाइड, ऊँट की सवारी और झूले सबका इंतजाम था। झूलों की ओर देखते हुए नीतिका की आँखों में चमक दिख रही थी; उसके बच्चों जैसे उत्साह ने विभूति को मोहित कर लिया। यह फौजी के रूप में कठिन और रूखी जिंदगी के एकदम उलट था। ओ.टी.ए. में उनके जीवन में ज्यादातर कठिन शारीरिक ट्रेनिंग शामिल थे। नीतिका का खुलकर हँसना और छोटी-छोटी बातों पर खुश होना विभूति को बहुत अच्छा लगा; वह पहली बार ऐसी लड़की से मिल रहा था।

नीतिका कहती है—"दिन के अंत में, पार्क छोड़ने से ठीक पहले, हमें अवतल और उत्तल दर्पण देखने को मिले, जिनमें शरीर उलटा-सीधा दिखता है, चेहरे लंबे दिखते हैं, हाथ चार-चार दिखते हैं या पेट बड़ा सा दिखता है और ऐसी ही अजीब-अजीब छवियाँ दिखती हैं। आईने ने हमारा रूप भी बदल दिया और मुझे मोटा बना दिया था। विभु मुझे चिढ़ाने लगा। "चलो यार, रियलिटी में न सही, कम से कम मिरर में खुद को मोटी देख के खुश हो जाओ!" मैंने उसे नकली गुस्से में देखा और अगले ही पल हम जोर से पागलों की तरह हँस पड़े। वह एक खूबसूरत दिन था—हमारी कोर्टशिप के दौरान हमारी कई जादुई मुलाकातों में से पहली मुलाकात वही थी। रॉक गार्डन में अपनी डेट के कुछ दिनों बाद नीतिका ने फेसबुक पर एक फोटो अपलोड की, लेकिन उसे एडिट कर दिया था। विभूति नाराज हुआ और उसने फोटो पर कमेंट किया, "तुमने अपने बगल के लड़के को क्यों काट दिया? क्या मैं तुम्हें पसंद नहीं आया?" यह पढ़कर नीतिका के चेहरे पर एक चौड़ी सी मुसकान आ गई। उसी पल वह जान गई कि उसका खास वही है। उसे इतना सीधा और ईमानदार इनसान कभी नहीं मिला था। उसके प्रपोजल्स की सादगी और निरंतरता में वह उसे अपना दिल दे बैठी।

उसे नहीं पता था कि यह जल्द ही उसके जीवन की दिशा को इस तरह बदल देगा, जिसकी उसने कभी कल्पना भी नहीं की थी।

~❖~

19 अप्रैल, 2018

फरीदाबाद

शादी के हॉल में गेंदे की पेचदार लड़ियों, फेयरी लाइट्स के साथ शानदार परदे, फूलों और पत्तों की सजावट ने साधारण विवाह हॉल को धरती पर किसी

छोटे से स्वर्ग में बदलकर रख दिया था। खूबसूरती से सजाई गई प्लेटों पर रखे भोजन के टीले के वजन के नीचे बुफे टेबल कराह रही थीं। यहाँ तक कि छोटी-छोटी रस्में—हल्दी, संगीत, मेहँदी—को भी भव्य तरीके से अंजाम दिया गया था। आखिरकार विभूति और नीतिका की शादी हो रही थी, जो ऐसी घटना थी, जिसका मेजर ढौंडियाल की माँ और बहनों ने इतने लंबे समय से इंतजार किया था। कश्मीर में राष्ट्रीय राइफल्स कार्यकाल के दोस्तों सहित सभी ने उसे अभी शादी न करने की सलाह दी थी और उससे कश्मीर की पोस्टिंग पूरी होने तक इंतजार करने के लिए कहा था। शादी से एक महीने पहले भी विभूति झिझक रहे थे। उन्होंने कहा था, "निक्की, वहाँ जान जोखिम में रहती है और अनिश्चितताएँ बनी रहती हैं। मुझे लगता है कि हमें इंतजार कर लेना चाहिए।"

नीतिका ने जवाब दिया, "विभू, जीवन में सबसे बड़ा जोखिम कोई जोखिम न लेना ही है। क्या तुम्हें नहीं लगता कि जीवन में सबकुछ जोखिम भरा है? मेरा मतलब है, तुम सड़क पर चलते हो तो उसमें भी जोखिम रहता है। हालाँकि पत्नी के रूप में तुम्हारे साथ हर पल बिताना मेरे लिए मायने रखेगा। छड्ड न यार, करते हैं!" और ऐसे ही तय हो गया कि विभूति को छुट्टी मिलते ही उनकी शादी हो जाएगी। उनके परिवारवाले मिले तो उनके बीच भी अच्छा संबंध बन गया और जल्द ही वे छोटे-छोटे चुटकुलों पर साथ में हँसने लगे थे।

शादी के लिए 19 अप्रैल की तारीख चुनी गई थी। इस समय मेजर ढौंडियाल ने 55 राष्ट्रीय राइफल्स में डेल्टा कंपनी कमांडर के रूप में पदभार सँभाला था। उन्होंने आनेवाले कई सफल ऑपरेशनों के लिए अपने सैनिकों को ट्रेनिंग देने में अपना दिल और आत्मा लगा दी थी। उन्हें एक महीने की छुट्टी मिल गई थी। उनके मन में ऐसे समय शादी करने की यह अकथनीय इच्छा थी, जब जोखिम भरा कार्यकाल समाप्त होने के बाद बाकी सभी लोग तैयार होते। इसका कारण समझ पाना कठिन है। विभूति के लिए शायद नीतिका से शादी करना सितारों में पहले से ही लिखा हुआ था। शायद ब्रह्मांड ही चाहता था कि वे एक छोटा, लेकिन असाधारण जीवन जिएँ, प्यार करें और हर चीज का अनुभव करें।

कभी खत्म न होनेवाला डांस करती हुई बारात के लिए तीन घंटे के लंबे इंतजार के साथ शादी समारोह शुरू हुआ। दूल्हा एक फैंसी विंटेज कार में पहुँचा था और दुलहन अपने परिवार तथा दोस्तों के साथ फूलों की छतरी के नीचे चलकर आई। मेहमानों से लेकर दूल्हे तक सभी को दुलहन की पहली झलक पाने का बेसब्री से इंतजार था। नीतिका 'दिन शगना दा' की धुन के बीच अपना नारंगी रंग का लहँगा

पहने बहुत सुंदर लग रही थी। चूड़ियाँ, माँग टीका, हार और लुभावनी बालियों ने उसकी प्राकृतिक खूबसूरती को और बढ़ा दिया था। मैरून साफे के साथ क्रीम और गोल्डन शेरवानी में विभूति बेहद खूबसूरत लग रहे थे। जब पंडित ने सात जन्मों के रिश्ते के बारे में बताते हुए श्लोकों का पाठ किया, तब भी उनके चेहरे पर मुसकान गायब नहीं हुई थी। उनका रिश्ता निस्संदेह सात जन्मों का ही था। शादी की दावत भी सभी मेहमानों के लिए शानदार घटना थी।

परीकथाओं के जोड़ों की तरह दोनों अपनी शादी के रिसेप्शन में डांस फ्लोर पर गए। नीतिका खुशी से झूम उठी। छत को ढकनेवाली रोशनी के अंतहीन तार, साथ में लाइट्स की लड़ियाँ लगी थीं, ऐसा लगता था, जैसे वे सितारों भरे आकाश के नीचे नाच रहे हों! हलके से मेकअप के साथ मैरून लहँगा पहने नीतिका का नजारा देखने लायक था। विभूति अपनी दुलहन को देखकर भावुक होने से नहीं रोक सका था।

अपने चारों ओर देखने पर उसे लगा कि उनका जीवन आखिरकार पूरा हो गया है। वह देख सकता था कि उसकी माँ सरोज कितनी खुश लग रही थीं। 2012 में अपने पिता को खोने के बाद उसने उनके चेहरे पर पहली बार ऐसी मुसकान देखी थी। वह देख सकता था कि उसकी बहनें और नीतिका के बीच कितनी अच्छी पट रही है और छोटे-छोटे लतीफों पर उनकी जीवंत हँसी देखकर उसका दिल भर आया।

हालाँकि, उसकी महीने भर की छुट्टियाँ पलक झपकते ही खत्म हो गई थीं। यहाँ तक कि जब वे श्रीनगर के लिए अपनी फ्लाइट में सवार हो रहे थे तो ऐसा लग रहा था, जैसे वह कल ही देहरादून में उतरा था। नीतिका को छोड़कर जाना कठिन था, लेकिन उसने खुद को मजबूर करते हुए उसकी आँसुओं से भरी आँखों को नजरअंदाज किया। जब फर्ज बुला रहा हो तो उसके पास रुके रहने का विकल्प नहीं रह जाता था।

उसके साथियों को आज भी याद है कि उसने यूनिट में लौटते ही अपने सभी साथियों को भव्य पार्टी दी थी। उसके एक करीबी ने बताया, "सारा खाना श्रीनगर से आया था। आर.आर. पोस्टिंग में बाहर से खाना मिलना मुश्किल है, लेकिन उसने हमें बेहतरीन पार्टी देने के लिए सबकुछ किया था। वह बहुत खुश था।"

13 अक्तूबर, 2018
दालीपोरा, पुलवामा
सुबह के 3 बजे

मेजर ढौंडियाल को शुरू में फील्ड रिपेयर इंक्रीमेंट के ऑफिसर कमांडिंग के रूप में तैनात किया गया था, जो 55 राष्ट्रीय राइफल्स के लिए तकनीकी सहायता सब-यूनिट के रूप में काम करती थी। हालाँकि उनके साहसी रवैये, जोखिम लेने की तत्परता और उत्कृष्ट प्रदर्शन ने कमांडिंग ऑफिसर को प्रेरित किया कि उन्हें डेल्टा कंपनी के कंपनी कमांडर के रूप में नियुक्त करें, जहाँ उनकी भूमिका मैदानी अभियानों और मुठभेड़ों का नेतृत्व करने की थी।

यह आखिरकार 55 राष्ट्रीय राइफल्स का गौरव बढ़ानेवाला एक बड़ा निर्णय साबित हुआ, खासकर पुलवामा हमले के पीछे के मास्टरमाइंड, पाकिस्तानी आतंकवादी अब्दुल रशीद गाजी के साथ मुठभेड़ के बाद तो यही हुआ।

मेजर ढौंडियाल ने अपना पूरा प्रयास डेल्टा कंपनी चलाने में लगा दिया। वे व्यक्तिगत रूप से यह सुनिश्चित करते थे कि उनके आदमियों का मनोबल हमेशा ऊँचा बना रहे। अभियानों की तैयारी उनकी सर्वोच्च प्राथमिकता होती थी और कई बार वे पूछताछ में भी शामिल होते थे। उन्होंने धीरे-धीरे स्थानीय इलाके में विश्वसनीय मुखबिरों का एक तंत्र बना लिया था। जल्द ही डेल्टा कंपनी को अपनी पहली बड़ी सफलता तब मिली, जब पड़ोसी यूनिटों के विशिष्ट अर्धसैनिक बलों ने उन्हें उनके इलाके में आनेवाले दलीपोरा में छिपे लश्कर-ए-तैयबा के आतंकवादियों के बारे में जानकारी दी।

सुबह के लगभग 3:00 बजे थे। हवा सर्द थी, जब मेजर ढौंडियाल ने आतंकवादियों को पकड़ने के लिए इलाके में घेराबंदी और तलाशी अभियान शुरू किया। आंतरिक और बाहरी दो अलग-अलग घेराबंदियाँ करके पूरे इलाके को कवर किया गया था, लेकिन उन्हें घेराबंदी के बाहर से फायरिंग की आवाज सुनाई दी। बाकी सभी को लग रहा था कि आतंकवादी भाग जाएँगे, लेकिन मेजर ढौंडियाल का मन कुछ और ही कह रहा था। उन्होंने खोज जारी रखी। जब वे अपने दोस्त और क्विक रिस्पॉन्स टीम (क्यू.आर.टी.) के एक नॉन-कमीशन अधिकारी (एन.सी.ओ.) के साथ किचन गार्डन पहुँचे तो उन्होंने लश्कर-ए-तैयबा के आतंकवादी शब्बीर अहमद दार को वहाँ बाड़ में छिपा हुआ देखा। दार के जवाबी काररवाई करने से पहले ही तीनों ने फायरिंग कर दी।

शब्बीर अहमद दार मारा गया, जबकि पुलिस अधिकारियों और सी.आर.पी.एफ.

कर्मियों के अभियान में शामिल होने के बाद एक आतंकवादी शौकत अहमद डार को गोली लगी और उसे श्रीनगर के श्री महाराजा हरिसिंह अस्पताल में शिफ्ट कर दिया गया। सुबह 6:40 बजे तक पत्थरबाज स्थानीय कश्मीरी भारतीय सेना का विरोध करने के लिए जमा हो गए। हालाँकि तब तक अभियान बंद कर दिया गया था। यह भारतीय सेना की सामरिक प्रतिभा के बारे में भी बताता है।

इस अभियान का हिस्सा रहे एक अधिकारी ने बाद में मुझे और भी जानकारी दी। उन्होंने बताया, "यह डेल्टा कंपनी की बहुत बड़ी सफलता थी। लड़के उत्साहित थे। लंबे समय के बाद यह उनका पहला कॉन्टेक्ट था। निश्चित रूप से कंपनी और यूनिट के लिए भी एक बड़ी घड़ी थी। इसमें कंपनी कमांडर हमेशा ही सक्षम रहते आए थे, लेकिन उन्होंने नाम कमाने के कई अवसर गँवा दिए थे। जब मेजर ढौंडियाल ने कमान सँभाली तो किस्मत ने उनका साथ दिया या शायद यह सिर्फ उनकी सहज बुद्धि थी, जो उन्हें हमेशा सही जगह पर ले जाती थी। उन्होंने रिजल्ट दिया। हम यह भी देख सकते थे कि वे कितनी लगन से अपने लड़कों को कड़ी तैयारी के लिए प्रेरित करते थे। यह मेजर ढौंडियाल के भारतीय सेना में छोटे, लेकिन शानदार कॅरियर की शुरुआत मात्र थी।"

10 नवंबर, 2018
टिक्केन बाटपोरा, पुलवामा
दक्षिण कश्मीर

55 राष्ट्रीय राइफल्स के डेल्टा कंपनी कमांडर मेजर ढौंडियाल पूरे ऑपरेशन के प्रभारी एक सीनियर अधिकारी और फॉक्सट्रॉट कंपनी कमांडर के साथ घरों की सावधानीपूर्वक तलाशी कर रहे थे। सुबह के 5:30 बजे थे, तभी उन्हें निर्णायक जानकारी मिली और उन्होंने टिक्केन गाँव की घेराबंदी कर दी।

मौसम काफी खराब था—कश्मीर में हाल ही में शीत लहर तेज हो गई थी—और भारी बर्फबारी ने घाटी को जकड़ लिया था। हालाँकि हिज्बुल मुजाहिदीन के दो आतंकवादियों—लियाकत मुनीर वानी और वाजिद उल इसलाम के बारे में गुप्त सूचना उच्च प्राथमिकता थी। दोनों की पहचान दूसरी पीढ़ी के आतंकवादियों के रूप में थी, जो सुरक्षाबलों पर किए गए कई हमलों के मामलों में वांछित थे। उन्होंने कई नागरिकों पर हमला भी किया था। उनके नाम पर कई एफ.आई.आर. दर्ज थीं।

इलाके में तीन अलग-अलग घेराबंदियाँ की गई थीं। सुरक्षाबलों ने हर घर का

दरवाजा खटखटाया। सुबह 7:30 बजे तक उन्होंने लगभग सौ घरों की तलाशी ले ली थी, जो काफी कठिन काम था। उस समय मेजर ढौंडियाल को एक ही कंपाउंड में दो मकान मिले और जब उन्होंने दरवाजा खटखटाया तो किसी ने कोई जवाब नहीं दिया। आखिरकार, जब दरवाजा खुला तो उन्हें अंदर चार महिलाएँ मिलीं, जिनमें से दो विदेशी थीं और सामान्य कश्मीरी भाषा के बजाय पाकिस्तान में बोली जानेवाली पंजाबी-उर्दू में बोल रही थीं। मेजर ढौंडियाल को शक हुआ और उन्होंने इमारत की गहन तलाशी ली।

उनके दस्ते के एक जवान ने बताया, "एक समय ऐसा भी आया था, जब हमने विश्वास करना बंद कर दिया कि आतंकवादी अब भी इलाके में मौजूद हैं। सैनिकों ने फुसफुसाते हुए बताया कि टिप-ऑफ एक धोखा था, लेकिन यह विभूति सर की तेज प्रतिभा थी कि उन्होंने घर की बहुत अच्छी तरह से तलाशी ली, जिससे कोई नहीं छूट सकता था। उन्होंने ही चिमनी में एक मोबाइल कवर ढूँढ़ा था और हमें बताया था कि यह ठीक नहीं है। फिर उन्होंने एक कोने में छिपी ताजा बर्फ से ढके सेना के नकली जूते ढूँढ़ निकाले थे।

मेजर ढौंडियाल ने तुरंत फॉक्सट्रॉट कंपनी कमांडर को सूचित किया। अनुभवी कंपनी कमांडर ने शानदार जाल बिछाया। मेजर ढौंडियाल अपनी कंपनी के साथ जमीनी सैनिकों को हवाई कवर देने के लिए छत पर चढ़ गए और कमांडर ने मकान का चक्कर लगाना शुरू कर दिया। जब वे लॉन में पहुँचे तो थोड़ी सी घास के नीचे छिपे आतंकवादी अचानक निकल पड़े और उस पर गोलियाँ चला दीं। हमेशा सतर्क मेजर ढौंडियाल ने उन पर पलटवार किया, जिससे फॉक्सट्रॉट कंपनी कमांडर को कवर लेने के लिए पर्याप्त समय मिल गया और उसने भी जमीन से फायरिंग शुरू कर दी। आतंकवादी अब अच्छी तरह से और सही मायने में फँस चुके थे और जल्द ही उन्हें मार गिराया गया।

यह बेहद सफल ऑपरेशन था और जिसके लिए कमांडिंग ऑफिसर ने मेजर विभूति को उनके पहले वीरता पुरस्कार के लिए सिफारिश की थी। अपनी यूनिट में लौटने पर विभूति का हीरो की तरह स्वागत किया गया और पूरी यूनिट ने पूरी रात पार्टी की थी। सी.ओ. 55 आर.आर. भी उसमें शामिल हुए थे।

कभी मेजर विभूति के साथ कमरा साझा कर चुके एक जूनियर ने उस समय को याद किया। मुझे दिए अपने साक्षात्कार में उसने उत्साहपूर्वक बताया, "विभूति सर एक उत्कृष्ट और सर्वश्रेष्ठ स्नूकर प्लेयर थे। उन्हें कोई नहीं हरा पाया—मैं फिर से कहता हूँ, उन्हें कोई नहीं हरा पाया। हमारी विजय की पार्टियों में स्नूकर

खेला जाता था और उस रात वे पहले की तरह ही खेले। हम सब उनके खिलाफ खेले, लेकिन उन्होंने हमें आसानी से आउट कर दिया था। हर बार जब वे जीतते थे तो वे चिल्लाकर जीत की खुशी जाहिर करते थे। कुछ देर बाद हमने उनके साथ खेलना बंद कर दिया और वे इस बात को लेकर काफी देर तक हमें चिढ़ाते रहे थे।"

साथी सैनिकों ने ड्रिंक लेते हुए चुटकुले सुनाए, हँसे और डांस किया और उन्होंने ऑपरेशन की और ज्यादा सफलता के लिए जोर से नारा लगाया था। डेल्टा कंपनी का मनोबल सार्वकालिक उच्च स्तर पर था।

जनवरी 2019

फरीदाबाद

विभूति एक महीने की छुट्टी पर था। वह नया साल अपनी पत्नी के साथ मनाना चाहता था। उस समय नीतिका प्रतिष्ठित टाटा कंसल्टेंसी सर्विसेज में बिजनेस एनालिस्ट के तौर पर काम कर रही थी। विभूति की दाढ़ी बढ़ गई थी, जिससे उसका आमतौर पर क्लीन शेव रहनेवाला चेहरा बदला हुआ लग रहा था। अचानक वह नीतिका को परिपक्व लग रहा था। चुटकुले सुनाने के बजाय अब वह जीवन और मौत की बात करने लगा था।

नीतिका को उसका स्वभाव याद आता है। मुझसे बात करते हुए उसने बताया था, "हालाँकि उन्होंने कभी भी अपने ऑपरेशन की जानकारियाँ साझा नहीं कीं, लेकिन उन्हें पता था कि वे हाई-रिस्क, जान के खतरेवाली स्थितियों में हैं। कई बार उन्होंने मुझे मजबूत और कठोर होने के लिए कहने की कोशिश की, जैसाकि सैनिक की पत्नी को होना चाहिए। मैं तब इसे गंभीरता से नहीं लेती थी, लेकिन अब मुझे उन शब्दों के पीछे उनकी गहरी चिंता और स्नेह महसूस होता है।"

एक रात विभूति ने उसका हाथ पकड़कर कहा था, "निक्की, तुम जानती हो, मैं बहुत खुशमिजाज आदमी हूँ। मुझे लगता है कि मैंने जीवन में सबकुछ हासिल कर लिया है और मुझे किसी बात का पछतावा नहीं है। लेकिन क्या तुम जानती हो, अगर मैं तुमसे बात किए बिना शहीद हो गया तो इसका मुझे अफसोस रहेगा?"

नीतिका काँप उठी थी और परेशान हो उठी थी। वह ऐसी बातें कह रहा था, जो कोई भी नवविवाहित महिला नहीं सुनना चाहती। वह उसके सबसे बुरे डर को भी आवाज दे रहा था। नीतिका ने जवाब दिया था, "प्लीज, इस तरह की बात मत करो। तुम ये कैसे बोल गए!"

मेजर ढौंडियाल के पास यह बताने की हिम्मत नहीं थी कि वे अपनी नौकरी के बारे में पहले से क्या-क्या जानते हैं। राष्ट्रीय राइफल्स में जीवन न केवल जोखिम भरा था, बल्कि अप्रत्याशित भी था। उन्होंने अपने साथियों को युद्ध के मैदान में मरते हुए देखा था। उनमें से कुछ तो सर्वाधिक कुशल अधिकारी भी थे, लेकिन वे भी अपने भाग्य से नहीं लड़ सके। एक समय ऐसा भी आया था, जब एक पल के हिस्से ने ही उन्हें बचा लिया था, लेकिन ऐसा कोई तरीका नहीं था कि वे अपनी पत्नी से ये सब बातें कह सकते। वे अपने आर.आर. के कार्यकाल के कारण उनके साथ ज्यादा समय तक नहीं रह पाए थे और वे जानते थे कि नीतिका अगले साल जनवरी में उनके कार्यकाल खत्म होने का कितनी बेसब्री से इंतजार कर रही है। दोनों ने बहुत-कुछ सोच रखा था।

तुरंत मेजर ढौंडियाल ने माफी माँगी, "ठीक है बाबा! सॉरी। लो कान पकड़ लिया। खुश अभी?" नीतिका ने अपनी आँखें घुमाईं, नकली गुस्से में अपनी भौंहों पर बल डाले, अपना चेहरा उनके पास लाई और कहा, "थोड़ी सी।" वह खुलकर हँस पड़ी थी। तनाव का क्षण बीत चुका था।

मेजर ढौंडियाल ने उसे अपनी बाँहों में ले लिया था। "सच कहूँ तो," उन्होंने कहा, "मैं चाहता हूँ कि तुम कड़ी मेहनत करो और अपने संगठन में अपना स्थान बनाओ। तुम्हारा लक्ष्य हमेशा अधिक हासिल करना होना चाहिए और जो तुम्हारे पास आज है, उसी पर संतुष्ट होकर मत बैठ जाना। असफलता से कभी नहीं डरना चाहिए।'

नीतिका ने जवाब दिया, "मैं कड़ी मेहनत कर रही हूँ, विभू—अपनी कंपनी को अपना बेस्ट दे रही हूँ—लेकिन मुझे नहीं पता कि तुम्हारे आर.आर. से वापस आने के बाद मैं अपनी नौकरी जारी रखूँगी या नहीं। मैं भी आर्मी लाइफ का इंतजार कर रही हूँ। मैंने सुना है कि सैन्य पत्नियों के लिए भारी व्यस्तता होती है और कई काम करने होते हैं। मुझे नहीं पता कि मैं अपने पेशेवर जीवन और सेना के जीवन के बीच संतुलन बना पाऊँगी या नहीं?"

मेजर ढौंडियाल ने कहा, "चिंता मत करो। हम रास्ता निकाल लेंगे। मैं तुम्हारे साथ पोस्टिंग की रिक्वेस्ट करूँगा। हम और लोग काम पर लगाएँगे, लेकिन तुम्हें अपना कॅरियर कभी नहीं छोड़ना है, भले ही मैं आसपास रहूँ या न रहूँ! तुम्हारा अपने पैरों पर खड़े रहना अहम है।"

उनकी बात सुनकर नीतिका घबरा गईं, "मैं आसपास रहूँ या न रहूँ, से तुम्हारा मतलब क्या है?"

वे मुसकराने लगे, "अरे बाबा! मेरा मतलब सिर्फ इतना है···किसी के लिए भी रुको मत, किसी के कारण कुछ मत छोड़ो। हमेशा चलते रहो। आगे बढ़ने का यही एक रास्ता है। जीवन एक तोहफा है। बस यही एक चीज है, जो मैं तुमसे कहता हूँ। चाहे कुछ भी हो, तुम मुझे हमेशा अपने पास खड़ा पाओगी, चाहे तुम कहीं भी रहो।"

फूलों के परदे हवा से झूमने लगे और टिमटिमाती फेयरी लाइट्स ने कमरे को आशा और गर्मजोशी से भर दिया। नीतिका को अपने जीवनसाथी के रूप में एक प्रगतिशील व्यक्ति पाने पर गर्व था। यह उसका ही प्रोत्साहन था, जिसने उसे हमेशा और अधिक हासिल करने के लिए प्रेरित किया। उसकी आँखें अपार कृतज्ञता से चमक उठी थीं। वह कितनी भाग्यशाली थी!

जब विभूति चैन की नींद सो रहा था तो उसने उसके बालों को धीरे से सहलाया। वह चाहती थी कि समय वहीं रुक जाए। वह जानती थी कि उसे जल्द ही जाना है। विभूति की अनुपस्थिति उसे हमेशा बहुत अकेला बना देती थी और उसने खुद को काम में डुबोकर अपने अकेलेपन को दूर करने की कोशिश की, लेकिन यह मुश्किल होता था। उन्होंने जल्द ही परिवार बढ़ाने का सपना देख लिया था।

कुछ दिनों के बाद नीतिका ने भारी मन से, लेकिन चेहरे पर मुसकान के साथ विभूति को अलविदा कहा। यह हमेशा मुश्किल होता था। बात करने, हँसने, एक साथ जश्न मनाने के लिए अब भी बहुत-कुछ बचा था, लेकिन वह जानती थी कि वह ड्यूटी से बँधा है। उसका देश और नौकरी का स्थान हमेशा पहला रहना है। और क्या उसे इस पर गर्व नहीं था? निश्चित ही था।

विभूति ही उसका पूरा संसार था। उसने नीतिका को सच्चा प्यार दिया और उसे जीवन बदलने की अपनी शक्ति दिखाई। जब वे पहली बार मिले थे, तब वह कॉलेज में थी, मुँहासों की समस्या और कम आत्मसम्मान की दिक्कत से जूझ रही थी।

उसे गहन उपचार से गुजरना पड़ा और बाद में जब उसकी त्वचा ठीक होने तक उसे काफी कष्ट सहना पड़ा, विभूति तब दोस्त था। दोनों के बीच कोई वादा नहीं था, कुछ भी नहीं था।

विभूति ने एक बार उससे कहा था, "नीतिका, तुम्हें यह समझना चाहिए है कि अगर कोई तुमसे प्यार करता है तो तुम्हारे मुँहासे उसे रोक नहीं पाएँगे। प्यार एक जबरदस्त अहसास है और जो तुम्हें प्यार करते हैं, उनके लिए तुम्हारी खामियाँ कोई मायने नहीं रखती हैं। उन्हें रहने दो। अपने आप को बदलो मत।"

नीतिका उसके छोटे से भाषण से बहुत प्रभावित हुई थी। वह सही कह रहा था। उसने हमेशा दूसरों को खुश करने की कोशिश की थी। वे शब्द जादुई साबित

हुए और लगभग तुरंत ही वह लोगों को खुश करने या खुद को लोगों के लायक साबित करने की इच्छा से मुक्त हो गई। सारी रात उसने अपनी त्वचा को सहज महसूस किया। नए अर्जित आत्मविश्वास ने उसे नई चुनौतियों का सामना करने में मदद की और उसने अपनी सफलता में मदद करने के लिए विभूति की भूमिका को हमेशा स्वीकार किया।

अब जब वह चला गया है और जब कभी कोई बाधा उसके सामने आती है तो कभी-कभी वह भ्रमित हो जाती है। अब न तो सहारे के लिए उसके पास कोई कंधा है, न थामने के लिए कोई हाथ है और न ही कोई दिल है, जो उसे समझता हो। वह नहीं जानती कि वह किसके पास जाए? वह अपने चारों ओर विभूति को ही महसूस करती है, आकाश में ऊँचाई पर चमकते हुए और अपने सपनों में आते हुए। इससे उसके चेहरे पर मुसकान आ जाती है और दिल में आशा जग जाती है।

उसने मुझसे कहा, "पता नहीं क्यों, लेकिन उन्हें याद करने से मुझे दुःख नहीं होता! उन्होंने मुझे केवल सुखद यादें दीं। रोने की कोई बात ही नहीं है। निस्संदेह मेरे नुकसान की भरपाई कभी नहीं की जा सकती है और मेरा दर्द असली है, लेकिन उन्होंने मुझे बहुत सकारात्मकता और खुशी दी है और मैं इसे ऐसे ही रखना चाहती हूँ। आखिर मेरे पति बहादुर थे; मैं कैसे कभी कमजोर पड़ सकती हूँ या ठोकर खा सकती हूँ?"

~❖~

6 फरवरी, 2019
चकूरा, पुलवामा
कश्मीर

धरती का स्वर्ग कहा जानेवाला कश्मीर में सबसे सर्दीला मौसम था। पूरी घाटी बर्फ की चादर से ढकी हुई थी। घाटी में भीषण शीत लहर के कारण न्यूनतम तापमान हिमांक से नीचे चला गया था। विभूति नीतिका को बताते कि ऐसे मौसम में उन्हें उसके साथ गरम चाय पीने का बहुत मन करता है। उन्हें कश्मीर से प्यार था। इतने वर्षों में उन्हें उस जमीन से लगाव हो गया था, जिसने उन्हें असंभव खूबसूरती, संघर्ष और बलिदान की झलक दिखलाई थी और वे इसके लिए आभारी थे।

जिस दिन मेजर ढौंडियाल को दोपहर में एक सूचना मिली, उस दिन भारी बारिश हो रही थी—इसके लिए समय पर एक्शन लेने की जरूरत थी। उनके सूत्र ने उन्हें बताया कि लश्कर-ए-तैयबा के जिला कमांडर-इरफान अहमद शेख सहित संगठन के कई आतंकवादी आधे घंटे में इलाके से बाहर निकल जाएँगे। क्यू.आर.टी.

के साथ निकलते समय विभूति मुसकरा रहे थे। वे जानते थे कि आतंकवादी हमेशा ऐसे ही मौसम की आड़ चाहते हैं। गुप्त सूचना का मतलब ही था कि उनके पास तैयारी के लिए समय नहीं है, लेकिन उन पर इससे कोई फर्क नहीं पड़ा। वे अपने संसाधनों को महत्त्व देते थे और जानते थे कि सही समय पर सही जानकारी आतंकवाद के खिलाफ लड़ाई के लिए अहम होती है।

जब वे इलाके की घेराबंदी कर रहे थे तो उन्होंने पाया कि आतंकवादी भागने की कोशिश में एक नागरिक वाहन में सवार होनेवाले हैं। आतंकियों ने उन पर और उनके साथियों पर फायरिंग शुरू कर दी। विभूति और उनके क्यू.आर.टी. ने तुरंत जवाबी फायरिंग की। आतंकवादी अपने वाहनों में नहीं चढ़ सके और पैदल ही भागने लगे। विभूति ने पीछा किया। आतंकवादी एक खेत में घुस गए और उन पर गोलीबारी करने लगे। बलों ने जवाबी काररवाई की। विभूति अपने लोगों को निर्देश देते रहे। इस बीच खबर कमांडिंग ऑफिसर तक पहुँच गई और पुलवामा जिले के लिटर इलाके के चकूरा गाँव के भी चारों ओर एक बाहरी घेरा डाल दिया गया।

रास्ते के बड़े-बड़े नाले आतंकवादियों के भागने का आसान रास्ता बन गए और वे उसमें कूद पड़े। मेजर ढौंडियाल ने ठान लिया था कि उन्हें इतनी जल्दी भागने नहीं देना है। वे भी उनके पीछे कूद पड़े। यह न केवल जोखिम भरा था, बल्कि आत्मघाती भी था। पानी उनकी कमर तक आ गया था, लेकिन मेजर ढौंडियाल ने हार नहीं मानी और अंत में उन्होंने लश्कर-ए-तैयबा के जिला कमांडर के रूप में पहचाने जानेवाले इरफान अहमद शेख को गोली मार ही दी। मूसलाधार बारिश में यह मुठभेड़ हुई थी। मेजर ढौंडियाल के साथ के सैनिक उस घटना को सीधे बॉलीवुड फिल्म के सीन की तरह बताते हैं। मुठभेड़ स्थल से एक ए.के.-47 राइफल और दो मैगजीनें बरामद हुई थीं। एक आतंकवादी गोलीबारी का फायदा उठाकर गाँव से फरार होने में कामयाब रहा था। मुठभेड़ के बाद खून और कीचड़ से लथपथ शेख का शव सोशल मीडिया पर वायरल हो गया था।[1]

एक हफ्ता भी नहीं हुआ था कि पुलवामा हमले ने देश को झकझोरकर रख दिया था। एक स्थानीय कश्मीरी आतंकवादी आदिल अहमद डार ने लगभग 60 किलोग्राम विस्फोटक ले जा रही एक एस.यू.वी. से सरासर दुस्साहस करते हुए सी.आर.पी.एफ. के काफिले में टक्कर मार दी, जिसके नतीजतन एक बड़ा विस्फोट हुआ, जिसमें सी.आर.पी.एफ. के चालीस बहादुर सैनिकों की जान चली गई। इस विस्फोट को समझ पाना मुश्किल था। आदिल जैश-ए-मोहम्मद का आत्मघाती हमलावर था, जो खुद भी विस्फोट में मारा गया था, लेकिन इस विस्फोट के कारण न केवल चालीस परिवार

तबाह हो गए, बल्कि उसने देश को भी अंदर से हिला दिया था। आतंकवाद के खिलाफ पूरा देश एक साथ खड़ा था। बदले के लिए इंतजार नहीं किया जा सकता था।

~❖~

17 फरवरी, 2019

पुलवामा

मेजर ढौंडियाल ने देर रात अपनी पत्नी को फोन किया था। उन्हें नहीं पता था कि वे उनसे आखिरी बार बात कर रहे हैं। वे जानते थे कि नीतिका पुलवामा हमले के बाद चिंतित रहती थीं, भले ही उन्होंने कभी अपनी भावनाओं को व्यक्त नहीं किया था। यह उनकी आपसी आचार-संहिता थी—विभूति कभी भी अपने काम की परिस्थितियों के बारे में शिकायत नहीं करते थे और नीतिका कभी नहीं कहती थीं कि वह उनके लिए डर रही हैं। उन्होंने एक बार मेरे साथ अपनी भावनाओं को साझा किया था। नीतिका ने कहा था, "वे पहले से ही बहुत सारी चीजों के बोझ तले दबे थे और मैं कभी नहीं चाहती थी कि वे मेरी भी चिंता करें। उनका काम जोखिम भरा था। मैं हमेशा उनसे कहती थी कि वे परेशान न हों। मैंने परिवार के बाकी लोगों का साथ दिया और उन्होंने मेरा साथ दिया, ताकि वे पूरी तरह से अपने काम पर ध्यान दे सकें। लेकिन हाँ, वे जानते थे कि मैं उनका बेसब्री से इंतजार कर रही हूँ और वे जल्द-से-जल्द मेरे पास वापस आ जाएँ। मैं तब दिन गिनने लगती थी और मुझे इस बात का अहसास नहीं था, यह गिनती अब कभी खत्म होनेवाली नहीं है!"

वह जानती थीं कि सितंबर 2011 में ओ.टी.ए., चेन्नई से कमीशन पाने के कुछ समय बाद विभूति ने 2012 में अपने पिता को खो दिया था और वे अपनी माँ और अपनी बहनों के बारे में चिंतित रहते थे। उन्होंने हमेशा बहू के रूप में ही नहीं, बल्कि बेटी के रूप में भी अपना काम करने की पूरी कोशिश की।

अपनी आखिरी मुलाकात के दौरान उन्होंने एक-दूसरे को अलविदा कहने से पहले अपनी पहली शादी की सालगिरह की प्लानिंग पर चर्चा की थी। अंत बस कुछ ही घंटे दूर था, जो उनका वह सबकुछ लूटने के लिए तैयार था, जिसकी उन्होंने आशा की थी और जिसका उन्होंने सपना देखा था।

विभूति को अप्रैल 2019 में अपनी पहली शादी की सालगिरह के लिए देहरादून जाना था और हर दिन नीतिका और वे जश्न की प्लानिंग किया करते थे। उनकी एक बहन अमेरिका में रहती थी और उसे भी आना था। वे जगह, मेनू, गेस्ट

लिस्ट और बहुत सारी बातों पर चर्चा करते थे। नीतिका इस बात से अनजान थी कि उसकी बहनों ने उनकी शादी की तसवीरें बनाकर और उन्हें देहरादून में उनके मकान में लगाकर उन्हें सरप्राइज देने की तैयारी की है।

~❖~

18 फरवरी, 2019
पिंगलाना, पुलवामा

14 फरवरी, 2019 को पुलवामा में सी.आर.पी.एफ. के 44 जवानों की मौत पर राष्ट्र अब भी शोक मना रहा था। पाकिस्तान समर्थित हमले की गंभीरता के कारण भारत सरकार को पाकिस्तान से 'सबसे पसंदीदा राष्ट्र' का दर्जा तुरंत खत्म करना पड़ा था। इस दर्जे के कारण उसे कम सीमा शुल्क पर भारतीय बाजारों और निर्यात वस्तुओं तक गैर-भेदभावपूर्ण पहुँच उपलब्ध कराई जाती थी। इसके अलावा, भारतीय सेना ने इलाके में सबसे व्यापक घेरेबंदी और तलाशी अभियान भी शुरू किया। जवान अपने मृत साथियों का बदला लेने के लिए बेचैन हो रहे थे।

55 राष्ट्रीय राइफल्स को अपने इलाके में जैश-ए-मोहम्मद के आतंकवादियों की मौजूदगी के बारे में केंद्रीय खुफिया एजेंसियों से कुछ सामान्य जानकारी मिली थी। इलाके में जैश का चीफ ऑपरेशनल कमांडर, अब्दुल राशिद गाजी उर्फ कामरान पिंगलाना क्षेत्र में छिपा हुआ था, जो पाकिस्तानी नागरिक था। वह पुलवामा आतंकी हमले का मास्टरमाइंड था। हालाँकि जानकारी बहुत अस्पष्ट थी और इसका मतलब था कि बटालियन स्तर पर घेरेबंदी तथा तलाशी अभियान के लिए एक विशाल क्षेत्र को तैयार किया जाना था, जिसमें अधिक लोगों को शामिल होना था। सुरक्षा एजेंसियाँ कामरान को भागने देने के लिए तैयार नहीं थीं।

मेजर ढौंडियाल को पता था कि अगर कामरान इस बार भाग निकला तो वे उसे कभी नहीं पकड़ पाएँगे। शाम करीब सात बजे उन्हें सूचना मिली और कंपनियाँ इसके तुरंत बाद चल पड़ी थीं। मेजर ढौंडियाल ने सावधानीपूर्वक बटालियन स्तर की घेराबंदी और तलाशी अभियान की योजना बनाई। बराबर क्यू.आर.टी. वाली कंपनियाँ इलाके में फैली हुई थीं। ऐसा लग रहा था, जैसे घेरा केवल एक तरफ से बिछाया गया हो और दूसरी तरफ हलका रखा गया हो। यह रणनीतिक फैसला था। मेजर ढौंडियाल ने अपने क्यू.आर.टी. के साथ जाल बिछाया। लक्ष्य बनाकर अभियान शुरू किया गया और सभी दलों ने पिंगलाना इलाके में मकानों की तलाशी शुरू कर दी। उस दिन मौसम कुछ ज्यादा ही खराब था। कोहरा इतना बढ़ गया

था कि ज्यादा दूर तक देखने में दिक्कत हो रही थी। सर्द हवा सैनिकों के चेहरों पर थपेड़े मार रही थी।

मेजर ढौंडियाल को मकानों का एक समूह मिला। जब उन्होंने तीसरे मकान में प्रवेश किया तो उन्होंने पाया कि बगल के मकानों की दो चहारदीवारी के बीच की जगह में कुछ संदिग्ध चीजें फेंकी हुई पड़ी हैं। ऑपरेशन में शामिल एक अधिकारी ने नाम न छापने की शर्त पर बताया—"शायद आतंकवादी मकान बदलने की कोशिश कर रहे थे, क्योंकि घर के मालिक ने सुरक्षाबलों को सूचित नहीं किया था, जिस तरह से वे आमतौर पर करते हैं। ज्यादातर समय तो मकान मालिक को अपने परिसर में छिपे आतंकवादियों के बारे में पता होता है और वे खुद भाग जाते हैं, ताकि वे गोलाबारी की चपेट में न आ जाएँ। हालाँकि इस मकान के अभागे मालिक को शायद इस बात की जानकारी नहीं थी, जिसके कारण उसे अपनी जान गँवानी पड़ी। वह हताहत होनेवाला एकमात्र नागरिक था।" मेजर ढौंडियाल का रडार हाई अलर्ट पर था—उन्होंने तुरंत दूसरे कंपनी कमांडर को रेडियो संदेश दिया।

उन्होंने कहा, "सर्च चल रही है। मैं घर के अंदर जा रहा हूँ, सिविलियंस को बाहर बैठा दिया है, हाउस ओनर को कुछ नहीं पता। तुम सर्च कर रहे हो ना···समझ रहे हो न, सभी को बताता देना। ओवर एंड आउट!"

लगभग 1:00 बजे थे और अँधेरे की वजह से कठिनाई और बढ़ गई थी। तूफान से पहले की खामोशी में मेजर ढौंडियाल ने अपने क्यू.आर.टी. के पाँच अन्य सदस्यों के साथ मकान की व्यापक तलाशी ली। जब वे इमारत के पीछे गए तो उनके साथी सिपाही हरिसिंह ने कहा, "साब, उधर देखो, कुछ पैरों के निशान से दिख रहे हैं।"

उनके पास कोई कवर नहीं था और वे बैकअप के लिए इंतजार ही कर सकते थे, लेकिन ताजा बर्फ पर पैरों के निशानों ने संकेत दिया कि कोई मकान के दूसरी तरफ चलकर गया है, जहाँ जानवरों को रखा गया था। वे इंतजार नहीं कर सकते थे; इसका मतलब कामरान और उसके आदमियों को भागने का मौका देना हो सकता था। मेजर ढौंडियाल अपने सैनिकों की अगुआई करते हुए तुरंत उस तरफ गए।

जब वे पशुशाला के करीब पहुँचे तो आतंकवादियों ने अचानक उन पर गोलियाँ चला दीं। उन्हें सुरक्षाबलों की गतिविधियों के बारे में पता था और उन्होंने रणनीतिक रूप से अपना हमला शुरू करने के लिए पशुशाला को एक सुविधाजनक स्थान के रूप में चुना था। पहले दौर की गोलीबारी का खामियाजा मेजर ढौंडियाल को भुगतना पड़ा। उन्हें कई बार गोलियाँ लगीं। उनके आदमी भी घायल हुए। उन्होंने

तुरंत जवाबी काररवाई की और अपनी सुरक्षा की परवाह किए बिना अपने आदमियों को पीछे धकेल दिया। इसके बाद वे गोलीबारी के बीच रेंगते हुए पशुशाला की ओर हमला करने के लिए बढ़े, जो आखिरकार उनका अंतिम हमला साबित हुआ।

मेजर ढौंडियाल को पता था कि यह मौत का जाल है। वे गंभीर रूप से घायल हो चुके थे, लेकिन उन्होंने अपना आपा नहीं खोया, भले ही वे शायद महसूस करने लगे थे कि उनका जीवन उनसे अब दूर चला जा रहा है। बिना पीछे हटे, वे और उनके लोग आतंकवादियों पर गोलियाँ चलाते रहे, उस पल का इंतजार करते रहे, जब दुश्मन बाहर निकलेगा। और यही हुआ। एक आतंकवादी चारों ओर फायरिंग करते हुए शेड से बाहर आया और भागने की कोशिश करने लगा। मेजर ढौंडियाल ने गोली दागते हुए दुश्मन को नीचे गिरा दिया। भागने के हताश प्रयास में शेष आतंकवादियों ने एक हथगोला फेंका, जिसमें एक सैनिक को छोड़कर विभूति की पूरी टीम मारी गई। वह एक सैनिक बटालियन के बाकी हिस्सों की तरफ वापस रेंगने में कामयाब रहा और उसने सबको स्थिति से अवगत कराया।

जब तक निकासी टीम पहुँची, तब तक बाकी आतंकवादी भाग चुके थे। विभूति के एक जूनियर अधिकारी और उनके करीबी दोस्त तथा रूममेट ने ऑपरेशन को सँभाला, जो लगातार सत्रह घंटे तक चला और अगली शाम को समाप्त हुआ। एक दूसरा आतंकवादी हिलाल अहमद भी मारा गया, जो बम विशेषज्ञ था। उसके अलावा जैश-ए-मोहम्मद द्वारा भरती किया गया एक स्थानीय निवासी भी मारा गया। अगली शाम, एक और आतंकवादी मार गिराया गया। इस ऑपरेशन ने घाटी में जैश-ए-मोहम्मद के शीर्ष नेतृत्व का सफाया कर दिया था।[2]

मेजर विभूति शंकर ढौंडियाल ने अपनी प्रिय डेल्टा कंपनी के अपने भरोसेमंद भाइयों हवलदार शिवराम, सिपाही हरिसिंह और सिपाही अजय कुमार के साथ कर्तव्य निभाते हुए अपना सर्वोच्च बलिदान दे दिया था। पुलिस हेड कॉन्स्टेबल अब्दुल राशिद कलाम भी उसी ऑपरेशन में काररवाई में वीरगति को प्राप्त कर अमर हो गए थे। इस दौरान दक्षिण कश्मीर के डी.आई.जी. अमित कुमार को भी गोली लगी थी।

मुठभेड़ स्थल से एक ए.के.-47 राइफल और एक पिस्तौल सहित कई हथियार बरामद किए गए। उस शाम पाकिस्तान ने भारी बमबारी की। दुश्मन गुस्से में था और वह जिस तरह से भी संभव हो, वापस हमला करना चाहता था।

श्रीनगर में चिनार कोर के कोर कमांडर लेफ्टिनेंट जनरल कँवलजीत सिंह ढिल्लों ने ऑपरेशन के सफल समापन के बाद प्रेस से कहा, "हम नहीं चाहते थे कि नागरिक हताहत हों। जैसाकि आप जानते हैं, सत्रह घंटे तक चले इस ऑपरेशन

में केवल एक के सिवा और कोई नागरिक हताहत नहीं हुआ। वह नागरिक भी शुरुआती चरणों में ही आतंकवादियों की गोलीबारी में मारा गया। यही जोखिम हमने लिया और इसी का हमें भारी नुकसान उठाना पड़ा।"

मेजर ढौंडियाल ने देर रात लगभग 2 बजे अंतिम साँस ली। उनका मिशन सफल रहा था। उन्होंने एक प्रमुख आतंकवादी अब्दुल रशीद गाजी उर्फ कामरान को मार गिराया था, जो जैश-ए-मोहम्मद के प्रमुख मौलाना मसूद अजहर के सबसे करीबी और सबसे भरोसेमंद सहयोगियों में से एक था।[3]

बड़ी योजना के तहत, रशीद ने दिसंबर 2018 में सेना को चकमा देकर नियंत्रण-रेखा पार की थी और पुलवामा में काम करना शुरू कर दिया था। उसका मुख्य काम आतंकवाद के लिए स्थानीय लोगों को कट्टरपंथी बनाना, भरती करना और प्रशिक्षित करना था, साथ ही वह बड़े पैमाने पर तबाही मचाने की बड़ी योजना पर काम कर रहा था। अफगान युद्ध का एक सीनियर बम विशेषज्ञ था और उसने कई स्थानीय आतंकवादियों को बम बनाने और विस्फोट करने का प्रशिक्षण दिया था। पुलवामा हमले के लिए चुना गया युवा कश्मीरी आतंकवादी आदिल डार उनमें से एक था। अगर मेजर ढौंडियाल न होते तो कामरान जैसा आतंकवादी कमांडर न केवल स्थानीय शांति के लिए, बल्कि राष्ट्रीय सुरक्षा के लिए भी खतरा साबित होता। मेजर ढौंडियाल ने मुठभेड़ में उसको जल्दी मारकर कई आतंकी साजिशों को नाकाम कर दिया था और स्थानीय आतंकवादियों के नेटवर्क को पूरी तरह से ध्वस्त कर दिया था।

~❖~

19 फरवरी, 2019

देहरादून

'जिंदगी कई सारे अजीब इत्तेफाकों के अलावा और कुछ भी नहीं है', नीतिका सोच रही थी। यह अजीब बात थी कि उनके जीवन के प्यार ने उसी स्थान पर सर्वोच्च बलिदान दिया था, जहाँ उनके परिवार का कभी अपना घर होता था। जब नीतिका का कश्मीरी पंडित परिवार शांति और नए जीवन की तलाश में 1990 में कश्मीर से पलायन कर गया था, तभी 1991 में फरीदाबाद में उनका जन्म हुआ था। उन्होंने अपने साक्षात्कार के दौरान बताया, "उस भूमि के टुकड़े ने मुझसे बहुत-कुछ लिया—लगभग सबकुछ ले लिया।" सबसे सम्मानजनक तरीके से अपने इतिहास का हिस्सा बनना उनकी नियती थी। वे ही क्यों, राज्य को तबाह करनेवाले आतंकवाद के कारण अपने पिता, भाई, पुत्र और पतियों को खो चुकी हजारों

महिलाएँ भी राज्य के ऐतिहासिक रिकॉर्ड में समान रूप से महत्त्वपूर्ण हैं।

खबर मिलते ही नीतिका देहरादून के लिए रवाना हो गईं। वे सदमे में थीं। किसी को विश्वास नहीं हो रहा था। विभूति को उनकी शादी की पहली शादी के लिए अप्रैल में उनसे मिलने आना था। ऐसा लगा, जैसे उनकी दुनिया एक ही पल में खत्म हो गई हो!

और हालाँकि, वे तबाह हो गई थीं, लेकिन उन्हें अपनी सास को खबर करने की चिंता हो रही थी। विभू उनका इकलौता बेटा और उनके जीवन का प्रकाश था। नीतिका जानती थीं कि लोगों ने सरोज को यही बताया है कि विभूति घायल है; वे जानती थीं कि ऐसे में उन्हें अपनी सास के साथ होना चाहिए।

जब नीतिका उनसे मिलीं तो उन्होंने अपने आँसुओं पर काबू पाने की पूरी कोशिश की। जैसे ही सरोज ने उन्हें देखा, वे दौड़कर उनकी ओर बढ़ीं, उन्हें कसकर गले लगाया और उनका हाल-चाल पूछने लगीं।

बस इतना ही था। बाधाएँ तोड़ दी गई थीं और मारे गए नायक के सबसे करीब दो महिलाएँ तब तक रोईं, जब तक उनकी आँखों के आँसू सूख नहीं गए। इनमें से एक वह थी, जिसने उसे जन्म दिया था और उसका पालन-पोषण किया था और दूसरी वह थी, जिसने उसके साथ एक दुनिया का सपना देखा था। विभूति की बहनें दूसरे कोने में रो रही थीं। उनके आँसू अब भी सूखे नहीं थे। अपने उस इकलौते भाई को खोने का दर्द सहन करना आसान नहीं है, जिसे वे राखी बाँधने या लाड़-प्यार करने के लिए बेसब्री से इंतजार कर रही थीं। सरोज अपने पति के निधन के बाद नहीं टूटी थीं, लेकिन बेटे की असमय मौत ने उन्हें तोड़ दिया था, जो कई प्रार्थनाओं के बाद उनके पेट में आया था।

नीतिका के माता-पिता देहरादून पहुँचे और वे भी टूट चुके थे। मेजर ढौंडियाल उनके लिए बेटे के समान थे। अब उन्हें अपनी प्यारी बेटी को शोक से तड़पती विधवा के रूप में देखना था। कल ही की बात थी, जब उन्होंने उसका विवाह विभूति के साथ बड़े हर्ष के साथ किया था।

जब चिता जलाई गई तो उसकी आग में दो परिवारों की खुशियाँ और उम्मीदें भी खाक हो गईं। पूरे भारत में टीवी स्क्रीन पर अंतिम संस्कार देख रहे लोग उस महिला के साथ रो पड़े, जिसने एक क्रूर, निर्णायक पल में अपनी पूरी दुनिया खो दी थी—जिसने अपने देशवासियों और महिलाओं के दिलों को भी गर्व से भर दिया था।

~❖~

प्रिय पाठक, जब आप इसे पढ़ रहे हैं, तब तक नीतिका सेना आयुध कोर में भारतीय सेना में शामिल हो चुकी हैं। एस.एस.बी. साक्षात्कार के दौरान उनसे पूछा गया, "आप भारतीय सेना में क्यों शामिल होना चाहती हैं?" उन्होंने साक्षात्कारकर्ताओं को मेजर ढौंडियाल के बारे में बताया और कहा, "मैं अपने पति के शेष कार्यकाल को पूरा करना चाहती हूँ और उनकी विरासत को आगे बढ़ाना चाहती हूँ।"

जब उनसे पूछा गया कि मेजर ढौंडियाल से उनकी शादी को कितने साल हो गए हैं, तो उन्होंने कहा, "करीब डेढ़ साल।" एक अधिकारी ने उनके जवाब पर आपत्ति जताई और कहा, "आप ऐसा कैसे कह सकती हैं? रिकॉर्ड के अनुसार, मेजर ढौंडियाल आपकी शादी के नौ महीने और उनतीस दिनों के अंदर ऑपरेशन में मारे गए थे।"

बिना पलक झपकाए नीतिका ने शालीनता और आत्मविश्वास से जवाब दिया, "मैंने उन्हें खो दिया, लेकिन इसका मतलब यह नहीं है कि हमारी शादी खत्म हो गई। वे बस दूसरी दुनिया में गए हैं और ऐसा नहीं है कि हमने तलाक ले लिया है या मैंने दोबारा शादी की है! आप देखिए, मैं अब भी उनसे विवाहित हूँ।"

यदि आप कभी हमारे वरदीधारी पुरुषों की ताकत के स्रोत के बारे में सोचते हैं, जो स्वेच्छा से गोलियों का सामना करते हैं, पुल पार करते हैं, विस्फोटों का सामना करते हैं और हिम्मत के साथ अपनी जान जोखिम में डालते हैं, तो याद रखिए कि ये बहादुर महिलाएँ ही वह स्रोत हैं। वे सैनिकों के लिए प्रेरणा के एक बड़े स्रोत के रूप में काम करती हैं।

नीतिका का जवाब सुनकर इंटरव्यू पैनल मुसकराने लगा था। रिजल्ट आया तो पता चला कि उनके चयन की सिफारिश की गई है। इस खबर ने राष्ट्रीय मीडिया में कई सुर्खियाँ बटोरीं, क्योंकि वे भारत के युवाओं, विशेषकर युवा महिलाओं के लिए एक भारी प्रेरणा बन चुकी हैं।

2020 में कोविड-19 की महामारी के कारण उनकी जॉइनिंग में देरी हुई थी, लेकिन जैसे ही उनकी जॉइनिंग हुई, वे ओ.टी.ए., चेन्नई की ओर चल पड़ीं और उनके साथ वही काला ट्रंक था, जिसे मेजर विभूति ढौंडियाल ने ओ.टी.ए. में अपने प्रशिक्षण के दौरान इस्तेमाल किया था। ट्रंक को उसके जीवन की तरह ही फिर से रँगा गया था। एक साल के लंबे प्रशिक्षण कार्यक्रम के बाद 29 मई, 2021 को नीतिका ने अपने पाठ्यक्रम के साथियों के साथ ओ.टी.ए., चेन्नई में मेजर परमेश्वरन् ड्रिल स्क्वायर के उसी मैदान पर मार्च किया, जहाँ उनके पति ने 2011 में मार्च किया था। परेड रिव्यूइंग ऑफिसर, उत्तरी कमान के जनरल

ऑफिसर कमांडिंग-इन-चीफ, लेफ्टिनेंट जनरल वाई.के. जोशी ने उन्हें पिप किया था, जिन्होंने उत्तरी कमान में अपनी अंतिम साँस लेनेवाले अपने अधिकारी बंधु की पत्नी का समर्थन करके खुद भी उच्चतम सैन्य आचार-संहिता और सिद्धांतों का प्रदर्शन किया था। रेजिमेंटल साज-सज्जा और चमकीले चमकदार सितारों ने नव-नियुक्त लेफ्टिनेंट नीतिका कौल ढौंडियाल को शानदार आभा प्रदान की—जो अपने जीवन का नया अध्याय शुरू करनेवाली थीं।

प्रिय पाठक, उनकी कहानी के जरिए मुझे आशा है कि आप महसूस करेंगे कि सच्चा प्यार आपको कमजोर नहीं करता है; बल्कि यह सभी को जीतने की ताकत देता है। आपको बस प्रेम की शक्ति में विश्वास करते रहना है।

~❖~

कहानी मेजर विभूति शंकर ढौंडियाल की पत्नी श्रीमती नीतिका ढौंडियाल; मेजर ढौंडियाल साथी, अधिकारी जो अकेदमी में उनके प्रशिक्षण, पोस्टिंग और विभिन्न कार्यों के दौरान उनके साथ रहे थे। साक्षात्कार से आधारित है। एक घातक आतंकवादी को मार गिराने के परिणामस्वरूप विशिष्ट बहादुरी और अद्वितीय साहस का प्रदर्शन करने के लिए मेजर विभूति शंकर ढौंडियाल को मरणोपरांत शौर्य चक्र से सम्मानित किया गया।[4]

□

शाश्वत प्रेम-कहानी

तृप्ति नायर और मेजर शशिधरन विजय नायर

13 जनवरी, 2019
बैकुंठ श्मशान भूमि, पुणे,
महाराष्ट्र

महाराष्ट्र में पुणे के नवी पेठ में बैकुंठ श्मशान में हजारों-हजार लोग पुणे के सपूत मेजर शशिधरन विजय नायर की शहादत को श्रद्धांजलि देने और शोक व्यक्त करने के लिए जमा हुए थे। उन्होंने जम्मू-कश्मीर के नौशेरा में खूबसूरत लाम घाटी में विस्फोट में अन्य लोगों को बचाने की कोशिश में अपनी जान कुरबान कर दी थी।

यह एक भावनात्मक विदाई का मौका था, जो अमर हो चुके वीर सपूत के कद के अनुकूल थी, जिसने राष्ट्र के लिए अपना जीवन बलिदान कर दिया था। हजारों लोगों ने कथा बन चुके बहादुर की मौत पर शोक व्यक्त किया था, जो कभी भी अपनी जिम्मेदारी से पीछे नहीं हटा। उन्होंने अन्य लोगों के लिए, राष्ट्र और अपने परिवार के लिए निस्स्वार्थ भाव से अपना जीवन जिया था। एक इंच भी जगह नहीं बची थी, जहाँ लोग खड़े न हों। भारी भीड़ श्मशान की तीनों मंजिलों पर जमा थी और आसपास की इमारतों पर भी लोग चढ़े थे। लोग राष्ट्र के सपूत मेजर नायर को अपनी अंतिम श्रद्धांजलि देना चाहते थे—जो मूल रूप से मलयाली थे, लेकिन दिल से मराठी और भाव से गोरखा थे। शुक्रवार, 11 जनवरी, 2019 को उनके शहीद होने के बाद उनका पार्थिव शरीर तिरंगे में लपेटकर ताबूत में रखकर राजकीय सम्मान के साथ पुणे लाया गया था। उनके पार्थिव शरीर को उनके गृह नगर तक ले जाने के लिए छह सर्विस एयरक्राफ्ट का इस्तेमाल किया गया था—जो एक दुर्लभ सम्मान था।

औपचारिक सलामी गारद के बाद उनके पार्थिव शरीर को शवगृह में रख दिया

गया। अंतिम संस्कार स्थल के लिए यात्रा सुबह 10 बजे एक विशाल जुलूस के रूप में शुरू हुई, जिसमें पूरे देश से हजारों लोग शामिल हुए। जुलूस के रास्ते में ज्यादातर दुकानदारों ने उनके सम्मान में अपने शटर गिरा दिए थे। रातोरात कई होर्डिंग लगाए गए थे और हजारों लोगों को सँभालने के लिए अस्थायी तंबू खड़े किए गए थे।

सिंघड़ रोड पर वाहनों का आवागमन भी रोक दिया गया था। जगह-जगह पुलिसकर्मी तैनात थे। उन्होंने नायक के अंतिम संस्कार के जुलूस को रास्ता देने के लिए यातायात को रोकने से पहले, फूलों से लदे सेना के ट्रक पर उनके पार्थिव शरीर को सलामी दी। रहवासियों ने ट्रक पर फूल बरसाए। सैकड़ों युवा हाथों में तिरंगा लिये जुलूस के पीछे चल रहे थे। मेजर शशिधरन नायर के गौरव में लगाए गए नारे आसमान तक गूँज रहे थे। खड़कवासला से बैकुंठ श्मशान धाम तक 18 किमी. की यात्रा के दौरान जब तक अंतिम संस्कार के लिए भीड़ रुक नहीं गई, तब तक यह सिलसिला जारी रहा। इसके बाद परिवार के सदस्यों ने मेजर के शरीर पर पुष्पांजलि अर्पित की।

देश के वीर सपूत को पूरे राजकीय सम्मान के साथ 21 तोपों की सलामी दी गई। उनके बारह वर्षीय चचेरे भाई अश्वत ने चिता को मुखाग्नि दी, जो विशेष रूप से इसके लिए केरल से आए थे। मेजर नायर का पार्थिव शरीर जलकर खाक होने तक एक भी हाथ ऐसा नहीं था, जिसने मेजर नायर की वीरता को सलाम न किया हो। वे उसी मिट्टी में मिल चुके थे, जिसके लिए उन्होंने अपने जीवन का बलिदान किया था।

शोकग्रस्त भीड़ के बीच व्हीलचेयर पर एक अकेली महिला बैठी थी, जिसे सबसे ज्यादा नुकसान हुआ था—वे थीं उनकी पत्नी तृप्ति। उनके बगल में मेजर नायर की माँ श्रीमती लता नायर खड़ी थीं, जिन्होंने कई साल पहले ही अपने पति को खो दिया था और अब अपने बेटे के जाने का शोक मना रही थीं। मेजर नायर की बहन शीना नायर भी अपने भाई के आकस्मिक निधन पर शोक व्यक्त कर रही थीं। वे समझ नहीं पा रही थीं कि किसको सँभालें—एक रात पहले ही अस्पताल से छुट्टी पानेवाली बीमार माँ को या व्हीलचेयर पर बैठी अपनी भाभी तृप्ति को, जो अपने शक्ति-स्तंभ के अकल्पनीय नुकसान के नीचे कुचल गई थीं?

तृप्ति के दुर्भाग्य को नजरअंदाज कर पाना मुश्किल था। जल्द ही उनकी कहानी हर अखबार और हर मीडिया चैनल पर सुर्खियाँ बटोरने लगी। मेजर नायर के साथ उनके संबंधों की गहराई पर पत्रकार चकित थे।

मेजर नायर जैसे लोग हमारे बीच झूठ और दुःखों से भरी इस अँधेरी दुनिया में महान् प्रकाश फैलाने के लिए ही प्रकट होते हैं। वे आशा, प्रेम और पवित्रता की

मशाल जलाते हैं और दूसरों का मार्गदर्शन करते हैं। एक बार तो आपको लग सकता है कि ऐसे सम्मान और गरिमा के लोग अब और मौजूद नहीं हैं, लेकिन जैसे-जैसे आप उनकी कहानियाँ पढ़ते हैं, वैसे-वैसे मानवता और अच्छाई में आपका विश्वास बहाल होता जाएगा। ऐसी ही है मेजर शशिधरन विजय नायर और उनकी जीवनसंगिनी की कहानी।

~❖~

2003
फर्ग्यूसन कॉलेज, पुणे
महाराष्ट्र

पुणे के बाहरी इलाके खड़कवासला में अपने घर से 20 किलोमीटर दूर फर्ग्यूसन कॉलेज पहुँचने के लिए एक लंबा अठारह वर्षीय लड़का, अपनी पीठ पर बैग लादे, सुबह 5 बजे अपनी साइकिल को जोर से पैडल मारता चला जा रहा था।

उसका रोज का यही काम था। शशिधरन विजय नायर कॉलेज जाने के लिए दिन में लगभग 40 किलोमीटर पैडल मारता हुआ साइकिल से जाता था, जिसके मुख्य तौर पर दो कारण थे। सबसे पहले तो उसके अंदर सेना के प्रशिक्षण का शौक था और वह सुबह-सुबह अपनी एन.सी.सी. कक्षाओं और शारीरिक अभ्यास में भाग लेने के लिए समय का बहुत पाबंद था। दूसरा, वह आर्थिक रूप से सुरक्षित परिवार से ताल्लुक नहीं रखता था। उसके परिवार की एकमात्र आय उनकी माँ लता की ट्यूशन की थी। उसके पिता ने खराब स्वास्थ्य के कारण केंद्रीय जल और विद्युत् अनुसंधानशाला से स्वैच्छिक सेवानिवृत्ति ले ली थी।

शशिधरन जानता था कि उसे आर्मी की वरदी पहननी है। यही कारण है कि उसने 2006 के बैच के हिस्से के रूप में अपने कॉलेज में एन.सी.सी. की आर्मी विंग को चुना। वह अपने बैच के सर्वश्रेष्ठ कैडेट के अतिरिक्ति एथलीट, क्रॉस-कंट्री रनर, बास्केटबॉल के भी सर्वश्रेष्ठ खिलाड़ी थे। वे शारीरिक अभ्यासों में वह अजेय रहते थे।

उसके बचपन के दोस्तों में से एक, मेजर मिलिंद कुलकर्णी उसे बहुत याद करते हैं। मेजर कुलकर्णी उनके साथ एन.सी.सी. में थे और बाद में सेना में भी शामिल हुए। हमारी बातचीत के दौरान उन्होंने बताया, "हमारे कॉलेज के मैदान के पीछे पहाड़ी की चोटी पर एक मंदिर था। सभी एन.सी.सी. कैडेट उस पर चढ़कर और उसे छूकर दिन भर के लिए इकट्ठा होते और वॉर्मअप होते थे। जब तक

हम चढ़ना शुरू करते, तब तक शशि ढलान से नीचे लौट रहा होता था। इसके परिणामस्वरूप हम में से बाकी लोगों को अतिरिक्त अभ्यास और दंड का भी सामना करना पड़ता था। हम बाद में उसे घेर लेते थे और उसे हमारी खातिर धीमा चलने के लिए कहते थे—'थोड़ा धीरे दौड़ा कर। तेरी वजह से हमारी लग जाती है।' वह सर्वश्रेष्ठ था। उसके जीते गए स्वर्ण पदकों से उसका घर भर गया था।"

ड्रिल के बाद, शशिधरन एन.सी.सी. के बाकी सदस्यों के साथ चिन-अप और डिप्स में प्रतिस्पर्धा करता था। वह माहिर व्यक्ति न केवल अपने साथियों को शारीरिक फिटनेस बनाए रखने के लिए प्रेरित करता था, बल्कि उन्हें पढ़ाई-लिखाई में भी बेहतर करने के लिए प्रोत्साहित करता था। उसके दोस्तों को याद है कि वे उससे कितनी प्रेरणा लेते थे! उसकी हर चीज खास थी, यहाँ तक कि उसने जो वरदी पहनी थी, वह भी खास होती थी। वह सुनिश्चित करता था कि हर बटन जगह पर हो और क्रीज सही जगह पर टिकी हुई हो। वह ऐसा ही था—हर जगह उत्कृष्ट। अपना सर्वश्रेष्ठ देने की आदत इस हलके-फुलके खुशमिजाज इनसान की स्वाभाविक रूप से थी, जो मानता था कि कुछ भी असंभव नहीं है। कोई आश्चर्य नहीं कि उनके दोस्तों ने उसे 'टार्जन' उपनाम दिया था।

मेजर कुलकर्णी ने सहज रूप में हँसते हुए बताया, "आप जानती हैं मैम, शशि का आदर्श वाक्य था—'मैं जो कुछ भी करूँगा, पूरे जोश के साथ करूँगा।"

"वह यारों का यार था, जो हमेशा अपने दोस्तों से घिरा रहता था। दयालु और करुणा से भरा था और किसी भी जरूरतमंद दोस्त की मदद के लिए वह सबसे पहले खड़ा होता था। उसके दोस्त और सीनियर उसे बहुत प्यार करते थे।"

कॉलेज के पहले साल के दौरान तकनीकी प्रवेश योजना (टी.ई.एस.) के लिए उसके नाम की अनुशंसा की गई थी और उसे एस.एस.बी., इलाहाबाद में रिपोर्ट करनी थी। उनकी माली हालत इतनी खराब थी कि उनके पास ट्रेन में रिजर्वेशन के लिए भी पैसे नहीं थे। उसके सभी एन.सी.सी. बैचमेट्स, जूनियर और सीनियर ने उसकी यात्रा और ठहरने के लिए पैसे जुटाए थे। शशि पैसे लेने में बहुत झिझक रहा था। अपनी खातिर किसी को परेशान करना उसके स्वभाव के खिलाफ था, लेकिन उसके दोस्तों ने उसे समझाया कि वे लोग उसकी उपलब्धियों पर कितना गौरव महसूस कर रहे हैं! शशि की अनुशंसा की गई थी, लेकिन बाद में मेरिट सूची में नीचे रहने पर उसे खारिज कर दिया गया था। हालाँकि जैसीकि अपेक्षा थी, वह 2006 के अपने एन.सी.सी. बैच में सी.डी.एस. परीक्षा के जरिए अकादमी में शामिल होनेवाला पहला व्यक्ति बना।

उसकी माँ लता नायर का उसके जीवन में हमेशा महत्त्वपूर्ण प्रभाव रहा है। वह अपनी माँ की पूजा करता था। माँ को अतिरिक्त घंटे काम करना पड़ता था, ताकि यह सुनिश्चित हो सके कि उसके बच्चों को किसी तरह की कमी न हो। शशि के दोस्तों को याद है कि शशि के घर जाने का मतलब होता था कि हमेशा खाली पेट जाइए, क्योंकि आंटी वहाँ पर उनकी थाली में प्यार से पकाया गया ढेर सारा भोजन रख ही देती थीं। शशि को मसालेदार खाने का बहुत शौक था। लता विशेष रूप से उसके और उसके दोस्तों के लिए सोया-चावल बनाती थीं। यह उनके ब्रेक के दौरान सबसे अधिक पसंद किए जानेवाले टिफिन आइटमों में से था।

मेजर कुलकर्णी एन.सी.सी. के अपने अच्छे पुराने दिनों का एक किस्सा सुनाते समय खुलकर मुसकराने लगे थे, "हममें से किसी के पास पैसा तो होता नहीं था। हम गरीब थे। लंच ब्रेक के दौरान हम अपने कॉलेज की कैंटीन में बैठते, सभी पंद्रह या बीस टिफिन बॉक्स एक साथ खोलते और अपना भोजन साझा करते। हमारी टोली काफी बड़ी थी और कैंटीन की ज्यादातर सीटों पर हम कब्जा कर लेते थे। जल्द ही कैंटीन के मालिक को समझ आ गया कि हम बिना पैसा दिए, वहाँ बैठते हैं और उसके असली ग्राहकों को जगह नहीं मिल पाती है। उसने हम लोगों से कह दिया कि अगर हमको कोई खाना ऑर्डर नहीं करना है तो फिर इधर न बैठें।

"उसके बाद एक ही बन मस्का और चाय के ऑर्डर पर पूरी टोली घंटों तक वहाँ जमी रहती थी। हम भाइयों की टोली सच्ची थी; फिर हम एक-दूसरे के टिफिन साझा करते। शशि का सोया-चावल खाने के लिए हमेशा मारा-मारी होती थी और हम इसे ऐसे खाते थे, जैसे लोग अकाल में फँसे हों! वे प्यारे दिन थे। हमारे बीच का मिलन और गर्मजोशी लाजवाब थी। एन.सी.सी. के मूल्य सेना के मूल्यों से काफी मिलते-जुलते हैं, जिसमें एक भाई हमेशा आपके दिल के किसी कोने में बना रहता है।"

इस तरह शशि ऐसे वातावरण में बड़ा हुआ था, जिसमें भौतिकवादी सुख भले ही कम था, लेकिन मानवीय मूल्य असाधारण थे। उसका बचपन सुरक्षित और खुशहाल था। शायद यह साधारण मलयाली क्षत्रिय परिवार में हुई उसकी परवरिश के कारण था। उसके माता-पिता के पास ज्यादा संसाधन नहीं थे, लेकिन वे दरियादिल और उदार थे। ईमानदारी और आत्मानुशासन के मूल्यों का पालन करते हुए, उसके परिवार ने साधारण जीवन जिया, जिसमें अनावश्यक विलासिता के लिए कोई स्थान कभी नहीं रहा।

2006

भारतीय सैन्य अकादमी

एक कीचड़ भरी खाई के ऊपर रखे पतले लकड़ी के तख्त पर कूदने के लिए वह लंबा और बहादुर लड़का रस्सी पर झूल गया था। ऐसी बाईस बाधाएँ होती हैं, जिन्हें किसी कैडेट से समय पर पार करने की उम्मीद की जाती है। जेंटलमैन कैडेट शशिधरन वी. नायर रिकॉर्ड समय में इन सभी को पास करनेवाले अपने साथियों में पहला था। उसके उस्तादों को उस पर गर्व था। यह कैडेट किसी ओलंपिक चैंपियन की तरह दौड़ता था, उसने अपनी कंपनी बसंतर के लिए रिकॉर्ड संख्या में स्वर्ण पदक भी जीते। एन.सी.सी. के दिनों से ही उसे बास्केटबॉल और फुटबॉल के खेल पसंद थे और वह इन दोनों का बेहतरीन खिलाड़ी था। जैसे उसके एन.सी.सी. के दिनों की तरह अब उसके आई.एम.ए. कोर्स के साथी शिकायत करने लगे थे, 'थोड़ा धीरे-धीरे दौड़ा कर। हमारी लग जाती है।'

शशि ट्रेनिंग पनिशमेंट भी उत्साह के साथ पूरी करता था। कड़ी जमीन पर बजरी और रगड़ा पर लगातार लुढ़कने से उसकी पीठ खून से लथपथ हो जाती थी, लेकिन वह हार कभी नहीं मानता था और पूरे जोश के साथ सबकुछ करता था। जल्द ही, वह अपने सभी प्रशिक्षकों और सीनियरों का भी चहेता बन गया था। उसे अपने पहले कार्यकाल में लांस कॉर्पोरल बनाया गया था और दूसरे कार्यकाल में जूनियर अंडर ऑफिसर बनाया गया, जो आई.एम.ए. में काफी प्रतिष्ठित अपॉइंटमेंट था।

शशि अपने एन.सी.सी. दोस्तों को कभी नहीं भूला। उसे अकादमी में समय तो शायद ही कभी मिलता था, लेकिन जब भी उसे मौका मिलता, वह सुनिश्चित करता था कि वह अपने एन.सी.सी. के दोस्तों से बात करे और उन्हें अकादमी में आने की राह सुझाए और उनका मार्गदर्शन करे। उसके कई साथी और जूनियर उसके बाद अकादमी में शामिल हुए भी, जिसमें शशि ने मार्गदर्शक, संरक्षक और रोल मॉडल के रूप में महत्त्वपूर्ण भूमिका निभाई थी।

अकादमी में अपनी ट्रेनिंग के दौरान उसके अंदर गौरवशाली गोरखा रेजिमेंट में शामिल होने की तीव्र इच्छा पैदा हुई। मुझे याद है कि एक मेस पार्टी के दौरान एक गोरखा अधिकारी ने एक बार मुझसे कहा था, "मैम, गोरखा सैनिकों की कमान सँभालने के लिए बहुत भाग्यशाली होने की जरूरत होती है, क्योंकि यह वह जगह है, जहाँ आप सबसे शानदार सैनिकों को बेहतरीन वफादारी, भक्ति और समर्पण की कमांड लेते हैं।"

आई.एम.ए. प्रशिक्षण पूरा होने के बाद 10 दिसंबर, 2007 को शशि को सच

में 2/1 गोरखा यूनिट में ही नियुक्त किया गया था। 2/1 गोरखा राइफल्स भारतीय सेना की सबसे सुसज्जित बटालियनों में से एक है, जिसे 'वीर पलटन' के नाम से भी जाना जाता है।

~❖~

2009

पठानकोट

कैप्टन शशिधरन विजय नायर ने अपना अनिवार्य कमांडो ट्रेनिंग कोर्स पूरा किया और वे अपनी यूनिट में वापस आ गए थे। उन्होंने इंस्ट्रक्शन ग्रेडिंग के साथ एक यंग ऑफिसर्स कोर्स भी पूरा किया था। अपनी शारीरिक मजबूती और क्षमताओं के कारण वे जल्द ही अपनी बटालियन की 'घातक प्लाटून' के कंपनी कमांडर बना दिए गए। यूनिट के सर्वश्रेष्ठ सैनिक ही 'घातक प्लाटून' में शामिल किए जाते थे और कैप्टन शशिधरन उन्हें कमांड करने के लिए सर्वश्रेष्ठों में से भी सर्वश्रेष्ठ थे। केवल अपने शारीरिक कौशल के बल पर नहीं, बल्कि गोरखा सैनिकों के साथ घुलने मिलने की अपनी क्षमता और अपनी लोकप्रियता के कारण भी कमांडिंग ऑफिसर को उनके कॅरियर में इतनी जल्दी इतनी प्रमुख स्थिति में उन्हें नियुक्त करने की प्रेरणा मिली।

मेजर नायर (तब कप्तान) ने अपने 'लाइन अटैचमेंट' के दौरान अपने सैनिकों का दिल जीत लिया था। 'लाइन अटैचमेंट' ज्यादातर पैदल सेना बटालियनों का एक अभिन्न अंग होता है और किसी भी गोरखा बटालियन का सबसे महत्त्वपूर्ण हिस्सा होता है, जिसमें किसी नए कमीशंड अधिकारी को एक महीने के लिए 'लाइन में सैनिकों' के बीच रहने के लिए भेजा जाता है, ताकि उसे भाषा, संस्कृति, परंपरा, कार्य और भावनाएँ सीखने में सक्षम बनाया जा सके, क्योंकि जल्द ही उसे उनकी कमान सँभालनी होती है।

इस दौरान वह अधिकारी वह हर काम करता है, जो किसी सबसे निचले रैंक के सैनिक को करना होता है। इससे न केवल उसे निम्नतम स्तर के सैनिक की नौकरी की तकनीकी और संभावनाओं को समझने में मदद मिलती है, बल्कि उसके अंदर सैनिकों को कमांड देने का आत्मविश्वास भी मिलता है—क्योंकि वह खुद भी उस तरह की कमांड का बेहतरीन तरीके से पालन कर चुका होता है। उस दौरान अधिकारी से अपेक्षा की जाती है कि वह 'सारे सैनिकों' की तरह रहे और उनमें सर्वश्रेष्ठ दिखे।

कैप्टन नायर ने कुछ ही समय में गुरखाली भाषा सीख ली। जल्द ही, महाराष्ट्र के उस मलयाली लड़के ने धाराप्रवाह गुरखाली में सैनिकों के साथ बात करनी शुरू कर दी। 'बड़े खाने' के दौरान और अन्य अवसरों पर वे पागलों की तरह 'झावरे नाच' करते थे, सबका मन मोहते हुए गुरखाली में गाने गाते थे। यह समझ पाना मुश्किल हो जाता था कि वे जन्म से गोरखा नहीं, बल्कि मलयाली हैं, लेकिन वास्तव में एक सच्चे रेजिमेंटल अधिकारी की यही खासियत होती है।

जब वे पठानकोट में तैनात थे, तब वे अप्रैल 2009 में कॉमन फ्रेंड्स के जरिए तृप्ति से पुणे में पहली बार मिले थे। पिता को दिल का दौरा पड़ने से खो देने के बाद कैप्टन नायर उस समय बिखर गए थे। वे सभी संस्कारों और अनुष्ठानों को करने के लिए शॉर्ट लीव पर पुणे आए थे, लेकिन नियति की अपनी योजना थी। शशिधरन और तृप्ति के फर्ग्यूसन कॉलेज के कुछ कॉमन फ्रेंड कॉलेज के लोकप्रिय रेस्तराँ 'सवेरा' में कॉफी पर मिलने की योजना बना रहे थे और वे इन दोनों को भी अपने साथ ले गए।

शशिधरन को पहली नजर में ही प्यार हो गया था। मुश्किल से बात करनेवाली शर्मीली लड़की तृप्ति ने पल भर में ही उनका दिल चुरा लिया था। तृप्ति उस समय फर्ग्यूसन कॉलेज से एम.सी.ए. कर रही थी और उनकी जूनियर थीं। वह तेलुगु थी, लेकिन धाराप्रवाह मराठी बोलती थी। उनमें कई समानताएँ थीं। दोनों दक्षिण भारतीय थे, लेकिन दोनों का ही पारिवारिकि इतिहास महाराष्ट्र प्रवास का था, और दोनों परिवारों ने मराठी संस्कृति को दिल से अपना लिया था। हालाँकि शशिधरन सबसे ज्यादा मोहित हुए थे तृप्ति के नृत्य कौशल को देखकर। वह प्रशिक्षित नर्तकी थी; और अकसर अपने कॉलेज में परफॉर्म करती थी। वह काफी लोकप्रिय भी थी और उसके नृत्य कौशल की अपनी फैन-फॉलोइंग थी।

पहली मुलाकात में एक चिनगारी जल चुकी थी। तृप्ति ने अपनी दूरी बनाए रखी, लेकिन हँसमुख शशिधरन ने अपने दिल के दरवाजे पर पहली दस्तक देनेवाली उस लड़की का पीछा नहीं छोड़ा। उन्होंने अपनी बाकी छुट्टी अपने पुराने दोस्तों के साथ फर्ग्यूसन कॉलेज के चक्कर लगाने में बिताई। तृप्ति ने जल्द ही उन पर ध्यान दिया और उनके साथ घुलने-मिलने लगी। कुछ समय तो लगा, लेकिन उसकी दिलचस्पी दिखाई देने लगी थी। उसकी मासूमियत और शर्म कैप्टन नायर को हैरान कर देती थी। उनकी समान पृष्ठभूमि के बावजूद उनकी दुनिया उससे अलग थी। वह कैप्टन नायर के उत्साही व्यक्तित्व के बिल्कुल विपरीत थी और जैसाकि उनके दोस्तों ने बताया, यह 'विपरीत आकर्षण' का मामला था।

जनवरी 2010

पुणे

तृप्ति और शशिधरन ने हाल ही में मोबाइल फोन पर बातचीत शुरू कर दी थी। फुल रिचार्ज टॉप-अप ने उनके बीच कामदेव की भूमिका निभाई। संकोच मिटता जा रहा था; शर्मीली लड़की ने उनके सामने अपने विचारों और भावनाओं को व्यक्त करना शुरू कर दिया था। कभी-कभी पलक झपकते ही रात भोर में बदल जाती थी। सुंदर कविता और बॉलीवुड गीतों के कारण रोमांस हवा में लहराने लगा था और फालतू के चुटकुलों पर हँसते हुए दुनिया के सभी दुःख दूर हो जाते थे। घातक कंपनी कमांडर कैप्टन नायर उस शर्मीली युवती के सामने घुटनों के बल बैठते, जो किसी परी की तरह नाचती थी और ज्यादातर अपनी आँखों से ही बात करती थी।

वे पठानकोट में तैनात थे, तभी उन्होंने फैसला किया कि अब बहुत हो गया है, और अब समय आ गया है कि उसे प्रपोज करे या हमेशा के लिए अविवाहित रहे। वे बेहतरीन गायक थे, जो बॉलीवुड गायकों की हू-ब-हू नकल कर सकते थे। उनका पसंदीदा गाना 'गुलाबी आँखें जो तेरी देखीं' था, लेकिन जब तृप्ति को प्रपोज करने की बात आई तो उन्होंने 'रहना है तेरे दिल में' को सावधानी से चुना, जो इसी नाम से बनी फिल्म का गाना था। वे साधारण दैनिक जीवन के बारे में सहज बातचीत कर रहे थे कि तभी उन्होंने यह गाना गाना शुरू कर दिया और गाना खत्म होते ही उन्होंने प्रपोज कर दिया। तृप्ति अवाक् रह गई। उसे समझ नहीं आ रहा था कि वह क्या जवाब दे? वह निश्चित रूप से उन्हें पसंद करती थी, लेकिन उसके दिल की धड़कन इतनी बढ़ गई थी कि वह कुछ नहीं कह पाई। उसने बस अपना फोन स्विच ऑफ कर दिया और शशिधरन को पूरी रात आशा और निराशा की डोरी पर झूलते रहने के लिए छोड़ दिया।

यही वह समय था, जब वह कठोर, बहादुर इनसान भी डर गया था—जैसाकि बाद में शशिधरन ने कबूल भी किया था। दूसरी ओर, वह पलटी और पूरी रात अपने बिस्तर पर पड़ी रही—उसकी आँखों में नींद का कोई निशान नहीं रहा—वह अपने दिल की गहराई तक जाने की कोशिश कर रही थी। शर्मीली लड़कियाँ आमतौर पर सबसे ज्यादा भावुक होती हैं और तृप्ति भी ऐसी ही थी। वह इन भावनाओं को बिल्कुल नहीं जानती थी, लेकिन सुबह तक उसका मन बन गया और उसके पास जवाब आ चुका था। हालाँकि शशिधरन को यह बताने से पहले वह मंदिर गई। उसने अपने फैसले के बारे में देवताओं को बताया और फिर शशिधरन को फोन करने का फैसला किया।

कैप्टन नायर ऑफिस में थे और काम में अपना ध्यान लगाने की कोशिश कर रहे थे। उनके सी.ओ. ने देखा कि वे कुछ सुस्त लग रहे हैं तो उसने उन्हें छुट्टी लेने के लिए कहा, लेकिन शशिधरन अपने बैचलर हाउस के अकेलेपन में वापस नहीं जाना चाहते थे। तभी उनके मोबाइल पर वह नंबर चमकने लगा, जिसका वे इंतजार कर रहे थे। उन्होंने बेसब्री से फोन उठाया तो पहली बात जो उन्हें सुनाई पड़ी, वह थी—'हाँ!'

उन्हें उस 'हाँ' की गहराई समझने में कुछ वक्त लगा, लेकिन अगले ही पल उनके अंदर खुशी छा गई, जो अनजाने में ही उनके दिल में मौजूद थी। यही उस रिश्ते की शुरुआत थी, जो हर तरह के तर्क और भौतिकवाद से परे थी और जिसने लोगों को फिर से प्यार पर यकीन करने पर मजबूर कर दिया था।

~❖~

जून 2010
पुणे

कैप्टन नायर ने छुट्टी ली थी, लेकिन इस बात को उन्होंने तृप्ति से राज बनाए रखा था। वे उसे सरप्राइज देना चाहते थे, जबकि तृप्ति को यह सब बिल्कुल नापसंद था। तृप्ति का सेमेस्टर ब्रेक चल रहा था। एक दिन उनकी कॉमन फ्रेंड स्वाति ने उसे फोन किया और किसी जरूरी काम से 'सवेरा' रेस्टोरेंट पहुँचने को कहा। तृप्ति अपनी बहन हर्षा के साथ तुरंत वहाँ पहुँच गई। जब वे दोनों स्वाति से मिले तो उन्होंने पाया कि वह ऑर्डर देते हुए बहुत खुश लग रही है। तभी कैप्टन नायर अंदर आए और उन्हें देखते ही तृप्ति की सिट्टी-पिट्टी गुम हो गई। उसने कभी इसकी उम्मीद नहीं की थी। वह घबराकर बाहर भागी। हर्षा उसके पीछे-पीछे दौड़ी। "क्या दीदी? तुम बाहर क्यों भाग आईं?" उसने पूछा। "मुझे यहाँ उनकी उम्मीद नहीं थी। मैं अंदर नहीं जाऊँगी।" तृप्ति ने उत्तर दिया।

दुनिया की ज्यादातर बहनों की तरह हर्षा और तृप्ति बहुत करीब थे और सबकुछ साझा करते थे। हालाँकि हर्षा शशिधरन से कभी मिली नहीं थी, लेकिन वह उनके बारे में सबकुछ जानती थी। उसने तृप्ति को अंदर जाकर कैप्टन से बात करने के लिए मनाया। स्वाति और हर्षा प्रेमी युगल को अकेला छोड़कर, बाहर टहलकर समय बिताने लगीं। 'सवेरा' में कॉफी सबसे बढ़िया मिलती थी, बन्स बहुत स्वादिष्ट होते थे, और दोनों के चेहरे पर मुसकान लंबे समय तक बनी रही। दोनों ने मेजर नायर की छुट्टी खत्म होने तक हर दिन मिलते रहने का फैसला किया।

बाहर की दुनिया की कोलाहल के बीच प्यार के पंक्षियाँ ने अपने लिए यह पहला दिन चुराया था। हर्षा अपनी माँ नीलेखा से हर दिन बहाना बनाकर किसी-न-किसी तरह तृप्ति को ले आती थी और कैप्टन नायर मुश्किल से कभी अपने घर पर ठहरते थे, जिससे उनकी माँ लता और बहन शीना उनके असामान्य व्यवहार से चकित हो रही थीं। यह प्रेमी जोड़ा पूरे शहर में घूमता और लुत्फ उठाता था।

प्यार में पागल दोनों लोगों के लिए वे दिन सोने की तरह मूल्यवान् थे। उन अनमोल क्षणों की ताकत और तीव्रता को केवल तृप्ति और शशि ही महसूस कर सकते थे। महीने भर की छुट्टी इस बार तेजी से निकल गई और जैसे-जैसे यूनिट में वापसी के दिन फिर से आने लगे, कैप्टन नायर बेचैन होने लगे।

एक दिन वे सुबह-सुबह तृप्ति के घर पहुँचे और ठीक बाहर खड़े हो गए। उन्होंने उसे फोन किया और उसी समय मिलने के लिए बोला। तृप्ति हैरान रह गई। वह पहले भी अपनी माँ से कई बार झूठ बोल चुकी थी। वह जानती थी कि उसकी माँ परंपरागत विचारोंवाली है और वह उसे ऐसे हालात में कभी भी किसी लड़के से मिलने की अनुमति नहीं देगी। उसने उलझन खत्म करने का फैसला किया, सीधे अपनी माँ के पास गई और बोली, "आई, मेरा बॉयफ्रेंड आया है और मुझे उससे मिलने जाना है।"

नीलेखा हक्की-बक्की रह गईं। "क्या! तुम सुबह से पाजामा पहने घूम रही हो और अब अचानक तुम्हारा बॉयफ्रेंड बन गया? ठीक है, बुलाओ उसे। मैं भी उससे मिलूँगी।"

जब कैप्टन नायर तृप्ति की माँ से मिले तो उन्होंने सबसे पहले यही कहा, "नमस्ते आंटी! मैं तृप्ति का बॉयफ्रेंड हूँ।"

नीलेखा ने पूछा, "कब से?"

आमतौर पर खुशमिजाज रहनेवाले शशि अपनी प्रेमिका की माँ से मिलने पर घबरा रहे थे। उन्होंने जवाब दिया, "वैसे तो हम एक-दूसरे को एक साल से जानते हैं, लेकिन रिश्ते को अभी छह महीने ही हुए हैं। लेकिन देखिए...यह मायने नहीं रखता। हम एक-दूसरे से शादी करने जा रहे हैं।"

नीलेखा यह बात समझने की कोशिश करने लगीं। उन्होंने कहा, "शादी? तुमने पहले ही तय कर लिया है?"

कप्तान शशिधरन ने मजबूती से जवाब दिया, "जी हाँ। कोई माने या न माने, तृप्ति और मैंने अपना शेष जीवन एक साथ बिताने का फैसला किया है और हम एक-दूसरे के बिना नहीं रह पाएँगे।"

नीलेखा ने कहा, "ठीक है। हम देख लेंगे।"

कैप्टन नायर पठानकोट लौट आए और अपनी ड्यूटी फिर से सँभालने लगे। 30 जुलाई को उनके जन्मदिन पर उन्हें तृप्ति की ओर से एक खूबसूरत तोहफा मिला। इसमें एक सीडी थी, जिसमें टाइटैनिक से 'माई हार्ट विल गो ऑन' की रिकॉर्डिंग उसकी अपनी आवाज में की गई थी। उसने इसे हर्षा के ऑफिस के बाथरूम में रिकॉर्ड किया था। वह जानती थी कि शशि को गाने का शौक है। वे हमेशा उसे गाने के लिए प्रोत्साहित करते थे और कई बार बता चुके थे कि शादी के बाद मेस पार्टियों के दौरान वे दोनों कैसे युगल गीत गाएँगे। तृप्ति ने केवल उन्हें वीडियो कॉल करने के लिए एक-एक पैसा बचाकर एक वेबकैम भी खरीदा था, जो उन दिनों महँगा हुआ करता था। चूँकि वह अपने परिवार के साथ रहती थी, इसलिए अपनी माँ और भाई की नाक के नीचे से सब करना उसके लिए कठिन होता था, लेकिन वह अपने प्यार के लिए कुछ-न-कुछ कर ही लेती थी। हर्षा तो हर समय उसकी मदद करती ही थी। किसी को नहीं पता था कि दो बेचैन दिलों की यह छोटी सी प्रेम-कहानी एक ऐसी नियति बनानेवाली है, जो जल्द ही लाखों लोगों के लिए प्रेरणा बन जाएगी।

दिसंबर में कैप्टन नायर एक महीने की छुट्टी पर पुणे लौटे और इस बार उन्होंने अपनी माँ के सामने अपनी दिल की बात कह दी। वे तृप्ति को उनसे मिलवाने के लिए अपने घर भी ले गए।

हमारी एक बातचीत के दौरान तृप्ति ने मुझे कहानी सुनाई। उसने बताया, "मैं आई को गिफ्ट करने के लिए एक पौधा लाई थी। शशि ने एक बार मुझे बताया था कि उन्हें पौधों का बहुत शौक है तो मैंने सोचा कि उनको छोटे से गमले में लगा पौधा गिफ्ट किया जाए। वे बहुत खुश लग रही थीं और उन्होंने मुझे बेहद सहज महसूस कराया। मैं झूठ नहीं बोलूँगी; मैं घबरा गई थी, लेकिन जल्द ही उनकी गर्मजोशी ने एक चिरस्थायी रिश्ते का रास्ता खोल दिया था। उन्होंने मेरे लिए बढ़िया भोजन भी तैयार किया था। मैं बहुत कम खाती हूँ, लेकिन उस दिन मुझे वह खाना बहुत पसंद आया था। जब उन्हें मेरे नृत्य कौशल के बारे में पता चला तो उन्होंने मुझे नृत्य करने के लिए कहा और मैंने इस तरह से नृत्य किया, जैसे मैं उड़ रही हूँ। नृत्य का मुझे बहुत शौक रहा है। नाच से मुझे हमेशा खुशी महसूस होती थी। वे बहुत प्रभावित लग रही थीं और हम बहुत देर तक बातें करते रहे थे। शशि ज्यादातर समय अलग-थलग बैठा रहा, लेकिन हमने उस पर ज्यादा ध्यान दिया ही नहीं।"

मैं उसकी आवाज में उदासी का रंग महसूस कर सकती थी। जिस लड़की को नृत्य करना पसंद था, एक दिन ऐसा भी आया कि वह चल भी नहीं पाती है। कैसी क्रूर विडंबना है!

जल्द ही शशिधरन सगाई की तारीख तय करने के लिए अपनी माँ और अपनी बहन के साथ तृप्ति के परिवार से मिलने गए। सगे-संबंधियों में थोड़ी नाराजगी थी, क्योंकि यह अंतरजातीय और 'अंतरराज्यीय' शादी होने जा रही थी। हालाँकि माताओं ने सब सँभाल लिया और अपने बच्चों की खुशी को सबसे ज्यादा अहमियत दी। उनकी सगाई के लिए 11 मई, 2010 का दिन तय किया गया था। इस बार शशिधरन एक सप्ताह तृप्ति के परिवार के साथ रहे और छुट्टी खत्म होने के बाद खुशी-खुशी पठानकोट रवाना हो गए।

~❖~

जुलाई 2010
पठानकोट

तृप्ति और कैप्टन शशिधरन विजय नायर की अब सगाई हो चुकी थी। वे तृप्ति को अपने दूसरे परिवार : 2/1 गोरखा राइफल्स, गोरखा राइफल्स यूनिट के अधिकारी और अपनी पलटन से मिलवाना चाहते थे। उन्होंने छोटी सी छुट्टी पर तृप्ति को पठानकोट बुलवाया। उन्होंने उसे अपने दोस्तों और सीनियरों से मिलवाया और ऐसा करके उन्हें बहुत अच्छा लगा। तृप्ति को याद है कि वे कितने गर्व से उसके नृत्य कौशल का जिक्र सबके सामने करते थे। वे हमेशा कहते थे कि वह परी की तरह नाचती है। उन्होंने सभी को यह भी बताया कि 12 दिसंबर, 2012 को उनकी शादी होनेवाली है। शशिधरन कोई अंधविश्वासी व्यक्ति नहीं थे, लेकिन यह विशेष तारीख उन्हें बहुत अच्छी लग रही थी। अपनी पूरी यात्रा के दौरान उन्होंने अपनी शादी और हनीमून प्लान के बारे में बात करना बंद नहीं किया। उन सारे दिनों को अब तृप्ति ने सावधानी से लपेटकर अपने दिल में बंद कर रखा है। जब भी वह बक्सा खुलता है तो यादें दर्द देने लगती हैं।

पठानकोट से लौटने के दो महीने के अंदर अक्तूबर में तृप्ति को चलने-फिरने में दिक्कत होने लगी थी। वह अपने पैरों में तनाव महसूस करती थी। जनरल फिजिशियन ने उसे विटामिन बी कॉम्प्लेक्स कैप्सूल दिए। हालाँकि उसकी हालत का पता नवंबर में ही चल सका था। तृप्ति गोवा में अपने मामा की शादी में शामिल होकर पुणे लौटी ही थी। अगली सुबह बेहद डरावनी थी, जब कड़ी मशक्कत के बाद भी उसने खुद को हिलने-डुलने में असमर्थ पाया। उसकी नजर भी धुँधली हो गई थी और उसकी पुतलियों का आकार अलग दिख रहा था। उसके मुँह से चीख निकल पड़ी। हर्षा और नीलेखा दौड़कर उसको कमरे में गए तो उसके बिस्तर पर

रोते हुए पाया, जो हिल-डुल नहीं पा रही थी।

तृप्ति को तुरंत पास के एक मल्टीस्पेशियलिटी अस्पताल—आदित्य बिड़ला—ले जाया गया, जहाँ पता चला कि उसे मल्टीपल स्केलेरोसिस है, जो ऐसी बीमारी थी, जिसके बारे में उस समय किसी को कोई जानकारी नहीं थी। परिवार ने इस बीमारी की जानकारी के लिए इंटरनेट पर सर्च करना शुरू किया। वह हताशा का समय था। उसकी बहन हर्षा, भाई त्रिलोकेश और माँ नीलेखा ने दोस्तों और रिश्तेदारों से बात की और समस्या को समझने तथा इलाज खोजने के लिए सभी तरह के लोगों से मिले।

तृप्ति रोती रहती थी। उसने अचानक जीने का उत्साह खो दिया था। वह निराश, उदास और बिखरी हुई थी। शुरुआत में कैप्टन नायर को किसी ने कुछ नहीं बताया। सबको पता था कि उनकी यूनिट अभी-अभी गुलमर्ग गई है और वे बहुत ज्यादा व्यस्त हैं।

~❖~

नवंबर 2010
गुलमर्ग
कश्मीर

यूनिट कुछ महीने पहले ही गुलमर्ग वापस चली गई थी। मैदानी इलाकों की सादगी की जगह बर्फ से ढके पहाड़, चिनार के विशाल पेड़ और सेब के बाग आ चुके थे। बाहरी सुंदरता के आवरण के पीछे नियमित रक्तपात और हिंसा थी। सैनिक के रूप में, वे जानते थे कि उनका काम आतंकवाद पर अंकुश लगाना और कश्मीर की शांति को वापस दिलाना है। बटालियन ने जल्द ही नए स्थान पर अभियान संबंधी जिम्मेदारियाँ सँभाल लीं। कैप्टन नायर को ऊँची पदवी वाले पद कंपनी कमांडर के रूप में नियुक्त किया गया था और उन्होंने कंपनी की घुसपैठ-निरोधक भूमिका में महत्त्वपूर्ण भूमिका निभाई थी। उन्होंने मौजूदा बुनियादी ढाँचे की मरम्मत सुनिश्चित की और इसका विस्तार भी किया, ताकि उनके सैनिकों को सुविधा हो सके। उनके लिए अपने लोगों की सुरक्षा सबसे अधिक मायने रखती थी।

नियंत्रण रेखा के साथ के इलाकों में आतंकवादियों द्वारा बड़े पैमाने पर घुसपैठ की आशंका रहती है, जो दृश्यता कम होने पर पत्तों के प्राकृतिक आवरण, जमीन की परतों और खराब मौसम का इस्तेमाल करते हैं। ऐसे में जमीन के हर इंच की निगरानी करने की जरूरत होती है। कैप्टन नायर की अगुआई में कंपनी ने अतिरिक्त

निगरानी टावर भी बनाए। यह उन्हीं का विचार था।

अपनी प्राकृतिक सुंदरता के लिए मशहूर गुलमर्ग में बर्फ की ढलानें हैं, जो खासकर स्कीइंग में रुचि रखनेवाले विदेशी पर्यटकों को बड़ी संख्या में आकर्षित करती हैं। इसलिए गुलमर्ग बाउल की हिफाजत यह सुनिश्चित करने के लिए जरूरी थी कि आतंकवादी इसके और उसके आसपास पर्यटन के लिए नुकसानकारी हरकतों को अंजाम न दे सकें। कैप्टन नायर ने नागरिक पुलिस प्रशासन को मिलाकर खुफिया जानकारी एकत्र करनेवाली प्रभावी टीम की स्थापना की थी, जो दुकान मालिकों, पर्यटक वाहन चालकों, टट्टू सवारों, होटल मालिकों समेत हर किसी पर नजर रखती थी।

उनके पास घर फोन करने के लिए समय नहीं बचता था, लेकिन तृप्ति के स्वास्थ्य को लेकर किसी बात ने उन्हें परेशान कर दिया था। वैसे तो सभी ने उन्हें भरोसा दिलाया था कि सबकुछ ठीक है, लेकिन वे भाँप गए थे कि कुछ-न-कुछ गड़बड़ है। फिर भी, उनसे कुछ छिपाया जा रहा था। तृप्ति की आवाज और बातचीत में खुशी नहीं दिख रही थी। दिसंबर की छुट्टी का कैप्टन शशिधरन को बेसब्री से इंतजार था।

इस बार वे खड़कवासला स्थित अपने घर न जाकर सीधे तृप्ति के घर पहुँच गए। यह उसके लिए बहुत भावुक पल था और वह रोने लगी थी। एक बार के लिए लाचारी की भावना काफूर हो गई थी। उसे लगा था कि अब सबकुछ ठीक हो जाएगा, क्योंकि शशि—उसका शशि—वहाँ आ चुका था। उन्होंने सारी मेडिकल रिपोर्टें देखीं और तृप्ति का इलाज कर रहे न्यूरोलॉजिस्ट से भी अलग से मिले।

न्यूरोलॉजिस्ट ने सहानुभूति जताते हुए कहा, "हम अधिक-से-अधिक फिजियोथेरैपी ही कर सकते हैं, क्योंकि मल्टीपल स्केलेरोसिस का कोई इलाज नहीं है। आपको यह समझना होगा कि यह बीमारी मस्तिष्क और केंद्रीय तंत्रिका तंत्र को कई तरह से निष्क्रिय करनेवाली होती है। इसके नतीजतन शरीर के तमाम अंगों की सामान्य हरकतों में बाधा आ सकती है। रोगी को शारीरिक या मानसिक परेशानी महसूस हो सकती है। दोहरी नजर या आँखों में धुँधलापन या अंधापन भी हो सकता है। इसके कारण शरीर के कुछ हिस्सों में तालमेल की कमी और मांसपेशियों में कमजोरी भी हो सकती है। हालाँकि मैं उसके लक्षणों को सँभालने की पूरी कोशिश करूँगा और तेजी से ठीक करने के लिए भी जोर लगाऊँगा।"

कैप्टन नायर एक सेकंड के लिए भी नहीं हिले। काफी निराशाजनक बात थी। डॉक्टर, तृप्ति—उसकी तृप्ति—के बारे में बात कर रहा था। हालाँकि वे युद्ध

का अनुभव रखनेवाले सैनिक और उससे भी बढ़कर एक महान् इनसान थे। वास्तव में, उन्होंने तृप्ति को कभी भी उसकी शारीरिक बनावट के आधार पर नहीं देखा था, बल्कि वे दिलो-दिमाग से उसे बहुत प्यार करते थे। उसने अपने भाइयों को सेकंडों में मरते या दुश्मन की गोलीबारी में विकलांग होते देखा था। वे जीवन का सार जानते थे और समझते थे कि जीवित रहना अपने आप में कितना कीमती होता है। जब तक वे तृप्ति के घर फिर से पहुँचे, तब तक देर हो चुकी थी, लेकिन उनके दिल के अंदर का सूरज तेज जल रहा था।

उन्होंने नीलेखा, हर्षा, त्रिलोकेश और तृप्ति को ड्राइंग रूम में आने के लिए बोला, जहाँ उन्होंने सबको तृप्ति की हालत की गंभीरता के बारे में बताया। नीलेखा रोते-रोते शशिधरन से बोल पड़ीं, "बेटा, मुझे पता है कि यह मुश्किल है, लेकिन अब तुम्हें सगाई तोड़ देनी चाहिए। वह फिर से चल भी सकती है और नहीं भी, यह अब भगवान् के हाथ में है, लेकिन तुम्हें अपना जीवन बरबाद नहीं करना चाहिए। यह तो जिंदगी भर की बीमारी है। तृप्ति हमेशा जिम्मेदारी ही बनकर रहेगी; तुम्हें अपने जीवन में आगे बढ़ना चाहिए।"

एकदम सन्नाटा छा गया, जो शशि के जवाब से टूटा—"आई, मैं उसे छोड़ नहीं सकता। मैं उसके शरीर से नहीं, उसकी आत्मा से प्यार करता हूँ। उसकी भावना मेरे लिए मायने रखती है और मैं निश्चित रूप से चाहूँगा कि वह अपना उत्साह बनाए रखे। मैं न उसे छोड़ूँगा, न अपनी सगाई तोड़ूँगा। इसके बजाय, मैं तो कुछ पहले ही शादी करने की सोच रहा हूँ—जैसे ही मुझे मेरी अगली छुट्टी मिलेगी। तृप्ति मेरी जिम्मेदारी है और मुझे ही उसकी देखभाल करनी चाहिए।"

इस बात पर हर्षा ने टोकने की कोशिश की। वह शशि को कुछ समझाना चाहती थी। तृप्ति भावुक लड़की थी, लेकिन हर्षा उसके विपरीत हमेशा एक व्यावहारिक लड़की रही है। उसने उनकी कहानी में सहायक की भूमिका निभाई थी; उसने उनके प्यार को खिलते हुए देखा था, लेकिन अब वह इस इनसान से अपनी बहन से शादी करने के लिए नहीं कह सकती थी। हालाँकि शशिधरन नहीं माने। त्रिलोकेश ने भी उन्हें दुनियादार बनने के लिए कहा। नीलेखा ने फिर से जोर दिया। कुछ समय बाद शशिधरन ने अपना सब्र खो दिया। वे दृढ़ और अडिग थे। वे हमेशा जिम्मेदारी सँभालनेवाले इनसान थे और अब ऐसा समय नहीं रह गया था, जब वे किसी और को तय करने देते कि उन्हें क्या करना है?

उन्होंने विनम्रता से, लेकिन दृढ़ता से कह दिया, "मैं आप सभी से अनुरोध करता हूँ कि बीच में न पड़ें। यह तृप्ति और मेरे बीच की बात है और जैसाकि मैंने

पहले दिन कहा था, आप लोग मानें या न मानें, हम लोग शादी करेंगे ही। प्लीज, अप्रैल में शादी की तारीख तय करने पर दिमाग लगाएँ। मुझे लगता है कि मुझे उस समय छुट्टी मिल सकती है।"

सबने हार मान ली और तृप्ति ने भी ऐसा ही किया। शशि उसका दिल और जान थे। उसने अपने रिश्ते में वह हर भावना डाली, जो उसने कभी महसूस की थी। उसे शशि की बात टालना आता ही नहीं था, क्योंकि अगर उसे समझनेवाला कोई था तो वह शशि ही थे। वह यह भी जानती थी कि शशि की जगह अगर वह होती तो वह भी उसका साथ कभी न छोड़ती। जीवन में कुछ रिश्ते ऐसे होते हैं, जिनके लिए आप सभी बाधाओं से टकरा जाते हैं। वह जानती थी कि उनका ऐसे ही रिश्तों में से एक है।

शशिधरन ने अपनी बाकी छुट्टियाँ तृप्ति के घर पर ही बिताईं, उसकी देखभाल की, उसका सहयोग किया, उसे हिम्मत दी और बहुत-कुछ किया। जब उसके हाथ काँपते थे, तब वे उन्हें थाम लेते थे; जब उसकी नजर धुँधली होती तो वे उसकी आँखें बन जाते थे; जब उसके पैर हिलने से मना करते थे तो वे उसे अपनी बाँहों में उठा लेते थे और उसे वाशरूम में ले जाते थे; और जब उसका रोने का मन करता तो वे उसे कसकर गले लगा लेते थे।

कैप्टन नायर ने सभी का मनोबल बढ़ाया और सबको समझाया कि यह अंत नहीं है, और स्थिति को स्वीकार करना और पूरे जोश के साथ आगे बढ़ना ही सही फैसला है। वे उन्हें अपने दोस्तों को खोने की; आशा, साहस और भाग्य तथा चमत्कारों की अपनी देखी कहानियाँ सुनाते थे। आखिरकार उन्होंनें तृप्ति को डिप्रेशन से बाहर निकाल ही लिया। वे कहते थे, "तुम इसके बारे में कुछ नहीं कर सकतीं। मुझे पता है कि भगवान् ने तुम्हारे साथ न्याय नहीं किया है, लेकिन मेरा विश्वास करो, वह और भी ज्यादा बेरहम हो सकता था। तुम्हारा अपने पैरों पर कोई नियंत्रण नहीं रह गया है, लेकिन अपनी इच्छा पर तो नियंत्रण निश्चित रूप से है। अपना मनोबल ऊँचा रखो, उसे स्वीकार करो और आगे बढ़ो।"

बीच में, वे अपने परिवार से भी मिले और उन्हें तृप्ति की हालत के बारे में बताया। उसे कुछ भी निश्चित नहीं था कि उसकी राह में क्या आनेवाला है ? वे जानते थे कि उनकी माँ उदार और दयालु है, लेकिन वे यह भी जानते थे कि माताएँ अपने बेटों से कितना प्यार करती हैं और सबसे अच्छी बहुओं को घर लाने का सपना देखती हैं, जो बुढ़ापे में उनकी देखभाल करेंगी। वे यह भी जानते थे कि उनके पिता के आकस्मिक निधन के बाद, वे ही अपने परिवार के लिए एकमात्र कमानेवाले हैं।

अपनी माँ और अपनी बहन की भी देखभाल करना उनकी जिम्मेदारी थी। वे नहीं जानते थे कि वे तृप्ति की हालत पर क्या कहेंगे, वैसे वे उसे बहुत पसंद करती थीं।

उनकी माँ ने कहा, "मेरे बेटे, मुझे तुम पर बहुत गर्व है। अगर मेरी बेटी के साथ ऐसा हुआ होता तो क्या होता? या फिर शादी के बाद तृप्ति को इस हालत का सामना करना पड़ता तो क्या होता? क्या हम उसे छोड़ सकते थे? नहीं! मैं तुम्हारे फैसले से खुश हूँ। उसे हमसे ज्यादा तुम्हारी जरूरत है और तुम्हें हर समय उसके साथ रहना चाहिए।" उसकी बहन शीना ने भी यह सुनकर सहमति में सिर हिला दिया।

वह भावुक क्षण था। शशिधरन ने उन्हें तृप्ति से जल्दी शादी करने के अपने फैसले के बारे में बताया, ताकि वे उसके चिकित्सा खर्च को वहन कर सकें, जो प्रतिमाह लगभग एक लाख आ रहा था। न्यूरोलॉजिकल बीमारियों का इलाज सबसे महँगा होता है। उन्होंने महसूस किया कि तृप्ति के परिवार की बजाय यह खर्चा उठाना अब उनकी जिम्मेदारी है। परिवार का साथ मिलने से अब उनका संकल्प दुगना हो गया था।

जब शशिधरन फिर से अपनी यूनिट पहुँचे तो उन्होंने अपने कमांडिंग ऑफिसर को तृप्ति की हालत के बारे में बताए बिना, जल्द ही शादी करने के अपने फैसले के बारे में बताया। मैंने उनके जितने भी दोस्तों और सहयोगियों से साक्षात्कार किया, सभी ने यही बताया कि उन्होंने कभी भी अपनी समस्याओं को कोई मुद्दा नहीं माना और न ही किसी तरह की सहानुभूति की अपेक्षा की। अपनी ड्यूटी के लिए बाहर जाने या किसी पार्टी में न जाने के लिए तृप्ति की हालत का वे कभी बहाना नहीं बनाते थे। लंबे समय तक उन सभी को यही पता था कि वह थोड़ी बीमार है, बस इससे ज्यादा कुछ नहीं। कैप्टन नायर के लिए वह सामान्य थी।

~❖~

अप्रैल 2012

पुणे

कैप्टन नायर 24 अप्रैल, 2012 को अपनी शादी से दस दिन पहले पुणे पहुँचे। उनकी यात्रा के ठीक एक दिन बाद तृप्ति को दूसरी बार दौरा पड़ा। उसके दोहरी नजर, काँपने, दस्त जैसे लक्षण वापस आ गए। उसे तुरंत अस्पताल ले जाया गया और स्टेरॉयड देने के लिए कई दिनों तक भरती रखा गया। उसे उसकी शादी से ठीक चार दिन पहले 19 अप्रैल, 2012 को छुट्टी दी गई थी। शशिधरन ने एक पल के लिए भी उसका साथ नहीं छोड़ा।

अपने साक्षात्कार के दौरान हर्षा ने मुझे सारी बातें बताईं। उसने बताया, "आई और मैंने एक ही दिन में शादी की सारी शॉपिंग पूरी कर ली थी। मेहमान आ चुके थे और अचानक हमारे घर में खुशहाली छा गई थी। हमने सुबह मलयाली मंदिर में शादी के लिए एक पारंपरिक केरल कसावु साड़ी खरीदी थी—क्योंकि जीजू मलयाली थे। फिर हमने उनके रिसेप्शन के लिए दुलहन की शालू साड़ी खरीदी, जो मराठी संस्कृति की खासियत होती है और तृप्ति की पसंद थी। साड़ी और दुलहन के जेवरात देखकर वह बहुत खुश हुई। उदासी की जगह शादी के जश्न ने ले ली थी। दीदी की चिकित्सा स्थिति से परिचित सभी रिश्तेदारों ने उसके जीवनसाथी की पसंद की सराहना की और जीजू की बहुत तारीफ की। यहाँ तक कि उन लोगों ने भी जीजू की तारीफ की, जिन्होंने अंतरजातीय होने के कारण इस विवाह का विरोध किया था।" अगले शब्द बोलने से पहले उसने एक आह भरी। "शादी के दिन जीजू और दीदी दोनों बहुत खुश और खूबसूरत लग रहे थे। मुझे याद है कि वह पूरी रस्मों के दौरान मुसकरा रही थी। जब से हम पर मुसीबत आई थी, तब से पहली बार हमने उसे मुसकराते देखा था।"

तृप्ति शादी के अगले ही दिन शशिधरन के साथ अपने नए घर के लिए रवाना हो गई, जहाँ उन्होंने गुलमर्ग जाने से पहले लता और शीना के साथ कुछ दिन बिताए। बीमारी के लक्षण नियंत्रण में थे और थोड़ी सी मदद से तृप्ति आसानी से चल सकती थी।

तृप्ति और शशि ने गुलमर्ग में एक साथ कुछ शानदार समय बिताया। उस समय तक उनकी छुट्टियाँ खत्म हो चुकी थीं। वे अपनी ड्यूटी पर लौट गए थे और उसके साथ बहुत कम समय बिता पाते थे। नवविवाहित जोड़ा दो कमरों के फौजी अतिथि कक्ष में रुके थे और जब भी वे फुरसत में होते थे तो कश्मीर की प्राकृतिक सुंदरता देखने निकल जाते थे।

शिकारा और गोंडोला की मधुर सवारी करते हुए तृप्ति उन्हें जिस तरह से कसकर पकड़ती थी, उसकी छाप अब भी उसके मन में है। गरमी के मौसम में बर्फ थोड़ी पिघल गई थी, लेकिन फिर भी बर्फ जमती थी। गरम कहवा और मेस गार्डन में अलाव आज उसकी सबसे प्यारी यादों में से हैं। उस समय उसे लग रहा था, जैसे दोनों ने मिलकर उस दु:ख को परास्त कर दिया है, जो उसकी खुशी को अपने पंजों में जकड़ने को आतुर था। वह चारों ओर केवल प्रेम और वैवाहिक आनंद ही देख सकती थी।

यह दुनिया अजीब तरह से चलती है—हमारे पिछले जन्मों के भाग्य,

अलौकिक शक्तियों और कार्यों से प्रेरित भविष्य की दिशा में काम करते हुए यह ब्रह्मांड चलता है। अन्यथा क्या हम तृप्ति जैसे लोगों के प्रश्न का उत्तर नहीं दे पाते कि 'मैं ही क्यों?'

गुलमर्ग में तृप्ति की हालत बिगड़ गई थी। उसने कुछ मांसपेशियों के इंजेक्शन नहीं लगवाए थे, क्योंकि उन इंजेक्शनों के बाद उसे हर बार दो दिनों तक तेज बुखार रहता था। बुखार इतना बढ़ गया था कि उसे स्पेशल केयर की जरूरत थी, लेकिन चूँकि शशि हमेशा ड्यूटी पर रहते थे, इसलिए उसने इस इंजेक्शन को छोड़ने का फैसला कर लिया था। जब भी वह इंजेक्शन लगवाती थी, ठंडी जलवायु के कारण उसकी हालत खराब हो जाती थी। यूनिट भी एक नए स्थान पर शिफ्ट होनेवाली थी। अग्रिम दस्तों की आवाजाही शुरू हो गई थी। वह दो महीने तक वहीं रही और फिर शशि उसे दवा और फिजियोथैरेपी जारी रखने के लिए उसकी माँ के घर वापस पुणे छोड़ गए थे।

तृप्ति को पुणे में कमांड हॉस्पिटल में भरती करा दिया गया था। उसके लक्षण सँभालने के लिए लगाए जानेवाले मांसपेशियों के इंजेक्शन का उलटा असर हो रहा था। डॉक्टरों ने दवाएँ बदल दीं और उसे स्टेरॉयड देने लगे, जो हर माह नसों के जरिए देते थे। जल्द ही उसे हर माह चार दिन के लिए इंजेक्शन कोर्स के लिए कमांड हॉस्पिटल में भरती कराने की नौबत आ गई और बाद में फिर से उसकी फिजियोथैरेपी होने लगी। शशि उसका मनोबल बढ़ाते रहते थे।

वे फोन पर कहते थे, "अब अगली बार जब मैं आऊँगा तो तू मुझे बिल्कुल ठीक मिलनी चाहिए, बिना सहारे के चलती हुई।"

बटालियन को एक अलग सेक्टर में फिर से तैनात किया गया था और अब वह सक्रिय अभियानों में शामिल थी। आमतौर पर एल.ओ.सी. की आधार रेखा यानी शमशबारी पर्वत-शृंखला का दुर्गम इलाका, कटक रेखा कैप्टन नायर और उनकी कंपनी के अधिकार में था। एक बार उनकी कंपनी को एक घने जंगल को घेरने के लिए कहा गया, जिसमें एक आतंकवादी समूह के छिपे होने की आशंका थी। उसकी मदद करने के लिए एक और बटालियन भी थी। भारी बारिश के बावजूद ऑपरेशन शुरू हुआ और सभी लोग ऊपर से नीचे तक भीग गए। सैनिकों का आपातकालीन राशन तीन दिन में ही खत्म हो गया था और अब जो कुछ भी उपलब्ध था, उसी पर उन सबको रहना पडा। हालाँकि कोई सफलता न मिलने पर सात दिन बाद ऑपरेशन बंद कर दिया गया था। पूरे मिशन के दौरान कैप्टन नायर ने बेहद साहस का परिचय दिया था और आगे रहकर अपने सैनिकों का नेतृत्व किया था। वे उस समय तृप्ति

को ज्यादा फोन नहीं कर पाते थे और जब उन्होंने फोन करते थे तो वह घंटों रोती रही। शशि ही उसकी पूरी दुनिया थे।

तृप्ति ने अपनी तरफ से पूरी कोशिश की। अपने ऊपर उसने कड़ी मेहनत की। उसकी इच्छा थी कि वह शशि के साथ वैसी ही सुंदर जिंदगी बिताए, जैसीकि उसने कल्पना की थी। यह केवल वक्त की बात थी। इस बीच यूनिट को गांधीनगर रवाना कर दिया गया और शशि ने तृप्ति को पुणे से निकालने का निश्चय किया। वे अपना वैवाहिक जीवन ठीक तरह से शुरू कर सकते थे। एक बार वे व्यवस्थित हो गए तो वे तृप्ति को अपने साथ ले आए, हालाँकि यह दोनों के लिए ही मुश्किल भरा था। हर माह शशिधरन गाड़ी चलाकर उसे आई.वी. इंजेक्शनों के लिए पुणे लाते थे, क्योंकि वे इंजेक्शन गांधीनगर में नहीं मिलते थे। दोनों शाम को निकलते थे और बड़े सुबह पुणे पहुँच जाते थे और तत्काल तृप्ति को कमांड हॉस्पिटल में भरती करा दिया जाता था। वे चार दिन तक उसके साथ वहीं रुकते थे, जिसके बाद वे तुरंत गांधीनगर के लिए रवाना हो जाते थे। डेढ़ साल तक उनका हर माह का यही काम रहा।

कैप्टन नायर एक समर्पित बेटे, भाई और पति थे, लेकिन सबसे बढ़कर वे एक समर्पित सैनिक थे। उनकी ड्यूटी सबसे पहले और सबसे प्रमुख थी और उसके बाद उनकी पत्नी थी। उनका व्यक्तिगत जीवन का असर उनकी पेशेवर क्षमता पर कभी नहीं पड़ा और वे बेहतरीन प्रदर्शन करते रहे।

यूनिट शांति क्षेत्र में थी और उसमें परिवारों को साथ रखने की अनुमति थी। तृप्ति ने अपना पहला घर विधिवत् जमा लिया था और कैप्टन नायर ने भी 2013 में अपना अगला रैंक हासिल कर लिया था। तृप्ति ने एक नौकरानी लगा ली थी, जो उनके लिए सब्जियाँ काटने जैसे काम कर देती थी और बाकी का खाना तृप्ति खुद बनाती थी। हालाँकि मेजर नायर उससे रसोई में काम न करने को कहते थे, लेकिन वह जानती थी कि उन्हें खाने का बहुत शौक था और उसे उनके लिए खाना बनाना पसंद था। चलने के लिए वह वॉकर की मदद लेती थी।

कई अधिकारियों ने बताया कि मेजर नायर तृप्ति को गोद में उठाकर मेस में ले जाते थे, ताकि वह फौजी जीवन से किसी तरह से दूर न रह सके। पिकनिक या कहीं बाहर जाते समय भी वे उसे अपने हाथों में उठाकर ले जाते थे। जहाँ भी उन्हें बुलाया जाता था, वे तृप्ति को साथ ले जाना पसंद करते थे। वह उनके लिए जिम्मेदारी कभी नहीं रही, बल्कि हमेशा अर्धांगिनी ही रही। बाद में उन्होंने तृप्ति के इलाज के लिए अनुकंपा के आधार पर पुणे में पोस्टिंग का अनुरोध किया और उन्हें पुणे में सैन्य अभियांत्रिकी महाविद्यालय में इंस्ट्रक्टर के रूप में नियुक्त कर दिया गया।

उन्हें कर्की में एक बड़ा सा मकान मिल गया था। तृप्ति ने उस मकान को अच्छी तरह से सजा लिया था। वह जानती थी कि शशि को मेल-जोल और पार्टियाँ देने का शौक है। हर सप्ताहांत में उनके किसी-न-किसी पक्ष के पारिवारिक सदस्य उनके पास आ जाते और वे सारी रात पार्टी करते थे। तृप्ति अकसर ही एक कमरे से दूसरे कमरे में जाते समय लड़खड़ा जाती थी और उसे व्हीलचेयर पर बैठाना पड़ जाता था। हालाँकि वह इसकी आदी हो गई थी, लेकिन वह कभी उसके ही भरोसे नहीं रहती थी। वह बड़े प्यार से पुणे में बिताए अपने दिनों को याद करती है।

उसने बताया, "शशि को ट्रैवलिंग और नई-नई जगह देखना पसंद था। पुणे में ऐसा एक भी रेस्टोरेंट या पब नहीं था, जहाँ वे मुझे न ले गए हों। कई बार तो हम परिवार और दोस्तों के साथ जाते थे। वे मुझे घर पर अकेला नहीं छोड़ते थे और सुनिश्चित करते थे कि मैं उनकी सारी मेस पार्टियों में शामिल रहूँ। इससे मुझे आर्मी कल्चर सीखने में भी मदद मिली। कई बार हम सारे यूनिट अफसरों को अपने घर इनवाइट करते थे और बड़ी सुबह तक कॉकटेल पार्टी चलती रहती थी।"

"तकरीबन हर सप्ताह के अंत में हर्षा और आई हमारे पास आ जाती थीं। शशि उन दिनों बुहत प्रफुल्लित दिखते थे, क्योंकि आई उनके लिए कई तरह की नॉन-वेज डिशेज बनाती थीं। शीना और शशि की माँ भी लगातार हमारे पास आती रहती थीं। हम लोग बाहर जाते, खाना खाते, शॉपिंग करते और भी बहुत-कुछ करते थे।" इतना कहने के बाद वह थोड़ी देर के लिए रुकी और बोली, "वे दिन अब कल्पना लगते हैं।"

और जब लग रहा था कि सबकुछ व्यवस्थित हो रहा है, तभी तृप्ति को ह्यूमन पॉलीमावायरस 2 हो गया। यह पता चला कि वह आई.वी. इंजेक्शनों का साइड इफैक्ट था, जो वह नियमित तौर पर लेती आ रही थी। इस वायरस ने उसकी प्रतिरोधक क्षमता कम कर दी और शरीर की आंतरिक रक्षा शक्ति को कमजोर कर दिया तथा उसके रक्त को भी संक्रमित कर दिया था। उसके आई.वी. इंजेक्शन तुरंत बंद कराए गए और उनकी जगह उसे गोलियाँ देनी शुरू की गईं। उसकी फिजियोथैरेपी भी सुधर रही थी।

हालाँकि दंपती ने आशा नहीं छोड़ी थी। शशिधरन अब भी उसका मनोबल ऊँचा बनाए रखते थे। जीवन का मतलब खुलकर जीना ही तो होता है। 2016 तक 2/1 गोरखा बटालियन नौशेरा सेक्टर में फील्ड लोकेशन में भेज दी गई और मेजर नायर का पुणे का कार्यकाल भी पूरा होनेवाला था। उन्हें कुछ कंपटीटिव कोर्स पूरे करने थे और वे अपनी यूनिट में फिर से जाने का बेसब्री से इंतजार कर रहे थे। वे जानते थे कि यूनिट का हर सिपाही एल.ओ.सी. के पास की लोकेशन पर महत्त्व रखता था।

इस बीच, हर्षा ने अपने एक कश्मीरी सहकर्मी से शादी कर ली और अपने पति के फ्लैट में शिफ्ट हो गई। नीलेखा ने अपने इर्द-गिर्द मौजूद हर खुशी के लिए अपने देवताओं को धन्यवाद दिया। ऐसे बेहतरीन दामाद पाकर वे भाग्यशाली महसूस कर रही थीं, जो उनके लिए किसी भी तरह से बेटों से कम नहीं थे। हालाँकि यह खुशी क्षणिक ही साबित हुई। एक पल आपको लगता है कि सबकुछ आपके नियंत्रण में है और अगले ही पल चीजें आपके हाथ से फिसल जाती हैं। दुनिया अपनी रफ्तार से चलती रहती है, जिसमें सुख और दुःख के अपने-अपने हिस्से होते हैं और हम इनसानों को यह बताने का उसका अपना तरीका है कि—'तुम भगवान् नहीं हो'।

मई 2017

लाम, नौशेरा

18 सितंबर, 2016 को उरी हमले के बाद एल.ओ.सी. के भारतीय हिस्से में लाम की शांतिपूर्ण घाटी में अचानक तनाव फैल गया था। तीव्र उकसावे के कारण भारत ने सर्जिकल स्ट्राइक की और एल.ओ.सी. पर लड़ाई तेज हो गई। पाकिस्तानी सेना ने दिन में कई बार संघर्ष विराम का उल्लंघन किया और भारत की कई अग्रिम चौकियों और नागरिक इलाकों को निशाना बनाते हुए भारी गोलीबारी और मोर्टार दागे। लाम ऐसी ही एक अग्रिम चौकी थी।[5] पूरे दिन गोलियों की बारिश होती रही। दुश्मन की ओर से छोटे हथियारों के साथ-साथ मोर्टार बमों, रॉकेट चालित हथगोलों और भारी मशीनगनों (एच.एम.जी.) से गोलीबारी हो रही थी।

2016 में की गई सर्जिकल स्ट्राइक दुश्मन के मनोबल के लिए एक झटका थी, लेकिन उसने आक्रामक रूप से जवाबी काररवाई की। भारत ने यह घोषित कर दिया था कि वह अन्य सर्जिकल स्ट्राइक नहीं करेगा, तब भी पाकिस्तानी सेना पाक अधिकृत कश्मीर (पी.ओ.के.) में अपने आतंकी लॉञ्च पैड को लेकर असुरक्षित महसूस कर रही थी। यहीं पर वे नियमित रूप से युवाओं को भरती करते थे और उन्हें आतंकवादी बनने और एल.ओ.सी. के पार जाकर भारत में घुसपैठ करने की ट्रेनिंग देते थे। ये लॉञ्च पैड भारत के सर्जिकल स्ट्राइक के निशाने पर थे। उनकी सुरक्षा के लिए नियमित पाकिस्तानी सेना के प्लाटून तैनात किए गए थे। तोपखाने की बढ़ी हुई और उन्मत्त गोलाबारी भारतीय पक्ष को उकसाने की उसकी साजिश का हिस्सा थी। उसने भारतीय आतंकवाद में प्रवेश करने के लिए घुसपैठ दस्ते भी बढ़ा दिए थे।

सर्जिकल स्ट्राइक का बदला लेने के लिए पाकिस्तानी मास्टरमाइंड ने बड़ी संख्या में भारतीय सीमाओं में घुसपैठ कराने की योजना बनाई। घुसपैठ के प्रयासों को पाकिस्तानी चौकियों द्वारा सहायता दी गई। पाकिस्तानी सेना ने भी भारतीय सेना को नुकसान पहुँचाने के लिए स्थानीय आतंकवादियों को सहयोग किया। उसने गश्ती दलों को निशाना बनाते हुए बड़ी संख्या में आई.ई.डी. लगा दिए थे।

लगातार उकसावे ने भारतीय सेना को जवाबी काररवाई के लिए मजबूर किया। लाम की स्थिति रातोरात बदल गई थी। घाटी का इलाका युद्ध जैसी स्थिति के लिए तैयार नहीं था। ऐसे तनावपूर्ण हालात में, मेजर नायर मई में यूनिट में फिर से शामिल हो गए और उन्होंने अल्फा कंपनी कमांडर के रूप में कार्यभार सँभाल लिया। कई बार गोले यूनिट लंगर तक पहुँच जाते थे। भारी हताहतों की खबर मिली थी; अधिकारियों सहित कई सैनिकों की जान चली गई थी या वे घायल हो गए थे। कमांडिंग ऑफिसर को नुकसान रोकने और प्रभावी ढंग से जवाबी काररवाई करने की चुनौती का सामना करना पड़ा। कंपनी कमांडर पूरी तरह से अलर्ट थे। जूनियर कमीशन अधिकारी (जे.सी.ओ.) उनके पास आते और कहते, "साहब, ऐसे तो हमारी पूरी कंपनी साफ हो जाएगी।"

क्षेत्र में भारतीय गश्त की आवृत्ति और घात लगाकर हमला करनेवालों की संख्या कई गुना बढ़ गई थी। क्रॉस फायरिंग और आतंकवादी गतिविधियों के साथ पाकिस्तान की 'बॉर्डर एक्शन टीम' (बैट) की काररवाई और विस्फोट रोज की बात हो गई थी।

उस समय 2/1 गोरखा राइफल्स के सेकंड-इन-कमांड रहे लेफ्टिनेंट कर्नल देव आनंद ने बताया, "वैसे तो लाम शांतिपूर्ण इलाका था, लेकिन अचानक अभियान चलाने के लिहाज से वह बहुत खतरनाक इलाका बन गया था। जब हमने रक्षा पंक्ति पार की तो उसके बाद कोई भी कदम आखिरी कदम हो सकता था। हम सब चुपचाप ईश्वर से प्रार्थना करते थे कि वह हमारी हिफाजत करे और लोगों को सुरक्षित वापस लाए। ऐसा नहीं था कि हम डरते थे, लेकिन सैनिकों के रूप में, आप बेकार में जान नहीं देना चाहते। हमेशा कुछ दुश्मनों को मारकर मरना लक्ष्य होता है।"

कंपनी कमांडरों ने एक अच्छे रक्षात्मक अभियान की तैयारी शुरू कर दी। बंकर बनाए गए, बाड़ मजबूत की गई और सुरंगें बिछाई गईं। एल.ओ.सी. पर आपको किसी मुखबिर नेटवर्क की जरूरत नहीं होती है। यह तो अग्रिम मोरचे का युद्ध होता है, जिसमें तोपखाने की गोलाबारी और सीमाओं के पार से गोलियों की बौछार होती है। विदेशी आतंकियों की घुसपैठ चिंता का विषय है। गश्ती दल

अकसर अपने इलाकों की सुरक्षा करते थे और कंपनी कमांडर खुद भी जवानों के साथ रात की ड्यूटी करते थे। पाकिस्तानी पक्ष उत्तेजक संघर्ष-विराम उल्लंघन जारी रखे था और भारतीय सेना प्रभावी ढंग से जवाबी कारवाई कर रही थी।

हालाँकि घुसपैठ रोकना सबसे बड़ी चुनौती थी। बड़ी संख्या में आतंकवादियों ने हर दिन सीमा में घुसपैठ करने की कोशिश की, जिसमें पाकिस्तानी चौकियाँ उनकी सहायता कर रही थीं। भारतीय सेना ने इलाके में वर्चस्व बनाने के लिए व्यापक गश्त की। बढ़ते तनाव के बीच, अपने जीवन के लिए लगातार जोखिम से परिचित होने के बावजूद, भारतीय सेना के बहादुर जवानों ने अपने कर्तव्यों का पालन किया। एल.ओ.सी. के पास तैनात 2/1 गोरखा राइफल्स ने तकनीकी निगरानी, ड्रोन की तैनाती और रोशनी के इस्तेमाल को भी बढ़ाया था।

मेजर शशिधरन विजय नायर और उनकी कंपनी ने पूरे प्रतिशोध के साथ सीमा पार की गोलीबारी का जवाब दिया। उसने पाकिस्तानी बैट के कई सदस्यों और आतंकियों को मार गिराया। एक बार गश्त के दौरान, जब उनकी कंपनी ने घुसपैठ की कोशिशों को नाकाम कर दिया तो उनके बीच भीषण गोलाबारी शुरू हो गई। इससे आखिरकार विदेशी आतंकवादियों को पी.ओ.के. में लौटने के लिए मजबूर कर दिया गया। यह भारी गोलाबारी मेजर नायर और उनकी कंपनी का साहसिक कार्य था। एल.ओ.सी. के इतने करीब उग्रवादियों को खदेड़ने के लिए भीषण गोलाबारी भी जोखिम भरा काम था। यह उनके स्थानों के बारे में पास के पाकिस्तानी रेंजरों के लिए सीधा संकेत था। हालाँकि मेजर नायर की हिम्मत की यही खासियत थी, जिसके लिए उनके साथी उन्हें याद करते हैं।

"उनका रवैया बहुत दुस्साहसी था। वे कभी भी असफलता या हार में विश्वास नहीं करते थे। वे पहल करते थे और कोशिश करते थे और तब तक कोशिश करते रहते थे, जब तक कि वे जीत दर्ज न कर लेते।" मेजर के तत्कालीन कमांडिंग ऑफिसर कर्नल ललित जैन ने कहा, "वे एक सच्चे गोरखा सैनिक थे, जो नाम, नमक और निशान में सबसे ज्यादा यकीन करते थे।"

मेजर नायर की उपस्थिति उनकी कंपनी और यूनिट के लिए काफी मनोबल बढ़ानेवाली थी। कमांडिंग ऑफिसर ने अपने फैसलों पर पूरे विश्वास के साथ भरोसा किया था। कई कंपिटीटिव कोर्स उन्हें पूरे करने थे। सेना में उनके उत्थान के लिए वे कोर्स जरूरी थे, लेकिन वे ऐसे कठिन समय में अपनी यूनिट छोड़ने के अनिच्छुक थे। इससे उनकी प्रतिबद्धता के बारे में बहुत-कुछ पता चलता है।

वे अप्रैल 2018 में थोड़े समय के लिए तृप्ति से मिले थे, जब वह अपने

फौजी आवास से अपनी माँ के घर जा रही थी। उन्होंने उससे वादा किया था कि वे जुलाई में अपने चचेरे भाई की शादी के लिए छुट्टी लेंगे। हालाँकि जून में, 2/1 गोरखा के एक अधिकारी ने एक आई.ई.डी. विस्फोट में अपना एक पैर गँवा दिया था। अधिकारियों की भारी कमी हो गई और उस समय छुट्टी माँगना उन्हें अनैतिक लगा। वे जानते थे कि तृप्ति कितनी भावुक है, इसलिए उन्होंने शायद ही कभी उसके सामने अपनी समस्याओं या हालात का जिक्र किया होगा, लेकिन उन्होंने यह जरूर कहा था, "मेरी बटालियन को मेरी और जरूरत है, तृप्ति! अनिमेष सर का पैर टूट गया है। अगर मैं भी आ गया तो मेरा मन तो यहीं छूट जाएगा और मैं केवल अपना दिल तुम्हारे पास ला पाऊँगा।"

~❖~

7 अगस्त, 2018

पुणे

तृप्ति टेलीविजन देख रही थी, तभी जम्मू-कश्मीर के गुरेज सेक्टर में तैनात 36 आर.आर. बटालियन के मेजर कौस्तुभ राणे के बारे में खबर आई। वे आतंकवाद विरोधी अभियानों के दौरान शहीद हो गए थे।[6] इस खबर ने तृप्ति को इतना ज्यादा हिला दिया, जितनी कभी उसने उम्मीद भी नहीं की थी। वह लगभग बेकाबू हो गई थी। वह जानती थी कि शशि भी कश्मीर के पास के इलाके में काम कर रहे हैं और हालात हमेशा जोखिम भरे रहते थे, तब भी, जब वे अपने परिवार को अपना रटा-रटाया जवाब देते थे—"अरे, मेरा क्या होगा? सबकुछ ठीक है। यहाँ तो बस ऐश-ही-ऐश है। मजे कर रहा हूँ।"

नीलेखा ने तृप्ति को राजमा बनाने के लिए बोला था। वे उसी समय कमरे में दाखिल हुईं और उन्होंने पाया कि पानी राजमा की बजाय फर्श पर गिर रहा है। फर्श पूरी तरह से गीला हो चुका था और तृप्ति लगातार रो रही थी। नीलेखा ने मुड़कर टीवी पर न्यूज फ्लैश पर नजर डाली। उन्होंने जल्दी से टीवी बंद कर दिया और अपनी बेटी को गले लगा लिया। तृप्ति रोती जा रही थी। उसने कहा, "मैं शशि को जल्द वापस आने के लिए कहती रहती हूँ। वे अपने पाठ्यक्रमों के लिए भी नहीं जा रहे हैं। वहाँ बहुत जोखिम है। मैं प्रार्थना करती हूँ कि यह खत्म हो जाए, ताकि वे जल्द वापस आ जाएँ। आई, प्लीज, प्रार्थना करो कि वे जल्द ही वापस आ जाएँ।"

सीमा पर स्थिति कितनी तनावपूर्ण है, यह जाने बिना तृप्ति उनकी छुट्टियों का इंतजार करती रही। इसके बाद तो वे काफी लंबे समय बाद उससे मिलेंगे, जब वे

उसके आँसू पोंछेंगे, उसकी मुसकान को चौड़ा करेंगे और उसकी आँखों में चमक वापस लाएँगे। जब भी वे फोन करते, हर बार यही कहते, "मैं जब तक आऊँगा, तू मुझे चलती हुई मिलनी चाहिए, कोई बहाना नहीं।" और तृप्ति उनकी खातिर और अधिक प्रयास करने लगती। वह सपने देखने लगती कि वह चल रही है और अपने दम पर सबकुछ सँभाल रही है, ठीक वैसे ही, जैसे आम दंपती करते हैं।

पृथ्वी पर सबसे खतरनाक जगहों में से एक पर शशि के होने की निराशा के बीच तृप्ति के दिल में आशा बनी रहती। यही कहानी ज्यादातर सैनिकों की पत्नियों की है, जो आशा और निराशा, प्यार और नुकसान के बीच झूलने की आदी हो चुकी हैं। तृप्ति कोई अपवाद नहीं थी, सिवाय इसके कि वह चल नहीं सकती थी और उसे जिस मदद की जरूरत थी, वह गर्व और सम्मान के साथ राष्ट्र की सेवा कर रहा था। वह केवल इंतजार और प्रार्थना कर सकती थी।

~❖~

अगस्त 2018

नियंत्रण रेखा

2/1 गोरखा बटालियन एक अच्छा रक्षात्मक अभियान तैयार करने में सफल रही, जिसके परिणामस्वरूप हताहतों की संख्या काफी कम रही। सैनिक भी जम गए थे और जब भी पाकिस्तानियों ने संघर्ष विराम का उल्लंघन किया तो यूनिट भी जवाबी कारवाई करती थी। कभी-कभी तो गोलियों का आदान-प्रदान पूरे दिन चलता रहता था। यह भारी, चुनौतीपूर्ण और जोखिम भरा रहता था। बढ़ती घुसपैठ बटालियन के लिए सिर दर्द साबित हुई। मेजर अनिमेष की आई.ई.डी. ब्लास्ट से जान तो बचा ली गई थी, लेकिन अब वे विकलांग व्यक्ति की जिंदगी जी रहे थे।

मेजर नायर इस घटना से बहुत नाराज हुए और चाहते थे कि ऐसा आगे किसी और के साथ कभी न हो। उन्होंने अपने कमांडिंग ऑफिसर कर्नल ललित जैन को सूचित किया कि वे अपने इलाके में गश्त के लिए जा रहे हैं। वे एल.ओ.सी. के भारतीय हिस्से के सुदूर छोर तक गए, जो पाकिस्तानी चौकियों के बहुत करीब था। यह जिंदगी को खतरे में डालनेवाली स्थिति थी। उनकी एक झलक भी दिखती और एक गोली उन्हें नीचे गिरा सकती थी। वे इसके बारे में बहुत अच्छी तरह से जानते थे, लेकिन फिर भी उन्होंने दुश्मन की चौकी की पूरी जानकारी लेने का जोखिम उठाया। वे उन सूक्ष्म विवरणों को जानना चाहते थे, जिन्हें दुश्मन उनसे छिपाने की कोशिश कर रहा था और वे उनके कोड को क्रैक करने में जुटे थे। उनकी 'क्विक रिस्पॉन्स टीम'

(क्यू.आर.टी.) कुछ दूरी पर उनका इंतजार कर रही थी। यह उनकी अपने सैनिकों के लिए प्रतिबद्धता ही थी कि जब भी जीवन के लिए खतरनाक स्थिति का आभास होता तो वे खुद को आगे रखते थे और अपने सैनिकों को पीछे चलने को कहते थे।

जब वे वापस आए तो उन्हें दुश्मन की चौकियों के बारे में काफी जानकारी मिल चुकी थी। रास्ते में उन्होंने कुछ संभावित इलाकों का भी सर्वेक्षण किया था, जो सुरक्षित घुसपैठ के प्रवेश द्वार के रूप में काम कर सकते थे। इस साहसी स्टंट ने उनको यूनिट की योजना बनाने और भविष्य में कई ऑपरेशनों को अंजाम देने में मदद की। इसके बाद मेजर नायर ने कुछ सुरंगें बिछवाईं, जिनमें से एक एल.ओ.सी. के पास के इलाके में भी थी। यह भी जोखिम भरा ऑपरेशन था, फिर भी वे अपने या अपने सैनिकों को सकुशल वापस लेकर और विजयी होकर लौटे थे। इलाके को सुरक्षित करने के बाद उन्हें राहत मिली। कौन जानता है कि ऐसा न करने पर उनके कितने भाई अपनी जान गँवा देते?

वे नहीं जानते थे कि कुछ महीने बाद ही एक दुर्भाग्यपूर्ण घटना में वे जल्द ही अपनों को खोनेवाले हैं।

~❖~

दिसंबर 2018
पुणे
नीलेखा का आवास, किर्की

"हैलो!" तृप्ति के फोन उठाते ही खुशी की आवाज गूँज उठी। यह वही आवाज थी, जिसे सुनने के लिए वह तरस रही थी और कई दिनों से उसका इंतजार कर रही थी। "हाय, शशि! दोपहर में कैसे कॉल किया? मैं बहुत खुश हूँ। मैंने सोना बंद कर दिया है, ताकि किसी भी समय तुम्हारी कॉल मिस न हो जाए।" तृप्ति ने मराठी में जवाब दिया।

"अरे, तू ये सब छोड़। ये बता तू कर क्या रही है?"

"घर पर कोई नहीं है। मैं टीवी देख रही हूँ।"

आमतौर पर नीलेखा दिन में घर से बाहर जाते समय मुख्य दरवाजा बंद कर देती थीं। उनकी दो नौकरानियाँ थीं, जो उनके लौटने तक तृप्ति का खयाल रखती थीं।

"अगर तुम अकेली हो, तो तुम्हें खाना कौन देगा, तृप्ति?"

"सुतार मौसी दोपहर 2:00 बजे आएँगी और मुझे खाना देंगी।"

"अरे, लेकिन आमतौर पर दरवाजा तो बंद रहता है। वे अंदर कैसे आएँगी?"

"अरे बाबा, चाबियाँ बाहर गमले में रखी रहती हैं। वे उन्हें उठाती हैं और अंदर आ जाती हैं।" तृप्ति ने बताया।

एक क्षण ही बीता होगा की तृप्ति को लंबे और बहुत सुंदर शशिधरन खड़े दिखे। उन्हें सरप्राइज देना पसंद था और उन्हें मिले हुए काफी समय हो गया था। हाल ही में, उन्हें जल्द-से-जल्द तृप्ति को देखने की एक अजीब सी इच्छा हुई थी। कुछ नए अधिकारी हाल ही में यूनिट में शामिल हुए थे तो उन्होंने जल्दी से एक महीने की छुट्टी के लिए अप्लाई कर दिया था। उन्होंने दरवाजे पर पहुँचकर उसे कॉल किया था। इससे तृप्ति बहुत ज्यादा भावुक हो गई थी। कुछ ही सेकंडों के अंदर सारा अकेलापन गायब हो गया था। उसे हवा में मौजूद केवल प्यार और खुशी की गंध आ रही थी। उसकी जान—उसका शशि—वापस आ गया था। तृप्ति ने उन्हें कसकर पकड़ लिया और बहुत देर तक रोती रही।

ऐसा लग रहा था, जैसे वह खोए हुए समय की भरपाई करना चाहती थी—परिवार के साथ इतने दिन न रहने का बदला ले रही थी। अन्य समयों के उलट, उन्होंने इस बार यह सुनिश्चित किया कि वे अपने सभी दोस्तों और रिश्तेदारों से मिले। यहाँ तक कि वे अपने चचेरे भाई से मिलने चंडीगढ़ भी गए, जो उसे लंबे समय से मिलने के लिए कह रहा था। वे इस बार खड़कवासला अपनी माँ के पास नहीं जा सके, क्योंकि उनके घर की ओर जानेवाले रास्ते क्षतिग्रस्त हो गए थे। तृप्ति को साथ ले जाना असंभव हो गया था। इसलिए उन्होंने लता और शीना को किर्की आने के लिए कहा था। फिर उसने अंडमान की यात्रा की योजना बनाई। उनके सबसे करीबी दोस्तों और अधिकारी बंधुओं में से एक मेजर प्रसाद टिथे वहाँ तैनात थे और उन्होंने शशि को तृप्ति के साथ आने के लिए कहा था। टिथे जानते थे कि शशि उसके बिना कहीं नहीं जाएँगे।

तृप्ति ने बताया, "शशि ने एकाएक मेरे भाई के साथ हमारे टिकट बुक कर लिये। मैं न तो ठीक थी और न ही जाने की इच्छुक थी, लेकिन उन्होंने जोर दिया। उन्होंने बोला, 'तू चल अब। यह लास्ट ट्रिप है; इसके बाद पता नहीं होगा कि नहीं! मैं बहुत बिजी होनेवाला हूँ।' मुझे अब भी आश्चर्य होता है कि उन्होंने ऐसा क्यों कहा था, क्योंकि यह वास्तव में हमारी आखिरी ट्रिप साबित हुई।"

वह यात्रा खूबसूरत रही थी। शशि, तृप्ति, टिथे और उनकी पत्नी समुद्र तट के पास स्थित उनके फौजी आवास के पास बैठते, जहाँ हँसी की लहरें उठती थीं और चुटकुले कभी नहीं रुकते थे। मेजर टिथे को याद है कि तृप्ति ने शिकायत की थी कि शशि ने कोई निवेश नहीं किया है और उन्हें कुछ पॉलिसीज लेकर भविष्य के

लिए बचत करनी चाहिए थी, जबकि शशिधरन ने हँसते हुए कहा था, "जब जीवन के बारे में कुछ भी स्थायी नहीं है तो कोई पॉलिसी क्यों लें?"

भले ही यह एक सुंदर यात्रा रही हो—लेकिन तृप्ति ने बताया कि वह हर समय असहज महसूस करने लगी थी। शशि को 1 जनवरी, 2019 को जाना था। पहली बार उसने 14 जनवरी को मकर संक्रांति तक रुकने और उसके बाद जाने के लिए बोला था, लेकिन वे नहीं माने थे। सुबह 5 बजे की फ्लाइट पकड़ने से पहले उन्होंने जो आखिरी बात कही, वह यह थी—"अगर रुक सकता तो रुक जाता, तृप्ति। रुकना संभव ही नहीं है।"

11 जनवरी, 2019
नौशेरा सेक्टर
सुबह 10 बजे

मेजर नायर परेशान हो उठे थे। उन्हें अभी-अभी अपनी कंपनी के चौबीस वर्षीय राइफलमैन जीवन गुरुंग की गंभीर चोटों के बारे में फोन आया था। टोही और निगरानी टीम में राइफलमैन गुरुंग को 12 जनवरी, 2019 से छुट्टी पर जाना था। कुछ दिन पहले ही उन्होंने दार्जिलिंग के युवा, हमेशा मुसकराते रहनेवाले लड़के का साक्षात्कार लिया था और उसे आगे की ब्रीफिंग के लिए कमांडिंग ऑफिसर के सामने पेश किया था। मेजर नायर ने उस लड़के का बदला लेने की जिम्मेदारी अपने ऊपर ले ली। उनके अंदर अपनी इकाई और उन लड़कों के प्रति जिम्मेदारी और समर्पण की शक्तिशाली भावना थी, जो उनके कमांड में थे। वे सुबह के आई.ई.डी. विस्फोटों की घटनाओं के कारण गुस्से में थे, जिसमें उनके लोग घायल हुए थे।

उन्होंने कमांडिंग ऑफिसर कर्नल ललित जैन को कॉल किया, "जय हिंद, सर!"

मेजर नायर की कॉल आते ही सी.ओ. को लगने लगा था कि कुछ ठीक नहीं है। "जय हिंद, शशि! क्या हुआ, बोलो?"

"सर, मेरे पास आपके लिए एक बुरी खबर है। राइफलमैन जीवन गुरुंग गंभीर रूप से घायल हुआ, है।"

सी.ओ. को अपना दिल डूबता हुआ महसूस होने लगा। उन्होंने अपने लंबे और शानदार कैरियर में कई सैनिक बंधुओं को खोया था, लेकिन ऐसी खबरें हमेशा दिमाग और आत्मा पर उसी तीव्रता से असर डालती थीं।

"जीवन गुरुंग? जिस लड़के का मैंने कल इंटरव्यू लिया था? वह अपने परिवार से दोबारा मिलने को लेकर बहुत उत्साहित था। उसे अपनी माँ से मिले हुए कई महीने हो चुके हैं। ये हुआ कैसे?"

"वह एक रेकी और सर्विलांस मिशन पर रेगुलर पेट्रोलिंग पर था, तभी उसका वाहन आई.ई.डी. विस्फोट की चपेट में आ गया। वह सह-चालक की सीट पर था। हमारे बाकी जवान घायल तो हैं, लेकिन उनकी हालत गंभीर नहीं है।"

"ओ.के.। मुझे कमांडर को इन्फॉर्म करने दो और फिर मैं तुम्हें वापस कॉल लगाऊँगा। मैं जल्द ही मौके पर पहुँचूँगा।" कर्नल जैन को नहीं पता था कि वे न केवल राइफलमैन गुरुंग को खो देंगे, जिसने जल्द ही दम तोड़ दिया था, बल्कि इसका भी अंदाजा नहीं था कि मेजर शशिधरन विजय नायर के साथ भी उनकी यह आखिरी बातचीत होगी, जो अपनी यूनिट के नायाब रत्न थे।

दरअसल, मेजर नायर को कभी पता ही नहीं चल पाया कि राइफलमैन जीवन गुरुंग ने बाद में दम तोड़ दिया है। कुछ घंटों बाद ही आई.ई.डी. विस्फोट में उन्होंने खुद को अमर कर लिया था।

जैसे ही मेजर नायर ने फोन काटा, उन्हें अपनी बहन शीना का मैसेज मिला, जिसमें उन्हें माँ की बीमारी की खबर दी गई थी। उनका ब्लड प्रेशर बहुत बढ़ गया था और वह उन्हें अस्पताल लेकर जा रही थी। जब वे अपने क्यू.आर.टी. के साथ विस्फोट स्थल के लिए निकले तो उन्होंने शीना से उसे खबर देते रहने को कहा।

मेजर नायर को पता था कि उनका कमांडिंग ऑफिसर जल्द ही घटनास्थल का दौरा करेगा। उन्हें मानक प्रक्रिया के रूप में इलाके में तलाशी अभियान चलाने की जरूरत थी, ताकि किसी अन्य आई.ई.डी. विस्फोट की आशंका टाली जा सके। पहले विस्फोट के बाद इलाके के आसपास और अधिक आई.ई.डी. का खतरा था और इलाके में छिपे आतंकवादियों से भी खतरा हो सकता था। वे अपने क्यू.आर.टी. को काम सौंप सकते थे या बम निरोधक दस्ते के आने का इंतजार कर सकते थे, लेकिन जब फैसला लेने की बात आती थी तो उनकी रेजिमेंट हमेशा मुख्य भूमिका में होती थी। वे जानते थे कि बम निरोधक दस्ते को आने में समय लगेगा और वह और किसी को हताहत होने देना नहीं चाहते थे।

~❖~

कर्नल ललित जैन अपने सीनियर को सूचना देकर क्यू.आर.टी. लेकर विस्फोट स्थल के लिए रवाना हो गए। उधर मेजर नायर ने अपनी टीम के सामने खुद को

रखते हुए इलाके को सैनिटाइज करना शुरू कर दिया। कंपनी कमांडर किसी भी मिशन की सफलता के लिए महत्त्वपूर्ण होते हैं और कंपनी के समग्र मनोबल के लिए भी वे ही जिम्मेदार होते हैं। हालाँकि मानक नियमों के तहत कंपनी कमांडर आमतौर पर स्काउट्स के पीछे चलते हैं, लेकिन मेजर नायर ने पहले व्यक्ति यानी स्काउट के रूप में चलने का फैसला किया, जिसके खतरे की जद में आने की सबसे ज्यादा आशंका होती है।

वे खतरे से परिचित थे, लेकिन फिर भी उन्होंने अपने किसी भी आदमी के बजाय अपनी ही जान जोखिम में डालने का फैसला किया। वे ढलान से नीचे विस्फोट स्थल की ओर जा रहे थे, तभी उन्हें एक क्षतिग्रस्त जीप और चारों ओर बिखरा मलबा दिखाई दिया। दूर से उन्हें कर्नल जैन विपरीत दिशा से मौके पर पहुँचते दिखे। उन्होंने अपनी टीम के साथ इलाके का सर्वेक्षण भी शुरू कर दिया था। विस्फोट स्थल के दोनों ओर से उनके क्यू.आर.टी. कभी-कभी आसपास की झाड़ियों में फायरिंग कर देते थे, ताकि और ज्यादा नुकसान पहुँचाने की फिराक में छिपे हुए आतंकवादियों को मारा जा सके।

मेजर नायर को अचानक अपने सामने की जगह पर कुछ गड़बड़ महसूस हुई। वे विस्फोट स्थल से लगभग बीस मीटर की दूरी पर और सी.ओ. की पार्टी से लगभग चालीस मीटर की दूरी पर थे। उन्होंने अचानक अपने दस लोगों की क्यू.आर.टी. को रुकने का ऑर्डर दिया। उन्होंने कहा कि वे पहले अकेले आगे बढ़ेंगे और जब वे संकेत दें, तभी बाकी टीम आगे बढ़ेगी। उनके जे.सी.ओ. ने उन्हें मना करने की कोशिश की और अपने को साथ चलने देने का अनुरोध किया, लेकिन मेजर नायर अड़े रहे। उन्होंने उसे अपने ऑर्डर का पालन करने और तट साफ होने तक इंतजार करने के लिए कहा। उन्होंने अपने व्हाट्सएप मैसेज चेक किए, जिसमें उन्हें शीना का एक संदेश मिला था, जिसमें बताया गया था कि उनकी माँ की तबीयत ठीक है। अगले दिन और जाँचें होनी थीं। वे लोग घर लौट रहे थे। मेजर नायर ने राहत की साँस ली और सबकुछ भूलकर आगे बढ़ चले।

दूसरी क्यू.आर.टी. टीम उस कैमरे की तलाश कर रही थी, जो राइफलमैन गुरुंग अपने साथ ले जा रहे थे, तभी उन्हें एक जोरदार धमाका सुनाई दिया। उन्हें लगा कि उन पर हमला हुआ है और यह सोचकर वे खुद को बचाने के लिए एक तरफ उछल पड़े। अगले ही पल उन्हें यह पता लग गया कि विस्फोट मेजर नायर की तरफ हुआ है। वे तुरंत उन तक नहीं पहुँच सकते थे, क्योंकि उनके बीच का इलाका तब तक साफ नहीं किया गया था और आगे बढ़ने का मतलब और ज्यादा

लोगों की जान जोखिम में डालना होता। उन्होंने देखने के लिए अपने सुपरजूम कैमरे और दूरबीन निकाल लिये।

तभी दूसरी तरफ लाचार बने खड़े सैनिकों ने कुछ दूरी पर मेजर नायर के सर्वोच्च बलिदान देने का संकेत देने का इशारा किया।

हवा में सन्नाटा फैल गया था। कर्नल ललित जैन अपने शरीर और आत्मा में फैल गई उदासी को महसूस कर सकते थे। बाद में उन्होंने मुझे बताया, "उनका नश्वर अवशेष मुझसे कोई तीस मीटर की दूरी पर पड़ा था, लेकिन मैं असहाय महसूस कर रहा था। ऐसा मैंने पहले कभी महसूस नहीं किया था। अपने साथ के और लोगों के कीमती जीवन को बचाने की खातिर मैं उन्हें निकालने के लिए आगे नहीं बढ़ पाया। मैं अपनी कमांड के और ज्यादा लोगों को खतरे में नहीं डाल सकता था। मैंने एक ही दिन में गुरुंग और शशि दोनों को खो दिया था। नुकसान की भावना इतनी मजबूती से मेरे ऊपर फैल गई थी कि मैं विस्फोट स्थल की तरफ भागना चाह रहा था, लेकिन मैं नहीं भाग पाया, क्योंकि वह इलाका साफ नहीं हो सका था। मैं कुछ भी नहीं कर पा रहा था, इसलिए मेरे भीतर तरह-तरह के भाव उमड़ रहे थे। आखिरकार, मैंने कमांडर को फोन किया और एक नए तलाशी अभियान के लिए बम दस्ता भेजने का अनुरोध किया। इंजीनियरिंग टीम के आने का इंतजार करते हुए वे मेरे जीवन के सबसे निराशाजनक और कष्टदायी क्षण थे।'

~❖~

11 जनवरी, 2019

पुणे

तृप्ति के भाई त्रिलोकेश के पास यूनिट से फोन आया। यह दिल दहला देनेवाला समाचार सुननेवाले वह पहला व्यक्ति था। उसने तृप्ति को छोड़कर बाकी सभी को खबर कर दी। तृप्ति को यह बताने की किसी में न तो हिम्मत थी और न ही किसी का दिल इतना मजबूत था। यूनिट के अधिकारी अपनी पत्नियों के साथ उनके घर आने लगे और हर आनेवाले मेहमान के साथ माहौल उदास होता चला गया। उन लोगों के आँसू भरे और उदास चेहरे तृप्ति को यह समझने के लिए काफी थे कि उसका डर सच निकला था। वह स्तब्ध रह गई थी। ऐसा लगा, जैसे उसके अंदर से आत्मा निकल गई हो! उसके बाद कुछ भी मायने नहीं रखता था।

त्रिलोकेश ने शीना को फोन किया और उसे बताया कि वह मेजर नायर की यूनिट के एक अधिकारी के साथ उससे मिलने आ रहा है। शीना ने सोचा कि उसके

भाई ने उन्हें अपनी माँ के स्वास्थ्य के बारे में बताया होगा और वे आई से मिलने आ रहे होंगे। हालाँकि अँधेरा था और देर हो चुकी थी, लेकिन उसने खुश होकर जवाब दिया कि वे कभी भी आ जाएँ। उनकी माँ अभी सोने गई थीं। उसने सोचा कि उन लोगों के आने के बाद वह उसे जगा देगी। उसके जागने के डर से ही उस दिन वह टीवी नहीं देख पाई थी, जबकि वह टीवी देखना काफी पसंद करती थी और उस वक्त तो हर न्यूज चैनल उसके भाई की 'वीरगति' को प्राप्त होने की खबर चला रहा था।

वह इंतजार करती रही, लेकिन जब वे लोग रात 10 बजे तक नहीं पहुँचे तो उसने त्रिलोकेश को फोन करके उससे अब अगले दिन आने के लिए कहा। हालाँकि त्रिलोकेश ने उसी समय आने की जिद की और उससे कहा कि वह दरवाजा खुला रखे। कुछ तो हुआ था। शीना ने मुझे बताया, "पता नहीं क्यों, लेकिन अचानक मुझे अंधकार और निराशाजनक भावनाओं ने घेर लिया। एक बार मुझे अंदर से लगा कि भैया के साथ कुछ गलत हुआ है। भाभी भले ही बीमार रहती थीं, लेकिन मुझे एक बार भी ऐसा नहीं लगा कि उन्हें कुछ हो सकता है। मैं ममा को देखने उनके कमरे में गई; वे सो रही थीं। मैंने चुपचाप दरवाजा बंद किया और घर से बाहर निकल आई। मेरी बेस्ट फ्रेंड आई और उसने मुझे गले लगा लिया। वह रो रही थी। तब तक त्रिलोकेश और यूनिट के अधिकारी भी आ चुके थे। लोगों ने आना शुरू कर दिया था और फोन लगातार बजे जा रहा था।" उसने बताया कि उसे रोना चाहिए था, लेकिन किसी चीज ने उसे रोक लिया था। अपनी माँ के प्रति अपनी सुरक्षात्मक भावनाओं ने समाचार को यथासंभव लंबे समय तक उनसे दूर रखने के उनके संकल्प को मजबूत किया। उन्होंने सभी शोक मनानेवालों से अनुरोध किया कि वे सुबह आएँ और तब तक उनकी माँ का मेडिकल चेकअप हो जाएगा। लता को हाई बीपी था और ऐसे हालात में उन्हें खबर देना खतरनाक हो सकता था।

सुबह उसने अपनी माँ के लिए नाश्ता बनाया। वह जानती थी कि उसकी माँ उसके बाद खाना नहीं खा पाएँगी। फिर वह उन्हें अस्पताल ले गई। उनके घर के सामने दशकों से नहीं सुधरी क्षतिग्रस्त सड़क चमत्कारिक ढंग से रातोरात ठीक कर दी गई थी। आसपास लोगों का झुंड जमा हो रहा था और तंबू लगवाए जा रहे थे। उसकी माँ ने धीमे स्वर में कुछ कहा, लेकिन शीना ने कोई जवाब नहीं दिया। एक बार सभी टेस्ट हो जाने के बाद शीना अपनी माँ के पास गई और उनको मेजर नायर के बारे में बताया। फिर वे रोने लगे—उनके आँसुओं का बाँध टूट पड़ा था।

थोड़ी देर बाद लता ने अपनी बेटी को कसकर गले से लगा लिया और बोलीं,

"रो मत, शीना, तुम्हारे भाई ने हीरो की तरह मौत को गले लगाया है। तुम्हें उस पर गर्व होना चाहिए। हम सभी को किसी-न-किसी दिन तो मरना ही है, लेकिन कितने लोगों को देश के लिए मरने का मौका मिलता है? उसकी मौत का शोक मत करो; यहाँ मत रोओ। यह अस्पताल है। यहाँ सभी पहले से ही परेशान हैं। उन्हें और तकलीफ न दो।"

तब तक दोस्त और परिवारवाले भी अस्पताल पहुँच चुके थे और अभी-अभी सर्वोच्च बलिदान देनेवाले सैनिक की माँ का साहस देखकर दंग थे। उनमें वीरों का खून था—जैसी माँ, वैसा बेटा!

12 जनवरी, 2019

पुणे

मेजर शशिधरन विजय नायर के पार्थिव शरीर को वापस लानेवाले जूनियर कमीशंड अधिकारी ने लता के सामने हाथ जोड़कर कहा, "आपके बेटे ने हम सबको बचा लिया। अगर साहब न होते तो हम सब मारे जाते।" ये उस अधिकारी के लिए कृतज्ञता के आँसू थे, जिसने युद्ध के मैदान में अपने जवानों के लिए अपने प्राणों की आहुति देने को प्राथमिकता दी थी।

लता जब तृप्ति से मिलीं तो उन्होंने उसे कसकर पकड़ लिया। तृप्ति स्तब्ध थी। वह कुछ भी कहे बिना शून्य में देखती रही। नीलेखा, त्रिलोकेश और हर्षा भी गमगीन थे।

बहुत बड़ा नुकसान हो चुका था। लता और शीना ने स्थिति को सँभाला। हर्षा ने मुझे बाद में पूरी बात बताई। उसने बताया, "मैंने माँओं को अपने बच्चों को लगनेवाली खरोंच तक से घबराते देखा है, लेकिन लता आंटी हम सभी के लिए एक स्तंभ की तरह खड़ी रहीं। उन्होंने न केवल तृप्ति को, बल्कि हम सभी को सांत्वना दी। उनकी वजह से ही हम इस दु:ख को दूर करने और इस भयानक स्थिति में खुद को एक साथ निकालने की कोशिश कर सके।"

13 जनवरी को वीर नायक के सम्मान के अनुसार अंतिम संस्कार किया गया, लेकिन तृप्ति के लिए इस घटना के बाद जीवन में कोई आकर्षण नहीं बचा था। लता ही थीं, जिन्होंने उसे असहनीय पीड़ा से बाहर निकाला। उन्होंने कहा, "तृप्ति, तुम्हें समझना होगा कि शशि कोई आम आदमी नहीं, बल्कि हीरो था। वह एक नायक की तरह मरा। वह अब हम सभी के लिए एक अहसास है। हम उसे अपनी यादों से नहीं

निकाल सकते, लेकिन हमें उसके बिना जीना सीखना होगा। हमें वह सबकुछ करना होगा, जो वह हमसे कराना चाहता था। क्या तुम्हें याद है कि वह हमेशा चाहता था कि तुम चलो, अपना काम खुद करो और कोई व्यवसाय शुरू करो? मुझे विश्वास है कि तुम यह सब कर सकती हो। और कोशिश करो; हिम्मत मत हारो। उसके लिए—शशि के लिए।"

मैंने सुना था कि फरिश्ते हमारे बीच घूमते हैं, लेकिन जब मैंने लता आंटी की कहानी सुनी तो मुझे उस पर विश्वास हो गया। मुझे उस जैसी सास के ऐसे समाज में होने पर भी आश्चर्य हुआ, जहाँ कुछ ससुरालवाले तो दहेज के लिए अकसर अपनी बहुओं को जला तक देते हैं। न केवल परिवार के सदस्य, बल्कि मेजर नायर की यूनिट के सभी अधिकारी भी उनकी गरिमा, मर्यादा और साहस की प्रशंसा करते हैं। मेजर नायर के तत्कालीन कमांडिंग ऑफिसर कर्नल जैन ने मुझे बताया कि वे उन्हें सांत्वना देने के लिए उनके पास गए थे, लेकिन लता आंटी उन्हें ही सांत्वना देने लगी थीं। उन्हें एक योद्धा की माँ होने पर गर्व था और उसके बलिदानों पर गर्व था। अपने बेटे के लिए उनके दिल में वही गर्व था, जो 2/1 गोरखा बटालियन को उनके बलिदान में था।

इस कहानी में एक और महिला महत्त्वपूर्ण है, जिसके बारे में आप जानकर हैरान रह जाएँगे। वह महिला हैं श्रीमती नीता अंबानी। जब एक अनुभवी गोरखा अधिकारी मेजर जनरल कुमार और फिर सेकंड-इन-कमांड लेफ्टिनेंट कर्नल देव आनंद ने वित्तीय मदद के लिए उनसे संपर्क किया तो वे स्वेच्छा से तृप्ति की दवा का मासिक खर्च वहन करने को तैयार हो गईं, जो लगभग 50,000 रुपए महीना होता है। रिलायंस फाउंडेशन ने तुरंत फिजियोथैरैपी का खर्चा देने पर सहमति जताई और अगले पाँच सालों के लिए तृप्ति के लिए एक पूर्णकालिक नर्स नियुक्त कर दी। मेजर नायर और उनकी पत्नी की कहानी से बेहद प्रभावित होनेवाली श्रीमती नीता अंबानी ने इस मदद को व्यक्तिगत रूप से मंजूरी दी थी। एक निजी संगठन से आया यह एक बहुत बड़ा सहयोग था और यह सब उन्होंने मीडिया की नजरों से बचाकर किया था।

तृप्ति की मदद के लिए गोरखा यूनिट की सभी महिलाएँ और अधिकारी सामूहिक रूप से आगे आए। यह गोरखा परिवार की एकजुटता और भावना थी, जिसने उसे उपलब्ध कराया और कठिन समय से गुजरने की ताकत दी। आज तृप्ति एक निजी फर्म, मिडासबल्यू में एच.आर. मैनेजर के रूप में घर से काम करती है और उसका दावा है कि उसके बॉस, भैरवी कामत, अब तक के सबसे अच्छे बॉस

हैं। उसके जख्म अब भी ताजा हैं। जब मैंने उससे पुस्तक के लिए संपर्क किया तो उसके लिए बोलना बहुत मुश्किल था। शुरू में उसने मना कर दिया था, लेकिन कुछ दिनों के बाद उसने मुझे खुद कॉल किया और बोली कि वह मुझे कहानी सुनाएगी और मेरी पुस्तक के जरिए उन पलों को फिर से जिएगी। उसने यह भी कहा, "मैं जिंदगी के साथ आगे बढ़ने और उसके साथ तालमेल बिठाने की काफी कोशिश कर रही हूँ। मैं अपनी फिजियोथैरैपी पर भी कड़ी मेहनत कर रही हूँ। यह सबसे बहादुर आदमी की विरासत के लिए है, जिसे मैं जानती थी। मैं जीवन से हार नहीं मानूँगी।"

तृप्ति अब भी अपने स्वास्थ्य के लिए संघर्ष करती है और अपनी माँ के साथ रहती है, जबकि लता और शीना उससे मिलने आते रहते हैं। लता अपना ट्यूशन जारी रखती हैं और शीना ने हाल ही में एक नौकरी कर ली है। हाल ही में, तृप्ति ने शशि की यूनिट और उनकी कंपनी का दौरा किया था, जिससे उसे बहुत संतुष्टि मिली। हालाँकि उसे अपने जीवन में आगे बहुत-कुछ दिखाई नहीं देता है, लेकिन वह आगे बढ़ने के लिए एक-एक कदम उठाती जा रही है। शशि का नाम सुनते ही उसकी आँखों में आँसू आ जाते हैं।

~❖~

यह कहानी मेजर शशिधरन नायर की पत्नी तृप्ति[7], बहन शीना, साली हर्षा, भाई समान अधिकारी लेफ्टिनेंट कर्नल मिलिंद कुलकर्णी और लेफ्टिनेंट कर्नल टिथे के साक्षात्कारों पर आधारित है। मेजर नायर के तत्कालीन कमांडिंग ऑफिसर कर्नल ललित जैन और सेकंड-इन-कमांड लेफ्टिनेंट कर्नल देव आनंद ने अपने कॉमरेड-इन-आर्म्स की यादों का सम्मान करने के लिए इस साक्षात्कार के लिए तुरंत सहमति दी थी।

□

कभी हार न मानना

मेजर प्रिया सेमवाल और नायक अमित शर्मा

24 जून, 2012
हरिद्वार

व्यथित और दु:खी प्रिया कमरे के एक छोटे से कोने में एक अजीब से कोण पर बैठी थी। वह खुद को आसपास के लोगों का सामना करने के लिए मजबूर कर रही थी। लोगों का विशाल समूह इकट्ठा था। आखिरकार यह अभियान में मारे गए एक सैनिक का अंतिम संस्कार हो रहा था और उसके कई साथी उसे बेहद सम्मान देते थे, एक तरह से पूजते थे। कारवाई में मारे गए नायक अमित शर्मा परिवार की शान थे। कुछ बच्चे इधर-उधर भाग रहे थे, लेकिन प्रिया की पाँच साल की बेटी ख्वाहिश कहीं नहीं दिख रही थी। उसने उसे ढूँढ़ने की जहमत भी नहीं उठाई। वह तो बस यह जानती थी कि उसकी दुनिया ढह चुकी है। मातम का माहौल था। महिला रिश्तेदार जोर-जोर से रो रही थीं और बेहद दु:खी थीं। मातम के घर में भोजन के समय भी गहरा सन्नाटा छाया था। अब कुछ भी मायने नहीं रखता था, उसका अस्तित्व भी मायने नहीं रखता था। अजीब से भ्रम की स्थिति बन गई थी।

वह सभी लोगों से दूर रहकर लेटना और चुपचाप रोना चाहती थी, लेकिन यह संभव नहीं था। उसे वहीं बैठना पड़ा था और अपने लिए 'बेचारी' शब्द सुनते रहना था। उसकी माँ उसे गले लगाने के लिए पहुँचीं। उन्हें समझ नहीं आ रहा था कि उसे दिलासा दें या उसके कंधे पर सिर रखकर रोएँ? प्रिया ने उनके झुर्रीदार चेहरे को देखा। उसकी माँ कुछ ही दिनों में कई साल बूढ़ी दिखने लगी थीं।

आवाजें तेज होती जा रही थीं; बेपरवाही से लोगों की फुसफुसाहट लगातार बढ़ती जा रही थी—

"माँ-बेटी दोनों विधवा हैं। क्या नसीब लेके आई है बेचारी!"

"पैसे किसको मिलने हैं? बीवी को या लड़के की माँ को?"

"विधवा हो गई बेचारी, अब क्या करेगी पैसों का?"

"भरी जवानी में विधवा, बाप भी नहीं है। बेटी भी है। भगवान् न दिखाए ऐसे दिन किसी को। बेचारी!"

"इसकी माँ को देख, क्या करेगी अब? नातिन भी इतनी छोटी है।"

वह सारी बातें सुन रही थी और हताश होकर अपने हाथों को अपनी गोद में रगड़ रही थी। उसकी आँखें आसुओं से लथपथ थीं; वह अंदर से भी उतनी ही थकी हुई थी, जितनी कि बाहर से दिख रही थी—बिखरे बाल और उसकी धधकती काली आँखों के नीचे काले घेरे। उसने न केवल अपना पति खोया था—जिसे वह पूरे दिल से प्यार करती थी—बल्कि अपना अस्तित्व भी गँवा दिया था। यह एक क्रूर अहसास था, जिसने उसे तबाह कर दिया था और तेरह दिनों के अंदर उसे आशा से निराशा की ओर धकेल दिया।

'तेरहवीं' शोक की अवधि के अंत का प्रतीक होती है, जो मृतक के दाह-संस्कार के दिन से तेरह दिनों तक रहती है। इन तेरह दिनों में दिवंगत आत्मा की मुक्ति के लिए अनुष्ठान किए जाते हैं। इन तेरह दिनों में प्रिया को शोक मनाने का बहुत समय मिला। वह अकेला और उदास महसूस कर रही थी और यहाँ तक कि रात में भी अमित को याद करके रोने लगती थी—जिसने अगले सात जन्मों तक उसके साथ चलने का वादा किया था।

प्रिया जानती थी कि इससे छुटकारा मिलनेवाला नहीं है। चकनाचूर होकर वह बिस्तर पर लेट जाती और लालटेन की लौ को देखने लगती। कभी-कभी वह आईने में देखती, जोर-जोर से अपना चेहरा रगड़ती, घबराती और पूरी तरह से निराश होकर सोचने लगती—उसके साथ ऐसा क्यों हुआ? कभी-कभी वह अपने मृत पति का डरावना सपना देखकर हाँफते हुए उठ जाती थी और उसकी साड़ी आँसुओं से भीगी होती थी। हालाँकि उसे सबसे ज्यादा परेशान कर रहे थे लोगों के ताने, जो उसकी गरिमा कम कर रहे थे। लोग भूल गए थे कि वह सिर्फ एक विधवा नहीं है, बल्कि मांस और खून से बनी इनसान भी है! अचानक उसकी अपनी ही नहीं, बल्कि उसकी माँ और बेटी की पहचान भी भुला दी गई थी। वे अब इनसान नहीं रह गए थे, बल्कि कमजोर, अर्थहीन महिलाओं का झुंड बनकर रह गए थे, जो किसी सम्मानजनक सामाजिक स्थिति के योग्य नहीं थे।

महिलाओं को दु:खी युवती नहीं, बल्कि एक विधवा, एक 'बेचारी' औरत दिख रही थी, जिसने एक स्वतंत्र नागरिक के रूप में जीने का अधिकार लगभग

खो दिया था। प्रिया अंतहीन मिथकों और कलंक से घिरे समाज में रह रही थी। वह प्रगतिशील तबके से तो ताल्लुक निश्चित रूप से नहीं रखती थी, बल्कि रूढ़िवादी पृष्ठभूमि से आती थी, जहाँ महिलाएँ बेड़ियों और सीमाओं में रहती थीं। उसके संसाधन भी सीमित थे और उसकी आर्थिक स्थिति भी ऐसी ही थी।

उसके बारे में लापरवाही से बोली गई बेरहम बातों ने उसके जीवन को दयनीय बनाकर रख दिया था और शोक लगभग असहनीय हो गया था। एक समय ऐसा भी आया, जब उसे लगा कि उसके जीने की इच्छा खत्म हो रही है, लेकिन अपनी खूबसूरत पाँच वर्षीय बेटी ख्वाहिश के कारण वह सँभल पाई। उसका नाम दंपती ने आशा और खुशी के साथ रखा था, जब वह उसकी शादी के तीन साल बाद 16 जुलाई, 2007 को पैदा हुई थी। उसके आने से मानो उनकी सभी मनोकामनाएँ पूरी हो गई थीं और उनका जीवन पूरा हो गया था। प्रिया की माँ पूरी तरह से टूट गई थीं। दो साल पहले दिल का दौरा पड़ने से उनके पति की मौत हो गई थी। अब उनकी आँखों के सामने उनकी विधवा बेटी का भी यह हश्र हो रहा था। वे जानती थीं कि विधवा महिलाओं के लिए दुनिया कितनी क्रूर हो सकती है, इसलिए उन्हें अपनी बेटी की चिंता हो रही थी। वे सबकुछ सह सकती थीं, लेकिन अपनी बेटी, अपनी छोटी बेटी को सांत्वना देना उनके लिए मुश्किल था। उन्हें वह समय याद आ गया, जब उन्होंने प्रिया से शादी करने के लिए कहा था।

~❖~

2005
जखन, राजपुर रोड
देहरादून

प्रिया ने अभी-अभी अपनी बारहवीं कक्षा की पढ़ाई पूरी की थी और डी.ए.वी. पी.जी. कॉलेज, देहरादून में बी.एससी. प्रथम वर्ष में दाखिला लिया था। वह केवल उन्नीस साल की थी। श्रीमती विशाखा सेमवाल को उनकी इकलौती बेटी के लिए एक करीबी दोस्त ने एक अच्छा 'रिश्ता' बताया था; भावी दूल्हा भारतीय सेना में सैनिक था। उत्तराखंड वीरों की भूमि है। प्रत्येक परिवार से कम-से-कम एक व्यक्ति भारतीय सेना में मिलता है। विशाखा खुश थी कि यह रिश्ता अपने आप आ गया। जल्द ही लड़के का परिवार उनके घर आया और उसे लड़का बहुत पसंद आया था। लड़का अमित शर्मा, शिष्ट और मिलनसार था।

वह प्रेस की हुई कड़क शर्ट और पॉलिश किए हुए जूते पहने थे। वह काफी

गंभीर नजर आ रहा था और उसने कहा भी था, "मुझे न सिर्फ पत्नी चाहिए, बल्कि मुझे जीवनसाथी की भी तलाश है। आपको उसकी पढ़ाई के बारे में चिंता करने की जरूरत नहीं है। हम उसे पढ़ाई करने से नहीं रोकेंगे। वह जितना चाहे, पढ़ाई करे।'

प्रिया को लड़का बहुत मोहक लगा था। जहाँ-जहाँ दूर-दराज के स्थानों पर उसकी पोस्टिंग रही थी, वहाँ की और उसकी ट्रेनिंग के दिनों की कहानियाँ उसे मुसकराने पर मजबूर कर रही थीं। अमित को भी वह लड़की बहुत अच्छी लगी, जो स्वतंत्रता में विश्वास करती थी और अपनी शिक्षा को महत्त्व देती थी। एक सैनिक होने के नाते वह जान गया था कि उसे अपना जीवनसाथी मिल गया है, जो उसकी अनुपस्थिति में हालात के सामने कभी घुटने नहीं टेकेगी। उसके अंदर के सैनिक ने प्रिया में मौजूद सैनिक को पहचान लिया था। उसकी भावना उसे पसंद आ गई थी।

जल्द ही गढ़वाली परंपरा से उनका विवाह धूमधाम से हो गया, जिसमें कई पड़ोसी गाँवों के सैकड़ों लोग शामिल हुए थे। शादी के बाद प्रिया अपनी माँ के घर से कुछ किलोमीटर दूर स्थित अपने नए घर में शिफ्ट हो गई। शादी के ठीक बाद के वे शुरुआती दिन किसी सपने के सच होने जैसे थे। अमित ने उसे अपनी नौकरी के बारे में बताया, जिसके बारे में वह कुछ नहीं जानती थी, लेकिन उसे एक सैनिक से शादी करने पर गर्व था। उसने महसूस किया कि वह कितना विचारशील और स्नेही था। वह छोटी-छोटी बातों पर ध्यान देता था, जो उसके लिए मायने रखती थीं और उसकी इच्छाओं को पूरा करने की पूरी कोशिश करता था। वह उसे और अधिक पढ़ाई करने के लिए प्रोत्साहित करता था, जबकि वह स्वयं केवल 'बारहवीं पास' था।

वे अकसर लंबी बाइक यात्राओं पर भी जाते थे, मैगी खाते थे, उत्तराखंड के मौसम के ठंडे कोहरे में चाय पीते थे। वे एक-दूसरे के साथ के लिए ही बने थे—एक-दूसरे के पूरी तरह से पूरक थे और एक-दूसरे के बिना अधूरे थे। जल्द ही, अपनी नई दुलहन के पास जल्दी वापस आने का वादा करके अमित फिर से अपनी यूनिट चला गया।

वे सभी दिन धूप और इंद्रधनुष, मिठास और प्रकाश से भरे थे। प्रिया ने अपनी पढ़ाई जारी रखी और डी.ए.वी. कॉलेज में कक्षाओं में जाने लगी। अमित के बुलावे के इंतजार में दिन बीतते जा रहे थे—और यह कि रात-बिरात कभी भी आनेवाला फोन सबकुछ ठीक कर देता था। वह बात करना बंद नहीं करती थी और अमित बिना थके उसकी बात सुनता रहता था।

कुछ समय पहले तक एक छोटी बच्ची रही प्रिया सेमवाल ने अपने जीवन

में जिम्मेदारियाँ निभानी शुरू कर दी थीं। वह रसोई में अपनी सास की मदद करती, खाना बनाती, साफ-सफाई करती और पढ़ाई करती। कभी-कभी वह कॉलेज के बाद अपनी माँ से भी मिलने जाती थी। अमित उसे लगभग हर दिन फोन करता था, अपनी जिंदगी की बातें बताता था और वह ध्यान से सुनती थी। फोन बंद करने से पहले अमित एक बात कभी नहीं भूलता था—उसे अच्छी तरह से अध्ययन करने और अधिक अध्ययन करने के लिए याद दिलाना। वह अपने जीवन में खुश थी और जब अमित छुट्टी पर लौटता था तो वह उस पर अपना सारा प्यार लुटा देता था।

अमित अपनी ससुराल जाने के लिए उत्सुक रहता था और जल्द-से-जल्द उनसे मिलने जाता रहता था। उनके पैर छूने भर से वह नहीं मानता था। वह प्रिया के खाना पकाने के कौशल का मजाक उड़ाते हुए, हर तरह के व्यंजनों की माँग करते हुए, अपनी सास को प्यार से गले लगा लेता था। उनके प्यारे से छोटे-छोटे झगड़ों पर विशाखा बरबस ही मुसकराने लगती थी।

जब मैं प्रिया सेमवाल की माँ विशाखा सेमवाल से मिली तो वे शिष्टता की प्रतीक महिला लगी थीं। उनकी मुसकान ने प्रिया के फौजी आवास के छोटे से ड्राइंग रूम में रौनक ला दी थी। प्रिया तब तक कैप्टन बन चुकी थी और अपनी शाम की पी.टी. के लिए बाहर गई थी। ड्राइंग रूम की आकर्षक ढंग से सजाई गईं दीवारों पर ओ.टी.ए. की फ्रेमदार तसवीरें लगी थीं। एक कोने पर ओ.टी.ए. बेल टँगी थी, जिस पर ओ.टी.ए. का गान उकेरा गया था—'भारत के हम जवान, पर्वत के हैं समान।' प्रिया की अपनी बेटी ख्वाहिश के साथ फोटो भी थी और उसकी दाहिनी तरफ प्रिया द्वारा जीते गए और फ्रेम कराए गए कई सारे पदक थे। ओ.टी.ए. में तमाम खेलों और प्रतिस्पर्धाओं में उसने स्वर्ण और रजत पदक जीते थे। बाकी कमरा मिलिटरी इंजीनियरिंग सर्विसेज के फर्नीचर से भरा पड़ा था।

आंटी मुझसे प्यार से मिलीं और उन्होंने मुझे बताया कि अमित को उनका खाना बहुत पसंद था। एक बार जब नायक शर्मा के बारे में बोलते-बोलते उनकी बात खत्म हुई, तो हम उन दोनों के भयानक अलगाव को याद करते हुए रो पड़े थे, जिन्हें एक साथ बूढ़ा होना था। वह सेमवाल परिवार के लिए बहुत मायने रखता था। यह कहानी उनके प्रेम, क्षति, आरजू और साहस की कहानी थी।

"बेटा, मैं जो कुछ भी पकाती, उसे बहुत पसंद आता था और वह हर बार हमसे मिलने पर अपनी फरमाइश करने लगता था। वह रसोई में आता था, पटिए पर बैठ जाता था, चुटकुले सुनाता था और मुझसे अपने पसंदीदा व्यंजन बनाने के लिए कहता था। एक पल के लिए भी मुझे नहीं लगता था कि वह हमारा दामाद

है, बल्कि हमेशा बेटा ही लगता था।" अच्छे दिनों को याद करते हुए उनकी आँखें नम हो गई थीं। "जब हमने प्रिया के पिता को दिल का दौरा पड़ने से खोया तो वह हमारे बगल में खड़ा था। प्रिया गमगीन थी और मैं टूट चुकी थी। मेरे बेटे प्रवेश ने भी अपना आपा खो दिया था। अमित हमारे साथ खड़ा रहा और दुःख से उबरने में हमारी मदद करता रहा। हालाँकि इससे पहले कि हम प्रिया के पिता की मौत के मातम से उबरते, अमित भी चला गया। हमारे जीवन की त्रासदी काल्पनिक सी लगती है—जैसेकि दुःख एक भ्रम है और ऐसा कुछ भी वास्तव में किसी के साथ नहीं होता है। हालाँकि यह एक हकीकत है। हम आज जिस मुकाम पर हैं, वहाँ तक पहुँचने में हमारी कितनी ताकत लगी है, यह सिर्फ भगवान् ही जानता है। तुम्हें पता है बेटा, तुम कभी किसी ऐसे व्यक्ति के नुकसान से उबर नहीं सकतीं, जिसने तुम्हें मुसकराने की वजह दी हो।" बोलते-बोलते उनका गला रुँध गया।

मुझे अपने काम से नफरत होने लगी थी। किसी माँ को रोते हुए देखने से बुरा कुछ नहीं होता। दिल से मुझे यह काम पसंद नहीं था। मुझे समझ नहीं आ रहा था कि उस पल क्या करूँ, आंटी को कैसे दिलासा दूँ? मुझे उनके सबसे बड़े नुकसान की याद दिलाना बहुत बुरा लग रहा था और मुझे इसके बारे में बात करने का बड़ा अफसोस हो रहा था। हालाँकि इस सबका कारण मेरे दिल की गहराई में था—यानी इन कहानियों को उसके जैसी सैकड़ों दुःखी महिलाओं के सामने लाना, उन्हें यह बताना कि वे अकेली नहीं हैं। लोगों को इन असाधारण महिलाओं के बारे में बताने के लिए यह सब जरूरी था, जिन्होंने इस देश के लिए अपना सबकुछ खो दिया। मैं उनके साथ रोने लगी। मुझे नहीं पता था कि उन्हें कैसे दिलासा देना है, इसलिए मैं चुपचाप चली आई। बाहर बारिश हो रही थी, लेकिन मुझे इससे कोई फर्क नहीं पड़ा।

जब आप मेजर प्रिया सेमवाल से मिलेंगे तो वह अपने आत्मविश्वास और दृढ़ता से आपके होश उड़ा देगी। जैतूनी हरे रंग में एक निडर महिला। उज्ज्वल युवा ई.एम.ई. अधिकारी (इलेक्ट्रॉनिक और मेकैनिकल इंजीनियर्स कोर) आज सैकड़ों सैनिकों के बीच आदर पाती है और आफिसर्स लाइफ क्वालिटी का प्रतीक है। उसने जिस तरह से व्यक्तिगत त्रासदियों का सामना किया, वह अविश्वसनीय है। वह जिस निर्भीकता का परिचय देती है, वह अकल्पनीय है। वह निराशा या तबाही को अपने पास नहीं फटकने देती।

एक समय ऐसा भी था, जब प्रिया की जिंदगी में अमित के अलावा कुछ भी मायने नहीं रखता था। नवविवाहित जोड़े ने एक-दूसरे की परवाह की और वे प्रेमी से ज्यादा दोस्त बन गए थे। नायक अमित शर्मा के पास न तो समय था और न ही पैसा। उसकी सरकारी नौकरी से आय का एक मामूली स्रोत था और उसे एक साल में लगभग दो महीने की छुट्टी मिलती थी, लेकिन प्रिया के प्रति उसके समर्पण में यह कभी भी बाधा नहीं बना। कभी-कभी प्रिया बीमार पड़ जाती थी तो वह पानी की तरह पैसा खर्च करता था, उसे सबसे बेहतरीन सुविधा दिलाता था। स्वास्थ्य संबंधी दिक्कतों के कारण जब प्रिया को अस्पताल में भरती कराया गया तो उसने उसका साथ छोड़ने से भी इनकार कर दिया था। कभी-कभी वह घंटों तक उसका हाथ पकड़कर उसकी कभी न खत्म होनेवाली कहानियाँ सुनता रहता था। कभी-कभी वह उसके लिए चाय बनाता था और यहाँ तक कि उसके कॉलेज के प्रोजेक्ट भी तैयार कर देता था। इस तरह की संवेदनशीलता ने प्रिया के मन को जीत लिया था और उसे संतुष्टि दे दी थी। जब भी वह अकेला महसूस करती थी या जीवन में बाद में अलग-थलग पड़ी तो इन यादों ने उसे ऊबड़-खाबड़ रास्तों से निकलने में मदद की।

16 जुलाई, 2007 की तारीख शायद अमित और प्रिया के लिए सबसे खुशी की तारीख थी—तब ख्वाहिश का जन्म हुआ था। प्रिया ने बताया, "अमित तो हद से ज्यादा खुश हुए थे। उनका चेहरा इस तरह से खिल उठा था, जैसे उन्हें अपना पसंदीदा खिलौना मिल गया हो। वे इस बारे में बात करते थे कि कैसे कॉन्वेंट स्कूल में ख्वाहिश की पढ़ाई होगी, कैसे वे इस दुनिया की हर सुख-सुविधा को उसके चरणों में रख देंगे और कैसे मैंने उन्हें दुनिया का सबसे खुश इनसान बना दिया है। जब मैं आज पीछे मुड़कर देखती हूँ तो मुझे लगता है—जब आपके पास एक ऐसा साथी होता है, जो आपकी इतनी गहराई से परवाह करता है, आपको हर आराम देता है, आपको पिंजरे में बंद करने की कोशिश नहीं करता है, आपको दुनिया जीतने के काबिल बनाता है और आपको हर चीज से खुश करने की कोशिश करता है—तो आप केवल प्रेम का अहसास करते हैं। हालाँकि एक बार जब वह सहारा छिन जाता है तो इसका असर विनाशकारी होने के साथ-साथ जीवन बदलनेवाला भी हो सकता है। मेरे साथ भी ठीक वैसा ही हुआ था।"

25 मई, 2012

देहरादून

अमित के जन्मदिन पर उनके मकान पर नए फोर व्हीलर की डिलीवरी की गई थी। अमित की छुट्टियाँ खत्म होनेवाली थीं और उसने 30 मई, 2012 के लिए अपनी वापसी का टिकट बुक कर लिया था। किसी को नहीं पता था कि यह उसके प्रियजनों से उसकी आखिरी मुलाकात थी। जैसेकि उसे कोई पूर्वाभास हो रहा था, इसलिए उसने सुनिश्चित किया कि वह उन सभी दोस्तों और रिश्तेदारों से मिले, जिनसे वह लंबे समय से नहीं मिला था। फोर व्हीलर असल में उसकी प्यारी पत्नी के लिए था। उसने खुद चाबी लेने से इनकार कर दिया था और मारुति के प्रतिनिधि से बोला था, "प्लीज, मैडम को चाबी पेश करें। वही इस कार की असली मालिक हैं।"

प्रिया शरमा गई। उसने जोर देकर कहा कि पहले अमित को कार चलानी चाहिए, जबकि वह कह रहा था कि पहले प्रिया को चलानी चाहिए। वह चाहता था कि वह पूरी तरह से आत्मनिर्भर हो। उसने दो दिनों में कार चलाना सीख लिया था और अगली बार घर आने पर प्रिया को अपनी नई कार से चंबा घाटी ले जाने का वादा किया था। उसे क्या पता था कि ऐसा समय कभी नहीं आएगा और अमित के साथ बिताए वे पल जल्द ही अनमोल यादों में बदल जाएँगे!

~❖~

20 जून, 2012

अरुणाचल प्रदेश

अमित की यूनिट 14 राजपूत के सीनियर जे.सी.ओ. बलदेव सिंह ने रात करीब साढ़े नौ बजे प्रिया सेमवाल को फोन किया और उससे उसके ससुरालवालों का नंबर माँगा। वह अचानक काँपने लगी। हालाँकि जे.सी.ओ. सहज होने की कोशिश कर रहा था और उसने उसे अमित की भलाई के बारे में आश्वस्त किया था, लेकिन किसी-न-किसी तरह उसे लग गया था कि कुछ सही नहीं है। अमित 17 जून को एक ट्रांजिट कैंप में पहुँचा था और उसे बताया था कि वह जल्द ही एक फॉरवर्ड पोस्ट पर जानेवाला है—जहाँ से फोन पर बात संभव नहीं हो सकेगी। उसने 19 तारीख को भी कुछ परेशान करनेवाली बात कही थी, जब उसने उससे पूछा कि वे अभी तक फॉरवर्ड पोस्ट पर क्यों नहीं गए? इस पर उसने कहा था, "अच्छा है यार, जितने दिन नीचे रह लो। ऊपर तो बस परेशानी है। फिर तुमसे बात भी नहीं होगी। यह हमें तकलीफ देता है।"

अमित एक सच्चा सिपाही था और यह पहली बार नहीं था कि उसे ऐसे इलाके में तैनात किया जा रहा था। प्रिया अब भी हैरान होती है कि उसने ऐसा क्यों कहा था?

प्रिया ने सीनियर जे.सी.ओ. से कहा कि वह अपनी ससुरालवालों से उन्हें कॉल करने के लिए बोल देगी। इसके बाद जे.सी.ओ. ने फोन काट दिया था। लेकिन प्रिया को अपने पेट में मंथन महसूस होने लगा था। उसका दिल आशंका से धड़कने लगा था, उसे कुछ समझ नहीं आ रहा था। उसने अपने बड़े भाई से कहा कि वह उसका ससुर बनकर सीनियर जे.सी.ओ. को फोन लगाए। जब उसने फोन लगाया तो उसे बताया गया कि अमित का काफिला गहरी खाई में गिर गया और 'ऑपरेशन ऑर्किड' में उसकी मौत हो गई है। वाहन खड़ी पहाड़ी पर मोड़ लेते समय गिर गया था। पूर्वोत्तर के पहाड़ी इलाकों में, विशेष रूप से अरुणाचल प्रदेश में फौजी मार्ग अग्रिम चौकियों पर, अव्यवस्थित सड़कों, भयानक मौसम और खतरनाक पटरियों के कारण वास्तव में खतरनाक थे। खड़ी घाटी में उतरना हमेशा खतरनाक होता है।

14 राजपूत की युद्ध डायरी में सावधानी से रखी गई खाई के तल पर काफिले के वाहन के क्षतिग्रस्त अवशेषों की तसवीरें अब भी प्रिया को सोने नहीं देती हैं। उस काफिले में सोलह लोग सवार थे। वे सभी चमत्कारिक रूप से मौत से बच गए थे, उन्हें केवल मामूली चोटें आई थीं, सिवाय अमित के—जिसके सिर में भारी चोटें आई थीं और उसकी मौत मौके पर ही हो गई थी।

उसके बाद जीवन कभी पहले जैसा नहीं रहा। कभी उसके पास सबकुछ था और अब वह 'सिर्फ एक विधवा' थी। जब वह दुःख मनाना चाहती थी तो उसके आसपास के समाज ने उसे नहीं मनाने दिया। उन्होंने उससे क्रूरता भरे सवाल पूछे, उस पर 'बेचारी' शब्द का ठप्पा लगाया, जिससे वह सबसे ज्यादा नफरत करती थी। एक बार जब तेरहवीं की रस्में पूरी हो गईं और लोग अपने घरों को वापस चले गए तो प्रिया की माँ ने जोर देकर कहा कि प्रिया को उसके साथ रहना चाहिए, लेकिन उसने ऐसा नहीं किया। वह उस पड़ोस का सामना करने से डरती थी, जिसमें वह पली-बढ़ी थी, जहाँ लोग उसे अच्छी तरह से जानते थे। अमित के जाने के बाद अपने ससुराल में रहना भी उतना ही तकलीफदेह था, क्योंकि वहाँ भी हर दूसरी चीज उसे अमित की याद दिलाती थी।

आखिरकार उसके भाई ने उसे समझाया और उसे झकान राजपूत में अपने घर ले गया। लोग, पड़ोसी और रिश्तेदार हमेशा उससे मिलना चाहते थे, लेकिन वह ऐसा एक भी शब्द सुनने के लिए तैयार नहीं थी, जो उसे उसकी हालत की याद दिलाता हो। सौभाग्य से, उसकी माँ ने उसकी स्थिति समझी। उसने अपने पड़ोसियों

को कभी बताया ही नहीं कि प्रिया अब उनके साथ रहती है और उसे शांति से दुःख मनाने का मौका दिया। प्रिया आए दिन परेशान रहती थी।

बड़ा नुकसान हो तो पीड़ा भी बड़ी ही आती है; बड़ी पीड़ा के साथ बड़ी शक्ति भी आती है; और बड़ी ताकत के साथ जीवन बदलनेवाले फैसले भी आते हैं। कभी-कभी जब आपको लगता है कि सारे रास्ते बंद हो गए हैं तो भगवान् अचानक आपको किसी नई मंजिल का रास्ता दिखा देते हैं। एक दिन प्रिया को 14 राजपूत के कमांडिंग ऑफिसर, कर्नल अरुण अग्रवाल का फोन आया। उन्होंने कहा, "नमस्कार! प्रिया बेटा, मैं तुम्हारे पति का कमांडिंग ऑफिसर हूँ। मैंने तुम्हें शोक जताने के लिए फोन किया था और आपको यह बताना चाहता था कि अमित हमारे पास सबसे अच्छे लोगों में से एक था।"

उन्हें फोन की दूसरी तरफ से केवल सिसकने की आवाज सुनाई दे रही थी। वे खुद दुःखी थे। वे एक सच्चे रेजिमेंटल अधिकारी थे, जिन्होंने अपनी कमान सँभालने के बाद खुद से वादा किया था कि चाहे जो भी हो, वे अपने लोगों की पूरी सुरक्षा सुनिश्चित करेंगे। उनके कार्यकाल में 14 राजपूत में मरनेवाले अमित पहले सैनिक थे। कर्नल अग्रवाल के मन में अमित और उसके परिवार के प्रति जिम्मेदारी की गहरी भावना थी। उन्होंने आगे कहा, "प्रिया, अमित ने बताया था कि आप काफी पढ़ी-लिखी हैं और उसे इस बात पर बेहद गर्व था। यदि तुम वास्तव में उसे श्रद्धांजलि देना चाहती हो तो एस.एस.बी. परीक्षा में शामिल हो, अपनी शिक्षा का इस्तेमाल बेहतरी के लिए करो।"

फोन के दूसरी तरफ गहरी चुप्पी रही। इसके बाद प्रिया ने जवाब दिया, 'सी.ओ. साहब, आई एम सॉरी, लेकिन मुझमें कोई हिम्मत नहीं बची है। जीवन अर्थहीन हो गया है। फोन करने के लिए धन्यवाद! नमस्ते!'

यह उनकी पहली बातचीत थी। कर्नल अग्रवाल उसकी मानसिक स्थिति को समझते थे और जानते थे कि इसे ठीक होने में समय लगेगा, लेकिन वे उसका सहयोग करना चाहते थे। उसने प्रिया के भाई प्रवेश से बात की और उसे मनाया। प्रवेश ने प्रिया को एस.एस.बी. परीक्षा और इससे होनेवाले सशक्तीकरण के बारे में बताया। प्रवेश कभी खुद डिफेंस में जाना चाहता था।

प्रिया सेमवाल एस.एस.बी. परीक्षा के बारे में सोचने लगी। उसे लगा कि समाज ऐसे तो उसे सम्मान के साथ जीने नहीं देगा। उसे हमेशा यथास्थिति के साथ रहना होगा। यह उसे मंजूर नहीं था। उन काले दिनों में अपने भाई और कर्नल अरुण अग्रवाल की मदद से वह समझ गई कि अपनी गरिमा वापस पाने का एक ही तरीका है—

एस.एस.बी. परीक्षा को पास करना ही होगा। अपने पति की विरासत को आगे ले जाने और अपनी माँ और अपनी बेटी को सम्मानजनक दर्जा दिलाने के लिए उसके पास यही एक रास्ता बचा था। प्रिया सेमवाल के लिए तो यह गर्व की लड़ाई पहले से ही थी।

इसके बाद उसने तत्कालीन कमांडिंग ऑफिसर के साथ एस.एस.बी. परीक्षा को क्रैक करने की प्रक्रिया पर विस्तार से चर्चा की। उन्होंने हरसंभव मदद करने का वादा किया। 14 राजपूत के पूर्ण सहयोग से प्रिया ने मेरठ में एस.एस.बी. परीक्षा के फॉर्म भरे। फिर वह देहरादून लौट आई और तैयारी में जुट गई। वह बड़े सुबह उठती थी, ताकि कोई उसे शारीरिक व्यायाम करते हुए न देख पाए। उसका बड़ा भाई उसके बगल में चट्टान की तरह खड़ा था। उसने खुद भी कई बार इसी परीक्षा के लिए प्रयास किया था और इस तरह से वह अपनी बहन के लिए एक स्वाभाविक गुरु और मार्गदर्शक बन गया था। उसने प्रिया को बताया, "एस.एस.बी. परीक्षा में पैनल में उच्च योग्य अधिकारी शामिल होते हैं। वे यह सब जानते हैं, इसलिए एक पल के लिए भी यह न सोचना कि तुम उन्हें बेवकूफ बना सकती हो। बस तुम जो हो, वही रहना। बस दिखाना कि तुम क्या हो! जो न कर सकती हो, उसके लिए हाँ न कहना। एस.एस.बी. परीक्षा में कभी झूठ न बोलना।"

वह सुबह-सुबह अपनी बहन के साथ दौड़ता था और जब पहली धूप धरती तक पहुँचती थी, तब तक वे घर लौट आते थे। इससे प्रिया को एक लक्ष्य पर ध्यान लगाने और अपने अवसाद से लड़ने में मदद मिली। वह अपने लक्ष्य में इतनी व्यस्त थी कि उसकी तकलीफ भी कम होने लगी थी।

~❖~

22 नवंबर, 2012

इलाहाबाद

प्रिया को एस.एस.बी. साइक्लॉजिकल टेस्ट के दौरान जब एक कहानी लिखने के लिए खाली कागज दिया गया, तब उसने अपने जीवन का लेखा-जोखा लिखा था। तेज बुखार के बावजूद उसने तीन मिनट के बजाय ढाई मिनट में हर्डल कोर्स पूरा कर दिया था। साक्षात्कार के दौरान जब उससे सेना में शामिल होने के फैसले के बारे में पूछा गया तो उसने कहा, "मैं नाम, प्रसिद्धि, धन या विलासिता के लिए सेना में शामिल नहीं होना चाहती, बल्कि अपने पति की विरासत का सम्मान करने और अपनी माँ और अपनी बेटी के सम्मान को बहाल करने के लिए सेना में शामिल होना चाहती हूँ।"

उसके नाम की अनुशंसा कर दी गई, लेकिन अब 27 नवंबर को उसकी निर्णायक मेडिकल जाँच होनी थी और इसी आधार पर उसे रिजेक्ट कर दिया गया। चिकित्सा अधिकारी ने उसकी किडनी की रिपोर्ट देखी, जिसमें बताया गया था कि एक बार गुर्दे की पथरी के लिए उसका ऑपरेशन किया गया था। हालाँकि सिविल डॉक्टरों ने उसे पास कर दिया था, लेकिन उस विशेष चिकित्सा अधिकारी ने किसी तरह से उसे अनफिट घोषित कर ही दिया।

उसका भाई प्रवेश उसके सामने रोने लगा। "सर, यह पहली बार है, जब किसी जवान की पत्नी इतनी आगे आई है। आपके एक निर्णय के कारण वह कोई असाधारण उपलब्धि हासिल नहीं कर पाएगी। प्लीज, ऐसा मत कीजिए।"

उस चिकित्सा अधिकारी ने उसकी बात नहीं सुनी। वह बोला, "मैं केवल नियमों का पालन कर रहा हूँ। प्लीज, अगले साल ट्राई करना।"

प्रवेश का बहाया हर आँसू प्रिया के दिल में चुभ रहा था। उसके पास अब कुछ बचा था तो उसका स्वाभिमान ही तो था, लेकिन वह देख रही थी कि अब वही स्वाभिमान उछाला जा रहा है। उसने अपने भाई का हाथ पकड़ा और उसे डॉक्टर के कमरे से बाहर खींच ले गई।

बाहर निकलकर उसने कमांडिंग ऑफिसर अरुण अग्रवाल को फोन किया, जिनके सहयोग और प्रोत्साहन से वह एस.एस.बी. परीक्षा में शामिल हुई थी। वह रोने लगी। एस.टी.डी. फोन के दूसरी तरफ से वे बोले, "कभी हार मत मानो! तुम्हें कितनी बार बताना पड़ेगा कि तुम्हें हार कभी नहीं माननी है, प्रिया? अब तक तुमने इतना किया है। मुझे यकीन है कि तुम कामयाब होकर रहोगी। तुम एक बहादुर महिला हो। ऐसी कई मुसीबतों का सामना तुमने किया है, जिनकी तुमसे अपेक्षा नहीं थी; यह तो कुछ भी नहीं है। तुम्हें पता है, जब मैंने तुम्हारा सिलेक्शन होने के बारे में लोगों को बताया था तो हर कोई मेरी बात सुनकर हँसने लगा था। वे कह रहे थे कि किसी ओ.आर. की पत्नी ऑफिसर नहीं बन सकती। तुम्हें उन सबको गलत साबित करना है। वापस गेस्ट रूम जाओ और कल सुबह कमांडेंट से मिलो। उनको अपने बारे में बताओ।"

लोग प्रिया को हलके में ले रहे थे, यह बात उनकी सही थी। इससे पहले कभी किसी जवान की पत्नी ने वरदी नहीं पहनी थी। यह वास्तव में एक असंभव उपलब्धि थी, जिसे प्रिया ने अपने दृढ़ संकल्प और मजबूत इरादे के जरिए वास्तविकता में बदला था।[8]

मुझसे बात करते हुए प्रिया ने बताया, "मैं ऐसे बैकग्राउंड से आई थी, जिसमें

न तो किसी को फौज के बारे में कुछ पता था और न ही इसके बारे में कोई सोचता था। मुझे भी कुछ पता नहीं था। अगर कर्नल अरुण अग्रवाल न होते तो मैं यह कभी न कर पाती। 14 राजपूत रेजिमेंट ने बिल्कुल परिवार की तरह हर कदम पर मेरा साथ दिया—मेरे लिए गेस्ट रूम से लेकर आने-जाने तक, हर चीज का इंतजाम किया था।"

अगले दिन सुबह करीब छह बजे दोनों भाई-बहन कमांडेंट के दफ्तर पहुँचे, लेकिन उन्हें दोपहर तीन बजे ही अंदर बुलाया गया। तब तक वे थक चुके थे। वे इस कदर आस लगाए बैठे थे कि वे कुछ खाने-पीने के लिए भी विजिटर्स रूम से नहीं निकले। हालाँकि जब वे कमांडेंट से मिले तो उन्होंने बताया कि रिपोर्ट पहले ही तैयार की जा चुकी है, इसलिए अब वे प्रिया की कोई मदद नहीं कर सकते। यह दिल दहला देनेवाली बात थी, लेकिन प्रिया को इनसानी सहनशक्ति तब जवाब दे गई, जब कमांडेंट ने उसे अपने पी.ए. की नौकरी ऑफर की। प्रिया ने उन्हें ऐसी फटकार लगाई कि वे हिल गए।

उसने कहा, "मैं आपके सामने नौकरी के लिए नहीं आई हूँ। मेरे पास गणित में एम.एससी. की डिग्री है; मेरे पास बी.एड. की डिग्री है। मैंने सी.टी.ई.टी. पास किया है और टी.ई.टी. के दूसरे टेस्ट भी पास कर रखे हैं। मैं चाहूँ तो रोजगार तो मुझे कभी भी मिल जाएगा। बात रोजगार की नहीं, बल्कि गर्व और गरिमा की है। मैं अपने पति की विरासत को आगे बढ़ाना चाहती हूँ, जिन्होंने देश के लिए अपनी जान गँवाई थी। उम्मीद है कि आप समझ गए होंगे।"

कमांडेंट उस शर्मीली लड़की की हिम्मत और आत्मविश्वास देखकर चकित रह गए, जबकि वह सोलह साल की भी नहीं लगती थी। तब उन्होंने उसे नई दिल्ली के रिसर्च एंड रेफरल अस्पताल में अंतिम अपील करने की सलाह दी।

हमारी बातचीत के दौरान प्रिया के होंठ तन गए थे और उसके माथे पर रेखाएँ दिखाई देने लगी थीं। उसने बताया, "मैम, मुझे खुशी है कि मैंने अपने जीवन में ये कठिन सबक सीख लिये। जब आप कुछ नहीं होते हैं तो कोई भी आपकी परवाह नहीं करता है। लोगों की नजरों में आप एक धूल के कण के सिवा और कुछ नहीं होते हैं और वे आपको अपमानित करने में मजा लेते हैं। हालाँकि मैं ऐसे लोगों और ऐसी टिप्पणियों की शुक्रगुजार हूँ, क्योंकि उन्हीं के कारण मैं आज यह बन पाई हूँ। उन्होंने मुझे साहसी, अधिक जुनूनी और अपने लक्ष्य के प्रति समर्पित बनाया। तो मायूस होकर हम लोग वापस देहरादून लौट गए, लेकिन हम कमजोर नहीं पड़े और हमने फिर से किडनी की जाँच कराने का फैसला किया।"

आखिरकार उसे आर. एंड आर., नई दिल्ली में मेडिकल बोर्ड ने मंजूरी दे दी और पैनल के सभी जनरलों तथा ब्रिगेडियरों ने उसको तहेदिल से बधाई दी। बोर्ड

के अध्यक्ष और मेजर जनरल रैंक के अधिकारी ने कहा, 'यह एक बड़ी उपलब्धि है। मुझे आशा है कि और भी बहुत से लोग तुम्हारे पदचिह्नों पर चलेंगे। मैं तुम्हारी बेहतरी की कामना करता हूँ। तुमने हम सभी को बहुत गौरवान्वित किया है। भगवान् आपका भला करें, बेटा!"

~❖~

13 अप्रैल, 2013
ओ.टी.ए., चेन्नई

जैसे ही प्रिया ने ऑफिसर्स ट्रेनिंग अकादमी, चेन्नई में कदम रखा, उनके साथ पहुँचे तिरसठ महिला-पुरुष कैडेटों के साथ उसके भी बाल क्लासिक क्रू कट में काट दिए गए। लेडी कैडेट्स को दो कंपनियों—जोजिला और फिलोरा में बाँटा गया था। आपको हैरी पॉटर की कहानियों में तेज आपसी प्रतिद्वंद्विता की याद है, जिसमें हाउस न केवल छात्रों के रहने की जगह है, बल्कि उनकी पहचान भी है, जिसके लिए वे जमकर लड़ते-झगड़ते हैं? यही बात सैन्य अकादमियों में कंपनियों के बीच होती है। कंपनियाँ तमाम अंतर कंपनी प्रतियोगिताओं में प्रतिस्पर्धात्मक रूप से भाग लेती हैं और सही शिष्टाचार तथा अनुशासन बनाए रखते हुए कार्यकाल के अंत में प्रतिष्ठित बैनर जीतने की कोशिश करती हैं। यह कंपनियों के लिए 'करो या मरो' का मामला होता है।

भारतीय सैन्य अकादमियों में आप अकेले व्यक्ति नहीं रह जाते हैं, बल्कि कैडेटों का उद्देश्य अपने साथियों के साथ सौहार्द और बेहतर संबंधों की भावना को बढ़ावा देना हो जाता है। एक कैडेट का सही आचरण और उच्च योग्यता पूरी कंपनी को प्रभावित करती है और किसी का घटिया प्रदर्शन गंभीर दंडों का कारण बन जाता है। आनेवाले समय में लेडी कैडेट (एल.सी.) प्रिया सेमवाल जोजिला कंपनी को नई ऊँचाइयों पर ले जानेवाली थीं।

मेजर प्रिया सेमवाल की कोर्स मेट मेजर सुष्मिता गौर ने मुझे बताया, 'सच कहूँ तो हम सभी सोच रहे थे कि प्रिया एक युद्ध विधवा के रूप में अपनी स्थिति का फायदा उठाएगी। उसे कई विशेषाधिकार ऑफर किए गए थे, जैसेकि अकादमी के अंदर आवास उपलब्ध कराया गया था, ताकि वह अपनी बेटी के साथ रह सके, ट्रेनिंग में भी आराम देने की बात कही गई थी आदि। हम सभी जानते थे कि उसके पति को गुजरे कुछ ही महीने हुए हैं और वह बहुत दुःखी है। लेकिन हम सबकी सोच के विपरीत, उसने अपनी बेटी के साथ रहने के लिए परिसर में आवास सहित

बाकी सभी सहायता लेने से इनकार कर दिया और अधिकारियों से अनुरोध किया कि वे उसके साथ वही व्यवहार करें, जो किसी अन्य कैडेट के साथ किया जाता है। शुरुआत में उसे बातचीत करने के तरीके और अन्य चीजें सीखने के लिए बहुत संघर्ष करना पड़ा, लेकिन उसे देखकर मैंने जाना कि विजेता कभी हार नहीं मानते। उसने जल्द ही जूनियर टर्म में कॉर्पोरल के रूप में प्रतिष्ठित नियुक्ति हासिल कर ली थी। "आप सेमवाल की सबसे अच्छी खासियत जानते हैं? वह जबरदस्त लीडर थी और उसने पूरी कंपनी को एक साथ रखा। कॉर्पोरल होने के नाते उसे कभी-कभी दूसरों की तरफ से सजा भी भुगतनी पड़ती थी, लेकिन वह सबकुछ उत्साह से स्वीकार करती थी। कई बार उसकी टी-शर्ट के अंदर रेत डाल दी जाती थी और उसे जमीन पर लुढ़कने के लिए कहा जाता था। उसका खून बहने लगता था, लेकिन वह जोश के साथ अपनी ड्रिल पूरी करती थी। आखिरकार हमारे सभी सीनियर, डायरेक्टिंग स्टाफ (डी.एस.) और साहब लोग उसकी प्रशंसा करते और उसके साहस तथा प्रदर्शन का हवाला देते हुए हमारी सीमाओं को आगे बढ़ाने लगे। ऐसा लगता था कि 'नहीं' शब्द उसके शब्दकोश में कभी मौजूद ही नहीं रहा।"

प्रिया के ओ.टी.ए. में बिताए दिन एकदम अलग थे। उसके पहले के अनुभवों से सबकुछ अलग था। सबकुछ चुनौतीपूर्ण था, लेकिन वह यह साबित करने के लिए दृढ़ थी कि वह वरदी पहनने के योग्य है, क्योंकि उसने इसे अपने खून, परिश्रम और पसीने से अर्जित किया था, न कि दया के कारण।

दिन जल्दी—सुबह 5:30 बजे ही शुरू हो जाता था और देखा जाए तो दिन खत्म तो कभी होता ही नहीं था। कड़ा शारीरिक प्रशिक्षण अभ्यास, अकादमिक अध्ययन, दंड, खेल और प्रतियोगिता के बीच सोने के लिए समय तो शायद ही बचता था, कैडेट कभी भी पूरी नींद नहीं ले पाते थे।

प्रिया जब भी अपने ट्रेनिंग के दिनों को याद करती है, मुसकराने लगती है। जब मैंने उससे मुझे ओ.टी.ए. के दिनों का कोई किस्सा सुनाने को कहा तो उसने हँसते हुए एक घटना के बारे में बताया कि कैसे एक बार एक लेडी कैडेट हथियार प्रशिक्षण के दौरान लापता पाई गई थी।

"फायरिंग रेंज ओ.टी.ए. के बाहर थी," उसने बताया। "एक बार जब हम उस स्थान पर पहुँचे तो मैंने गिनना शुरू किया और एक लेडी कैडेट गायब मिली। मैं कॉर्पोरल थी और सभी की उपस्थिति सुनिश्चित करना कॉर्पोरल की ड्यूटी थी। जब जे.सी.ओ. साब को इसके बारे में पता चला तो उन्होंने कहा कि मैं किसी काम की नहीं हूँ और वे सुनिश्चित करेंगे कि मेरी कंपनी को कड़ी-से-कड़ी सजा मिले।

उन्होंने मुझे पत्थरों पर लुढ़कने के लिए भी कहा, जबकि बाकी कंपनी को उस लापता कैडेट को खोजने का आदेश दिया। वे सब उसकी तलाश में इधर-उधर भागने लगे। तभी साब को एम.टी. (मिलिटरी ट्रांसपोर्ट) का फोन आया कि एक लेडी कैडेट बस में सोती हुई लौटी है। (सैन्य अकादमियों में कैडेट नींद से इस कदर महरूम रहते हैं कि वे कभी भी कहीं भी सो जाते हैं)। उसे फिर से फायरिंग रेंज में भेजा गया और जब वह वहाँ पहुँची तो पूरी कंपनी को जमीन पर रोलिंग कराया गया। फायरिंग अभ्यास के बाद, जब हम अपने-अपने बैरकों में लौटे तो हमने पाया कि हमारे सीनियर हमारे लिए कुछ और पनिशमेंट लिये बैठे हैं, जिसका सिलसिला कई दिनों तक जारी रहा।" वह इतनी हँसी कि उसकी आँखों में आँसू आ गए। "ओह, मुझे उन दिनों की बहुत याद आती है।"

उसने बताया कि कैसे नियमित दिन 'मस्टर फॉल-इन' या सुबह की रोल कॉल के साथ शुरू होते हैं, उसके बाद पी.टी. और ड्रिल वाली मॉर्निंग परेड होती है, जिसके बाद सभी कैडेट अपनी कंपनियों में वापस चले जाते हैं, शॉवर, चेंज, अपना नाश्ता करते हैं और अपनी पहली कक्षा में भाग लेने के लिए फिर से भागते हैं—सभी आधे घंटे के अंदर करना होता है, जो एक असंभव काम होता है, क्योंकि कंपनी के स्थान, शयनगृह, ड्रिल स्क्वायर, मेस और कक्षाएँ सब एक-दूसरे से कम-से-कम दो या तीन किलोमीटर की दूरी पर थे।

प्रिया ने बताया, "मैम, उस डरावने शेड्यूल ने हमें जीवन के बारे में बहुत-कुछ सिखाया, खासकर यह कि टाइम मैनेजमेंट ही सबकुछ है।"

मैं उसकी आँखों को गर्व से चमकते हुए देख सकती थी। उसने बताया कि कैसे डी.एस. हमेशा सैन्य आचरण और अनुशासन की जाँच करते थे। परिसर में तरह-तरह के अधिकारी भरे पड़े थे। ऑफिसर, जे.सी.ओ., उस्ताद या सीनियर, कैडेटों की गलतियाँ ढूँढ़ने के लिए चुभती निगाहों के साथ परिसर में घूमते रहते थे, जैसेकि बाइक की सवारी करते समय ज्यादा रफ्तार, सिंगल माउंटिंग (एक दस्ते के साथ बाइक पर इधर-उधर नहीं घूमना), सही पहनावा न होना, सही तरह से सैल्यूट न करना, ड्रिल के दौरान पसीना पोंछना और इसी तरह के कई अपराध होते थे, जिनके बाद कई सारे दंड दिए जाते थे।

हालाँकि बात केवल इतनी नहीं थी। देर रात के घंटों में प्रशिक्षण का एक और पहलू सामने आया, जहाँ सीनियर महिला कैडेटों ने उन्हें और अधिक दंड देकर सुनिश्चित किया कि विनम्रता और अनुशासन में कुछ सबक सीखने चाहिए। ये सजाएँ जरा-जरा सी चूक पर दी जाती थीं। वे जूनियरों को तमाम कठोर एग

रोल, बैक रोल, फ्रंट रोल, साइड रोल, क्रीम रोल, बजरी ऑर्डर, ब्रिक ऑर्डर, मुरगा पट्टी, महाराजा, हेलीकॉप्टर, व्हिस्की, स्टार जंप और अन्य अभ्यास करने का ऑर्डर देती थीं। इन फैंसी नामों में ऊबड़-खाबड़ जमीन पर लुढ़कना, एक पैर पर खड़े होना, हेडस्टैंड का प्रदर्शन करना और अन्य यातनापूर्ण गतिविधियाँ शामिल थीं, जिन्हें अगर पुलिस कराती तो इनको आसानी से थर्ड डिग्री कहा जा सकता था। हालाँकि यही कैडेटों के लिए जीवन भर की यादें भी बन जाती हैं। सजा के बाद, सुबह से पहले ही, वे अकादमी में अगले दिन की तैयारी शुरू कर देते थे। सुबह के समय भी उन्हें कार्यों और परियोजनाओं को पूरा करना होता था।

मैंने अकादमी की लाखों कहानियाँ अपने पति से और प्रिया सेमवाल जैसे अन्य आर्मी ऑफिसरों से सुन रखी थीं और इससे मेरे अंदर यह विश्वास हो गया था कि दुनिया का सबसे तेज धावक उसेन बोल्ट भी अपने दैनिक काम इन बेचारे कैडेटों की रफ्तार से नहीं कर सकता था। अगर हमारे कैडेट दुनिया में सर्वश्रेष्ठ हैं तो इसमें हैरानी की कोई बात नहीं। अकादमियों में दबाव की रणनीति उनको तन और मन से फौलाद बना देती है। वे समझ लेते हैं कि कुछ भी नामुमकिन नहीं है। कार्यकाल समाप्त होने पर प्रिया और दो अन्य महिला कैडेट ही थीं, जिन्होंने पहले ही प्रयास में ए.टी.पी. (ऑल टेस्ट पास) क्लीयर कर लिया था।

~❖~

जून 2013
देहरादून

प्रिया ने अपने दिवंगत पति की बरसी में शामिल होने के लिए तीन दिन की विशेष छुट्टी ली थी। जब उसने अपनी बेटी को गले लगाने की कोशिश की तो वह दूर छिटक गई, क्योंकि वह उसे पहचान नहीं पा रही थी। प्रिया के बाल छोटे हो चुके थे और रंग साँवला पड़ चुका था, उसकी हथेलियों पर छाले पड़ गए थे और उसका व्यक्तित्व बदल चुका था। पति को श्रद्धांजलि देने पहुँचे परिजन बुदबुदाने लगे—

"लड़का लग रही है पूरी। मर्द है मर्द!"

"पति को मरे एक साल भी नहीं हुआ, बाल कटा लिये! बहुत ही गिरी हुई औरत है।"

तरह-तरह के ताने उसे सुनने को मिले, लेकिन मजबूत और सच्ची महिला सशक्तीकरण की मिसाल एल.सी. प्रिया सेमवाल झुकी नहीं। उसने मुझसे कहा, "मुझे पता था कि मेरे पति जहाँ कहीं भी होंगे, उन्हें मुझ पर गर्व होगा। जब अपनी

लय बिगाड़नी हो, तभी नकारात्मक बातों पर ध्यान दिया जाता है। जब आपके पास कोई लक्ष्य होता है और आप लेजर बीम के साथ उस पर ध्यान लगाते हैं तो आप नकारात्मकता के खिलाफ मानसिक नाकाबंदी विकसित कर लेते हैं। मुझे पता था कि जीवन में मेरा उद्‌देश्य ऊँचा है।"

ओ.टी.ए. में वापस आने के बाद उसने कड़ी प्रतिस्पर्धावाली प्रतिष्ठित क्रॉस-कंट्री रेस में स्वर्ण पदक जीता। उसे बुखार था, फिर भी वह शानदार तरीके से दौड़ी थी। उस पर उसकी कंपनी को भी बहुत गर्व था और पहले कैडेट के साथ चलनेवाले घोड़े पर सवार एडजुटेंट को भी, जो क्रॉस-कंट्री रेस में बाकी सभी से आगे दौड़ता था। एडजुटेंट थे 14 राजपूत रेजिमेंट के लेफ्टिनेंट कर्नल नवीन डी. प्रभु—जोकि उसके ही पति की यूनिट के थे। यह उनके लिए व्यक्तिगत गौरव की बात थी कि प्रिया 14 राजपूत परिवार से ताल्लुक रखती थी। उसकी वजह से जोजिला कंपनी ने क्रॉस-कंट्री रेस जीत ली थी।

पुराने दिनों को याद करते हुए उसने मुझे खुश होकर बताया कि उसे और उसकी सबसे अच्छी दोस्त एल.सी. सुष्मिता गौर को एक सीनियर ने एटीएम बूथ में सोते हुए पकड़ा था। थकावट, नींद की कमी और चेन्नई की गरमी से परेशान होकर वे उस एटीएम के एयर कंडीशन चैंबर में घुस गई थीं, लेकिन आखिरकार उन्हें पकड़ लिया गया था और उन्हें कड़ी सजा मिली थी। अब जब उसके निर्देशन में पुरुष काम कर रहे थे, तो वे दिन किसी और जीवन की तरह लग रहे थे।

जब मैंने मेजर सुष्मिता से इसके बारे में पूछा तो वे भी जोर से हँस पड़ीं। सुनहरे दिनों की गरमाहट ने शायद जिम्मेदार अधिकारी को उन शरारतों की याद दिला दी, जो उन्होंने युवा कैडेटों के रूप में की थीं। उन्होंने एक अन्य घटना के बारे में भी बताया कि कैसे दोनों कंपनियों को निगरानी टावर बनाने के लिए कहा गया था और प्रतिद्वंद्वी फिलोरा कंपनी आक्रामक तरीके से अपना टावर बनाए जा रही थी। जोजिला कंपनी हैरान थी और वह अपनी कॉर्पोरल प्रिया से इंस्ट्रक्शन माँग रही थी। प्रिया ने शांति से उनसे कहा, "पहले फिलोरा को करने दो, फिर हम करेंगे।" उसने निरीक्षण से एक घंटे पहले टावर का निर्माण शुरू किया और हम प्रतियोगिता जीत भी गए।

सुष्मिता ने बताया, "मुझे पता है कि आप मुझ पर विश्वास नहीं करेंगी, लेकिन वह हम सब में सबसे अच्छी थी। वह हर कार्य में पहल करती थी और बाकी कंपनी के लिए रास्ता साफ कर देती थी। यह उसके लिए हमेशा टीमवर्क रहता था। उसने एक सच्चे लीडर की तरह काम किया। उदाहरण के लिए, जब हम कैंपिंग अभ्यास

पर जाते थे तो वह मिट्टी खोदती थी, चीजों को व्यवस्थित करती थी और तब फिर हम आगे बढ़ते थे।"

युवा कैडेटों के रूप में अपनी हरकतों पर हँसने के बाद और मेजर प्रिया सेमवाल की उपलब्धियों को अत्यंत गर्व के साथ बताने के बाद मेजर सुष्मिता ने मुझे यह भी बताया कि सख्त दिखनेवाली सेमवाल के अंदर एक भावुक महिला छिपी है—जब वह अपने भाई प्रवेश की शादी में शामिल नहीं हो पाई थी, तब वह सारी रात रोती रही थी। दोनों भाई-बहन बेहद करीब थे और प्रवेश उसके साथ हर उतार-चढ़ाव में खड़ा रहता था। उसकी शादी में शामिल होना उसका ऐसा सपना था, जिसे प्रिया ने सालों से पाल रखा था, लेकिन ट्रेनिंग के कारण वह इसे पूरा नहीं कर पाई। अगर उसने सीनियर अधिकारियों से अनुरोध किया होता तो उसे वीर नारी के नाते विशेषाधिकार के रूप में एक दिन की छुट्टी मिल जाती, लेकिन यह उसकी नैतिकता के खिलाफ था। उसने ऐसा किया ही नहीं। उसने रात के 2 बजे फुरसत मिलने पर अपने भाई को फोन किया और रात भर सुष्मिता को पकड़े रोती रही थी।

सितंबर 2013

ओ.टी.ए., चेन्नई

लेडी कैडेट प्रिया सेमवाल का अब दूसरा टर्म चल रहा था। उसकी फिटनेस में सुधार हो गया था और उसका प्रदर्शन भी बेहतर हुआ था। उसने अपनी योग्यता के आधार पर सीनियर टर्म में 'कोय सार्जेंट मेजर' (सी.एस.एम.) की नियुक्ति हासिल की थी। इस बार प्रिया ने पहले कार्यकाल की तरह छह के बजाय नौ किलोमीटर की क्रॉस-कंट्री रेस में भाग लिया था। उसकी साथी उसके पास आईं और कहने लगीं, "तेरे चक्कर में हमारी बस बजती रहती है। थोड़ा स्लो दौड़ियो।" उस क्रॉस-कंट्री रेस में प्रिया इतनी तेज दौड़ी कि उसे देख पाना मुश्किल हो रहा था। इस बात से अनजान फिलोरा कंपनी के उस्ताद रोमांचित थे और जोजिला के उस्ताद को ताना मार रहे थे कि इस बार फिलोरा की लेडी कैडेट जोजिला कंपनी की सबसे तेज धावक प्रिया सेमवाल को हराकर दौड़ जीतनेवाली है। ठीक उसी समय जोजिला कंपनी के उस्ताद ने बताया कि प्रिया सेमवाल तो पहले ही फिनिशिंग लाइन पर पहुँच चुकी है। प्रिया ने रिकॉर्ड समय में स्वर्ण पदक जीता था और इस तरह से जोजिला ने वह प्रतिष्ठित दौड़ जीत ली थी। काफी देर तक जोजिला कंपनी के उस्ताद अपने प्रतिद्वंद्वी उस्ताद को इस जीत की याद दिलाते रहे।

प्रिया की बैटल प्रोफिशिएंसी एफिशिएंसी टेस्ट में सैकड़ों पुरुष कैडेट लेडी कैडेट्स के साथ दौड़े थे। तब ड्रिल उस्ताद ने शर्त लगाई कि सेमवाल जेंटलमैन कैडेट्स (जी.सी.) को हरा देगी। अपनी प्रतिष्ठा के अनुरूप वह पुरुष कैडेट्स के साथ दौड़ी भी और जीती भी। इससे जी.सी. का मनोबल बुरी तरह से प्रभावित हुआ। उनके उस्ताद नाराज हो गए और चिल्लाने लगे, "डूब मारो सालो! एक लेडी कैडेट तुमसे अच्छी दौड़ती है। उसकी रफ्तार देखो! शर्म करो!"

पुरुष कैडेटों पर दबाव बढ़ गया था और तब सभी ने अपना पूरा जोर लगाया। पुरुष और महिला कैडेटों के आकलन के मानदंड अलग-अलग थे। सभी जी.सी. ने सोचा कि वे बी.पी.ई.टी. में फेल हो गए होंगे, क्योंकि एक एल.सी. ने उन्हें हरा दिया था। वे इस बात से पूरी तरह अनजान थे कि एल.सी. सेमवाल इतनी तेज दौड़ी थी कि उससे तालमेल बनाने के चक्कर में जी.सी. ने भी 'उत्कृष्ट' टाइम स्लॉट निकाला था। बाद में सबने उसे धन्यवाद दिया और कहा कि उसकी निडरता ने उन्हें अपनी सीमाओं को आगे बढ़ाने के लिए प्रेरित किया।

दूसरे कार्यकाल के अंत तक उसकी इतनी अच्छी प्रतिष्ठा हो गई थी, जो बहुत कम कैडेटों को मिलती है। किसी को कभी याद नहीं आता था कि वह एक वीर नारी है। उसकी उपलब्धियों के सामने विधवा होने की लाचारी गायब हो चुकी थी।

वह हर रविवार को दो कॉल करती थी—एक अपनी बेटी ख्वाहिश को और दूसरी कर्नल अरुण अग्रवाल को। प्रिया एक साधारण पृष्ठभूमि से ताल्लुक रखती थी, जहाँ उसकी स्थिति को कोई नहीं समझता था। कर्नल अग्रवाल जैसे अधिकारी संगठन के लिए एक संपत्ति थे, जो वास्तव में अपने लोगों और उनके परिवारों की परवाह करते थे। जब भी वह परेशान होती थी, वे उसका मार्गदर्शन करते थे, उसे सांत्वना देते थे और उससे कहते थे कि जब वह टूटनेवाली हो तो कभी हार न माने, क्योंकि उन्होंने शवगृह में नायक अमित शर्मा के शव पर खुद से वादा किया था कि वे उसके बाद हमेशा उसके परिवार का खयाल रखेंगे।

कभी-कभी प्रिया और सुष्मिता एक साथ खामोश बैठे रहते थे। वे क्षण अहम होते थे। वे जानते थे कि शब्दों से शांति कम हो जाती है; इसके बजाय उनके एकांत ने उनकी दोस्ती को परिभाषित किया था। कभी-कभी प्रिया अपने पति को याद करती थी और उसके असमय चले जाने पर शोक मनाती थी तो कभी उसे अपनी बेटी की याद आती थी। नन्ही ख्वाहिश से दूर रहने पर पछतावा और ग्लानि होती थी। वह सुष्मिता से कहती, "मैं जानती हूँ कि यह ख्वाहिश के साथ ठीक नहीं हो रहा है। मैंने उसे तब छोड़ दिया, जब उसे मेरी सबसे ज्यादा जरूरत थी। उसका

कोई पिता नहीं है, कोई माँ नहीं है और वह हम दोनों को याद करती रहती है, लेकिन एक दिन उसे मुझ पर गर्व होगा और वह समझेगी कि मैंने यह सब क्यों किया! मैं उसे बाकी फौजियों के बच्चों की तरह सम्मान के साथ पालना चाहती हूँ—और मैं यह करूँगी।"

अंतिम पग लेने और उन सुनहरे सितारों को पहनने का समय निकट आ रहा था। ड्रिल और पी.टी. को और अधिक कठिन बना दिया गया था। अकादमी से उत्तीर्ण होने के लिए अत्यंत महत्त्व रखनेवाली प्रतिष्ठित 'मार्च और शूट' प्रतियोगिता भी निकट आ रही थी। प्रतियोगिता के लिए कैडेटों को ढाई किलोमीटर दौड़ने, बाधाओं को पार करने, रस्सी पर चढ़ने, छह मीटर लंबी दीवार पार करने और फिर भारी राइफल लेकर कीचड़ से भरी कठिन खाइयों से रेंगने और फायरिंग करने के लिए कहा गया। कैडेट इसमें नाकाम होने का जोखिम नहीं उठा सकते थे। प्रिया ने उस प्रतियोगिता में उत्कृष्ट प्रदर्शन किया।

पासिंग-आउट परेड के दिन उसने सोर्ड ड्रिल (तलवार की कवायद) की—जो बेहद प्रतिष्ठित एक्सरसाइज है, जिसे केवल सर्वश्रेष्ठ लोग करते हैं—और उसने प्रतिष्ठित 'हाफ ब्लू सर्टिफिकेट' और 'बेस्ट लेडी कैडेट' का पुरस्कार भी जीता था। उसके पास क्रॉस-कंट्री के लिए दो मेरिट कार्ड और कई खेलों में स्वर्ण पदक थे। कर्नल अग्रवाल, उसकी माँ, उसके भाई और उसकी बेटी इस कार्यक्रम में उपस्थित थे और उनकी गर्व भरी मुसकान ने उसे महसूस कराया था कि सबकुछ करने लायक था। और भी पुरुष कैडेट उसके पास आए और उसके सामने साफगोई से बोले, "जब तू दौड़ती थी हमारे साथ, तो हमें लगता था कि हम धीमे दौड़ रहे हैं, पर हमें बाद में पता चलता था कि हम एक्सीलेंट में हैं।"

लेडी कैडेट्स ने तो उसे हवा में उछाल दिया था, उसे घेर लिया था और बोली थीं, "थैंक्यू, सेमवाल! तुम्हारी वजह से ही हम अपनी सीमाओं को आगे बढ़ाने के लिए मोटिवेट हुए। हम सोचने लगे थे कि अगर तुम इसे अपने बच्चे और अपनी भावनात्मक उथल-पुथल के साथ कर सकती हो, तो हम क्यों नहीं कर सकते? तुमने हमें अपना सर्वश्रेष्ठ देने के लिए तैयार किया।"

जब हमारा साक्षात्कार समाप्त होनेवाला था तो उस निडर महिला ने मुझे एक विशिष्ट फौजी मुसकान के साथ देखा, अपनी पी-कैप ठीक की और बोली, "मुझे अपनी ट्रेनिंग पर गर्व है। मैंने जो चाहा, वह हासिल किया। मैंने सभी मुसीबतें झेलते हुए सारी बाधाएँ तोड़ डालीं, क्योंकि मैं यह साबित करना चाहती थी कि महिलाएँ कमजोर नहीं होती हैं। मुझे उम्मीद है कि मेरी कहानी देश भर की महिलाओं को

अपनी क्षमताओं पर विश्वास करने के लिए प्रेरित करेगी। ओ.टी.ए. ने मुझे अच्छी तरह से प्रशिक्षित किया है और अब मैं किसी के लिए 'बेचारी' नहीं हूँ। कभी हार मत मानो।'

उसके कंधों पर तारे चमक रहे थे; क्रीजलेस वरदी ने उसके व्यक्तित्व में और निखार ला दिया था। उसके आत्मविश्वास ने सामने खड़े सैनिकों को उनके अगले कार्य के लिए आदेश सुनने के लिए सहमे से खड़े थे। मैंने उसके सौभाग्य की कामना की और बड़े गर्व के साथ उसके ऑफिस से निकल आई। मैं अब न केवल एक सशक्त महिला ही नहीं, बल्कि एक अविश्वसनीय महिला के बारे में भी जान गई थी।

~❖~

यह कहानी प्रिया सेमवाल की माँ श्रीमती विशाखा सेमवाल; 14 राजपूत के तत्कालीन कमांडिंग ऑफिसर कर्नल अरुण अग्रवाल; मेजर प्रिया सेमवाल की बैचमेट मेजर सुष्मिता गौर और मेजर प्रिया सेमवाल के साक्षात्कारों पर आधारित है। पुस्तक के प्रकाशित होने तक उसने रैंक हासिल कर ली थी। उसने ऐसी उपलब्धि हासिल की, जो उस समय लगभग असंभव मानी जाती थी। आज हम देखते हैं कि कई युद्ध विधवाएँ सेना में शामिल हो रही हैं और उनमें से कुछ एन.सी.ओ. पृष्ठभूमि से भी आती हैं, लेकिन 2012 में यह अनसुनी बात थी। अब प्रिया अपने अधीन सेवा करनेवाले हजारों पुरुषों से सम्मान पाती है। उसकी बेटी उसके साथ रहती है। वह जिस दुःख को छुपाए है, वह अदृश्य रहता है और जब तक कि आप गहरे कुरेदने की कोशिश न करें और किसी अन्य महिला की तरह उसकी भावनाओं तक न पहुँचें, तब तक वह दुःख अदृश्य ही रहता है।

□

आखिरी तोहफा

सुजाता और मेजर सतीश दहिया, शौर्य चक्र (मरणोपरांत)

10 फरवरी, 2011
पवेरा, हरियाणा

सुजाता गुलाबी साड़ी में परी के समान लग रही थी। चमकते चेहरेवाली दुलहन ने पारंपरिक हरियाणवी गहने पहने थे—कर्णफूल के आकार की कान की क्लिप, एक रानीहार और आधे चेहरे को ढक रही माथे पर छज। जब वह गलियारे से नीचे आई तो लोग देखते ही रह गए। सगाई के दिन उसका चेहरा दमक रहा था।

वह अपनी सहेलियों और बहनों के साथ खिलखिलाती रही थी, जो उसे इस बात के लिए चिढ़ाते रहते थे कि कहाँ से उसकी सगाई सेना के अधिकारी से हो रही है, जबकि वह हमेशा यही कहती रहती थी कि वह जल्दी शादी नहीं करेगी! उसके माता-पिता और परिवारवाले बहुत ज्यादा उत्साहित थे। उनके गाँव पवेरा में समारोह का स्थल खचाखच भरा था। दूल्हे की एक झलक पाने के लिए कई गाँवों के लोग पहुँचे थे। बनिहारी गाँव के कैप्टन सतीश दहिया आसपास के इलाके में एकमात्र सेना अधिकारी थे। वे हरियाणवी दूल्हे होने की पूरी शान का आनंद ले रहे थे।

सुजाता और उसके परिवार ने अभी तक दूल्हे को नहीं देखा था। सगाई समारोह के दौरान ही वह उस पर एक नजर डाल पाई थी। उसे कुछ खास नहीं लगा था। सतीश सख्त और रूखे लग रहे थे। उनका गोल चेहरा साँवला लग रहा था और उस पर चोटों के कई निशान थे। वैसे वे आत्मविश्वास से भरे लग रहे थे, लेकिन इसमें कोई शक नहीं कि शारीरिक रूप से वे ज्यादा आकर्षक नहीं थे। सुजाता हमेशा से यही चाहती थी कि उसका जीवनसाथी क्लीन शेव्ड और चिकने चेहरेवाला हो।

जब उसकी सहेली ऋतु ने उसे कोहनी मारते हुए पूछा, "और बता? तुझे पसंद आए वो? अभी से शरमा रही है!"

सुजाता ने उत्तर दिया, "मुझे नहीं पता···वे तो नकचढ़े से दिखते हैं। उन्होंने अभी तक मुझसे बात करने की कोशिश तक नहीं की। और इतनी सुबह-सुबह सगाई कौन करता है? लड़केवालों को दिक्कत क्या है?"

"लड़के के पिता अचल सिंह दहियाजी एक पंडित के पक्के भक्त हैं," ऋतु ने बताया। "पंडित ने बताया है कि सुबह 7 बजे का मुहूर्त सबसे ज्यादा शुभ है।"

दोनों हँस पड़ीं। सुजाता ने सतीश पर चुपके से एक नजर डाली और दोनों की नजरें मिलीं। वे भी उसे देखने लगे। सुजाता ने तुरंत अपनी नजरें हटा लीं। उस दिन सुजाता का सतीश से केवल यही संवाद हुआ था।

शादी घरवालों ने तय की थी। दोनों पक्षों की रिश्तेदारी में आनेवाले कुछ लोगों ने उन्हें देखा था और रिश्ता भिजवाया था। सतीश के माता-पिता बहुत जल्दबाजी में थे और लड़कीवालों से उन्होंने मार्च 2011 में सगाई के लिए बोल दिया था—तभी सतीश छुट्टी पर आनेवाले थे। सतीश कुछ पहले ही, फरवरी में ही आ गए थे और लड़कीवालों को सगाई की तैयारी के लिए बहुत कम समय मिल पाया था।

सतीश को सेना सेवा कोर (ए.एस.सी.) अधिकारी के रूप में नियुक्त हुए दो साल हो चुके थे। इस दौरान वे अपने माता-पिता के साथ करीब डेढ़ महीने ही रह पाए थे। वे जम्मू-कश्मीर के नौगाम में स्थित 1 नागा रेजिमेंट से अटैच थे। यह उनकी पहली पोस्टिंग थी। उनके माता-पिता ने उन्हें कई लड़कियों के रिश्ते बताए थे, लेकिन उन्हें पसंद आई तो बस सुजाता की तसवीर। उनके माता-पिता को डर था कि कहीं वह अपना विचार बदल न दे, इसलिए उन्होंने जल्द शादी कराने पर जोर दिया।

छोटे शहर की शर्मीली लड़की सुजाता की दुनिया उसके घर और कॉलेज तक ही सीमित थी। वह सतीश की दुनिया से अनजान थी। उसे इस बात का अंदाजा नहीं था कि कश्मीर में अग्रिम चौकियाँ भारतीय सेना के जवानों पर कैसे भारी पड़ सकती हैं और उन्हें पूरी तरह से बदल देती हैं। ऊँचाईवाली पोस्टिंग सबसे मजबूत सैनिक के लिए भी मुश्किल होती है। बार-बार बर्फीले तूफान आते हैं और शून्य से कम तापमान में लड़ना तो दूर, रह पाना तक कठिन होता था। ऑक्सीजन की कमी, बहुत ज्यादा ठंड से शरीर सुन्न पड़ जाना; क्रूर पराबैंगनी विकिरण और विशाल हिमस्खलन रोज की हकीकतों में शामिल थे। कभी-कभी साथी सैनिक फिसलकर दुश्मन की तरफ गिर सकते थे या हाई एल्टीट्यूड पल्मोनरी एडिमा से वैसे भी मर सकते थे।

आतंकी भी समय-कुसमय घुसपैठ करते थे, लेकिन हमेशा चौकन्ने रहनेवाले

सिपाही इसे अपनी जिंदगी का हिस्सा बना चुके थे। वे कोई आँसू नहीं बहाते और ऐसी अविश्वसनीय रूप से कठिन परिस्थितियों में बाधाओं और दुश्मन से जूझते हुए, अपनी क्षमता के अनुसार अपना कर्तव्य निभाना जारी रखते हैं।

एक बार ऐसी कठिन पोस्टिंग से वापस आने के बाद, सैनिकों को शहर में जीवन के साथ तालमेल बिठाने के लिए समय चाहिए। कश्मीर में भारतीय सेना की सक्रिय चौकी पर बर्फ में रहने के कारण सतीश का रंग बहुत खराब हो गया था। पहाड़ों की ऊँचाई पर फाश्वर्ड पोस्ट पर जिंदगी कठिन थी। कई महीनों तक वे दाढ़ी भी नहीं बनाते थे। उनका शारीरिक रूप और वजन ही नहीं, बल्कि सैनिकों की मानसिकता भी गड़बड़ा जाने का डर होता है। सगाई भी उस तरह से नहीं हो सकी थी, जैसा सोचा था और इसे आगे बढ़ाना पड़ गया था। हाल ही में एक आतंकवाद विरोधी अभियान के दौरान लेफ्टिनेट दहिया को पीठ में चोट लग गई थी और उन्हें कुछ समय के लिए सक्रिय ड्यूटी से छूट दी गई थी। कमांड ऑफिस ने उसे जल्दी छुट्टी पर जाने और मार्च तक इंतजार करने के बजाय इसी दौरान सगाई कर डालने के लिए कहा था।

कमांडिंग ऑफिसर सहित यूनिट के सभी अधिकारियों को उनकी सगाई का पता था। उन्होंने ही सबसे पहले सतीश के माता-पिता द्वारा भेजी गई सुजाता की तसवीर देखी थी। यूनिट के सेकेंड-इन-कमांड को सबसे पहले वह फोटो मिली थी। उसने फोटो निकाली और उसके पीछे 'एप्रूव्ड' लिख दिया था। फिर वह फोटो पूरी यूनिट में घूमती रही और तब कहीं अग्रिम चौकी पर तैनात कैप्टन सतीश दहिया को उसे देखने का मौका मिला। फोटो के पीछे अन्य यूनिट अधिकारियों ने जगह-जगह 'एप्रूव्ड' लिख मारा था। सतीश उत्साहित थे। उन्हें भी लड़की पसंद आई थी और उन्होंने अपने माता-पिता से 'हाँ' कह दी। हालाँकि अपनी चोट और सगाई के बीच उन्हें पर्सनल ग्रूमिंग के लिए समय नहीं मिला और वे जैसे थे, वैसे ही सगाई में पहुँच गए थे।

सगाई समारोह बहुत अच्छी तरह से निपट गया, बस एक कमी रही कि लड़का और लड़की आपस में बातचीत नहीं कर पाए। अगले दिन सतीश ने सुजाता को कई बार फोन किया, लेकिन वह शाम से पहले फोन उठा ही नहीं पाई।

"अगर आपको हम पसंद नहीं आए हैं तो बता दीजिए।" सतीश ने उसे पहला वाक्य यही कहा था।

सुजाता तुरंत बैकफुट पर आ गई। वह बोल पड़ी, "नहीं-नहीं, सीरियसली, जब आपने सुबह फोन किया तो पापा आसपास थे और फिर मुझे कॉलेज के लिए

भागना पड़ा, इसलिए मैं आपसे बात नहीं कर पाई। आप बताइए।"

"मैं आज अपनी पोस्ट पर जा रहा हूँ, इसलिए मैंने आपको फोन करने का विचार किया।"

सुजाता ने तुरंत कोई जवाब नहीं दिया। उन्होंने उस पर पहला इम्प्रेशन कोई बहुत अच्छा नहीं छोड़ा था। हालाँकि वे फोन पर लगातार संपर्क में रहे, जिससे उनके बीच की झिझक खत्म होने में काफी मदद मिली। सतीश जब अप्रैल में सुजाता से मिलने के इरादे से लौटे तो वे बिल्कुल बदले हुए थे। वे उससे तुरंत नहीं मिले, बल्कि उन्होंने दहिया परिवार की इकलौती संतान के रूप में मिलनेवाले लाड़-प्यार का मजा लिया। फिर उन्होंने सुजाता से दोपहर के भोजन पर मिलने का अनुरोध किया। वह झिझकी, लेकिन आखिरकार अपने कॉलेज के पास के एक रेस्तराँ में मिलने के लिए मान गई।

बॉलीवुड फिल्म के किसी सीन की तरह उसके लिए सबकुछ स्लो मोशन में चल रहा था। एक लंबा, गोरा, सुंदर आदमी उसकी ओर लपका। उसके चेहरे पर सिग्नेचर रे-बैन का चश्मा था। वह बेहद प्रभावशाली लग रहा था—उसके चमकीले जूतों से लेकर उसकी जीन्स के अंदर बड़े करीने से घुसी कुरकुरी शर्ट तक, सबकुछ शानदार था। वह स्तब्ध रह गई। शादी से पहले यह उनकी पहली अनौपचारिक मुलाकात थी और एक साल बाद उनकी शादी हो गई।

जब उस दौरान उसने शरमाते हुए से उनके बदले हुए रूप के बारे में पूछा, तो उन्होंने बताया, "सुजाता, मैं अपनी यूनिट में घातक प्लाटून का कंपनी कमांडर हूँ। उस समय मैं पहाड़ों पर एक अग्रिम चौकी पर था और सारे समय बर्फ और धूप में रहता था। मुझे तो सच में अपनी सगाई तक का पता नहीं था; सबकुछ एक झटके में हो गया। मुझे खुद को सँवारने का समय ही नहीं मिला, लेकिन हर फौजी की जिंदगी ऐसी ही होती है। हमारी ड्यूटी पहले आती है और बाकी सब बाद में।"

यह कहते हुए उनके चेहरे पर एक मीठी सी मुसकान फैल गई, जिससे उनकी आँखों के चारों ओर छोटी झुर्रियाँ और गालों में डिंपल बन गए। सुजाता रेस्टोरेंट के अंदर कम रोशनी के लिए शुक्रगुजार थी। उसे बड़ी उम्मीद थी कि कम रोशनी में उसके शरमाते गाल छिप जाएँगे। उसने यह भी महसूस किया कि सतीश विनम्र स्वभाव के इनसान हैं।

वह अब भी नहीं जानती थी कि घातक पलटन एक यूनिट का विशेष सेना दस्ता होता है। घातक सैनिक अन्य सैनिकों की तुलना में अधिक उन्नत प्रशिक्षण पाए होते हैं और यूनिट के बेहतरीन, सबसे तेज और घातक सैनिक होते हैं। इन्हीं

उन्नत कौशलों के कारण वे सर्जिकल स्ट्राइक, दुश्मन की चौकियों पर हमला, हवाई क्षेत्रों पर बमबारी या हवाई हमलों या तोपखाने की फायरिंग को निर्देशित करने जैसे व्यापक और जोखिम भरे ऑपरेशन कर डालते हैं। घातक प्लाटून के सैनिक कोई विशेष बल तो नहीं होते, लेकिन उन्हें अपनी यूनिट का विशेष बल तो निश्चित रूप से कहा जा सकता है।

दंपती के जीवन में प्यार, खुशी, भक्ति और ढेर सारा आनंद था, लेकिन जब मैं द्वारका में कारगिल निवास में उनके आवास पर गई तो इस सब पर यकीन करना मुश्किल था। उस समय घर के अंदर उदासी भरा माहौल था। सुजाता की आँखों की उदासी दिल बैठा देनेवाली थी। कोई भी यह जान सकता था कि सामनेवाली महिला टूट चुकी है—और उसने जीवन में सबकुछ खो दिया है।

सुजाता की कभी कई चमकीले रंगों से भरी प्रेम-कहानी थी। बगल के कमरे से चार साल की प्रियांशा एक नन्ही सी ड्रेस में दिखाई दी। उसकी उम्र के बच्चे तो एक पल के लिए आराम से नहीं बैठते, लेकिन वह उन सबसे एकदम उलट, चुपचाप आकर एक कुरसी पर बैठ गई। सुजाता ने उसका हाथ पकड़कर उसे गोद में ले लिया। मेरे पास बोलने के लिए कुछ नहीं था। समझ में नहीं आ रहा था कि क्या कहूँ? मैंने दीवार पर लगी तसवीरों को देखते हुए कहा, "तुम्हारे पास ये सुंदर चित्र हैं। तुमने जो साड़ी पहनी है, वह बहुत खूबसूरत लग रही है।"

वह लगभग अदृश्य मुसकान के साथ मुसकराई। "मैंने सोचा कि अब वे यहाँ नहीं हैं तो मुझे दीवार पर अच्छे दिनों की तसवीरें तो लगानी ही चाहिए।"

और हमारे बैठने के बाद काफी देर तक कमरे में सन्नाटा पसरा रहा। उसने जो कहानी साझा की, वह शायद आपकी आँखों में आँसू भर सकती है और आपका दिल तोड़ सकती है।

~❖~

3 जुलाई, 2012
बसांतर गली, नौगाम
कश्मीर

कैप्टन सतीश ने अपना फोन निकाला ही था, जो उन्होंने पिछले तीन दिनों से अपनी वरदी की जेब में बंद रखा हुआ था। आतंकवादियों की तलाश में घेराबंदी और तलाशी अभियान काफी लंबा चला था। गुप्त सूचना विश्वसनीय थी, लेकिन तीन दिन बाद भी आतंकवादियों का कोई सुराग नहीं लगा। सैनिकों को अब विश्वास

हो गया था कि जानकारी गलत थी और उनकी बेचैनी इस बात का संकेत थी कि ऑपरेशन बंद करने का समय आ गया है। सतीश का मन किया कि वे अपनी नई दुलहन को उसके मायके—पवेरा में फोन लगाएँ। वे अब तक समझ चुके थे कि सुजाता चिंतित होगी। उन्होंने उसे चल रहे ऑपरेशन के बारे में बताया तो था, लेकिन उनके पास उसे कॉल करने का समय नहीं था। उसके फोन उठाते ही वे बोले, "हैलो निक्की!"

वे अपनी पत्नी को प्यार से 'निक्की' बुलाते थे और उस समय उससे बात करने के लिए कुछ प्राइवेसी चाहते थे। आसपास के साथी अधिकारी पहले से ही मुसकराने लगे थे। वे गहरे जंगल की ओर चल दिए।

"तुमने मुझे कॉल क्यों नहीं किया?" नई दुलहन ने सवाल किया। "तीन दिन हो गए और घर पर हर कोई परेशान है।"

"मैंने तुमसे कहा था न कि मैं एक ऑपरेशन में शामिल हूँ। अब फौजी से शादी की है तो इसका नुकसान भी तो उठाना पड़ेगा।" उन्होंने सुजाता को चिढ़ाया।

इससे पहले कि वह जवाब देती, उसे फोन पर गोली चलने की आवाज सुनाई दी और मोबाइल बंद हो गया। सुजाता ने घबराकर अपने पिता को बताया तो वे भी घबरा गए। शाम के समय ही सतीश उन्हें दोबारा कॉल कर सका। सुजाता को राहत मिली तो उसकी आँखों से आँसू बहने लगे। सतीश ने उसके पिता को बताया कि जिन आतंकवादियों को वे तीन दिनों से तलाश कर रहे थे, उनमें से एक ने उन पर गोली चलाई थी। जवानों को इस बात का आभास नहीं था कि आतंकी जंगल के अंदर छिपे होंगे और ठीक उसी जगह पर सतीश अनजाने में फोन पर बात करते हुए पहुँच गए थे।

एक आतंकवादी ने उन्हें देख लिया था और उन पर अंधाधुंध फायरिंग कर दी थी। हालाँकि एक गोली उनके सिर से कुछ इंच ऊपर से निकल गई थी और दूसरे से उनका मोबाइल फोन टुकड़े-टुकड़े हो गया था। आतंकवादियों की स्थिति समझकर वे एक पेड़ के पीछे छिप गए थे और अपने लिए बैकअप बुलवा लिया। तीनों आतंकवादियों के मारे जाने से पहले कुछ घंटों तक मुठभेड़ चली। बाद में दिन में, जब उन्होंने बसंतर गली में लाशों को ले जाने की कोशिश की तो भारी पथराव शुरू हो गया और कुछ पत्थर सतीश को भी लगे। चूँकि वे घायल हो गए थे, इसलिए उन्हें अपनी पत्नी को दोबारा फोन लगाने में कुछ समय लग गया था।

शादी को अभी पाँच महीने ही हुए थे। सुजाता को अहसास हुआ कि आर्मी की वरदी पहननेवाले इनसान से शादी करने का और सैनिक की पत्नी होने का क्या

मतलब होता है! शादी के बाद वह कुछ महीनों तक अपने माता-पिता के साथ रही। सतीश ने पहले नागा बटालियन के साथ काम किया, जो कश्मीर में भारी उग्रवाद से पीड़ित नौगाम के पास एक संवेदनशील इलाके में सक्रिय थी। अपनी तीन साल की पोस्टिंग के दौरान, वे कई सफल ऑपरेशनों का हिस्सा रहे। ऐसे ही एक साहसी ऑपरेशन के लिए उन्हें 2013 में 'चीफ ऑफ आर्मी स्टाफ कमेंडेशन कार्ड' से सम्मानित किया गया था।

मुझसे बात करते हुए सुजाता ने कहा, "हमारी शादी का शुरुआती एक साल काफी मुश्किल भरा रहा। हालाँकि मैंने अपनी सगाई के तुरंत बाद उनकी नौकरी की चुनौतियों को समझना शुरू कर दिया था—बिना फोन किए कई दिन हो जाते थे या उनके ठिकाने का भी पता नहीं रहता था—फिर भी, शादी के बाद ही मैं 'साइलेंट रैंक' के बीच खड़े होने का मतलब समझ पाई थी। मैं समझ गई थी कि हमारे पुरुषों के पीछे की महिलाओं को सख्त क्यों कहा जाता है! सैनिक से शादी करने के बाद आनेवाले जीवन से निपटने के लिए उन्हें निश्चित रूप से अधिक मानसिक शक्ति की जरूरत होती है।" उसने बोलना जारी रखा, "हमारे बीच कोई वर्चुअल कनेक्शन नहीं था और कई बार मुझे उनकी मौत की चिंता होने लगी थी। कभी-कभी मुझे लगता था कि वे मेरी उपेक्षा कर रहे हैं, जबकि वास्तव में, वे जानलेवा ऑपरेशन में शामिल होते थे। कभी-कभी उन्हें मोबाइल सिग्नल के लिए खड़ी पहाड़ी ढलानों में जाना पड़ता था। मेरे माता-पिता मेरी मार्गदर्शक रोशनी का काम करते। मेरे पिता ने कश्मीर में विशेष दिलचस्पी लेना शुरू कर दिया था। वे सुरक्षाबलों की गतिविधियों के बारे में पता करते थे और मुझे बताते रहते थे। वह हम सभी के लिए कठिन समय था। मुझे याद है, उन रातों की नींद हराम थी, मैं समय के जाल में फँसी हुई थी, हर समय इंतजार करती रहती थी, किसी भी काम में मन नहीं लगता था, अपने दैनिक जीवन को आगे बढ़ाना मुश्किल था।"

जब सतीश को अपनी कोर यूनिट 539 ए.एस.सी. बटालियन में वापस तैनात किया गया तो वियोग की तनाव भरी अवधि हिमाचल प्रदेश के पालमपुर की स्वर्गिक धुंध में घुल गई। सुजाता सतीश के पास पहुँच गई थी और जल्द ही वह प्रियाशा उसके गर्भ में आ गई, जिसका जन्म 15 अप्रैल, 2014 को धर्मशाला के पास योल छावनी के सैनिक अस्पताल में हुआ था। सुजाता हरियाणा के पवेरा में अपने माता-पिता के पास वापस चली गई और सतीश बेंगलुरु में एक कोर्स के लिए चले गए।

2015 में सतीश को उत्तरी कश्मीर के हंदवाड़ा के पास 30 राष्ट्रीय राइफल्स में तैनात किया गया था, जहाँ पाकिस्तानी आतंकवादियों की भारी घुसपैठ आम बात

थी। सतीश अपनी बेटी के जन्म के लगभग एक साल बाद, मार्च 2015 में 30 राष्ट्रीय राइफल्स में शामिल हुए थे। सुजाता घबराई हुई थी। वह जानती थी कि फोन का लंबा-लंबा इंतजार करना होगा और उसे उनके जीवन की भी चिंता थी, लेकिन वह यह भी जानती थी कि सतीश को एक्शन कितना पसंद है। उसने मुझे बताया था, "सतीश वास्तव में फील्ड मार्शल सैम मानेकशॉ को बहुत पसंद करते थे। वे उनकी तरह हर जगह उत्कृष्टता हासिल करना चाहते थे। वे अपनी वरदी को लेकर भी बहुत सतर्क रहते थे और उस पर एक भी सिलवट बरदाश्त नहीं करते थे। उनकी वरदी के लिए यूनिट का धोबी बहुत ज्यादा सतर्क रहता था। मुझे पता था कि वे हमारी खातिर नहीं रुकेंगे, भले ही वे प्रियाशा से या मुझसे बहुत प्यार करते थे। अपने सैनिकों के साथ आतंकवादियों के खिलाफ लड़ना, उनकी सच्ची पुकार थी।"

उसे यह भी याद है कि वे केरल में अपने हनीमून के दौरान केवल अपने ऑपरेशन और पदकों के बारे में बात करते रहते थे। उसने बताया, "मैं एक छोटे शहर की लड़की हुआ करती थी और कभी ज्यादा बाहर नहीं गई थी। जब मैं उनके साथ केरल के लिए पहली बार हवाई जहाज में सवार हुई तो मेरे पास बताने के लिए शब्द नहीं थे। मैं अरब सागर की विशालता से मंत्रमुग्ध थी। हम घंटों समुद्र तट पर बैठे रहते और वे अपने ऑपरेशन के बारे में हर तरह की कहानियाँ सुनाते रहते थे। मुझे कुछ समझ में नहीं आता था, लेकिन मैं उनकी नौकरी के प्रति उनके जुनून का अंदाजा लगा सकती थी। बड़े आनंद और उल्लास का समय अब परियों की कहानियों जैसा लगता है।"

31 मार्च, 2015

कुपवाड़ा

मेजर दहिया 30 राष्ट्रीय राइफल्स में शामिल होने को लेकर आश्वस्त थे। राष्ट्रीय राइफल्स जैसी मेहनतवाली यूनिट में शामिल होने की चिंता उनके चेहरे पर दिखाई नहीं दे रही थी। उन्होंने दो साल पहले नौगाम के निकटवर्ती सेक्टर में 1 नागा बटालियन के साथ काम किया ही था और वे इलाके से अच्छी तरह परिचित थे। उनके कमांडिंग ऑफिसर, कर्नल राजीव सहारन, ऐसे डायनामिक ऑफिसर को पाकर खुश थे। वे उनके पिछले कार्यों और संगठन के लिए उनकी प्रतिबद्धता के बारे में पहले से जानते थे। उन्हें इस बात का आभास था कि यह अधिकारी यूनिट की शान बढ़ाएगा और वे कोर बैटल स्कूल में उनका अनिवार्य प्रशिक्षण पूरा करने

के बाद उनकी क्षमता से मेल खानेवाले चुनौतीपूर्ण कार्यों के साथ उन पर भरोसा करने के लिए उत्सुक थे।

30 आर.आर. में शामिल होने के बाद, सतीश ने स्कूल में अनिवार्य रिफ्रेशर कोर्स किया। ये रिफ्रेशर ट्रेनिंग कोर्स ओरिएंटेशन प्रोग्राम होते हैं, जहाँ नए तैनात सैनिकों को यूनिट के तौर-तरीकों, इलाके, चुनौतियों, हथियारों और अन्य उन्नत रणनीतियों के बारे में सिखाया जाता है। उसके बाद कठोर शारीरिक परीक्षण और फायरिंग-दक्षता परीक्षण होते हैं। सतीश ने एक महीने के प्रशिक्षण में इन सभी में उत्कृष्ट प्रदर्शन किया।

कोर्स पूरा करने के बाद उन्हें कंपनी कमांडर के रूप में जंगल कंपनी का प्रभार दिया गया और उन्हें घने जंगल में ग्रामीण इलाकों में तैनात किया गया। उन्हें बटालियनों के ओरिएंटेशन प्रोग्राम के लिए भी भेजा गया था, जैसाकि आमतौर पर सभी अधिकारियों को भेजा जाता है। उन्होंने प्रत्येक चौकी पर दो या तीन दिन बिताए, इलाके में चल रहे उग्रवाद विरोधी अभियानों के बारे में अपने नजरिए को व्यापक बनाया। इसने उन्हें जमीनी स्तर पर सैनिकों के साथ घुलने-मिलने और उनके सामने आनेवाली चुनौतियों को जानने का अवसर भी दिया।

सतीश यारों के यार थे। मिलनसार, खुशमिजाज और विचारशील थे। उन्होंने जल्द ही कंपनी के लड़कों और 30 आर.आर. के अधिकारियों के साथ तालमेल बना लिया था। वे उन पुलिसकर्मियों के बीच भी काफी लोकप्रिय थे, जिनके साथ वे नियमित रूप से संयुक्त अभियान चलाते थे। उनकी निडरता और शांत रवैये ने स्थानीय लोगों का भी दिल जीत लिया था, जो खुद उन्हें जानकारी देने के लिए आगे आने लगे थे।

स्थानीय मुखबिर बनाना बहुत मुश्किल होता है, क्योंकि स्थानीय कश्मीरी लोग अपनी जान के डर से बहुत कम आगे आते हैं, लेकिन वे जानते थे कि सतीश ऐसे अधिकारी हैं, जो उन्हें कभी निराश नहीं करेंगे। उन्होंने अपने कौशल का इस्तेमाल अपने कार्यकाल में मुखबिरों का एक बहुत विश्वसनीय नेटवर्क विकसित करने के लिए किया, जो आनेवाले समय में बहुत उपयोगी साबित हुआ और उन्हें एक बार भी असफलता नहीं मिली।

कश्मीर ऐसी जगह है, जहाँ खुफिया नेटवर्क के जरिए ही लड़ाई जीती जाती है। आपकी खुफिया जानकारी जितनी अधिक विश्वसनीय होगी, आपके जीतने की संभावना उतनी ही बेहतर होगी। यह दोनों पक्षों के लिए, यानी सैनिकों और आतंकवादियों दोनों पर लागू होती है।

सतीश ने पहला काम अपने अधीन सैनिकों की पूरी सुरक्षा और आराम सुनिश्चित करने का किया। उन्होंने कुछ ही समय में कंपनी का रूप बदल दिया था।

उन्होंने बाड़ लगाने के तरीके में क्रांति ला दी थी। उन्होंने कंपनी के बेकार सामान—अंगड़-खंगड़, तार और वाहनों के टूटे-फूटे पुरजों का इस्तेमाल करते हुए एक फाइव-वॉल फेंसिंग सिस्टम बनाया था। इससे उन्हें एक अत्याधुनिक बाधक दीवार विकसित करने में मदद मिली, जहाँ थके हुए सैनिक बिना किसी चिंता के सो सकते थे।

कुछ ही समय में उनका 'कंपनी ऑपरेटिंग बेस' (सी.ओ.बी.) सबसे सुरक्षित हो गया था। वे हमेशा अपने सैनिकों की खुशी और मनोबल का बहुत ध्यान रखते थे। जल्द ही, उनकी कंपनी के लड़कों की पूरी वफादारी और विश्वास उन्होंने अर्जित कर लिया था। वे जानते थे कि यह अधिकारी खुद को खतरे और कर्तव्य दोनों में सबसे पहले रखेगा।

30 आर.आर. के लिए वर्ष 2015 बहुत ही सफल वर्ष रहा। यूनिट ने हिजबुल मुजाहिदीन, लश्कर-ए-तैयबा और जैश-ए-मोहम्मद आतंकवादी संगठनों के खिलाफ साहसी अभियानों के लिए कई पुरस्कार जीते। उनके कुछ मिशनों का जिक्र तत्कालीन विदेश मंत्री स्वर्गीय श्रीमती सुषमा स्वराज ने संयुक्त राष्ट्र महासभा के सत्र में भी किया था।[9]

मेजर दहिया के मन में अपने माता-पिता के प्रति गहरा स्नेह और चिंता थी। असाधारण परिस्थितियों और अत्यधिक दबाव में काम करने के बावजूद, वे कभी भी इकलौते बेटे के अपने कर्तव्यों से पीछे नहीं हटे। वे मई 2015 में अपने चचेरे भाई की शादी में शामिल होने गए थे, जहाँ उन्हें पेट में तेज दर्द हुआ था, जो बाद में एपेंडिसाइटिस निकला था। उन्हें तुरंत सर्जरी के लिए दिल्ली के आर. एंड आर. अस्पताल रेफर किया गया। किसी सैनिक का एक बार ऑपरेशन हो जाने के बाद, उसे चिकित्सा श्रेणी में निम्न और सक्रिय ऑपरेशन के लिए अयोग्य घोषित कर दिया जाता है। यही वह रास्ता था, जिससे मेजर दहिया 30 राष्ट्रीय राइफल्स से बाहर निकलकर किसी शांति स्टेशन पर अपनी कोर यूनिट में लौट सकते थे और किसी को आपत्ति नहीं होती। लेकिन वे जानते थे कि उनकी जरूरत घने कश्मीरी जंगलों में है, जहाँ हर कोने में मौत का तांडव चल रहा है और आतंकवादी सैनिकों को कभी भी अच्छी नींद नहीं सोने देते हैं।

क्या ये बाधाएँ कभी उस उत्साही अधिकारी के लिए मायने रखती थीं? नहीं, उन्होंने अपने अतिरिक्त सुरक्षित बंकर पर फालतू में नहीं लिखा था कि, 'जब मैं

आराम करता हूँ तो मुझे जंग लग जाता है।'

सी.ओ. भी उन्हें हटाने को तैयार नहीं हुए, जो उनके सबसे अच्छे कंपनी कमांडरों में से एक थे। इस मामले को बढ़ाने के बजाय और एक ज्यादा फिट अधिकारी की माँग करने के बजाय, उन्होंने सतीश को यूनिट के सहायक के रूप में नामित कर दिया और उन्हें स्टाफ ड्यूटी भी दी। सतीश ने भी अपनी काबिलीयत साबित की। उन्होंने एक दिन भी आराम नहीं किया, बल्कि लगन से काम करते रहे। उन्होंने उस समय का इस्तेमाल अपनी सभी स्टाफ ड्यूटियों को उत्कृष्ट रूप से करने के लिए किया और एक मुखबिर नेटवर्क की स्थापना कर डाली। जरूरी हो या न हो, वे रात के अभियानों के दौरान भी जागते रहते थे।

30 आर.आर. के कमांडिंग ऑफिसर कर्नल राजीव सहारन याद करते हैं कि किस तरह से ऐसे अधिकारी किसी संगठन की पूँजी होते हैं और राष्ट्र की उनकी निस्स्वार्थ सेवा की कहानियाँ कठिन वक्त में यूनिट में शामिल होनेवाले नए सैनिकों की पूरी पीढ़ी को प्रेरित करती रहती हैं।

~❖~

21 सितंबर, 2015
बनिहारी
हरियाणा

इधर सुजाता अपनी ससुराल में परेशान और चिड़चिड़ी सी थी, जो उसके शांत और ठंडे स्वभाव के हिसाब से असामान्य बात थी। अगले दिन 22 सितंबर को सतीश का जन्मदिन था और वह उनके साथ तो नहीं थी, लेकिन फिर भी वह उसे स्पेशल फील कराना चाहती थी। उसने क्वार्टर मास्टर कर्नल पुंज से कई बार बात की और सतीश के बडी से भी पूछा कि क्या वे उनके लिए एक छोटे से सरप्राइज केक और एक गुलदस्ते का इंतजाम कर सकते हैं? उन्होंने अपनी विवशता जाहिर कर दी, क्योंकि उन्हें डर था कि बाहर से आए केक में कोई आसानी से जहर मिला सकता है और फील्ड स्टेशन पर केक बनाने का कोई और तरीका था नहीं।

आखिरकार, बडी ने सुजाता से वादा किया कि वह सतीश के सुबह जल्दी उठने के बाद उन्हें एक गुलदस्ता भेंट कर देगा। 22 सितंबर को सुबह करीब 6 बजे सुजाता के पास सतीश का फोन आया।

"हैलो," उसने कहा।

उधर से फोन पर हँसी की आवाज गूँज उठी। सतीश जोर-जोर से हँस रहे थे।

सुजाता ने नाराज होने का नाटक किया और कहा, "पहले हँसना बंद करो, फिर कॉल करो। यह क्या है—इतनी सुबह फोन कर रहे हो और फिर इतना ज्यादा हँसे जा रहे हो?"

"आई एम सॉरी। हाहाहा ओह! आई एम सॉरी, लेकिन मैं हँसी रोक नहीं पा रहा हूँ। तुम यह बताओ, मेरे जन्मदिन पर मुझे गुलदस्ता देने का विचार किसका था?"

"मेरा ही था। और किसका था? मैं पिछले एक सप्ताह से आपके जन्मदिन के लिए चीजों की व्यवस्था करने पर जोर दे रही हूँ। आप नहीं जानते कि आपके जन्मदिन पर आपको स्पेशल फील कराने के लिए मैंने कितना प्रयास किया है—ये सब इसलिए, क्योंकि मुझे आपकी परवाह है और मैं आपकी तरह नहीं हूँ, जो मुझे थैंक्यू बोलने के बजाय बस हँसे जा रहे हैं!"

"नहीं-नहीं, मुझे सचमुच बहुत अच्छा लगा है। लेकिन तुमने सूखे फूलों के गुलदस्ते के लिए क्यों बोला, जो धूल से भरा दिख रहा है? शायद यह मेस के किसी पुराने फूलदान से निकाला गया है?" वे फिर हँसने लगे।

बाद में पता चला कि सुरक्षा प्रोटोकॉल की वजह से सतीश का बडी ताजे फूलों का इंतजाम नहीं कर सका और आखिरकार उसने मेस से एक पुराने फूलदान से कुछ सूखे फूल निकालकर उनका गुलदस्ता बनाकर मेजर दहिया को दे दिया था। उसने सुजाता से किए वादे को निभाते हुए सुबह सबसे पहले उन्हें गुलदस्ता भेंट कर दिया था।

बाद में उसी साल नवंबर में सुजाता प्रियाशा के साथ कुछ दिनों के लिए सतीश के पास गई थी। भले ही उग्रवाद ने कश्मीर को तबाह कर दिया था, लेकिन सुजाता को वह शानदार और नया-सा लग रहा था। मनमोहक दृश्य और शांति अब भी उसके दिल में अंकित है, भले ही वह वहाँ कभी बिना सुरक्षा के बाहर नहीं निकल पाती थी। सतीश अपने छोटे से सुविधाजनक गेस्ट हाउस में कश्मीरी केसर और बादाम के साथ छिड़का हुआ गरमागरम कहवा परोसते थे। वहाँ विश्वप्रसिद्ध कश्मीरी अखरोट थे, जिन्हें उन्होंने उसे तोड़कर ही दिए थे। युगल के बीच की वे सब सामान्य बातें थीं, क्योंकि दोनों अलग-अलग रहने पर मजबूर थे, पर उनका प्यार और देखभाल की भावना जीवन भर की थी। एक बार वे सुरक्षा प्रोटोकॉल को तोड़ते हुए डल झील के प्राचीन चाँदी-नीले पानी पर शिकारे की सवारी करने के लिए भी निकले थे। उसी दिन उसे घर लौटना था।

उसे याद है कि कैसे सतीश प्रियाशा के साथ ऑफिसर्स मेस में खेला करता था। वे दोनों खरगोशों के पीछे भागते और सतीश आखिरकर छोटे-छोटे जीवों को पकड़कर अपनी बेटी के पास लाए थे। प्रिया अपने पसंदीदा शौक पूरा करते हुए मेस गार्डन में इधर-उधर दौड़ती रही और सलीके से व्यवस्थित लॉन से फूल तोड़ रही थी। वे यादें अभी तक फीकी नहीं पड़ी हैं और शायद उसकी स्मृति से कभी मिटाई नहीं जा सकतीं।

~❖~

जुलाई 2016
कश्मीर

हिजबुल मुजाहिदीन के कमांडर बुरहान वानी से हुई छोटी मुठभेड़ से घाटी में अशांति फैल गई। वह आधुनिक आतंकवादियों में से एक था, जो भोले-भाले स्थानीय युवाओं को कट्टरपंथी बनाने और भरती करने के लिए सोशल मीडिया की ताकत का इस्तेमाल करने में यकीन करता था—उसकी मौत के बाद उसके समर्थकों ने सुरक्षाबलों पर दंगे, पथराव, विरोध और घातक हमले किए। सुरक्षाबलों ने जवाबी काररवाई की। अंतरराष्ट्रीय मीडिया का ध्यान इस तरफ गया था और दुश्मन देश ने भी भारत को बदनाम करने की कोशिश की थी।

वहाँ तैनात सुरक्षाकर्मियों के लिए शांति बनाए रखना, कम-से-कम बल का प्रयोग करना और नागरिकों को हताहत होने से बचाना एक चुनौतीपूर्ण काम था। भारतीय सेना ने स्थिति को नियंत्रित करने के लिए कई टीमों को तैनात किया, जिन्होंने पुलिस और अन्य अर्धसैनिक बलों के साथ निकट तालमेल से काम किया। मेजर सतीश दहिया ऐसी ही एक टीम का हिस्सा थे।

कर्नल राजीव सहारन को वह समय याद है। मुझसे उन्होंने कहा, "सतीश ने स्थिति को परिपक्व तरीके से सँभाला। मैंने उनके इलाके से शरारत या कुप्रबंधन की एक भी घटना के बारे में नहीं सुना। वे एक महान् योद्धा थे और उत्कृष्ट लोक-प्रबंधन कौशल के साथ असाधारण टीम लीडर भी थे। उनके निधन से यूनिट और सेना को भी अपूरणीय क्षति हुई है।"

सुजाता को उन दिनों सतीश की चिंता लगी रहती थी। वे रात के निरीक्षण के दौरान और आधी रात के बाद सिक्योरिटी राउंड के दौरान उसे कॉल करते और कहते, "सुजाता, अगर मेरे किसी भी बंदे को कुछ भी हो जाता है तो मुझे नहीं पता कि मैं उनके परिवारों का सामना कैसे करूँगा? मैं यह भी उम्मीद करता हूँ कि कश्मीर

में जल्द ही हालात सामान्य हो जाएँगे। मैं इसके लिए पूरी कोशिश कर रहा हूँ।"

सुजाता हमेशा उनके लिए एक जबरदस्त सहारा रही थी और उन्हें दिलासा देती थी। उसने मुझे बताया, "मुझे वह समय याद है, जब मैं कश्मीर में उनसे मिलने गई थी। जब भी वे अपने नियमित घेराबंदी और तलाशी अभियान से लौटते, तो उनके फौजी जूते हमेशा बर्फ से ढके आते थे। उनके पैर बर्फ से ठंडे और तकरीबन सुन्न हो जाते थे और वे पूरे समय कमरे में मिट्टी के तेल के दो हीटरों के सामने बैठे रहते थे। मैं सोच रही थी कि क्या उन्हें उन दिनों अपने कमरे में वापस जाने और हीटर के सामने बैठने का समय मिल जाता था? लेकिन मैंने उनसे कभी पूछा नहीं। ऐसा नहीं है कि यह उनके लिए मायने रखता था। यह तो उनका काम था।"

उथल-पुथल धीरे-धीरे कम हो गई थी और घाटी में कुछ हद तक शांति लौट आई थी, लेकिन सतीश के सामने नई चुनौतियाँ आ रही थीं। उनके विश्वसनीय मुखबिरों ने उन्हें उनके इलाके में जैश-ए-मोहम्मद के अफजल गुरु दस्ते के विदेशी आतंकवादियों की मौजूदगी की खबर दी थी।

अफजल गुरु दस्ता एक आत्मघाती दस्ता था—जिसमें युद्ध के अनुभववाले कट्टर आतंकवादी होते थे, जिन्हें विशेष बलों के बराबर कमांडो ट्रेनिंग मिली होती थी। जानकारी यह थी कि चार पाकिस्तानी आतंकवादी भारत में घुस आए हैं और उन्होंने सामान्य इलाके के आतंकवादी कमांडरों का पदभार सँभाल लिया है। वे घाटी में अराजकता और तबाही फैलाने का खाका बना रहे थे। उन्होंने अतीत में सेना के कई काफिलों पर घात लगाकर कई हमले किए थे, जिनमें वे हताहत हुए थे।[10] सतीश जानते थे कि स्थिति गंभीर है और समझते थे कि उन आतंकवादियों को खत्म करना कितना जरूरी है।

कर्नल सहारन ने बताया कि उन्होंने एक बार एक मेस पार्टी के दौरान सतीश से कहा था, "मेरी एक पोस्टिंग बची है और आप भी कुछ महीनों में चले जाएँगे । हालाँकि अगर आप जैसा उज्ज्वल और युवा अधिकारी किसी अच्छे मिशन के बिना चला जाता है, तो मुझे निराशा होगी।"

यह निश्चित रूप से एक हलके-फुलके अंदाज में कहा गया था, लेकिन सतीश ने इसे व्यक्तिगत रूप से लिया था। उन्होंने अशांति पैदा करनेवाले इलाके में अफजल गुरु दस्ते को स्वतंत्र रूप से घूमते हुए खोजने के लिए अपने संसाधनों का विस्तार किया था। वे अच्छी तरह जानते थे कि अगर समय रहते इसे खत्म नहीं किया गया तो वे तबाही मचा देंगे।

14 फरवरी, 2017 को एक मुखबिर ने सी.ओ., कर्नल सहारन को पुष्ट खबर दी कि आतंकवादी हाजिन क्रालगुंड गाँव में मौजूद हैं। 30 राष्ट्रीय राइफल्स के सी.ओ. और उनके जवानों ने घेराबंदी और तलाशी अभियान के लिए बेहतरीन योजना तैयार की। यह अभियान जम्मू-कश्मीर पुलिस के साथ संयुक्त रूप से चलाया जाना था। उन आतंकियों ने हाल ही में एक थाने पर बमबारी की थी, इसलिए पुलिस भी उनकी तलाश में थी।

शुरुआत में मेजर दहिया को उस ऑपरेशन का हिस्सा नहीं बनाया गया था, क्योंकि वे दूसरे ऑपरेशन में शामिल थे। चूँकि सेना और अर्धसैनिक बल कश्मीर में निकट तालमेल से काम करते हैं और एक-दूसरे से अच्छी तरह परिचित हैं, इसलिए मेजर दहिया के अच्छे परिचित और हंदवाड़ा के उप-मंडल पुलिस अधिकारी शब्बीर खान ने कमांडिंग ऑफिसर से उन्हें इस अभियान में शामिल करने का अनुरोध किया। उन दोनों को पता था कि सतीश उन आतंकवादियों का सरगरमी से पीछा कर रहे हैं और उन्हें अंतिम समय में ऑपरेशन का नेतृत्व करने के लिए शामिल कर लिया गया था।

एस.डी.पी.ओ. शब्बीर खान भी एक घटना को याद करते हैं, जब उनके एक दोस्त को शौर्य चक्र मिला था और मेजर दहिया ने मजाक में कहा था कि जल्द ही उन्हें और बड़ा पदक मिलेगा। उन्होंने बताया, "तब उन्हें पता नहीं था कि वे सर्वोच्च बलिदान देकर न केवल पदक जीतेंगे, बल्कि एक अरब तीस करोड़ भारतीयों का दिल भी जीतेंगे।"[11]

इस सबके बीच सतीश ने सुजाता के लिए एक सरप्राइज उपहार की भी प्लानिंग की थी, जिसे ठीक 'वैलेंटाइन डे' पर डिलीवर किया जाना था।

उन्हें ये नहीं पता था कि यह उसके लिए उनका आखिरी तोहफा होगा। उन्होंने उस दिन कई बार उसे वेलेंटाइन के तोहफे के बारे में फोन किया था।

उनके एक सहयोगी ने मुझे बताया कि वे अकसर अपने परिवार का जिक्र करते थे, और इस बात पर चिंता जताते थे कि अगर उन्हें कुछ हुआ तो उनका भविष्य क्या होगा ? वे अपने काम में शामिल जोखिमों से परिचित थे, और वे अपनी पत्नी तथा बेटी प्रियाशा की बहुत परवाह करते थे—जिसे वे अपने जीवन की रोशनी कहते थे। हालाँकि एक सैनिक और अधिकारी के रूप में उनके प्रदर्शन पर पिता और पति की भावनाओं का कभी कोई असर नहीं पड़ता था।

यह पता चलते ही कि उन्हें कुछ महीनों के भीतर जयपुर में तैनात कर दिया जाएगा, सुजाता एक महीने पहले ही जयपुर चली गई थी और उसने फाफा[12] ले

लिया था। दोपहर में किंडरगार्टन से अपनी बेटी को लाने के बाद घर लौटने पर उसे कूरियर मिलने की उम्मीद थी। वह तोहफे के लिए बहुत उत्साहित थी और जल्द-से-जल्द उसे खोलना चाहती थी, जबकि सतीश की स्थिति से वह पूरी तरह अनजान थी। उसके लिए ऑपरेशन रुटीन था। उसने एक पल के लिए भी यह उम्मीद नहीं की थी कि भविष्य उसके जीवन में ऐसा दुःख और खालीपन ले आएगा!

14 फरवरी, 2017
'आज मुकाबला होगा'
हाजिन क्रालगुंड,
कश्मीर

हाजिन क्रालगुंड एक छोटा सा गाँव था, जिसमें कई परिवार छोटे-छोटे घरों में रहते थे। महिलाएँ और बच्चे अपने दैनिक जीवन में चले जाते थे। भारतीय सेना नैतिक रूप से नागरिकों को हताहत होने से रोकने के लिए बाध्य थी और आवासीय इलाकों में तथा उसके आसपास इस तरह के किसी भी ऑपरेशन में इस तरह के घातक परिणाम का बड़ा जोखिम रहता था। एक सुनियोजित रणनीति बनाई गई, जिसमें दो घेराबंदी दल शामिल किए गए। संयुक्त टीम हरकत में आई और शाम करीब पाँच बजे ऑपरेशन शुरू हुआ। खुफिया जानकारी के अनुसार, आतंकवादी एक रिहायशी इमारत में छिपे हुए थे।

30 आर.आर. के कमांडिंग ऑफिसर कर्नल सहारन के नेतृत्व में बाहरी घेरे ने पूरे ऑपरेशन पर नजर रखते हुए एक छोटे से ऑपरेशन रूम में क्वाडकॉप्टर ड्रोन से लाइव वीडियो फीड हासिल किया। बाहरी घेरा आतंकवादियों को भागने से रोकने और बिना ज्यादा ध्यान खींचे, जरूरत पड़ने पर बैकअप देने के लिए था।

आंतरिक घेरा दो दलों में विभाजित किया गया था। एक संदिग्ध मकान के आसपास मेजर दहिया के नेतृत्व में था और दूसरा, गाँव के किनारे पर एक जे.सी.ओ. के नेतृत्व में। घेराबंदी दलों की संख्या कम थी, लेकिन वे सामरिक रूप से दुगने असरकारक थे। अच्छी तरह से घेराबंदी की गई थी, ताकि हताहत कम-से-कम हों।

अनुमंडल पुलिस अधिकारी साबिर खान ने यह भी बताया कि ऑपरेशन के लिए रवाना होने से पहले मेजर दहिया ने कहा था, 'आज मुकाबला होगा'। और, जब शब्बीर ने अपना संदेह जाहिर किया था तो दहिया ने उनसे विश्वास बनाए रखने

के लिए कहा था, क्योंकि विश्वास ही तिरंगे को ऊँचा रखता है।[13]

कई बार दस्ते ठिकानों पर लौट जाते हैं, या झूठी सूचना पर घंटों इंतजार करते रहते हैं, या गश्ती दल उग्रवादियों के साथ कुछ संपर्क की उम्मीद में, अस्पष्ट जानकारी के आधार पर महीनों तक जंगलों में घूमते रहते हैं। यह अजीब बात है कि मेजर दहिया आतंकवादियों के मिलने के बारे में इतने सटीक कैसे थे!

गाँव के किनारे स्थित संदिग्ध मकान में पहुँचते ही मेजर और उनके जवानों का सामना ए.के.-47 मशीनगनों से गोलियों की बौछारों से हुआ। चार आतंकियों में से एक ने घेरा तोड़ दिया था और जंगल में भाग गया था, लेकिन तीन अन्य अब भी अंदर फँसे हुए थे। हताशा में उन्होंने सैनिकों पर अंधाधुंध गोलीबारी का सहारा लिया था।

सुरक्षाबलों ने तेजी से स्थिति सँभाली और जवाबी फायरिंग की। मेजर दहिया और उनका दोस्त कंपाउंड में घुस गए, जबकि अन्य जवानों ने आतंकियों को मुठभेड़ में उलझाए रखा। उन दोनों को मिट्टी का एक छोटा सा टीला दिखा तो वे उसके पीछे छिप गए। ठीक उसी समय तीनों आतंकवादियों ने भागने के प्रयास में सामने के दरवाजे से अंधाधुंध फायरिंग की।

सेकंड के एक छोटे हिस्से के लिए ध्यान भटका और सतीश को एक गोली लग गई। हालाँकि वे अपने मिलिटरी गियर में थे और उन्होंने बुलेटप्रूफ बनियान पहन रखी थी, लेकिन भाग्य की बात थी कि गोली ने दो प्लेटों के बीच की दरार से अपना रास्ता खोज लिया, जिससे उनके हृदय के नीचे की एक प्रमुख धमनी फट गई। हालाँकि इससे उन्हें कोई फर्क नहीं पड़ा और उन्होंने जवाबी फायरिंग जारी रखी।

एक आतंकवादी तब तक मार गिराया गया था, लेकिन दो को छिपने का मौका मिल गया था और वे फायरिंग करने लगे थे। उन्होंने कंपाउंड की बाहरी सीमा की तरफ कई हथगोले भी फेंके, जो तीन सैनिकों को लगे—और सतीश तथा उनके दोस्त को कवर फायर मिल गया। सतीश ने तुरंत उनकी निकासी के लिए सहायता माँगी, लेकिन अपने लिए सहायता लेने से इनकार कर दिया। उस वक्त वे आतंकियों को मारने के बजाय अपनी जान बचा सकते थे। वे जानते थे कि आतंकवादी उन हालात में जंगल में भागने के लिए घेरा तोड़ सकते हैं। वे यह भी जानते थे कि वे अपने ऊँचे मनोबल के कारण ज्यादा मौत और तबाही का कारण बन सकते हैं। अपनी जान की कीमत पर भी उन्हें निष्प्रभावी करने की जरूरत थी। सतीश ने उन खूँखार आतंकवादियों को मारने के लिए अपनी जान की बाजी लगाने का फैसला किया।

कमांडिंग ऑफिसर अब तक भीतरी घेरेबंदी में शामिल हो चुके थे और उन्होंने

चारों ओर जवानों को तैनात कर दिया था। उन्होंने सतीश को जाने के लिए कहा, लेकिन सतीश ने फिर से मना कर दिया। जल्द ही उन्होंने एक और आतंकवादी को मार गिराया। भागने की कोशिश कर रहा तीसरा आतंकवादी कुछ ही मिनटों बाद बाहरी घेराबंदी के सैनिकों ने मुठभेड़ में मारा गिराया। मुठभेड़ समाप्त होने के बाद, लोगों ने सतीश को खून से लथपथ पाया। उन्हें तुरंत बाहर निकाला गया।

मेजर दहिया मिलनसार इनसान थे। यह खबर फैल गई और स्थानीय लोगों से लेकर पुलिसकर्मियों तक, पड़ोसी फौजी इकाइयों तक, उनकी कुशलक्षेम जानने के लिए लोग उनकी यूनिट में संपर्क करने लगे। आर्मी एविएशन स्क्वाड्रन के कई पायलट मेजर दहिया को उनके साहसी रवैये के कारण व्यक्तिगत रूप से जानते थे, और वे स्वेच्छा से आधी रात में एक साहसी ऑपरेशन के लिए उत्तरी कश्मीर के घने जंगलों में निकासी के लिए उड़ान भरने के लिए गए। वे जानते थे कि अपनी मातृभूमि को हर चीज से ऊपर रखनेवाले नायक को खोना उन सभी के लिए एक बहुत बड़ा नुकसान होगा।

इस बीच, इधर जयपुर में सुजाता को अभी तक पार्सल नहीं मिला था और उसकी बेचैनी बढ़ गई थी। उसने कई बार सतीश को फोन किया, लेकिन वहाँ से कोई जवाब नहीं मिला। अँधेरा पहले से ही हो चुका था। हालाँकि यह पहली बार नहीं था कि सतीश ने उसका फोन नहीं उठाया था, लेकिन अब वह किसी तरह की आशंका महसूस कर रही थी। उसका दिल अनजानी गहराइयों में डूब रहा था। उसने सतीश को कुछ और बार फोन करने की कोशिश की, लेकिन उनका फोन उनकी जेब में पड़ा-पड़ा बज रहा था, जबकि वे अनुकरणीय नेतृत्व और साहस का प्रदर्शन करते हुए बहादुरी से लड़ रहे थे।[14]

सतीश ने निकाले जाने के दौरान दम तोड़ दिया। 92 बेस अस्पताल के नामी डॉक्टर उन्हें बचा नहीं पाए। तकरीबन उसी समय सुजाता के घर की घंटी बजी और कूरियरवाले ने बहुप्रतीक्षित वेलेंटाइन तोहफा दिया, जिसमें दिल के आकार का केक और लाल गुलाब का गुलदस्ता था। उसने तोहफे को प्यार से खाने की मेज पर रखा और सतीश को एक बार फिर कॉल किया। फोन उनकी जेब में चुपचाप बजता रहा और उन्होंने अपनी आखिरी साँस ले ली। अपनी प्यारी खूबसूरत कश्मीरी जमीन पर वे एक नायक की तरह मरे और जहाँ से उन्हें अपनी असली पुकार सुनाई देती थी।

लोग कहते हैं कि आत्मा न तो पैदा होती है और न ही नष्ट होती है। यह शाश्वत है और भूत, वर्तमान और भविष्य सबकुछ जानती है। ज्ञान मनुष्य के

अवचेतन मन की गहराई में दबा हुआ होता है। शायद सतीश की आत्मा ने सदियों पहले योजना बना ली थी कि वे अपने जीवन के प्यार को अलविदा कहते हुए किस तरह से विदा लेंगे!

सुजाता को उनके अंतिम संदेश में कहा गया था, 'निक्की, आई लव यू।' यह गुलदस्ते के साथ लगे छोटे कार्ड पर खूबसूरती से लिखा गया था।

रात साढ़े आठ बजे तक सुजाता को मेजर दहिया के सहयोगियों के फोन आने लगे, जिन्होंने पुष्टि की कि सतीश को गोली लगी है, लेकिन उन्होंने यह भी कहा कि चिंता की कोई बात नहीं है। उस योद्धा की पत्नी ने अपने छोटे से मंदिर में अत्यंत विश्वास के साथ एक दीया जलाया और खुद एक सच्चे योद्धा की तरह प्रार्थना करने लगी। उसने अपनी आँखों से एक भी आँसू नहीं बहने दिया।

मुझे याद है कि भगवान् में उनका विश्वास अब भी बरकरार है और उसने मुझे 2019 में करवा चौथ मनाने के लिए तैयार किया था, जबकि मेरे अपने पति की तबीयत ठीक नहीं थी और मैं देवताओं से नाराज थी। उसने कहा था, "चीजें और भी खराब हो सकती हैं। इसलिए और कुछ नहीं तो पूजा करने से तुम्हें शांति तो मिलेगी।"

मैं समझ गई थी कि सतीश ने किस तरह की अविश्वसनीय महिला को अपना जीवनसाथी चुना था। हवा नहीं, बल्कि हिम्मत की साँस लेनेवाले योद्धा के लिए उससे बेहतर जोड़ी किसी और की नहीं हो सकती थी।

इस बीच, कर्नल सहारन ने सतीश के चाचा को फोन किया और उनसे परिवार को खबर देने का अनुरोध किया। उन्होंने सुजाता के पिता को भी फोन किया और उन्हें जल्द-से-जल्द जयपुर पहुँचने को कहा। जिस क्षण उसने अपने घर के दरवाजे पर अपने काँपते हुए पिता को देखा, वह समझ गई और सदमे में बैठ गई। संयुक्त अभियान एक बहुत बड़ा मिशन था और जल्द ही यह खबर टेलीविजन पर भी फैल गई। सोशल मीडिया पर लोगों ने शोक जताना शुरू कर दिया था।

सतीश की यूनिट से एक आर्मी मेजर जयपुर में छुट्टी पर सुजाता के घर पहुँचा और उसने उनकी हरसंभव मदद की। श्रीनगर के रास्ते में सुजाता अब भी सतीश के सकुशल होने की आशा कर रही थी। तभी उसे कर्नल सहारन का फोन आया। प्रियाशा उसकी गोद में थी। बहुत दुःखी स्वर में सी.ओ. ने उन्हें सतीश के 'वीरगति' पाने के बारे में बताया और उसे प्रियाशा तथा खुद की देखभाल करने के लिए मजबूत बनने के लिए कहा।

कुछ मिनटो में उसकी दुनिया मिट गई थी। उसके पिता रास्ता बदलकर सतीश

के माता-पिता के गाँव बनिहारी की ओर चल पड़े थे। सतीश की जय-जयकार के नारे लगानेवाली भारी भीड़ इलाके की सड़कों पर, उनके मकान पर और अन्य जगहों पर पहले ही जमा हो चुकी थी। खबर फैल चुकी थी। लोग अपने नायक को श्रद्धांजलि देना चाहते थे। सेना की एक पूरी बटालियन पहले से ही परिवार की हर तरह से मदद कर रही थी। प्रधानमंत्री नरेंद्र मोदी ने भी मेजर सतीश दहिया को श्रद्धांजलि दी थी। उनके सर्वोच्च बलिदान की महिमा ही ऐसी थी। अगले दिन शाम को, जब तिरंगे में लिपटा ताबूत उनके घर पहुँचा, तो जोर-जोर के नारों ने आसमान गुँजा दिया था। जयपुर से निकलते ही केक और गुलदस्ता पकड़ लेनेवाली सुजाता अपने अस्तित्व की गहराइयों से रो पड़ी थी। उसके दु:ख ने पूरे देश की आँखों में आँसू ला दिए थे।[15]

डेढ़ साल की प्रियाशा को कुछ समझ में नहीं आ रहा था, लेकिन उसने अपने पिता की चिता को मुखाग्नि दे दी थी। उस पल ने लोगों को जोर-जोर से रोने पर मजबूर कर दिया था। उसके छोटे कंधों के लिए यह जिम्मेदारी बहुत बड़ी थी, लेकिन बहादुर सिपाही की बेटी प्रियाशा ने इसे बेहद शालीनता और शांति से निभाया था।

अंतिम संस्कार के दो दिन बाद अपनी शादी की सालगिरह पर सुजाता को पता चला कि सतीश ने अप्रैल में अपनी बेटी का दूसरा जन्मदिन मनाने के लिए गोवा में ताज विवांता बुक किया था। उन्होंने पहले भी कई बार बीच हॉलिडे प्लान किया था। वह उस समय तक कभी नहीं जानती थी कि सतीश ने समुद्र तट की छुट्टी के लिए उसकी इच्छा को गंभीरता से लिया था और उसे सरप्राइज देना चाहते थे।

कई दिनों तक वह रोती रही, जब तक कि उसके आँसू सूख नहीं गए। वह एक कुरसी पर बैठी रहती थी। वह अपनी आँखें बंद किए रहती, उठती और फिर रोने लगती। उसे लंबे समय तक समय का कुछ अता-पता तक नहीं रहा और अंततः उसे अवसाद दूर करने की दवाएँ देनी पड़ीं। उस दौरान उसकी माँ और उसकी बहन ने उसकी बेटी की देखभाल की।

बाद में सुजाता दिल्ली चली गई—फाफा (Field and Family Accommodation) में, जिसमें वह वर्तमान में रहती है। भारतीय सेना में कुछ सालों के लिए शोकग्रस्त वीर नारी के लिए अलग पारिवारिक आवास का प्रावधान है, जिसमें उसे अपने पति के आकस्मिक निधन के बाद सामान्य जीवन में व्यवस्थित होने तक रहने को मिलता है। हरियाणा राज्य सरकार ने भी मेजर दहिया के परिवार की काफी मदद की। उसने सुजाता को एक नौकरी की भी पेशकश की, जो उसने इस पुस्तक के प्रकाशित होने तक स्वीकार कर ली

थी। उसने मुझे यह भी बताया कि अपनी नौकरी के जरिए वह भी अपने पति की तरह कुछ खास करना चाहती है। प्रियाशा अब पाँच साल की है और अब भी यही समझती है कि उसके पिता ड्यूटी पर हैं। सुजाता जल्द ही उसे सच बताने के बारे में सोच रही है।

सतीश के माता-पिता ने अपने इकलौते बच्चे को खोने के बाद जीने की उमंग खो दी है। वे अपने बेटे के नाम पर सामाजिक कार्यों में सुकून पाते हैं, जो गाँव में एक किंवदंती बन चुका है। राज्य सरकार ने उनके नाम पर एक सड़क और एक स्कूल का नाम रखा है। उनकी याद में स्टेडियम भी बनाया गया है। मेजर दहिया की शहादत के ठीक बाद 30 राष्ट्रीय राइफल्स ने अपने युद्ध स्मारक का जीर्णोद्धार किया और एक भव्य समारोह में उस पर उनका नाम अंकित किया। उन्होंने सैनिकों के लिए अपने जिम का नाम भी उन्हीं के नाम पर रखा है। 539 ए.एस.सी. बटालियन, पालमपुर और जिस ए.एस.सी. रेजिमेंटल सेंटर, बेंगलुरु में उन्होंने एक बार ट्रेनिंग ली थी, वहाँ भी उनकी प्रतिमाएँ लगाई गई हैं, जो आज बहुत सारे नए सैनिकों को प्रेरित करती हैं।

~❖~

यह कहानी मेजर सतीश दहिया की पत्नी श्रीमती सुजाता चौधरी और 30 राष्ट्रीय राइफल्स के तत्कालीन कमांडिंग ऑफिसर कर्नल राजीव सहारन के साथ बातचीत पर आधारित है। उस ऑपरेशन का हिस्सा रहे मेजर दहिया की पलटन के कुछ सेवारत सैनिकों ने मदद की, लेकिन सुरक्षा कारणों से वे गुमनाम रहना चाहते हैं। मेजर दहिया को 2009 में ए.एस.सी. अधिकारी के रूप में नियुक्त किया गया था और वे अपने इलाके के एकमात्र अधिकारी थे। हालाँकि उनकी 'वीरगति' के बाद, उनकी वीरता की कहानियों ने कई लोगों को सेना में अधिकारी के रूप में शामिल होने के लिए प्रेरित किया है। उनकी बेजोड़ बहादुरी और आतंकवादियों से लड़ते हुए उनके सर्वोच्च बलिदान के लिए मेजर दहिया को मरणोपरांत 'शौर्य चक्र' से सम्मानित किया गया, जो शांतिकाल के वीरता पुरस्कारों की प्राथमिकता के क्रम में तीसरा होता है।[16] सुजाता ने आबकारी और कराधान अधिकारी का पदभार ग्रहण कर लिया है। हरियाणा सरकार के कराधान विभाग ने उन्हें नौकरी की पेशकश की थी। नन्ही प्रियाशा भी उसे व्यस्त रखती है। कभी-कभी वह अपने पिता की वरदी पहनती है और बिल्कुल उनके जैसी दिखती है।

□

दो बदन, एक जान

सारिका गुलाटी और लेफ्टिनेंट कर्नल राजेश गुलाटी सेना पदक (मरणोपरांत)

"हैलो, मोटी! क्या हाल हैं? मैं एक सॉर्टी के लिए जा रहा हूँ। एक घंटे में वापस आ जाऊँगा।"

सारिका को फोन पर ध्रुव हेलीकॉप्टर के बड़े रोटर ब्लेड की आवाज सुनाई दे रही थी। यह स्वदेश निर्मित उन्नत हलका हेलीकॉप्टर था—सरकार के स्वामित्व वाली हिंदुस्तान एयरोनॉटिक्स लिमिटेड ने इस जुड़वाँ इंजनवाले विमान का निर्माण किया था। उसके पति लेफ्टिनेंट कर्नल राजेश गुलाटी एक आतंकवाद विरोधी अभियान पर थे। उनका हेलीकॉप्टर उत्तरी कश्मीर में सफापुरा हाइट्स में राष्ट्रीय राइफल्स के लिए हवाई निरीक्षण प्लेटफॉर्म का काम कर रहा था। 11 फरवरी, 2015 के उस घातक दिन उनके साथ युवा नवोदित पायलट मेजर ताहिर हुसैन खान[17] भी थे।

यह उनका कोड ऑफ कंडक्ट था। लेफ्टिनेंट कर्नल गुलाटी को पता था कि अगर उन्होंने उड़ान से पहले और बाद में सारिका को फोन नहीं किया तो वह घबरा जाएगी।

करीब 600 किलोमीटर दूर, दिल्ली के द्वारका में अपने किराए के फ्लैट में सारिका उस दिन उदास महसूस कर रही थी। उसके मन में घबराहट सी थी। उसने महसूस किया कि उसकी रोज की ऊर्जा समाप्त हो गई है। वैसे मन को छोड़कर वह एकदम ठीक थी। उसका स्वास्थ्य सामान्य था; हवा दिल्ली की सर्दियों के अनुकूल सुखद रूप से ठंडी थी—और उनका बारह वर्षीय पुत्र सक्षम खुश लग रहा था।

सारिका ने तबला प्रशिक्षक की क्लास से भी मना कर दिया, जो सप्ताह में तीन बार तबला सिखाने उनके घर आते थे। नियमित दिनों में यह शायद उसके लिए सबसे रोमांचक काम था, जबकि उसके पति कश्मीर में मानसबल के फील्ड

स्टेशन में तैनात थे। जब उसने सक्षम को पूरे कमरे में तबले की ताल पर महारत हासिल करने की कोशिश करते देखा तो वह धीरे से मुसकराई, लेकिन वह उसके साथ बैठने की ताकत नहीं जुटा पाई।

लेफ्टिनेंट कर्नल राजेश गुलाटी उनके राज थे और यह नाम उसने 90 के दशक की सुपरहिट फिल्म 'दिलवाले दुलहनिया ले जाएँगे' में शाहरुख खान के किरदार के नाम पर रखा था। लगभग यही कहानी उसकी थी। पारंपरिक परिवार की पास में रहनेवाली एक बेहद शर्मीली लड़की अंत में एक चंचल, मस्त लड़के से प्यार करने लगती है, जो हर सीमा को पार कर जाता है, दुनिया भर में घूमता रह जाता है, मार खाता है और उसे जीतने के लिए सभी बाधाओं को पार करता है। एक असंभव प्यार की कहानी है यह।

जब फ्लैशबैक से पुरानी यादें उसके मन में चलने लगीं तो वह बरबस ही मुसकराने लगी।

1995

प्रेम नगर, देहरादून

राजेश गुलाटी और सारिका डांग पड़ोसी थे। सारिका संयुक्त परिवार में पली-बढ़ी थी, जिसमें दादा-दादी, चाचा-चाचियाँ, चचेरे भाई-बहन सब थे, जिसमें 90 के दशक के आम परिवार का प्यार और मेल-जोल रहता था। उसका बचपन यादगार और अच्छी तरह से बीता था। उनकी मिली-जुली ताकत ने उसे मजबूत पारिवारिक मूल्य और संस्कार भी दिए थे।

वह राजेश गुलाटी से बिल्कुल अलग थी—जो एकल परिवार में रहनेवाला उसका पड़ोसी था, अपने दो छोटे भाइयों पर अपना हुक्म चलाता था। उसके पिता श्री कुंदन लाल गुलाटी, तेल और प्राकृतिक गैस निगम (ओ.एन.जी.सी.), देहरादून में बड़े अधिकारी थे और उसकी माँ श्रीमती आशा गुलाटी घर सँभालनेवाली व्यस्त पंजाबी महिला थीं। राजेश ने अपने स्कूल और कॉलेज जीवन का एक महत्त्वपूर्ण हिस्सा प्रेम नगर में मुफ्त ट्यूशन के लिए आनेवाले पड़ोस के बच्चों को मार्गदर्शन, सलाह और मदद देने में बिताया था।

अपने चचेरे भाई-बहनों के साथ आनेवाली सारिका डांग को देखकर उसकी आँखों में हमेशा चमक आ जाती थी और उसके दिल की धड़कन तेज हो जाती थी। यह 90 के दशक के भावुक प्यार के जुनून की तरह था, जिसमें आकर्षण बढ़कर पूजा

के समान हो जाता था। वे एक-दूसरे को बचपन से जानते थे, लेकिन एक-दूसरे के प्रति आकर्षण वे 1995 में ही महसूस कर सके और दोनों ने मिलना-जुलना शुरू कर दिया था। तब सारिका ग्यारहवीं कक्षा में थी और राजेश बी.एससी. प्रथम वर्ष में था।

वह सारिका के चचेरे भाइयों के साथ प्रेम नगर के चाय बागान में सुबह लंबी सैर के लिए जाता था। सारिका कभी-कभी राजेश के लिए सुबह चाय बना देती थी। राजेश की माँ सारिका को तब से जानती थी, जब वह घुटनों के बल आसपास घूमती फिरती थी और उसके लिए समय-असमय उनके घर में घुस आना कोई बड़ी बात नहीं थी।

राजेश दोपहर में राजपुर रोड पर मोरावियन स्कूल जाता था, जिसमें सारिका पढ़ती थी। वह अपना कॉलेज बंक कर देता, घंटों इंतजार करता, स्कूल खत्म होने के बाद सारिका को लेता और दोनों उसके बस स्टॉप तक चला करते। यही एक समय होता था, जब वे दोनों वास्तव में अकेले होते थे। वे एक-दूसरे के सामने दिल खोलकर बात करते थे, अपने रहस्य खोलते थे और खूब हँसते थे। कभी-कभी वह उसका हाथ भी पकड़ लेता था। सारिका उस छोटी सी उम्र में ही उसके साथ सुरक्षित महसूस करती थी।

राजेश न केवल उसका प्रेमी था, बल्कि दोस्त, संरक्षक और मार्गदर्शक भी था। शाम को वह उसे अन्य बच्चों के साथ वह विषय भी पढ़ाता था, जिसमें वे बच्चे पिछड़े होते थे। जब वह परेशान होती तो राजेश उसके आँसू पोंछता, जब वह उदास महसूस करती तो उसे हँसाता और स्कूल की सभी समस्याओं को आराम से सुनता। वे दो बदन, एक जान थे। उनका दिल एक साथ धड़कता था, लेकिन वे यह भी जानते थे कि उनके माता-पिता उनके रिश्ते को स्वीकार नहीं करेंगे।

अब वे दोनों सारिका की छत पर मिलने लगे थे। यह कोई रोज की मुलाकात नहीं थी, लेकिन जब भी सारिका को परेशानी होती तो वह राजेश से वहाँ मिलने का अनुरोध करती थी। वह अपनी छत से उसकी छत पर कूदकर आ जाता था। उसे 2 दिसंबर, 1996 की रात बहुत अच्छी तरह से याद है। उसके माता-पिता की शादी की सालगिरह थी। लजीज पंजाबी भोजन—दाल मखनी, छोले और पनीर बटर मसाले की सुगंध घर भर में फैली थी। घर के सभी बच्चे उत्साहित थे। कभी-कभी वे दौड़ लगाते और अधीरता से रसोई का दरवाजा खोलते। घर में त्योहार जैसा माहौल था।

जब डाइनिंग एरिया में पूरा परिवार बैठा तो माहौल में हँसी और गर्मजोशी फैल गई थी। चचेरे भाई-बहन खुशी-खुशी रात का खाना खा रहे थे और सूखे मेवों से लदी मूँग की दाल के हलवे ने सारिका को बेचैन कर दिया। वह बस यही सोच

रही थी कि राज को उस ठंड में गरमागरम हलवा कैसा लगेगा? उसने अपने दुपट्टे के नीचे एक छोटी कटोरी छिपा ली और चुपके से बाहर निकल गई। जब वह छत पर पहुँची तो उसने जल्दी से राजेश के कमरे में एक छोटा सा पत्थर फेंका। रात के करीब साढ़े नौ बजे थे। वह जानती थी कि वह अपने कमरे में पढ़ रहा होगा।

राजेश ने इशारा समझ लिया। वह अपनी छत पर पहुँचा और सारिका की छत पर कूद गया।

"मैं तुम्हारे लिए हलवा लाई हूँ।" वह धीमे से फुसफुसाकर बोली।

"वाह! मैंने अभी-अभी खाना खाया था और मेरा मन कुछ मीठा खाने का कर ही रहा था। तुम्हें कैसे पता लग जाता है कि मुझे क्या चाहिए?" उसने कटोरा लिया और खुशी से खाने लगा।

दोनों एक-दूसरे को थामे खड़े रहे और गेंदे के फूलों की खुशबू लेते हुए प्रेम नगर की रात की आवाजों को सुनते रहे। हालाँकि आनंद का समय कुछ ही पल रहा।

राजेश को किसी की पदचाप सुनाई दी और वह तुरंत उछलकर अपनी छत पर वापस आ गया। सारिका ने मुड़कर देखा तो उसकी माँ गुस्से में उसे ही ढूँढ़ रही थीं। माँओं का अंदाजा आमतौर पर गलत नहीं निकलता। वे खड़ी सारिका को घूर रही थीं।

"कौन था वो?" उसने गरजकर पूछा।

"कौन, माँ?" सारिका की आवाज काँप रही थी।

"मुझे बेवकूफ बनाने की कोशिश मत कर। अभी मैंने छत से भागते किसी को देखा है। कौन था वो?" वे गुस्से में उबल रही थीं।

"जाने आप किसकी बात कर रही हैं— " उसकी बात पूरी भी नहीं हुई थी कि उसकी माँ ने उसे एक जोर का तमाचा मार दिया।

सारिका के गालों पर लुढ़कते आँसुओं में उसका काजल भी बहने लगा था। इसके पहले उसे कभी मार नहीं पड़ी थी, लेकिन उसने कोई जवाब नहीं दिया। उसकी माँ उससे लगातार उस लड़के के बारे में पूछ रही थीं, जिसे उन्होंने उससे बात करते देखा था, लेकिन सारिका के मुँह से एक शब्द भी नहीं निकला। उसकी माँ ने एक छड़ी उठाकर उसे पीटना शुरू कर दिया। सारिका ने कभी उनका ऐसा रूप नहीं देखा था। उसकी माँ यह सहन नहीं कर पा रही थीं कि उनकी जवान लड़की उनकी ही नाक के नीचे किसी लड़के से छिप-छिपकर मिले। उन्हें संयुक्त परिवार में रहने का मतलब मालूम था। वे जानती थीं कि अगर उनके परिवार को यह पता चल गया तो ठीक नहीं होगा। सारिका बिना कुछ बोले रोती रही। राजेश उसके लिए

सबकुछ था। उसकी जिद के आगे माँ को आखिर हार माननी पड़ी। हारकर उन्होंने बेटी का हाथ पकड़ा और उसे नीचे खींच ले गई। उसी समय सटी हुई छत पर कोई और भी छिपकर रो रहा था—वह राजेश था!

उसको प्यार का अहसास हो गया था। सारिका को अपनी जिंदगी में पाकर वह भाग्यशाली महसूस कर रहा था। सारिका की भावनाओं का ज्वार बहुत तीव्र था। यह देखकर राजेश का हृदय न केवल पछतावे से, बल्कि गहरे प्यार से भी भर गया था।

सारिका को दो दिन तक घर में बंद रखा गया, लेकिन उसकी माँ ने उसके पिता समेत किसी को यह बात नहीं बताई। सारिका उनकी इकलौती बेटी थी और सबकुछ के बावजूद, वह उसे बहुत प्यार करती थीं। गुस्से में आकर बेटी की पिटाई करने पर भी उन्हें बहुत दु:ख हो रहा था। यही कारण था कि जब कुछ दिनों बाद राजेश उनके घर आया तो उसे देखकर सारिका की माँ ने कुछ नहीं कहा।

राजेश ने उनके पाँव छुए और हाथ जोड़कर बोला, "आंटी, आप जानना चाहती थीं कि सारिका के साथ कौन लड़का था? वह मैं ही था। मैं सारिका से बहुत प्यार करता हूँ और वह भी मुझे प्यार करती है। एक दिन मैं उसी से शादी करूँगा और तब तक मैं चाहता हूँ कि आप उसका खयाल रखें।"

उसने एक बार फिर से उनके पैर छूने की कोशिश की, लेकिन वे गुस्से में पीछे हट गईं। राजेश ने फिर अपने हाथ जोड़े और उनके घर से निकल गया। अब उसके लिए बहुत-कुछ बदल गया था। अब वह कुछ बनना चाहता था—कुछ ऐसा बनना चाहता था कि सारिका की माँ उसे अपनी बेटी का हाथ देने लायक समझने लगें।

इसी समय राजेश ने 'पायलट एप्टीट्यूड बैटरी टेस्ट' (पी.ए.बी.टी.) दिया था और पास कर लिया था, लेकिन उसकी माँ उसे एयरफोर्स में नहीं भेजना चाहती थीं, क्योंकि उन्हें वह नौकरी जोखिम भरी लगती थी। राजेश को हमेशा से आर्म्ड फोर्सेज में दिलचस्पी थी। उसे पता था कि उसके दिल में सेना ही बसती है। वह सैनिक बनकर देश की सेवा करना चाहता था। देहरादून में इंडियन मिलिटरी अकेडमी का उसके पास होने से भी ऑफिसर बनने का उसका निश्चय और दृढ़ हो गया था। बाद में देहरादून के डी.ए.वी. कॉलेज से बी.एससी. करने के साथ ही उसने सेना की सी.डी.एस. परीक्षा के लिए अप्लाई कर दिया था।

वह सारिका से तब तक मिलता रहा, जब तक उसकी माँ को भी उनके रिश्ते के बारे में पता नहीं चल गया। एक दिन एक कॉमन फ्रेंड ने उन्हें प्रेम नगर मंदिर में देख लिया और सारिका की माँ आशा गुलाटी को इसकी खबर कर दी। जब सारिका घर पहुँची तो वह समझ गई कि कुछ तो गड़बड़ है। उसने राजेश की माँ को अपनी

माँ और चाची के साथ अंदर बैठे पाया। दोनों तनाव में दिख रही थीं। आशा गुलाटी गुस्से में लग रही थीं। "लो जी, आ गई आपकी लाड़ली। मेरे बेटे पे डोरे डालने के बाद," राजेश की माँ ने उन्हें ताना मारा।

"प्लीज, ऐसा मत कहिए। मेरी बेटी बहुत मासूम है। आपका बेटा उससे प्यार करता है।" उसकी माँ ने झिझकते हुए कहा।

"आपकी हिम्मत कैसे हुई? बेटी आपकी है, और आपको उसे बाँधकर रखना चाहिए। अगली बार मैंने उसे अपने बेटे के साथ पाया तो मैं उसकी जिंदगी नरक बना दूँगी।" राजेश की माँ ठेठ बिंदास पंजाबी महिला थीं। उन्हें लग रहा था कि उनके बेटे और सारिका ने उनके साथ विश्वासघात किया है, जबकि वह हमेशा उसका अपने घर पर स्वागत करती थी। वे गुस्से में थीं और परेशान लग रही थीं।

उस प्रेमी जोड़े के लिए वह 'प्रेम नगर में खुशियों का आखिरी दिन' था। मॉर्निंग वॉक, बेड-टी और शाम की ट्यूशन की खुशी जल्द ही पारिवारिक प्रतिद्वंद्विता की अफरातफरी में फीकी पड़ गई थी। कभी दोस्त रहे दोनों परिवार अब एक-दूसरे के खिलाफ थे और कुत्ते-बिल्लियों की तरह लड़ने लगे थे।

सी.डी.एस. परीक्षा का रिजल्ट आ गया था। जैसी कि अपेक्षा थी, राजेश ने परीक्षा पास कर ली थी। वह जल्द ही आई.एम.ए., देहरादून जॉइन करनेवाला था। हालाँकि उसके लिए सारिका की भलाई ही सबसे ज्यादा मायने रखती थी। वह जानता था कि जैसे ही वह चला जाएगा, सारिका की जिंदगी नरक बन जाएगी। वह परिवार का तनाव भी खत्म करना चाहता था। उसने सारिका से प्रेम नगर से बाहर जाने तथा कहीं और दाखिला लेने को कहा। सारिका बी.कॉम. करने दिल्ली चली गई।

जून 1997
आई.एम.ए., देहरादून

राजेश गुलाटी ने सामने के भव्य फाटकों की ओर देखा और गहरी साँस भरी। उसके माथे से पसीने की बूँद टपक रही थी। वह अपने सपने को साकार करने के कगार पर खड़ा था। आई.एम.ए. से उसके घर की निकटता ने उन्हें जेंटलमैन कैडेटों के जीवन को करीब से देखने का मौका दिया था, जिससे उसे विश्वास हो गया था कि यही उसकी सही जगह है। उसकी उत्तेजना और घबराहट यह सोचकर कम हो गई थी कि जल्द ही सख्त फिटनेस नियमों का पालन करने की चुनौती उसके सामने खड़ी थी। थोड़े से प्रयास के साथ असाधारण स्कूल ग्रेड हासिल करनेवाले मेधावी

छात्र राजेश को पता था कि अगर उसे पूर्व-एन.डी.ए. कैडेटों के साथ बने रहने का कोई मौका चाहिए तो उसे अपने तौर-तरीके बदलने होंगे। वह जल्द ही उनके बैच में शामिल हो गया—जोकि पहले से ही सैनिक व्यवस्था के लिए शारीरिक और मानसिक रूप से अनुकूलित थे।

पहले टर्म में बमुश्किल कुछ महीने ही हुए थे कि राज ने खुद को केरेन कंपनी में अपने को लोकप्रिय लोगों में शामिल कर लिया था। दूसरों की मदद के लिए हमेशा वह तैयार रहता था, वह हमेशा कोर्स के साथियों और सीनियर के प्रश्नों से जूझता रहता था, जोकि देहरादून में सप्ताहांत 'लिबर्टी' या 'आउट पास' ऑफ-कैंपस बिताने के लिए आसपास के स्थानों के बारे में पूछते रहते थे। कभी-कभी उसके साथी घर का बना खाना खाने के लिए उसके घर पर भी आ धमकते थे। जैसाकि उसे शुरू में ही पता चल गया था, अकादमी में फिटनेस रेजिमेंट ने सभी के लिए चुनौती खड़ी की थी, लेकिन विशेष रूप से 'डायरेक्ट एंट्री जेंटलमैन कैडेटों' के लिए खास मुश्किलें थीं, क्योंकि उन्हें इस तरह की शारीरिक स्थितियों का कोई अनुभव नहीं था। राज ने चुनौती का डटकर मुकाबला किया। कभी उसका वजन अस्सी किलोग्राम से ज्यादा होता था, लेकिन अब वह साठ किलोग्राम के आसपास आ चुका था और कई डी.ई., बी.पी.ई.टी. के खतरनाक दंड से निपटने के लिए अतिरिक्त घंटे कड़ी मेहनत करता था।

13 जून, 1998 को राज ने 102वें रेगुलर कोर्स के साथ प्रतिष्ठित चेतवुड ब्लॉक में अंतिम पग के पार धीमी गति से मार्च किया और 110 मध्यम रेजिमेंट-आर्टिलरी की रेजिमेंट में अधिकारी के रूप में कमीशन हासिल किया। सारिका का भी दिल्ली विश्वविद्यालय से बी.कॉम. होनेवाला था।

~❖~

1999

अरुणाचल प्रदेश

राजेश ने आर्टिलरी जॉइन कर ली थी और उसकी पहली पोस्टिंग अरुणाचल प्रदेश में हुई। उसकी माँ ने उस पर शादी के लिए दबाव बनाना शुरू कर दिया था और उसे कई लड़कियों से मिलवाया। सारिका और राजेश के परिवारों ने अब भी लड़ना बंद नहीं किया था। उनके संबंध पहले से और ज्यादा बिगड़ गए थे। एक समय ऐसा भी था, जब राजेश ने सारिका को लगभग छोड़ने का फैसला कर लिया था और उसे यह बताने के लिए फोन कर दिया था।

"हाय, मोटी! कैसी हो?" जब भी वह सारिका को फोन करता, पहली बात यही बोलता था।

"मैं अच्छी हूँ। फोन करने के लिए शुक्रिया। मुझे तुम्हारी बहुत याद आ रही थी।" सारिका ने अपने सामान्य जिंदादिल स्वर में जवाब दिया।

राजेश कुछ क्षण तक कुछ नहीं बोला। फिर उसने कहा, "सारिका, मैंने तुमसे ब्रेकअप करने के लिए फोन किया है। हमने अपने परिवारों के बीच तनाव को दूर करने के लिए प्रेम नगर छोड़ दिया, लेकिन कुछ भी हल नहीं निकला। मेरी माँ की तबीयत ठीक नहीं रहती है। उन्होंने हमें पालने के लिए बहुत-कुछ किया है। मैं उन्हें हर समय निराश नहीं कर सकता। उन्होंने मुझे मीनू नाम की एक लड़की से मिलवाया है और उन्हें लगता है कि वह मेरे लिए एकदम सही होगी। मेरे पास ताकत नहीं बची है कि मैं एक बार फिर उनको तुम्हारे बारे में समझा सकूँ। मेरे भाई भी मुझे इस लड़की से शादी करने के लिए कह रहे हैं।"

सारिका आँसू बहा रही थी। उसने चुपचाप फोन रख दिया। इसके बाद राजेश ने उसे पंद्रह दिनों तक फोन नहीं किया। पहली बार वे इतने लंबे समय तक बात किए बिना रहे थे। उसका दिल टूट गया था, लेकिन सोलहवें दिन उसके पास राजेश का फोन आ गया। उसने सारिका के लिए अपने प्यार और स्नेह की कसम खाई, और बोला, "अब चाहे कुछ भी हो, मैं अपने परिवार को यह साफ कर दूँगा कि केवल तुम ही मेरी पत्नी बन सकती हो, नहीं तो मैं कभी शादी नहीं करूँगा। चलो एक साथ देहरादून चलते हैं और शादी कर लेते हैं।"

सारिका को राहत तो मिली, लेकिन अचानक शादी के इस प्रस्ताव से वह डर भी गई। वह जानती थी कि उनके परिवार एक-दूसरे से कितनी नफरत करते हैं और राजेश की माँ ने उसे कैसे नापसंद किया, लेकिन कोई और रास्ता नहीं बचा था। अब वह न तो पीछे जा सकती थी और न ही इंतजार कर सकती थी। वे दोनों देहरादून पहुँचे और अपने माता-पिता को मजबूती से अपनी बात समझाई। आखिरकार माता-पिता अपने बच्चों की इच्छा के आगे झुक गए। खबर सुनते ही राजेश सारिका के पास पहुँच गया।

"मोटी! हमारी शादी हो रही है। घरवाले मान गए हैं। अब तो खुश हो न?" वह बेहद खुश होकर बोला।

सारिका खुशी से रोने लगी थी। "कैसे?" वह इतना ही बोल पाई। "यह कैसे हो गया?"

"पूरा दिन तो वे लड़ते रहे, लेकिन अब वे हमारी शादी के लिए मान गए हैं। चलो, अब रोका करते हैं।" उसने कहा।

"क्या! रोका? अभी? मैं तो तैयार तक नहीं हुई हूँ।" वह हड़बड़ाकर बोली। वह सोच रही थी कि ऐसी सगाई तो दुनिया में किसी लड़की की नहीं हुई होगी।

"कोई फर्क नहीं पड़ता। बस, आ जाओ।" राजेश उसे अपने घर ले आया और दोनों ने परिवारवालों की मौजूदगी में एक-दूसरे को अँगूठियाँ पहना दीं। शादी अप्रैल 2000 में करने का फैसला किया गया था।

अब उसे लगता है कि काश, उसे भविष्य के बारे में थोड़ा सा भी पता होता! तब वह ज्यादा सोच-समझकर प्लान करती, ज्यादा हँसती, कम रोती और अपने हर पल का आनंद लेती!

~❖~

15 अप्रैल, 2000

देहरादून

डांग और गुलाटी परिवार सबकुछ भुलाकर धूमधाम से शादी की रस्मों में जुट गए थे।

लड़के के घर एक भव्य कॉकटेल पार्टी रखी गई, जिसके बाद मस्त और आकर्षक पंजाबी वैवाहिक रस्में हुईं।

दोनों की शादी शाम के समारोह में हुई थी, जिसमें शानदार सजावट, मैच करते हुए कपड़े और ढेर सारी मस्ती थी। शादी के दिन सारिका निर्विवाद रूप से सभी की निगाहों का आकर्षण थी। वह मैरून और सुनहरे रंग की पोशाक पहने थी और इसके साथ सबसे शानदार गहनों से भी सजी हुई थी। क्रीम और पीले रंग की शेरवानी में राजेश बेहद सुंदर लग रहा था। उसके कंधों पर तो सितारे पहले से ही थे, लेकिन उस दिन तो उसकी आँखों में भी सितारे दिख रहे थे।

हनीमून पर दोनों ने बेंगलुरु के ब्रिगेड रोड पर महानगर की खूबसूरती निहारते हुए घंटों समय बिताया। ऊटी में उन्होंने विशाल चाय बागान और घास के मैदान, ऊँचे पहाड़, देवदार और नीलगिरि के पेड़, जगमगाते झरने और शांत झीलें देखीं। कभी-कभी वे बाहर जाते ही नहीं थे, बल्कि एक-दूसरे की बाँहों में लिपटे कॉफी के प्याले लेकर अपने होटल सुइट से सूर्यास्त को एक साथ देखते रहते थे। फिर कोडइक्कनाल में आसपास की हरियाली के साथ झिलमिलाते पानी पर नाव की सवारी का स्वर्गिक आनंद लिया और फिर वे प्रेम नगर लौट आए। उसके बाद

राजेश ने सारिका को वहीं छोड़ा और अंबाला स्थित अपनी आर्टिलरी यूनिट, 110 मीडियम रेजिमेंट के लिए रवाना हो गया। गुलाटी परिवार की बहू बन चुकी सारिका कुछ समय के लिए अपनी सास के साथ बनी रही।

राजेश ने सारिका को एक महीने के बाद अंबाला में अपने साथ आने के लिए कहा। जून के गरम महीने की एक सुबह, वह नई दुलहन के रूप में, फौजी पत्नी के रूप में अपना जीवन शुरू करने के लिए अंबाला स्टेशन पहुँच गई। अपने पति की यूनिट के सभी अधिकारियों और महिलाओं को उसका स्वागत करने के लिए इंतजार करते देख उसे बहुत खुशी हुई। बेहद सम्मान के साथ उसे अंबाला कैंट में दो कमरोंवाले बैचलर्स आवास में ले जाया गया। वह सबसे औपचारिक परिचय करके सबको धन्यवाद बोलना चाहती थी, लेकिन उससे पहले ही सब लोग गायब हो गए।

उसे यह अजीब लगा, लेकिन सिविलियन होने के नाते वह चुप बनी रही, क्योंकि उसका सेना के जीवन से कोई लेना-देना रहा नहीं था। क्या होना है, उसे कुछ पक्का पता नहीं था। उसने यह भी देखा कि राजेश उसे मेस में लंच के लिए तैयार रहने को बोलकर जल्द बाहर निकल गया था। उसने जोर देकर यह भी कहा था कि वह उस गरमी में भी दुलहन के रूप में तैयार हो जाए।

उसके दिल में हलकी सी निराशा थी। वह धीरे-धीरे बुदबुदा रही थी, "शादी कर लो तो यही होता है। सभी मर्द एक जैसे होते हैं।"

पहले से ही अपने शादी के सोने के गहनों से लदी, सारिका ने उस गरम और उमस भरे मौसम में नई साड़ी पहन ली थी। एक स्मार्ट जूनियर अधिकारी लेफ्टिनेंट राजपुरोहित दोपहर में उसके दरवाजे आया और उसे अपने साथ चलने के लिए बोला। हैरान-परेशान सारिका उस अधिकारी के घर पर लगभग दो घंटे तक अकेले इंतजार करती रही। वह भी उसे वहाँ छोड़कर गायब हो गया था। इसके बाद उसे एक महिला मिली, जिसने बताया कि 'कैप्टन गुलाटी' का एक्सीडेंट हो गया है और वह ऑफिसर्स मेस में उसका इंतजार कर रहे हैं। घबराई हुई, सारिका उस मेस में गई, जहाँ उसने पूरी तरह से पट्टियों में लिपटे राजेश को जोर से मुसकराते हुए पाया। वह सभी यूनिट अधिकारियों और उनकी पत्नियों के साथ सोफे पर बैठा था।

वह फूट-फूटकर रोने ही वाली थी कि कमांडिंग ऑफिसर की पत्नी श्रीमती मालिनी एडवर्ड ने दौड़कर उसे गले से लगा लिया। सब हँस पड़े। राजेश ने भी अपनी नकली पट्टियाँ हटा दीं और सबके साथ हँसी में शामिल हो गया। यह उसके साथ मजाक किया गया था। भारतीय सेना में 'फौजी पत्नियों' के साथ बेहद सम्मान का व्यवहार करने की संस्कृति है, लेकिन जब किसी नवविवाहित अधिकारी की

पत्नी उनकी बिरादरी में प्रवेश करती है तो अनोखे तरीके से उसका स्वागत करने की कई सदियों पुरानी सैन्य परंपराओं का पालन किया जाता है। वे कभी-कभी उसे इस कदर नर्वस कर देते हैं कि उसे जीवन भर याद रहता है। नवविवाहित जोड़े से केक कटवाया गया था और राजेश ने इसे उसके चेहरे पर भी लगा दिया था। हार्दिक भोजन के बाद युगल को एक सजाए गए फौजी सेंड ट्रक पर बैठाया गया, जिस पर 'न्यूली-वेडेड' लिखा हुआ था, जिस पर बैठकर वे अपने आवास पर आ गए थे।

सारिका को वह दिन अच्छी तरह से याद है। उसने हँसते हुए बताया, "इस तरह फौजी परिवार में मेरा स्वागत किया गया था। आर्मी फैमिली में मुझे बहुत लाड़-प्यार मिलता था। सेकेंड-इन-कमांड की पत्नी श्रीमती के.जे. सिंह और मेरे सी.ओ. की पत्नी श्रीमती मालिनी एडवर्ड ने मुझे बहुत सारे सैन्य तौर-तरीके सिखाए। उन्होंने मुझे यह भी बताया कि राजेश का काम चुनौतियों भरा है और मुझे सेना अधिकारी की पत्नी के रूप में अपनी भूमिका का पता होना चाहिए, क्योंकि यह देश और मेरे पति की सुरक्षा से जुड़ी है। उन्होंने मुझे जवानों के परिवारों के प्रति मेरे कर्तव्यों का भी अहसास कराया और बताया कि मुझे उनके लिए वहाँ रहने की जरूरत क्यों है! हम परिवार से दूर एक बड़े परिवार के सदस्य थे। नई दुलहन के रूप में वे यादें आज भी मेरे दिल को छू जाती हैं। लंच, डिनर, गेट-टुगेदर और न जाने क्या-क्या।"

~❖~

9 अक्तूबर, 2002

इलाहाबाद

राजेश एक छोटी सी उड़ान पर था, तभी ए.टी.सी. ने अपने सह-पायलट को खुशखबरी दी। सारिका ने देहरादून में एक स्वस्थ बच्चे को जन्म दिया था। कॉकपिट अचानक एक खुशनुमा जगह में तब्दील हो गया था, क्योंकि बधाई संदेशों की बाढ़ ने सभी का मन प्रफुल्लित कर दिया था। लगभग तुरंत ही राजेश दिल्ली की ओर जा रहे सेना के एक विमान में सवार हो गया। इस तरह की सुविधा उसकी नौकरी में थी। उसे अपने परिवार के पास जाने के लिए कभी टिकट की जरूरत नहीं होती थी। दिल्ली से वह देहरादून के लिए बस में सवार हुआ और अगले दिन सुबह छह बजे, वह सारिका को सरप्राइज देता हुआ उसके सामने अस्पताल के बिस्तर के सामने अपने बच्चे को लिये खड़ा था।

जब सक्षम दो महीने का हुआ तो सारिका पश्चिम बंगाल के कचरापाडा में राजेश के पास चली गई, जहाँ उसकी अभी-अभी तैनाती हुई थी। दोनों ने मिलकर अपने छोटे से फौजी आवास को अपने बच्चे की सुविधा के हिसाब से सजाया-

सँवारा। घर को चमकीले रंगों में रँगा गया था और सैकड़ों खिलौने खरीदे गए थे। उन्हें लग रहा था, जैसे उन्होंने दुनिया जीत ली है। नन्हे सक्षम ने उनके बंधन को और मजबूत कर दिया था।

~❖~

2009

नासिक

हाल ही में शामिल किया गया एडवांस्ड लाइट हेलीकॉप्टर (ए.एल.एच.)-ध्रुव[18] सुरक्षित ऊँचाई या दिशा बनाए रखने में असमर्थ होने के कारण हेलीपैड के ऊपर अस्थिर रूप से मँडरा रहा था। लेफ्टिनेंट कर्नल सुनील दास के माथे पर पसीना छलक आया था। उसे नासिक में ए.एल.एच. आर्मी एविएशन स्क्वाड्रन की उड़ान में इंस्ट्रुमेंटल रेटिंग (आई.आर.) पायलट, कमांड की श्रृंखला में नंबर दो के रूप में हाल ही में तैनात किया गया था।[19] वह खुद भी अनुभवी पायलट था, लेकिन उसने केवल एकल इंजनवाले चीता और चेतक हेलीकॉप्टर से उड़ान भरी थी। मल्टी-इंजन और मल्टी-फीचरवाला ध्रुव हेलीकॉप्टर उसके लिए चुनौती साबित हो रहा था। वह विशेष रूप से विमान की एडवांस्ड फ्लाइट कंट्रोल सिस्टम को अच्छी तरह से नहीं समझ पा रहा था।

इसी क्षण, सबसे कम उम्र के क्वालिफाइड फ्लाइंग इंस्ट्रक्टर (क्यू.एफ.आई.) और इन ध्रुव हेलीकॉप्टरों पर प्रशिक्षित होनेवाले अधिकारियों की पहली पीढ़ी में से एक मेजर राजेश गुलाटी ने अपने शिष्य को इंटरकम्युनिकेशन सिस्टम के बारे में निर्देश दिए—"सर! प्लीज ट्रिम रिलीज को दबाएँ और विमान के रेस्पॉन्ड करने का वेट करें। आपको विमान पर भरोसा करना होगा और अपने हाथों का इस्तेमाल करने के लिए नियंत्रण छोड़ना होगा।" उन्होंने नियंत्रण अपने हाथ में ले लिया और एक स्थिर स्थिति बना ली। उनके शिष्य ने उड़ान नियंत्रण से अपने हाथ और पैर हटा लिये और हेलीकॉप्टर को अपने आप ही मँडराने दिया। "सर! यह चीता नहीं है। यह एयरक्राफ्ट अलग है। याद रखिए, आप लॉजिक-बेस्ड सिस्टम को इनपुट दे रहे हैं। आपको उसके हिसाब से सोचने और करने की जरूरत है।"

मेजर गुलाटी की लेफ्टिनेंट कर्नल दास और स्क्वाड्रन के अन्य प्रशिक्षु पायलटों के साथ उड़ान के प्रशिक्षण निर्देशों की अनेक कहानियों में से यह पहली कहानी थी, ताकि उन्हें एडवांस्ड हेलीकॉप्टर को पूरी तरह से चलाने योग्य बनाया जा सके, जिसे आर्मी एविएशन की भाषा में पूरी तरह से 'ऑप्स ऑन टाइप' कहा जाता है। आर्मी एविएशन स्क्वाड्रन को कुछ सचमुच कम काबिल माने जानेवाले नायक शामिल

होते हैं। उसके सदस्यों को सर्दियों में बर्फ और खतरनाक इलाकों के कारण बाकी हिस्सों से कटी हुई चौकियों की सुरक्षा करनी होती है। ऐसा भी होता है, जब पायलटों को आधी रात में भी अल्प सूचना पर जाना पड़ जाता है, क्योंकि ऊँची पर्वत चोटियों पर निगरानी रखनेवाले घायल सैनिकों को तत्काल निकालने की जरूरत पड़ जाती है। हालाँकि उन्हें इन गौरवशाली क्षणों का अनुभव हासिल होता है और वे कई लोगों की जान बचाते हैं, लेकिन ऐसे मौके भी आते हैं, जब विमान पर सवार फ्लाइट डिस्पैचर उन्हें खबर देता है कि किसी बचाए गए सैनिक ने अंतिम साँस ले ली है। ऐसे क्षण कष्टदायी हो सकते हैं, लेकिन फिर भी दु:ख मनाना सहन नहीं कर सकते और मशीन को सुरक्षित रूप से जमीन पर वापस लाने के लिए तटस्थ बने रहते हैं और संचालन जारी रखने के लिए मजबूर होते हैं।

कई मायनों में राजेश गुलाटी पायलटों की अगली पीढ़ी को प्रशिक्षित कर रहे थे, जो कश्मीर, लद्दाख और सियाचिन ग्लेशियर के बेहद ऊँचाईवाले युद्धक्षेत्रों में इन नई शामिल की गई अत्याधुनिक मशीनों को चलाने के लिए जाते थे, न कि पूर्वोत्तर में घनी जंगली पहाड़ियों पर गुम हो जाने के लिए। इन सीमाओं पर ए.एल.एच. की तैनाती ने भारतीय सेना की संचालन क्षमता को अभूतपूर्व कर दिया था।

'लेफ्टिनेंट कर्नल गुलाटी' के साथ काम करनेवाले कर्नल सुनील कुमार दास ने मुझे बताया, "राजेश हमारे स्क्वाड्रन के अगुआ सदस्य थे, जिन्होंने नाइट विजन गॉगल्स का इस्तेमाल करते हुए फुल नाइट ऑपरेशंस क्षमता की ट्रेनिंग ली थी और भारतीय रक्षा बलों के हेलीकॉप्टर बेड़े में ये गॉगल्स हासिल करनेवाले वे पहले व्यक्ति थे। वास्तव में, वे उस चालक दल का हिस्सा था, जिसने रात में हेलीकॉप्टर से नीचे लटकी जीप (मारुति जिप्सी) को ढोया था और 2009 में राजस्थान में एक अभ्यास के दौरान विशेष बलों की एक छोटी टीम को शामिल किया था। ऐसा देश के विमानन के इतिहास में पहली बार किया गया था।"

कभी-कभी नियति ऐसे हालात की रचना करती है, जिसमें लोगों को सबसे आकर्षक तरीके से पेश किया जाता है। ऐसी अवास्तविक मुलाकातें आपके दिमाग पर हमेशा के लिए अंकित हो सकती हैं। अब रिटायर्ड हो चुके कर्नल सुनील कुमार दास का राजेश के साथ ऐसा ही रिश्ता था। वे राजेश से वरिष्ठ थे, लेकिन जब वे नासिक में राजेश से मिले तो उसे उनका प्रशिक्षक नियुक्त किया गया था। मानसबल में अपने आखिरी दिनों के दौरान कर्नल दास भी उसके साथ उसके कमांडिंग ऑफिसर के रूप में थे।

2012

द्रास

मेजर राजेश गुलाटी को हाल ही में लेफ्टिनेंट कर्नल के पद पर प्रमोट किया गया था और उन्होंने द्रास में स्थित 202 आर्मी एविएशन में सेकेंड-इन-कमांड का पदभार सँभाल लिया था। ऊँचाईवाले इलाकों में रहना मुश्किल होता है। इलाका ऊबड़-खाबड़ होता है, मौसम क्रूर रहता है और हिमस्खलन के बीच जीवन की अनिश्चितता बनी रहती है। हम यहाँ शहरों में रहते हुए दिन-प्रतिदिन के जीवन के साथ तालमेल बिठाने की कोशिश कर रहे सैनिकों के दबाव को कभी नहीं समझ सकते। उन्हें शारीरिक रूप से फिट रहना होता है, साथ ही अपना मनोबल भी ऊँचा रखना होता है। द्रास तो खासतौर पर दुनिया के सबसे ऊँचे युद्धक्षेत्रों पर कब्जा करने के लिए मशहूर भारतीय सैनिकों के लिए भी कठोर पोस्टिंग होती है।

लेफ्टिनेंट कर्नल गुलाटी ने व्यक्तिगत रूप से अपने अधीन सैनिकों की समग्र शारीरिक और मानसिक भलाई का ध्यान रखा और सभी आयामों—शारीरिक, मानसिक और आध्यात्मिक—में उनकी क्षमताओं का विकास किया। उनका लक्ष्य निम्नतम सिपाहियों तक पहुँचना और सभी का मनोबल ऊँचा बनाए रखना था। वे उनके साथ क्रिकेट खेलते थे, उनके साथ गश्त पर जाते थे, साथ रोटियाँ खाते थे और कभी-कभी खुद उनके लिए लंगर का खाना भी बनाते थे।

सारिका और सक्षम छुट्टियों में उसके पास जाते थे। द्रास फील्ड पोस्टिंग थी जहाँ परिवारों को रहने की अनुमति नहीं थी, इसलिए सारिका को झाँसी में रुकना पड़ा था। उसने मुझे बताया, "राजेश बहुत उत्साहित और बेहद खुश थे। उन्होंने तो हमें लेह के मौसम का भी आदी नहीं होने दिया था, जोकि प्रोटोकॉल था। हम उनके हेलीकॉप्टर पर सवार हुए और पलक झपकते ही द्रास में उनकी बटालियन में पहुँच गए थे। बर्फ से ढकी चोटियाँ नारंगी आकाश में जाकर मिल रही थीं, जिस वजह से यह स्थान अलौकिक लग रहा था। हरे रंग के छोटे-छोटे उभारोंवाले कुछ सफेद पहाड़ों को देखकर मेरी साँसें रुक रही थीं।

"मुझे लगा, जैसे पर्ल हार्बर से मेरा अपना एविएटर है।

"मेरा दिल इतने प्यार से भर गया था। सक्षम भी उत्साहित था। हमें बटालियन ऑफिसर्स मेस में रखा गया था। सुबह वे खुद मुझे चाय देते थे और कभी-कभी पेस्ट्री का इंतजाम भी करते थे, जो उतनी ऊँचाइयों पर बहुत विलासिता की चीज थी। कभी-कभी वे मुझे कुछ लंच पैक करने के लिए कहते थे और तब हम उनके ऑफिस के पास खूबसूरत द्रास नदी के तट पर दिन बिताते थे।"

अब जब उसके पति नहीं रहे हैं तो वे दिन मृगतृष्णा की तरह लगते हैं। कभी-कभी यादें उसे कई दिनों तक सोने नहीं देती हैं।

~❖~

2012
तंगधार सेक्टर, कुपवाड़ा,
एल.ओ.सी. के पास
उत्तरी कश्मीर

202, आर्मी एविएशन स्क्वाड्रन के कमांडिंग ऑफिसर, कर्नल सुनील कुमार दास को आधी रात को एल.ओ.सी. पर पहाड़ियों में एक गोरखा बटालियन चौकी में आग लगने की सूचना मिली थी। पाकिस्तानियों ने एक बार फिर युद्धविराम का उल्लंघन किया था और एल.ओ.सी. के पार अपनी चौकियों से वे लगातार फायरिंग कर रहे थे। वे पाकिस्तान के कब्जेवाले कश्मीर में लीपा घाटी की ओर बढ़ रहे थे और भारत की चौकियों की ओर बढ़ रहे थे।

दुश्मन की गोलाबारी की चपेट में गोरखा बटालियन चौकी के मिट्टी के तेल का भंडार आ गया था, जिससे उसमें आग लग गई थी। चार सैनिक गंभीर रूप से जल गए थे और उन्हें तत्काल निकालने की जरूरत थी।

पाकिस्तानी चौकियों और भारत की चौकियों के बीच भारी गोलाबारी हो रही थी। कर्नल दास ने लेफ्टिनेंट कर्नल राजेश गुलाटी को बुलाया, जो अब उनके दो फ्लाइट कमांडरों में से एक थे और उन्हें स्टैंडबाय नाइट एयरक्राफ्ट को रोल आउट करने के लिए कहा, जिससे वे दोनों अपने घायल सैनिकों को लाने के लिए उड़ान भरनेवाले थे। वे जानते थे कि उड़ान भरने में जोखिम होगा और उनका अपना जीवन खतरे में पड़ सकता है। हेलीपैड एक रेजर-शार्प रिज लाइन पर स्थित था और दुश्मन की प्रत्यक्ष निगरानी तथा फायरिंग के अधीन आता था। वे विमान में मिले, अपने एन.वी.जी. हेलमेट पर ध्यान लगाया और समायोजित किया और अपने ध्रुव हेलीकॉप्टर में उड़ान भर चले।

टेक-ऑफ से पहले लेफ्टिनेंट कर्नल गुलाटी ने गोरखा बटालियन के कमांडिंग ऑफिसर से टेलीफोन पर संपर्क किया था और उन्हें आश्वासन दिया था—"हम आते हैं। चिंता मत कीजिए। हम लड़कों को निकालने का वादा करते हैं। आप हताहतों को सँभालने की तैयारी कीजिए। दरवाजे खुले रहेंगे। दुश्मन की फायरिंग की चपेट में आने से बचते हुए, फिर से उड़ान भरने से पहले हमारे पास हेलीपैड

पर केवल कुछ मिनट होंगे। तैयार रहिए।"

अग्रिम चौकियों पर सैनिकों के लिए हेलीकॉप्टर हमेशा से आशा का प्रतीक रहा है। आनेवाले हेलीकॉप्टर को दोनों पक्षों के बीच रात के आसमान में आग की लपटें दिखाई दे रही थीं, जो घोर अँधेरी घाटी के चारों तरफ लहरा रही थीं।

एक भी गलती होने पर वे खुद भी हताहतों की सूची में शामिल हो सकते थे।

राजेश एक बेहतरीन पायलट थे। मशीन और इलाके दोनों की अपनी जानकारी का इस्तेमाल कवर के लिए करता था। उन्होंने कंट्रोल के पीछे सैकड़ों घंटे के अनुभव से हासिल अपने बेहतर कौशल का भी इस्तेमाल किया। पहाड़ों से टकराने से बचने की कोशिश में वे चुपके से नीचे से हेलीपैड के पास पहुँचे। वे मशाल की रोशनी से बताए गए हेलीपैड पर जल्दी से उतरे, हताहतों को चढ़ाया और वापस घाटी में कूद पड़े। वे कुछ ही मिनटों में घाटी से बाहर निकलने में कामयाब हो गए।[20]

हमारी बातचीत के दौरान कर्नल सुनील कुमार दास जोर से हँसे और बोले, "हमारे दिल की धड़कन सामान्य होने में कुछ समय लगा और हम श्रीनगर के बदामी बाग छावनी के लिए उड़ान भरते हुए एक सुरक्षित ऊँचाई पर चढ़ने में सक्षम हो गए थे।"

कर्नल दास ने यह भी जिक्र किया कि कैसे उनका बेस आतंकवादी हमलों के खतरे में था। "एल.ओ.सी. के पास की जिंदगी जोखिम से भरी थी। इलाके कठिन थे, और हमारे पास दुश्मन की खुफिया रिपोर्टें थीं, जिनके अनुसार उसने कई वायुसेना और विमानन ठिकानों को निशाना बनाया था। हमारा स्क्वाड्रन निशाने पर रहनेवाले ठिकानों में से एक था। हमने उन इनपुट्स को गंभीरता से लिया और अपने हथियारों के साथ सोने लगे। यह तो बाद में 2016 की बात है, जब दुश्मन पठानकोट वायुसेना स्टेशन पर ऐसा ही एक हमला करने में सफल रहा था।"[21]

~❖~

2014

मानसबल, श्रीनगर

कश्मीर घाटी में लगातार बारिश के बाद बाढ़ आ गई थी। यह कश्मीर के इतिहास में दर्ज की गई सबसे भीषण बाढ़ थी। एक इंच भी धरती दिखाई नहीं दे रही थी। घर, इमारतें, सरकारी दफ्तर, अस्पताल—सबकुछ कई-कई फीट पानी में डूबे हुए थे। लोग अपनी छतों पर फँसे थे और कई लोग पेड़ों की फुनगियों पर

चढ़े मदद की गुहार लगा रहे थे। बहुत विनाशकारी बाढ़ थी। सेना ने राहत कार्य तेज कर दिया था।

नाव, बचाव दल और गोताखोर तैनात किए गए थे। वायुसेना और सेना के एविएशन हेलीकॉप्टर भी काररवाई के लिए तैयार थे।

ए.एल.एच. स्क्वाड्रन फ्लाइट एडजुटेंट को सेना की पलटी हुई बचाव नाव की कॉल मिली और उसे बताया गया कि बचाव दल के कर्मियों के लापता होने की खबर है। मौसम तब भी भयानक था; बचाव अभियान में अभी तक कोई हवाई प्रयास शुरू नहीं किया गया था। पूरी घाटी बादलों से ढकी हुई थी और बारिश थमी नहीं थी।

परिस्थितियों और मौसम को देखते हुए कर्नल सुनील कुमार दास और लेफ्टिनेंट कर्नल राजेश गुलाटी ने एक बार फिर अपने हेलीकॉप्टर से उड़ान भरी। मौसम खराब होने के बाद से यह पूरी कश्मीर घाटी में हवाई यात्रा करनेवाला पहला विमान था। उड़ना और बादलों से दूर रहना खतरनाक था। जमीन पर देखने में सक्षम होने के लिए नीची उड़ान भरने के लिए मजबूर होना पड़ता है। तब भी कोई पेड़ों की फुनगियों की ऊँचाई पर बादलों में घुस सकता था। ढलानें, टीले, हाई टेंशन बिजली की लाइनें और खंभे, मोबाइल फोन टावर और ऊँचे चिनार के पेड़ तक लगातार खतरा बने हुए थे, जिनमें अनजाने में घुस जाने पर वे घातक साबित हो सकते थे।

दोनों पायलटों ने मौसम के राडार, रेडियो अल्टीमीटर और नेवीगेशन उपकरणों का इस्तेमाल किया और झेलम तक पहुँचने के लिए इलाके की जमीन की अपनी जानकारी का सहारा लिया। इस तरह से उन्होंने पानी के पास नीची उड़ान भरी—क्योंकि वे जानते थे कि पुलों के अलावा और कोई मानव-निर्मित बाधा उन्हें नहीं मिलेगी।

कर्नल दास ने एक बार फिर मुझे बताया, "अपने बेहतरीन पायलट कौशल के साथ राजेश ने एयरक्राफ्ट को सुरक्षित तरीके से उड़ाना जारी रखा और बचाव दल की अंतिम ज्ञात स्थिति तक पहुँचने के लिए सारी बाधाओं को पार किया। केवल कुशल पायलट ही ऐसी स्थितियों में विमान उड़ा सकते हैं। वहाँ न तो नाव दिख रही थी और न ही बचाव दल का कोई नामोनिशान दिख रहा था। तब हम कुछ और किलोमीटर तक नीचे उड़े और तब हमने पाया कि वे लोग किसी तरह से नदी के किनारे झुके कुछ पेड़ों की टहनियों को पकड़कर चढ़ने में सफल हो गए थे। आसपास की बाधाओं के कारण हवाई बचाव का प्रयास बहुत कठिन हो गया था। हम नहीं चाहते थे कि विमान पर चढ़ने के प्रयास में वे लोग पेड़ की टहनियों पर

अपनी पकड़ ढीली कर दें और झेलम में गिर जाएँ—जो पूरे वेग से बह रही थी। फिलहाल तो वे सुरक्षित लग रहे थे। हमने उनकी सटीक जी.पी.एस. स्थिति नोट की और अपने एयर ट्रैफिक कंट्रोल को रेडियो पर संदेश दिया कि वे श्रीनगर हेडक्वार्टर पर मैदानी बचाव के लिए तालमेल करने का संदेश भिजवाएँ।"

मौसम में सुधार होते ही राजेश फिर से बचाव-प्रयासों में सबसे आगे हो गए थे, बचाव मिशन और सहायता के लिए उड़ान भरते हुए, बाढ़ में डूबी चौकियों और गाँवों से अपने साथ के सैकड़ों सैनिकों तथा नागरिकों को बाहर निकालने में जुट गए थे। उन्होंने और उनके लोगों ने फँसे हुए लोगों के पास भोजन, दवाएँ, कंबल और अन्य राहत सामग्री भी पहुँचाई।

सारिका हमेशा चिंतित रहती थी। बाढ़ के दौरान उसे राजेश का कोई फोन नहीं आता था। वह अपने पति के अंदर के इस सुपरमैन से अनजान थी, जो सैकड़ों लोगों की जान बचाने में लगा हुआ था। उसके लिए केवल राजेश की भलाई मायने रखती थी। वह नहीं जानती थी कि हर बार जब वे अपना हेलीकॉप्टर उड़ाते हैं तो वे नायक बन जाते हैं, गोथम को बचानेवाले मुखौटाधारी बैटमैन की तरह।

राजेश का इस इलाके में कार्यकाल पूरा होनेवाला था और जल्द ही वे घर लौटनेवाले थे। इसके आगे के लिए दंपती ने कई सुखद योजनाएँ बना रखी थीं, जिनकी तरफ वे आशा भरी नजरों से देख रहे थे।

11 फरवरी, 2015
मानसबल,
दोपहर 2:30 बजे

सी.ओ. कर्नल सुनील कुमार दास, अपने फ्लाइट कमांडरों को उस रात उड़ान भरने के बारे में जानकारी दे रहे थे। कमांडिंग ऑफिसर अपने सर्वश्रेष्ठ पायलटों को दो एयरक्राफ्ट मिशन सौंप रहे थे। राजेश को 'कॉम्बैट रेडी ऑन टाइप' बनने के लिए प्रशिक्षण ले रहे युवा एविएटर मेजर ताहिर हुसैन खान के साथ विमान की कप्तानी करनी थी।

"आपको पता है कि अँधेरा रहेगा। बहुत कम इन-फ्लाइट विजिबिलिटी रहेगी और इलाका भी खतरनाक है, विशेष रूप से पूर्व में सफापुरा रिज लाइन के पास वाला इलाका। उड़ान भरने और बाधाओं से दूर रहने के लिए आपको अपने सभी उपकरणों पर निर्भर रहना होगा। 270 डिग्री पर रखना याद रखें, जो आपके आगे जाने की दिशा

के रूप में पश्चिम की ओर बढ़ रहा होगा।" उन्होंने समझाया।

राजेश उस सुबह विशेष बलों (एस.एफ.) के साथ तीन दिन और रात के गहन अभ्यास से लौटे थे, जहाँ उन्होंने विशेष बलों के कई कार्यों का समापन किया था। इनमें कई रातों में एन.वी.जी. के साथ व्यापक उड़ान भी शामिल थी। अभ्यास के अंत में उन्हें विशेष दल के एक सैनिक के पार्थिव शरीर को लेकर हिमाचल प्रदेश में उसके पैतृक गाँव ले जाने का पीड़ादायक काम भी करना पड़ गया था। दुर्भाग्य से वह सैनिक एक जल-थल प्रशिक्षण मिशन में डूब गया था। इस तरह की उड़ानें हमेशा उस पर भावनात्मक असर डालती थीं।

इसके अलावा, तब पंद्रह दिन भी नहीं हुए थे, जब राजेश 42 राष्ट्रीय राइफल्स के सी.ओ. कर्नल एम.एन. राय का पार्थिव शरीर लेकर गए थे, जो हिजबुल आतंकवादियों के खिलाफ लड़ते हुए वीरगति को प्राप्त हुए थे। उस समय तो तमाम लोगों के साथ राजेश भी रो पड़े थे।

उनके अंतिम संस्कार के वक्त उनकी ग्यारह साल की बेटी अलका ने बटालियन नारा लगाया था, 'टाइगर 9जी.आर., हो की होइना?' 'हो, हो, हो!' इस वीडियो क्लिप को राष्ट्रीय मीडिया पर प्रसारित किया गया था और सोशल मीडिया पर भी वह काफी छाई रही थी।[22]

11 फरवरी, 2015 को दो ध्रुव हेलीकॉप्टरों ने शाम 7:30 बजे अपने मिशन के लिए उड़ान भरी, जिनमें से एक की कप्तानी लेफ्टिनेंट कर्नल राजेश गुलाटी कर रहे थे। हेलीकॉप्टर स्टार्ट होते ही राजेश ने जब सारिका को फोन किया और तो उसे पीछे से रोटर ब्लेड की सीटी की तेज आवाज सुनाई दे रही थी। उन दोनों की यही आखिरी बातचीत थी।

आतंकवादियों को उनके ठिकानों से खदेड़ने के लिए सेना कश्मीर में इलाके के वर्चस्व की गश्त रात-दिन नियमित रूप से करती थी। हेलीकॉप्टरों का इस्तेमाल अपने सैनिकों को तमाम सामरिक और सैन्य सहायता उपलब्ध कराने के लिए किया जाता था, जिनके सहारे वे अपने कार्यों को अंजाम देते थे। कर्नल गुलाटी को ऐसा ही एक महत्त्वपूर्ण ऑपरेशन सौंपा गया था।

राजेश के सह-पायलट और उत्साही युवा एविएटर मेजर ताहिर हुसैन खान उड़ान का इच्छुक था—और राजेश हमेशा सिखाने के लिए तत्पर रहते थे। उन्होंने ताहिर को नियंत्रण सौंप दिया, ताकि वह रात में खतरनाक इलाके में उड़ान भरने के लिए उपकरणों के इस्तेमाल का अनुभव और आत्मविश्वास हासिल कर सके। राजेश के अंदर के प्रशिक्षक ने और युवा पायलट को अपने कौशल देने की उसकी इच्छा

उस भयानक रात को चतुराई से पराजित कर रही थी। हालाँकि वह जानता था कि वे भयानक सफापुरा चोटी के करीब थे और उन्होंने युवा पायलट ताहिर को चेतावनी भी दी थी कि किस रास्ते से मुड़ना है और भटकने पर वे पहाड़ी में दुर्घटनाग्रस्त हो सकते हैं। उन्हें युवा ताहिर से नियंत्रण लेने में कुछ माइक्रोसेकंड की देरी हो गई। वे चोटी से तो समय पर बच गए, लेकिन जैसे ही वे केंद्रीय पहाड़ी से दूर गए तो वे इससे बाहर निकलनेवाले एक हिस्से से टकरा गए।

ए.टी.सी. को आकाश में आग का एक बड़ा गोला दिखाई दे रहा था और वे जान गए थे कि कुछ भयानक हो गया है। घटना के बारे में दूसरे हेलीकॉप्टर के एयरक्रू ने रेडियो मैसेज किया। वे कमांडिंग ऑफिसर को दुर्घटनास्थल पर ले जाने के लिए बेस पर लौट आए। वहाँ पहुँचने पर कर्नल सुनील कुमार दास ने महसूस किया कि हेलीकॉप्टर पूरी तरह जल चुका है। वे जानते थे कि कोई नहीं बचा होगा। यह एक अपूरणीय क्षति थी। उन्होंने अपने सबसे कुशल पायलट लेफ्टिनेंट कर्नल राजेश गुलाटी को खो दिया था।[23]

इलाके में राष्ट्रीय राइफल्स कमांडिंग ऑफिसर्स ने सभी चल रहे ग्राउंड ऑपरेशन रोक दिए थे और जमीन पर मौजूद सैनिकों को बचाव दल के रूप में दुर्घटनास्थल पर ले जाया गया था। राजेश को सभी जमीनी सैनिक जानते थे। वे सभी सैनिक कभी न हारनेवाले रवैयेवाले ऐसे गतिशील पायलट को खोकर दु:खी थे।

मेजर खान की युवा पत्नी उस समय मानसबल में थी। वे नवविवाहित थे, उनकी शादी को एक साल भी नहीं हुआ था। वह सदमे की गहरी स्थिति में चली गई। उसने जो सुना था, उस पर वह विश्वास करने को ही तैयार नहीं थी।

कर्नल दास ने मुझसे बात करते हुए इस बार सबसे लंबा अंतराल लिया। उन्होंने घुटन भरी भावनाओं के साथ कहा, "कश्मीर घाटी तो युद्ध का इलाका ही है और हम लोगों की जान गँवाने के आदी हैं। हालाँकि जब आप किसी अपने को खो देते हैं तो चोट गहरी होती है और आपके ऊपर एक न दिखाई देनेवाला निशान छुट जाता है। आपके सक्रिय क्षेत्र से हटने या सैन्य सेवा से सेवानिवृत्त होने के बाद भी यह निशान लंबे समय तक बना रहता है। मैंने कभी नहीं सोचा था कि एक दिन मुझे सारिका को इतनी भयानक खबर देने के लिए फोन करना पड़ेगा! वह तो राजेश के फोन की उम्मीद लगाए बैठी थी, लेकिन उसे मेरी कॉल रिसीव करनी पड़ी थी। मिसेज खान भी गमगीन थीं। ताहिर होनहार युवा एविएटर था। हमें उससे काफी उम्मीदें थीं और इसीलिए उन्हें कॉम्बैट फ्लाइंग एट नाइट का अनुभव दिया जा रहा था।"

11 फरवरी

द्वारका, रात 9:00 बजे

कर्नल दास ने जो कुछ फोन पर बताया, उस पर सारिका को एक रत्ती विश्वास नहीं हुआ। उसका राज ऐसे नहीं जा सकता था। कर्नल दास को जरूर भ्रम हुआ होगा, वह सोच रही थी। उसकी आत्मा में डर बैठ रहा था। शायद वह सच्चाई जानती थी, लेकिन उसे स्वीकार नहीं करना चाहती थी। हालाँकि जैसे ही विमानन अधिकारियों और उनकी पत्नियों का एक समूह उसके घर पहुँचा तो वह फर्श पर गिर गई। नन्हा सक्षम अचानक परिपक्व हो गया और वह अपनी माँ को सांत्वना देने लगा। "चिंता मत करो, मम्मा! कुछ नहीं हुआ। मैं यहाँ हूँ। मैं आपकी देखभाल करूँगा।"

अंतिम संस्कार के समय भी जब सारिका मुश्किल से अपने पैरों पर खड़ी हो पाती थी और बार-बार बेहोश हो जाती थी, तब भी वह उससे बार-बार यही कहता रहा। बारह वर्षीय बच्चा ऐसे आदमी के रूप में बदल गया था, जो चट्टान की तरह अपनी माँ को पकड़े था, वह एक बार भी नहीं रोया।

उसके बाद सबकुछ धुँधला-धुँधला हो गया था। सारिका को ब्योरा स्पष्ट रूप से याद नहीं है। करीब दो साल तक उसे अवसादनाशक दवाओं पर रहना पड़ा। वह न तो खाती थी और न ही सोती थी। कई दिनों तक वह रोई ही नहीं—फिर उसके आँसू अपने आप बहने लगे और फिर रोके नहीं रुकते थे।

लेफ्टिनेंट कर्नल राजेश गुलाटी को मरणोपरांत 'सेना पदक' (वीरता) से सम्मानित किया गया।[24]

~❖~

यह कहानी लेफ्टिनेंट कर्नल राजेश गुलाटी की पत्नी श्रीमती सारिका गुलाटी, कमांडिंग ऑफिसर कर्नल सुनील कुमार दास, राजेश के कोर्समेट कर्नल मुमकुश मेहरा के साक्षात्कारों पर आधारित है। जब मैं 13 अगस्त, 2019 को अपनी दूसरी पुस्तक के विमोचन के दौरान सारिका से मिली तो मैंने उसे उदास पाया था। वह मुसकरा रही थी, लेकिन उस मुसकान के पीछे छिपी उदासी मैं देख पा रही थी। इसका पता लग जाता है। उसकी आँखों तक मुसकान कभी नहीं पहुँचती थी। वह हमेशा बुझी और नम रहती थी। उसके चेहरे पर कोई चमक नहीं थी। वह अब भी उस दुःख का सामना नहीं कर पा रही थी। आज वह गाजियाबाद में एल.पी.जी. गैस एजेंसी चलाती है। उसने अपने साथी की प्यार भरी याद में एजेंसी का नाम 'वीर राज स्मृति एच.पी. गैस सर्विस' रखा है। वह सक्षम के आने का इंतजार करती रहती है। वह अब एक बोर्डिंग स्कूल में पढ़ता है और समय-समय पर अपनी माँ से मिलने आता रहता है। □

सशक्त महिला

जया महतो और लांस नायक राजकुमार महतो

'प्रिय जया,

मुझे पता है कि तुम इस बात के लिए तैयार नहीं हो। तुम शादी नहीं करना चाहतीं, क्योंकि तुम्हें लगता है कि मैं तुम्हें आगे पढ़ाई नहीं करने दूँगा और तुम अपनी बड़ी बहन की तरह केवल खेतिहर मजदूर बनकर रह जाओगी। हालाँकि मेरा विश्वास करो, ऐसा मेरा इरादा नहीं है। मेरे पिता शादी के लिए लड़कियाँ देखने का मुझ पर दबाव डाल रहे हैं। उनके हिसाब से मैं तेईस साल में ही शादी की उम्र पार कर चुका हूँ। आखिरकार बहुत देर हो चुकी है, लेकिन मैं उनकी इच्छा पूरी नहीं कर पा रहा हूँ, क्योंकि जितनी भी लड़कियाँ मैंने देखीं, वे सब बिना पढ़ी-लिखी हैं और मैं एक पढ़ी-लिखी जीवनसंगिनी चाहता हूँ, ताकि वे मेरे बच्चों का सही तरह से लालन-पालन कर सके और—और सैनिक की पत्नी की जिम्मेदारियाँ आसानी से निभा सके।

सेना के रिश्तों में काफी धीरज और दृढ़ता की जरूरत पड़ती है। मेरी नौकरी चुनौती भरी है। घर पर मैं कभी-कभी आ पाता हूँ। मैं पढ़ी-लिखी जीवनसाथी चाहता हूँ, जो मेरी नौकरी के प्रेशर को समझ सके और मेरे प्रयासों में सहयोग कर सके और मैं भी उसे दिल से पूरा सहयोग कर सकूँ। तुम जानती हो, फ्री होकर ड्यूटी करने के लिए यह सब मेरे लिए जरूरी है।

शादियाँ तो नियत होती हैं। जोड़ियाँ सचमुच स्वर्ग में तय होती हैं और मुझे यकीन है कि हम एक-दूसरे के लिए ही बने हैं। अगर तुम्हें आगे की पढ़ाई के बारे कोई संदेह हो तो तुम इस पत्र को बॉण्ड पेपर समझ सकती हो। चाहे कुछ भी हो, मैं हमेशा तुम्हारे प्रयासों में सहयोग करूँगा और आगे पढ़ाई करने के तुम्हारे सपने को पूरा करूँगा। हालाँकि मैं भी तुमसे यह वादा चाहता हूँ कि तुम कभी पीछे नहीं

हटोगी। इसके अलावा, तुम्हें यह भी पता होना चाहिए कि मैं ड्यूटी से बँधा सैनिक हूँ। जिस पल मैंने 'कसम परेड' में हिस्सा लिया था, उसी पल से मेरे लिए मेरा देश हर चीज से बढ़कर हो गया था। वह मेरी पहली माँ है और मेरी अपनी माँ का स्थान उसके बाद आता है। और अगर तुम मुझसे शादी करती हो और मेरी पत्नी बनती हो तो तुम मेरे लिए तीसरे नंबर पर रहोगी। अगर तुम्हें लगता है कि तुम मेरे साथ लंबा चल सकती हो तो मैं पंद्रह दिनों के अंदर तुमसे शादी कर लूँगा।

तुम्हारा अपना

राजकुमार'

अप्रैल 1997
तातिसिल्वाई, राँची
झारखंड

जया हैरान रह गई। शादी के लिए उसका हाथ माँगने भावी वर लगातार दूसरी बार उसके घर आया था और इसके पहले वह जितने भी लड़कों से मिली थी, वह उन सबसे अलग था। उसने अपनी शर्ट बड़े करीने से खोंसी थी और उसके जूते आसपास के आदिवासी पुरुषों के विपरीत चमक रहे थे। इसके साथ ही वह विनम्र, अच्छा व्यवहार करनेवाला और प्रगतिशील भी लग रहा था। वह निश्चित रूप से अलग था।

जया महतो के सोलह साल के होते ही उसके लिए रिश्तों की बाढ़ आ गई थी। उसकी बिरादरी में चलन भी यही था कि लड़कियों की शादी आमतौर पर तेरह और कभी-कभी उससे भी पहले कर दी जाती थी। उनके पिता झारखंड में कुर्मी महतो समुदाय से थे। वे एक प्रगतिशील व्यक्ति थे, जो शिक्षा को महत्त्व देते थे। जया उनकी सबसे बड़ी संतान थी और पढ़ाई में सबसे ज्यादा मन उसका ही लगता था। उन्होंने अपनी आर्थिक तंगी के बावजूद उसे एक निजी स्कूल—कार्मेल कॉन्वेंट—में डाला था। उनके पास कोई नौकरी नहीं थी; जिस कारखाने में वे काम करते थे, वह हाल ही में बंद हो गया था। जया ने दसवीं कक्षा अच्छे अंकों के साथ पास की थी और वह अपनी पढ़ाई जारी रखना चाहती थी, लेकिन उसके पिता आर्थिक संकट से गुजर रहे थे। उस सीधे-सादे व्यक्ति को यह भी पता था कि जया उनके समुदाय में पहले से ही विवाह योग्य उम्र पार कर चुकी है। कुछ और साल बीतेंगे तो कोई भी उनकी बेटी से शादी नहीं करेगा।

पिछली बार उनकी बेटी लड़के के सामने भी नहीं आई थी। इस बार वे उसे सिपाही राजकुमार महतो का अपमान नहीं करने दे सकते थे। परिवार के लोगों का उस पर शादी करने का दबाव बहुत अधिक था और उसकी दादी ने यहाँ तक कह दिया कि उसे एक खाँचे में बंद कर देना चाहिए—जो चावल के सुरक्षित भंडारण के लिए बनाया गया बाँस का विशाल कंटेनर होता है, जिसे गाय के गोबर से सील करके वायुरोधी बना दिया जाता है। हालाँकि उसे छोटे बालोंवाला, छह फीट लंबा फौजी बहुत पसंद था। समस्या एकमात्र उसकी आशंका की थी।

जया ने देखा था कि उसकी चचेरी बहन को उसके मँगेतर ने पढ़ाई जारी रखने देने का झूठा वादा करके शादी कर ली थी और फिर उसे मजदूरी करने के लिए खेतों में धकेल दिया था। वह नहीं चाहती थी कि उसका भाग्य भी ऐसा ही हो। राजकुमार अलग तो लग रहा था। वह भी दबाव में थी, खासकर उसके ननिहाल का दबाव काफी था। उन्होंने उसे आश्वासन दिया था कि चूँकि लड़का सरकारी नौकरी में है, इसलिए वह ठीक से रहेगी। बहुत सोचने के बाद, सोलह वर्षीय जया ने राजकुमार का पहला पत्र अपने हाथ में मजबूती से पकड़े हुए, हाँ में सिर हिला दिया था।

जैसाकि राजकुमार ने वादा किया था, अगले पंद्रह दिनों के भीतर 20 मई, 1997 को उनकी शादी हो गई। उनके मिलन का जश्न मनाने के लिए नाच-गाना, मिट्टी के बरतनों में आदिवासी खाना, हँडिया का इंतजाम किया गया था। परंपरा के अनुसार पूरे गाँव ने शादी में दुलहन पक्ष की मदद की थी। शादी की रस्मों के दौरान उनकी बिरादरी में सख्ती से पालन करते हुए कई दिनों तक उत्सव जारी रहा था।

आखिरकार राजकुमार उसे अपने गाँव मासू ले गया। सखुआ के पत्तों से लदी बाँस-टोकरी पर कदम रखने के बाद उसके नए परिवार में उसका स्वागत किया गया। नारंगी रंग की साड़ी पहने, कुछ नकली सोने के गहनों के साथ जया अपनी पहली रात को अपने फूलों से लदे बिस्तर पर घबराई सी बैठी थी। मासू जल्द ही उसकी पहचान का हिस्सा बननेवाला था। वह राजकुमार का बेसब्री से इंतजार कर रही थी।

पत्नियों को पीटना और उनसे बेगार कराना उनके गाँव के लोगों के लिए सामान्य बात थी। उसकी सहेलियों ने उसे बताया था कि सेना के जवान गुस्सैल भी होते हैं और पहले ही दिन से अपनी पत्नियों को दबाकर रखते हैं।

राजकुमार ने जब कमरे में प्रवेश किया तो वह उत्साहित थी, लेकिन वह डर भी रही थी। वह आकर उसके पैरों की तरफ बैठ गया और उससे अपने चेहरे से घूँघट उठाने के लिए कहने लगा। फिर उसने कहा, "जया, तुम मुझे वह चिट्ठी दे सकती हो ? आशा है, तुम उसे अपने साथ लाई होगी ?"

जया चकरा गई। शादी के बाद राजकुमार उससे पहली बार बात कर रहा था। उसने 'हाँ' में सिर हिलाते हुए अपने पर्स से निकालकर वह चिट्ठी उसे दे दी। राजकुमार ने उसे ले लिया और बोला, "यह न केवल मेरा तुम्हारे लिए पहला पत्र है, बल्कि हमारे बीच का समझौता भी है। मैं इसे अपने पास रख रहा हूँ, ताकि जैसे ही तुम पलटो और पढ़ाई न करने का फैसला करने लगो तो मैं इसे तुम्हें दिखा सकूँ। मैं चाहता हूँ कि तुम अच्छी तरह से पढ़ाई करो, क्योंकि मेरी नौकरी जोखिम भरी है। मेरी पत्नी को न केवल बच्चों की सही परवरिश करने के लिए आत्मनिर्भर होना चाहिए, बल्कि अगर मैं नहीं रहा तो किसी भी स्थिति का हिम्मत से सामना करने लायक भी होना चाहिए।"

जया सहम गई। अपने वैवाहिक जीवन की पहली रात को जीवन और मौत के बारे में बात करने की कल्पना कौन कर सकता है? उसने कहा, "तुम ऐसी बातें कैसे कह सकते हो? हमारे साथ कभी कुछ भी बुरा नहीं होगा और चिंता मत करो, मैं कड़ी मेहनत करूँगी और तुम्हारी शान बढ़ाऊँगी। मैं खेतों में भी मदद करूँगी, लेकिन तुम्हें यह ध्यान रखना होगा कि मेरी पढ़ाई में अड़चन न आए।"

विवाहित जोड़े के रूप में यह उनका पहला दिन था, जिसमें उन्होंने बेहतर भविष्य की उम्मीद की थी। उसकी शादी राँची के पास टाटासिल्वे गाँव में हुई थी, जो उसके मायके के गाँव से भी ज्यादा पिछड़ा था। कोई सड़क नहीं थी और न ही आसपास कोई अस्पताल या स्कूल था। उनके पास बिजली भी नहीं थी। गाँव के एक कुएँ से पानी लाया जाता था। लोग फूस की झोंपड़ियों में रहते थे और खेती उनकी आजीविका का मुख्य जरिया थी।

झारखंड में अब भी अंधविश्वास व्याप्त है। नब्बे के दशक में तो अंधविश्वास किसी महामारी की तरह था और महिलाओं को डायन बताकर खुलेआम पीट-पीटकर मार डाला जाता था। किसी भी कानूनी व्यवस्था ने कभी उनकी मदद नहीं की। उनके जीवन का सबसे प्रगतिशील व्यक्ति, सिपाही राजकुमार, वहीं का था। उसने अपनी जगह बनाने के लिए सभी मुश्किलों को पार किया था। कई बार वह राँची में मेसरा के बिड़ला इंस्टीट्यूट ऑफ टेक्नोलॉजी के पास सरकारी मिडिल स्कूल पहुँचने के लिए घंटों तैरकर जाता था। उसका जीवन कभी आसान नहीं रहा था, लेकिन अब उसने अपनी पत्नी की शिक्षा को आगे बढ़ाने का ठान लिया था।

उसने अपनी छुट्टी को बीस और दिनों के लिए बढ़ा दिया और अपनी नई दुलहन के साथ कुल मिलाकर लगभग तीस दिन रहा। जया का समय अपने पति के साथ बहुत अच्छा बीता। वैवाहिक आनंद एक महीने तक चला। घर से निकलते

समय उसने घर में सभी को बता दिया कि उसकी पत्नी ने ग्यारहवीं कक्षा में दाखिला ले लिया है। उसने कहा, "पिताजी, मैंने जया से उसकी पढ़ाई में सहयोग करने का वादा किया है। वह पढ़ाई में होशियार है और उसने दसवीं कक्षा अच्छे अंकों से पास की है। उसने अब राँची महिला कॉलेज में दाखिला ले लिया है और मैं आपसे अनुरोध करता हूँ कि आप उससे ज्यादा काम न कराएँ। जब मैं यहाँ न रहूँ तो प्लीज उसकी पढ़ाई में सहयोग करते रहिए।"

उसके पिता नाखुश दिख रहे थे, लेकिन उसकी माँ तो बोल ही पड़ीं, "क्या कह रहा है? लोग क्या कहेंगे? तू तो यहाँ रहेगा नहीं? वह अकेले बाहर जाएगी तो पड़ोसी क्या कहेंगे? फिर, खेतों में काम कौन करेगा? काम के लिए हमें और ज्यादा लोग चाहिए। हमने तुझसे कहा था कि किसी ऐसी लड़की से शादी करना, जो खेतों में काम करनेवाली हो, पर तू तो पढ़ी-लिखी लड़की ले आया और अब तू उसे और पढ़ाना चाहता है? यह न होगा।"

राजकुमार ने कुछ रुपए निकाले और अपने पिता को दे दिए और बोला, "पिताजी, मैं उसे वचन दे चुका हूँ। और फिर पढ़ी-लिखी माँ अपने बच्चों की भी देखरेख ठीक से करेगी। मैं पक्का मकान बनवाने के लिए ये रुपए आपको दे रहा हूँ। आप चिंता न करें, मैं उसकी पढ़ाई के लिए भी आपको अलग से पैसे देता रहूँगा।"

उसके माता-पिता चुप हो गए और सहमत तो नहीं दिख रहे थे, लेकिन फिर भी उन्होंने 'हाँ' में सिर हिला दिया था। आदिवासी समुदाय आमतौर पर मातृसत्तात्मक होते हैं। सिपाही राजकुमार महतो की माँ जैमनी देवी का घर में पूरा रौब था और अपने पति-बच्चों पर उसका पूरा हुक्म चलता था। राजकुमार का बड़ा भाई अमरनाथ महतो तो एकदम सीधा-सादा था। उसकी शादी तो दस साल की उम्र में ही कर दी गई थी और पूरी जिंदगी खेतों में पिता के साथ काम करता आ रहा था। उसकी पत्नी सीता देवी भी घोड़ी की तरह काम में लगी रहती थी। घरवाले अपने दूसरे बेटे के लिए पढ़ी-लिखी बहू चाहते ही नहीं थे, लेकिन वही एकमात्र कमाऊ सदस्य था, इसलिए उसकी बात वे नहीं टाल सके।

राजकुमार महतो पश्चिम बंगाल में बिन्नागुड़ी में अपनी यूनिट 12 जाट जॉइन करने चल दिया था।

12 जाट में उसके सीनियर रहे सूबेदार मेजर (मानद कप्तान) गोपाल कृष्ण भट्ट (सेवानिवृत्त) उसे याद करते हैं। साक्षात्कार के दौरान उन्होंने बताया, "वह अपने फुटबॉल खेल के कारण शायद यूनिट में सबसे मशहूर सिपाही था। वह आउटफील्ड प्लेयर, सेंट्रल डिफेंडर था और विरोधी टीमों को बहुत अच्छी तरह से

गोल करने से रोकता था। वह तेज, चतुर और मजबूत था। मुझे उसकी जिस चीज ने सबसे ज्यादा प्रभावित किया था, वह थी उसकी नेतृत्व क्षमता। वह अपने खेल पर ध्यान देता था और पूरी टीम को भी लगातार प्रोत्साहित और प्रेरित करता था। वह कहा करता था—'अगर तुम जीतना चाहते हो तो तुम्हें कड़ी मेहनत करनी होगी। अगर तुम खेल में पसीना, खून और आँसू नहीं डाल सकते तो जीतना भूल जाओ।' इससे खिलाड़ियों में नई ऊर्जा भर जाती थी। उसके टीम में रहते हम शायद ही कोई मैच कभी हारे होंगे।"

1999 में कारगिल युद्ध में लड़नेवाले उसके सबसे करीबी दोस्तों में से एक, नायब सूबेदार जाकिर ने बताया, "अपनी शादी से लौटने के बाद वह खुश दिख रहा था और यूनिट में सभी को उसने मिठाई बाँटी थी। उसने सभी को बताया था कि उसकी जीवनसाथी जया होशियार औरत है। उसने यह भी बताया था कि उसने उसे शिक्षित करने और उसे शिक्षक बनाने की किस तरह से योजना बनाई है।"

लांस नायक राजकुमार महतो तब सिपाही था और 12 जाट चार्ली कंपनी की सातवीं प्लाटून में तैनात था। उसका दिमाग बहुत तेज था और शरीर भी झारखंड के आम आदिवासियों की तरह काफी मजबूत था।

उसकी ऊर्जा और जोश दूसरों को प्रेरित करनेवाली थी। वह उत्साही इनसान था। मैंने जितने भी लोगों का साक्षात्कार लिया, सभी ने एक राय से कहा कि वह गतिशील और जुनूनी सैनिक था, जो कभी किसी काम के लिए मना नहीं करता था। वह हर काम में पहल करता था और उस काम में अतिरिक्त प्रयास भी किया करता था।

नायब सूबेदार जाकिर की 1998 के शुरुआती महीनों के दौरान अल्गारा-कलिंपोंग युद्ध अभ्यास के दौरान उसके साथ किया गया मार्च याद आता है। उन्होंने बताया, "फौज के वे दिन अलग तरह के थे। कोई सुविधा या वाहन नहीं होता था और कड़ी शारीरिक मेहनत पर जोर दिया गया था। ऐसा भी समय था, जब बटालियनें चौबीस घंटे सीधे चलती जाती थीं। केवल भोजन के लिए थोड़ा सा रुकते और हम फिर से चल देते थे। उस छोटे ब्रेक के दौरान भी राजकुमार आराम नहीं करता था। बाकी सैनिक बैठना या झपकी लेना पसंद करते थे, लेकिन वह अपने साथियों के लिए चाय बनाने के लिए चूल्हा जलाने लगता था। इस तरह वह हमेशा मदद के लिए तैयार रहता था।" उन्हें भारत-भूटान संयुक्त सेना अभ्यास की भी याद है, जब वे भूटानी शहर पारो गए थे—जो पहाड़ों से घिरी एक सुंदर छोटी जगह है।

भूटान भारत के लिए अहम सामरिक महत्त्व रखता है। उस समय पास ही

में तैनात 12 जाट शाही भूटान सेना के साथ इस तरह के संयुक्त सैन्य अभ्यास में नियमित रूप से शामिल होती थी।

उन्होंने बताया, "राजा की हुकूमतवाला धर्मनिष्ठ बौद्ध देश हमारे लिए एक सांस्कृतिक आश्चर्य था। शाही भूटान सेना के सैनिक मुख्य रूप से शारचोप और जोंगखा भाषाओं का इस्तेमाल करते थे, जिन्हें हम नहीं समझते थे। और वे कोई भी भारतीय भाषा नहीं जानते थे। प्रशिक्षण अभ्यास के दौरान हमारे पास अनुवादक होता था, लेकिन कभी-कभी यह दोनों तरफ हँसी की स्थिति बन जाती थी।"

उन्होंने बताया, "मुझे यह याद है कि वह उन सैन्य अभ्यासों में अपनी पीठ पर सेट की गई पूरी मीडियम मशीनगन (एम.एम.जी.) लाद लेता था। ट्राइपोड के साथ 7.6 एम.एम. एम.एम.जी. आम सैनिक के लिए काफी भारी होती थी, लेकिन महतो को इसके पुरजे अलग करना पसंद नहीं आता था। वह मुझसे एम.एम.जी. उसकी पीठ पर लादने के लिए कहता था और जब वह थक जाता था तो वह मुझे दे देता था।"

जाकिर और राजकुमार बहुत अच्छे दोस्त थे और राजकुमार के राष्ट्रीय सुरक्षा गार्ड (एन.एस.जी.) इकाई के लिए चुने जाने तथा ग्लेशियर छोड़ने तक दोनों ने एक साथ अच्छा समय बिताया था। 1998 के आखिरी महीनों में 12 जाट पश्चिम बंगाल के बिन्नागुरी से सियाचिन ग्लेशियर चली गई थी। तभी उसने एन.एस.जी. के लिए सिपाही महतो के नाम की सिफारिश की थी।

एन.एस.जी. की स्थापना 1984 में देश में आतंकवाद के सभी पहलुओं से निपटने के लिए एक संघीय आकस्मिक तैनाती बल के रूप में की गई थी। यह दुनिया की बेहतरीन आतंकवादरोधी इकाइयों में से एक है, जो आतंकवाद से लड़ने से लेकर बंधकों को छुड़ाने और वी.आई.पी. को सुरक्षा देने तक कई तरह की भूमिकाएँ निभा रही है। ब्रिटेन की स्पेशल एयर सर्विस (एस.ए.एस.) और जर्मनी के जी.एस.जी.-9 की तर्ज पर तैयार इस कार्य-उन्मुख बल में दो पूरक तत्त्व हैं—स्पेशल एक्शन ग्रुप (एस.ए.जी.) और स्पेशल रेंजर ग्रुप (एस.आर.जी.)। आक्रामक विंग एस.ए.जी. में सेना के जवान शामिल होते हैं, जिन्हें अलग-अलग भूमिकाएँ दी जाती हैं।

इसकी चयन प्रक्रिया भारतीय सशस्त्र बलों में सबसे कड़ी होती है। तमाम यूनिटों की इकाइयों के ऐसे सर्वश्रेष्ठ सैनिक एन.एस.जी. में लिये जाते हैं, जो आमतौर पर सभी क्षेत्रों में उत्कृष्ट प्रदर्शन करते हैं। यही कारण था कि 12 जाट के सी.ओ. ने एन.एस.जी. के लिए सिपाही राजकुमार के नाम की सिफारिश की थी।

मासू, झारखंड

अपनी नवविवाहित पत्नी को घर पर छोड़, राजकुमार के अपनी यूनिट जॉइन करने के बाद जया की सास ने सुनिश्चित किया कि जया घर और खेती के काम में लगी रहे। जया के लिए सबकुछ नया था। इससे पहले उसने कभी खेती या जानवरों की देखभाल का काम नहीं किया था। वह और उसकी जेठानी सीता देवी बड़े सुबह उठ जातीं, घर का काम निपटातीं—जिसमें घर के सभी सदस्यों के लिए खाना बनाना, धान कूटना, बरतन साफ करना, फर्श साफ करना, जानवरों के लिए चारा तैयार करना और गोबर के कंडे बनाना शामिल था। इसके बाद वे खेतों में जाती थीं, जहाँ वे मजदूरों की तरह काम करती थीं। वे शाम को ही लौटतीं और लौटते ही परिवार के लिए खाना बनाने और दिन का बाकी बचा काम निपटाती थीं।

जया अपनी तरफ से पूरी कोशिश कर रही थी। जब उसके माता-पिता ने उसके पति की सरकारी नौकरी के बारे में बताया था, तब किसी ने ऐसा नहीं सोचा था, लेकिन अपनी पढ़ाई के लिए वह सबकुछ आराम से झेल रही थी। वह जानती थी कि अगर वह घर के काम से मना करेगी तो उसकी सास उसे आगे नहीं पढ़ने देगी।

व्यक्तिगत साफ-सफाई जैसी कुछ बातें उसे परेशान करती थीं। अब पानी तो वहाँ आसानी से मिलता नहीं था और उसे कुएँ से लाना पड़ता था तो उसकी सास उसे नहाने नहीं देती थी। उसे लगता था कि यह तो समय और संसाधन की बरबादी है और अगर कभी वह नहाने की कोशिश करती तो सास उसे गालियाँ देने लगती थी। इसमें कुछ भी अजीब नहीं था। गाँव की बूढ़ी महिलाओं से यही अपेक्षा की जाती थी कि वे अपनी बेटियों और बहुओं को दबाकर रखें। जया को गाँव के कुएँ पर चुपके से नहाना पड़ता था और वह यही मनाती रहती कि कोई उसे देख न ले। उसे सही खाना तक नहीं दिया जाता था। मासू में माना जाता था कि महिलाओं को केवल बचा हुआ खाना खाना चाहिए। वह सचमुच पिछड़ा गाँव था। मेरे कई पाठकों के लिए इस बात को पचाना मुश्किल हो सकता है, लेकिन महिलाओं के साथ यह व्यवहार आज भी हमारे देश के कई हिस्सों में सच्चाई है। महिलाओं को तरह-तरह के बंधनों में जकड़ा जाता है और ऐसे में किसी जवान की पत्नी का जीवन तो और भी मुश्किल हो जाता है, जिसका पति उससे दूर हो। फोन नहीं होने के कारण पति से बात करना कठिन था और चिट्ठियाँ तो महीने में एक बार ही पहुँच पाती थीं।

हालाँकि जया ने हार नहीं मानी और जब भी मौका मिलता, वह अपनी कक्षाओं में जाती थी। यह वादा उसने अपने पति से किया था और वह किसी भी

सूरत में इसे तोड़ने का इरादा नहीं रखती थी, जबकि हार मान लेना उसके लिए आसान उपाय था।

नवंबर 1997 में जब 12 जाट को बिन्नागुरी से ग्लेशियर जाना था, तब उससे ठीक पहले राजकुमार जया के पास आया। सुखद समय ने फिर से उसके दरवाजे पर दस्तक दे दी थी। राजकुमार जया की लगभग हर काम में मदद करता था। वह कुएँ से पानी लाता, खेतों में काम करता और अपनी पत्नी के साथ जानवरों के लिए चारा बनाता। वह जया को साइकिल से गाँव के बस स्टैंड पर भी पहुँचा देता था, जहाँ से वह बस से अपने कॉलेज चली जाती थी। इससे उसके माता-पिता नाराज होने लगे और वे अकसर उसे 'जोरू का गुलाम' कहकर ताना मारने लगे थे। पत्नी की मदद करने पर गाँववाले भी उसका मजाक उड़ाने लगे थे, लेकिन उस पर कोई फर्क नहीं पड़ा। वह अपने वचन का पक्का था। उसके लिए स्त्री कोई वस्तु नहीं थी। प्रगतिशील विचारोंवाला फौजी जानता था कि मर्दानगी वीरता से युद्ध के मैदान में साबित होती है, घर में पत्नियों को पीटने से नहीं।

घर से निकलने से एक रात पहले उसने जया का हाथ अपने हाथ में लिया और कहने लगा, "यूनिट में मेरे दोस्त मुझे ताना मारते हैं कि मैं तुम्हारी पढ़ाई-लिखाई के पीछे पागल हूँ। सब कहते हैं कि मुझे तुम्हें अपने पास रखना चाहिए। जब मैं तुम्हें यहाँ इतनी मेहनत करते देखता हूँ तो कभी-कभी मुझे भी ऐसा ही लगता है। मैं जानता हूँ कि मेरी माँ तुम्हारे साथ अच्छा व्यवहार नहीं करती है। तुम उसके लायक नहीं हो, लेकिन तुम्हें समझना पड़ेगा कि वह मेरी माँ है। मैं उसकी इच्छा के खिलाफ कभी नहीं जा सकता।"

जया ने जवाब दिया, "तुम्हारे जैसा जीवनसाथी पाकर मैं खुद को भाग्यशाली मानती हूँ। माँ क्या कहती है, वह कोई मायने नहीं रखता, क्योंकि मुझे पता है कि तुम मुझे पूरे दिल से प्यार करते हो। मैं भी तुम्हारे साथ रहना चाहती हूँ और अगर तुम चाहो तो मैं अपनी पढ़ाई छोड़ दूँगी।"

राजकुमार ने चारपाई से छलाँग लगा दी और अपना बक्सा खोलने लगा। उसने पुरानी चिट्ठी निकाली और जया की हथेलियों पर रख दी। उसने कहा, "भगवान् जानता है कि मैं तुम्हारे साथ रहने के लिए कितना बेताब हूँ, लेकिन यह वचन मेरे पैरों को जकड़ लेता है। बड़ी मुश्किल से मैंने पढ़ाई की है। मैं चाहता हूँ कि तुम पढ़ाई करो, क्योंकि तुम एक फौजी की पत्नी हो और तुम्हें हमेशा सबसे बुरी स्थिति के लिए तैयार रहना चाहिए। तुम्हारी पढ़ाई न केवल तुम्हें आजाद करेगी, बल्कि आत्मनिर्भर भी बनाएगी। सबसे बड़ी बात यह है कि तुम सही और

गलत के बीच अंतर करने के काबिल हो जाओगी और हमारे बच्चों को ठीक से पाल सकोगी।"

जया इसके आगे कुछ नहीं बोल पाई। वह जानती थी कि उसका पति उसके लिए सबसे अच्छा ही सोचता है। अगले दिन राजकुमार चला गया, लेकिन अपना दिल जया के पास ही छोड़ गया—जो बाँस के दरवाजे के पीछे से उसे जाते देख रही थी।

जया की जेठानी सीता देवी ने दिसंबर में खुदकुशी कर ली थी। जया उस समय कॉलेज में थी, लेकिन इस घटना ने उस पर गहरा असर डाला। झारखंडी गाँवों में तरह-तरह के अंधविश्वास फैले हुए थे। महिलाओं को डायन बताकर बुरी तरह से मारा-पीटा जाता था। जया ने देखा कि पाँच साल तक के बच्चों की शादी कर दी जाती है और लोग भूत-प्रेतों को बलि चढ़ाते हैं। उसने इन सारी सामाजिक बुराइयों से दूर जाने और बेहतर दुनिया में रहने का निश्चय किया—जहाँ वह अपने बच्चों का पालन-पोषण ठीक से कर सके। उसके जेठ अमरनाथ महतो ने मार्च में दूसरी शादी कर ली थी।

अप्रैल में राजकुमार फिर घर आया था। इसी समय जया का पहला बच्चा गौरव उसके पेट में आया था, जिसका जन्म जनवरी 1998 में हुआ था। राजकुमार के जाने के बाद, कई बार उसे स्थानीय हाट में सब्जियाँ बेचने के लिए बोला गया, लेकिन उसने साफ मना कर दिया। यह काम उसकी इज्जत के खिलाफ था। उसने अपनी सास से कह दिया, "मैं कुछ भी कर लूँगी, लेकिन बाजार में सब्जी नहीं बेच सकती। मेरे माता-पिता या मेरे पड़ोसी मुझे देख लेंगे तो क्या होगा ? लोग मेरा मजाक उड़ाएँगे। शादी तो मेरी सरकारी कर्मचारी से हुई है, लेकिन बेचनी मुझे सब्जी पड़ती है!"

फिर वह अपनी गर्भावस्था की बाकी अवधि के लिए अपने माता-पिता के घर टाटासिल्वे चली आई। एक बार उसे अपने बारहवीं कक्षा के बोर्ड परीक्षा फॉर्म के लिए 1,200 रुपए की जरूरत थी और उसे पैसे देनेवाला कोई भी नहीं था। उसने अपने ससुरालवालों से बात करने की कोशिश की, लेकिन उन्होंने मना कर दिया, जबकि उसका पति उसकी देखभाल के लिए उन्हें अच्छी-खासी रकम देता था। उसे अपने माता-पिता से पैसे माँगने में बहुत शर्म आ रही थी, क्योंकि उनकी खुद की माली हालत बहुत मजबूत नहीं थी। फॉर्म भरने की लास्ट डेट करीब आ रही थी और वह परेशान थी। अगर वह फॉर्म न भरती तो उसका पूरा साल बरबाद हो जाना था। वह राजकुमार के जितने भी परिचितों, दोस्तों, परिजनों और रिश्तेदारों को जानती थी, सबसे भीख सी माँगी, लेकिन किसी ने उसकी मदद नहीं की।

राजकुमार को खबर करने का कोई तरीका नहीं था, क्योंकि वह और उसकी टीम ग्लेशियर में ऐसी चौकी पर थे, जहाँ कोई फोन या कनेक्टिविटी नहीं थी। आखिरकार, उसके दूर के चाचा ने उसे पैसे दिए और तब वह अपना परीक्षा फॉर्म जमा कर पाई।

उसने मुझे बताया, "मेरा दिल टूट गया था, लेकिन मैं नहीं टूटी थी। जब मेरे पति मेरे पास थे तो दुनिया मुझे महत्त्व देती थी, लेकिन उनकी अनुपस्थिति में मैंने अपनी मर्यादा के खिलाफ जाकर भी जब उनसे भीख माँगी, तब कोई भी मेरी मदद के लिए आगे नहीं आया था। हालाँकि उस घटना ने मुझे अपनी पढ़ाई पूरी करने और अपने पैरों पर खड़े होने के लिए और भी मजबूत कर दिया। हालाँकि कई बार मेरे मन में आत्महत्या के विचार आते थे, लेकिन मैंने हार न मानने का फैसला किया। मेरी गर्भावस्था हो या मेरी बोर्ड परीक्षा, मैंने चुपचाप अपने पेट में पल रहे बच्चे से वादा किया कि मैं उसे इस दुनिया में लाऊँगी, चाहे कुछ भी हो—और मैं परीक्षा भी पास करूँगी। आखिर मेरी शादी एक फौजी से हुई थी और उसने मुझे कभी हार मानना नहीं सिखाया था।"

डिलीवरी की तारीख निकट आती जा रही थी और वह अब भी दुविधा में थी। निजी अस्पताल उसकी पहुँच से बाहर थे, क्योंकि उसके पास पैसे नहीं थे। उसकी माँ के पड़ोसियों में से एक ने उसे सैन्य अस्पतालों के बारे में बताया तो उसने वहाँ जाने का फैसला किया। उसके पास कोई 'आश्रित' कार्ड या कोई पहचान प्रमाण नहीं था। राजकुमार हमेशा थोड़े-बहुत दिनों के लिए आता था और उसे कभी भी उसे 'आश्रित' कार्ड दिलाने का मौका नहीं मिल पाया था। जया के मासू में रहने के कारण उसने कभी इसकी जरूरत भी महसूस नहीं की थी। टेलीफोन सेवा न होने के कारण उससे कोई संपर्क भी नहीं हो सका।

जब वह मिलिटरी अस्पताल पहुँची तो उससे 'आश्रित' कार्ड माँगा गया। उसकी डिलीवरी किसी भी समय हो सकती थी। पहचान के किसी भी सबूत के बिना कोई जिम्मेदारी नहीं लेना चाहता था। उसे अपने पति की यूनिट के बारे में भी स्पष्ट जानकारी नहीं थी। हताशा में उसने वे सभी पत्र अस्पतालवालों को दिखाए, जो राजकुमार ने उसे कभी लिखे थे। उन पर यूनिट की मुहर लगी हुई थी। सैन्य अस्पताल को उसकी पहचान की पुष्टि करने के लिए इतना पर्याप्त था। स्वर्ग से भेजे गए देवदूतों की तरह उन्होंने मानक प्रोटोकॉल के खिलाफ जाकर भी उसकी मदद की। इस तरह से उसने जनवरी 1998 में एक स्वस्थ बच्चे को जन्म दिया।

तब तक राजकुमार की कंपनी वापस बेस में जा चुकी थी और उसने अपने

नवजात बच्चे से मिलने के लिए तुरंत राँची के लिए उड़ान भरी। उसने खुशी से आपने बच्चे को गोद में लिया और बोला, "जया, मैं हमेशा सोचता था कि मैं सैनिक हूँ, लेकिन यह युद्ध तो तुमने लड़ा है। अगर तुम सारी समस्याओं के बावजूद सैन्य अस्पताल में आकर इस बच्चे को जन्म दे सकती हो तो मुझे यकीन है कि तुम मेरी गैर-हाजिरी में कुछ भी सँभाल सकती हो।"

राहत महसूस करते हुए जया मंद-मंद मुसकराई और उसने अपनी आँखें बंद कर लीं। राजकुमार अगले बीस दिनों तक वहीं रहा। जब वह वहाँ था, तभी जया ने अपनी बारहवीं कक्षा की बोर्ड परीक्षा भी दी। उसके घर लौटने तक राजकुमार नवजात की देखभाल करता। फिर जया बच्चे को गोद में लेती और उसे दूध पिलाती। शारीरिक और मानसिक रूप से वह बेहद थक जाती थी, लेकिन उसने हार नहीं मानी। वह जानती थी कि उसके पास केवल एक ही मौका है।

राजकुमार के जाने के बाद जया वापस मासू चली गई। वह पिछले कई महीनों से अपनी माँ के पास थी और अब जब उसकी परीक्षाएँ समाप्त हो चुकी थीं तो उसने सोचा कि स्नातक कॉलेज में दाखिले के बाद वह अपनी ससुराल जा सकती है। उसने राँची महिला कॉलेज में बी.एससी. जूलॉजी ऑनर्स का विकल्प चुना था।

बच्चे को गोद में लेकर वह घर के भी सारे काम करती थी और खेतों में भी काम करती थी। वह इसका असर अपनी पढ़ाई पर नहीं पड़ने देती थी। उसके पास जो भी थोड़ा-बहुत समय होता, कभी खेतों में, कभी रसोई में और कभी अपने बच्चे को दूध पिलाते समय वह पढ़ती थी, जिससे वह उन सभी कष्टों को भूल जाती थी, जो उसने सहे थे।

इस बीच लांस नायक महतो को एन.एस.जी. के लिए चुन लिया गया था। उसकी पहली पोस्टिंग 52 एस.ए.जी. में एंटी-हाईजैकिंग दस्ते में दिल्ली के समालखा में हुई थी। एक पैदल सैनिक से शुरू करते हुए एन.एस.जी. विंग तक छलाँग लगाना राजकुमार की बड़ी उपलब्धि थी। उसका वेतन बढ़ गया और जीवन स्तर भी।

~❖~

1998

मानेसर

राजकुमार एक बेहतरीन फुटबॉल खिलाड़ी और धावक था। इससे उसे एन.एस.जी. की जटिल चयन प्रक्रिया पास करने में मदद मिली थी। यह एक विशिष्ट विशेष प्रतिक्रिया बल है, जिसका गठन 1986 में आतंकवाद के खिलाफ

लड़ने और हवाई जहाज अपहरण या बंधक बनाने जैसी किसी भी आंतरिक अशांति से भारतीय राज्यों को बचाने के लिए किया गया था। यह बचाव कार्यों में शामिल रहता है और वी.आई.पी. सुरक्षा तथा अन्य विशेष अभियानों की देखभाल करता है। इसकी प्रशिक्षण और चयन प्रक्रिया बेहद कठिन है और जिसमें किसी भी तरह की त्रुटि की गुंजाइश नहीं होती है। सूची में जगह बनानेवाले सैनिकों को शारीरिक रूप से मजबूत और मानसिक रूप से चुस्त होने की जरूरत होती है। उनका पिछली यूनिटों में बेहद ईमानदारी और कर्तव्य की प्रतिबद्धता का उत्कृष्ट रिकॉर्ड भी होना चाहिए। इधर राजकुमार की असाधारण खेल भावना और कर्तव्य के प्रति समर्पण ने उसके चयन में अहम भूमिका निभाई।

सिपाही राजकुमार का बुनियादी प्रशिक्षण राष्ट्रीय सुरक्षा गार्ड प्रशिक्षण केंद्र, मानेसर, हरियाणा में शुरू हुआ। इसमें शारीरिक और मानसिक रूप से चुनौतीपूर्ण कई कार्य शामिल थे। इनमें किसी-किसी दिन असंभव रूप से कम समय के भीतर तीव्र दौड़ से लेकर 'युद्ध प्रवीणता दक्षता परीक्षा' (बी.पी.ई.टी.) तक शामिल थी— इसमें वह एन.एस.जी. की पूरी पोशाक में अपनी पीठ पर भारी वजन लेकर दौड़ता था। बाकी दिनों में 'शारीरिक दक्षता परीक्षा' (पी.पी.टी.) होती थी।

सप्ताह में दो बार वह 'हरक्यूलियन बैटल ऑब्सटैकल कोर्स' (बी.ओ.सी.) भी करता था और छब्बीस प्रकार की बाधाओं को पार करता था। बड़ी-बड़ी ऊँचाइयों से कूदने से लेकर रस्सी से लटकने तक, मिट्टी में कँटीले तारों के नीचे रेंगने तक—ऐसा कुछ भी नहीं था, जो उसने न किया हो—और हर काम में हमेशा उत्कृष्ट प्रदर्शन किया। उसका खिलाड़ी कौशल ट्रेनिंग के दौरान काम आया। ब्लैक कैट कमांडो को देश में सबसे अच्छा निशानेबाज माना जाता है और इसलिए उन्हें उत्कृष्ट निशानेबाज बनाने पर खास जोर दिया जाता है। शारीरिक परीक्षण के अलावा, राजकुमार और उसके साथी लगभग हर दिन छोटी और लंबी दूरी की फायरिंग का अभ्यास करते थे। जब राजकुमार फायरिंग नहीं कर रहा होता था, तब कराटे और निहत्थे युद्ध कौशल सीखता था। यह बहुत कठोर कार्यक्रम था।

राजकुमार ने अपने बुनियादी प्रशिक्षण में असाधारण रूप से अच्छा प्रदर्शन किया और उसे एडवांस्ड ट्रेनिंग के लिए चुन लिया गया—जबकि उसके कई साथियों को तो पहले चरण के बाद ही घर वापस भेज दिया गया था। एडवांस्ड ट्रेनिंग में उन्हें तमाम परिष्कृत हथियारों और उपकरणों से परिचित कराया गया। उसने एम.पी. 5 राइफल, हाई पावर 9 एम.एम. पिस्टल, एम.पी.-5 एस.डी. (साइलेंसर डिवाइस) और अन्य ऐसे हथियारों के पुरजों को जोड़ना, अलग करना, नष्ट करना और उनका

इस्तेमाल करना सीखा। उसे एंटी-हाईजैकिंग अभियान चलानेवाले '52 स्पेशल एक्शन ग्रुप' (एस.ए.जी.) के लिए चयनित किया गया था, इसलिए एडवांस्ड ट्रेनिंग के दौरान उन्हें दुनिया के लगभग हर हवाई जहाज के बारे में—उनकी संरचना, निर्माण, आपातकालीन दरवाजे और अन्य विशेषताओं के बारे में सिखाया गया। तमाम हवाई अड्डों पर रात के समय का अभ्यास उसे रोमांचित कर देता था—जिसमें वह अपने 'हिट' के साथ-साथ काल्पनिक बंधकों को बचाने के लिए हवाई जहाज के दरवाजों से टकराता था। तब उसे केवल एक गोली से डमी आतंकवादियों को मारने के लिए कहा जाता था। राजकुमार अच्छा निशानेबाज तो था ही, लेकिन एन.एस.जी. ट्रेनिंग के बाद तो वह असाधारण निशानेबाज बन गया था।

उसके इन्हीं कौशलों के कारण भारतीय सेना ने एन.एस.जी. में उसके कार्यकाल के समाप्त होने के बाद उसका महत्त्वपूर्ण स्थानों पर उच्च जोखिमवाले इलाके की नौकरियों के लिए इस्तेमाल किया। एन.एस.जी. के बाद उसे कश्मीर के गांदरबल में स्थित 5 राष्ट्रीय राइफल्स में तैनात किया गया था—और वहीं वह वीरगति को प्राप्त हुआ था।

एडवांस्ड ट्रेनिंग पूरी होने के बाद सिपाही राजकुमार को एंटी-हाईजैकिंग यूनिट '52 एस.ए.जी. चीता ग्रुप' में तैनात किया गया था। इसके सदस्यों को देश भर के हवाई अड्डों पर सादे कपड़ों में छिपे रूप में तैनात किया गया, जो केवल असाधारण स्थिति में ही एक्शन लेते थे। पाकिस्तान की सरहद से लगे हवाई अड्डों पर उनकी तैनाती ज्यादा होती थी। एन.एस.जी. का कार्यकाल उसके और उसकी पत्नी के लिए जोड़े के रूप में बहुत अच्छा रहा, क्योंकि अब उसे लगभग हर तीन माह में छुट्टी मिल जाती थी और वह अकसर अपने घर पहुँच जाता था। जब वह राँची जा रहा होता था, तब भी वह अपने परिवार से मिलने के लिए एक दिन का समय निकाल लेता था।

1999-2002 के उसके एन.एस.जी. कार्यकाल के दौरान जया के गर्भ में दूसरा बच्चा अंकित आ गया। दूसरे बच्चे के लिए जया का ज्यादा मन नहीं था, लेकिन राजकुमार ने कहा कि "जया, मेरी नौकरी खतरेवाली है और मेरी जिंदगी हमेशा दाँव पर लगी रहती है। अगर मुझे कुछ हो गया तो ये बच्चे तुम्हारे लिए आशा की किरण बने रहेंगे। दूसरे बच्चे के बारे में दो बार सोचने की तुम्हें जरूरत नहीं है। उसे आने दो।"

जया ने मुझे बताया, "मैं उनसे गुस्सा हो गई थी और मैंने उन्हें झिड़क दिया था। हमारी बातचीत में वे हमेशा जिंदगी और मौत को क्यों ले आते थे? हालाँकि अब मुझे लगता है कि वे मुझे बुरी-से-बुरी हालत के लिए तैयार कर रहे थे। शायद

उन्हें कुछ-कुछ आभास था। मैं अब उनकी चिट्ठियाँ पढ़ती हूँ और महसूस करती हूँ कि उनमें सबसे बुरी स्थिति की ओर इशारा किया गया था, और मुझे समझाया गया था कि अगर कुछ हो जाता है तो मुझे क्या करना है? उनके निर्देशों के बिना तो मैं चकनाचूर हो जाती। मुझे लग रहा था, जैसे मैंने अपनी जिंदगी में सबकुछ खो दिया हो और आगे बढ़ने का मेरा उत्साह खत्म हो चुका था। मेरे अवचेतन में उनके ही शब्दों ने मुझे रास्ता दिखाया।"

जब गौरव दो साल का और अंकित तीन महीने का हुआ तो राजकुमार को दिल्ली में अच्छा मकान मिल गया। उसने अपनी पत्नी को कुछ महीने के लिए अपने पास बुला लिया था। जया को याद है, वह कैसे काली डंगरी पहनता था, काले मास्क से अपना चेहरा ढकता था और बुलेटप्रूफ जैकेट और डी.एम.एस. बूट भी पहनता था। वह अपने साथ एक हेकलर और कोच एम.पी.5-के ऑपरेशनल ब्रीफकेस भी लेकर चलता था, जिसमें खतरनाक बंदूक होती थी। इनके अलावा, उसके पास स्टैंडर्ड फॉर्म के नाइट विजन गोगल्स, परफ्यूम की बोतलों में क्लोरोफॉर्म, एडवांस्ड बंदूकें और अन्य सामग्री भी होती थी। कमांडो बेल्ट होल्स्टर सप्ताह के सातों दिन और चौबीसों घंटे उसके शरीर पर रहता था। वह हमेशा तैयार रहता था। एक दिन जया अपनी उत्सुकता को नहीं दबा पाई तो उसने उससे इस बारे में पूछ लिया था।

उसने हँसते हुए बताया था, "एन.एस.जी. में हम हमेशा सबसे बुरी स्थिति के लिए तैयार रहते हैं। त्रासदी कभी भी आ सकती है। ऐसे समय में जिंदगी और मौत के बीच एक-एक सेकंड मायने रखता है। हम अपने नागरिकों के लिए रक्षा की अंतिम पंक्ति होते हैं; जब ऐसा कुछ होता है तो हम तैयार होने में समय बरबाद नहीं कर सकते। ट्रेनिंग में भी हमें अपने कोड ऑफ कंडक्ट के बारे में बहुत अच्छी तरह से बताया गया था। तो अब तुम्हें पसंद हो या न हो, तुम्हें यह सब झेलना पड़ेगा।"

ऐसे इनसान सारी महिमामय चीजों में सर्वोत्कृष्ट होते हैं। लांस नायक महतो उन्हीं आत्माओं में से एक थे। मेरी बहुत इच्छा थी कि यह तथ्य जया को सांत्वना दे पाता। क्या कभी उसके नुकसान की भरपाई हो पाएगी? उसके लिए वह न केवल एक नायक था, बल्कि उसका पति, जीवनसाथी, साथी और उसके बच्चों का पिता भी था—जिसके साथ उसने उस भविष्य की आशा की थी, जिसकी दोनों हमेशा योजना बनाते थे। उसे उन अनेक चिट्ठियों की याद आती है, जिनमें पीस पोस्टिंग मिलने के बाद उसने उनकी जिंदगी के बारे में चर्चा की थी।

एक चिट्ठी में उसने विशेष रूप से लिखा था, "हम माँ को अपने साथ रखेंगे, जया! मुझे बताओ। मैं फैमिली क्वार्टर के लिए अप्लाई करूँगा, लेकिन मैं उसको

अच्छा जीवन देना चाहता हूँ। मासू ने उसे कड़वाहट से भर दिया है। उसने मुश्किलों के सिवा कुछ नहीं देखा। मुझे यकीन है कि जब वह हमारे साथ रहने लगेगी, उसका चिड़चिड़ापन दूर हो जाएगा। आखिर हमारे बच्चों को भी तो उनके दादा-दादी की जरूरत है।"

उन्होंने योजनाएँ बनाई थीं। वे कड़ी मेहनत कर रहे थे। 1999-2002 की अवधि में ही कंधार अपहरण और संसद् हमले के बाद एन.एस.जी. में महत्त्वपूर्ण सुधार हुए थे। राजकुमार की भूमिका भी बढ़ गई थी—और उसने यात्रियों की सुरक्षा सुनिश्चित करने के लिए यात्री उड़ानों में वेश बदलकर उड़ानों में जाना शुरू कर दिया था। कमांडो की अपनी पहचान छिपाने के लिए वह मेकअप, चमकीले कपड़े, काले चश्मे, टाई और कोट या ब्लेजर वगैरह पहन लेता था।

संसद् पर हमले के दौरान वह भी ऑपरेशन का हिस्सा था। एन.एस.जी. में तीन साल का कार्यकाल पूरा करने के बाद वह अपनी यूनिट—12 जाट—में लौट आया था, जो उस समय जयपुर में थी। हालाँकि उसके कौशल के कारण उसे पाँच महीने के भीतर 5 राष्ट्रीय राइफल्स में प्रतिनियुक्त कर दिया गया था।

(एन.एस.जी. एक गुप्त संगठन है। वैसे तो मैं चाहती हूँ कि मैं तमाम अभियानों में उसकी सक्रिय भागीदारी के बारे में बताऊँ, लेकिन मैं गोपनीयता बनाए रखने के लिए यह नहीं कर सकती। हालाँकि जब देश और अपने लोगों की बात आती तो राजकुमार अपने नाम के अनुसार बहादुरी के काम करने में कभी हिचकिचाता नहीं था।)

5 राष्ट्रीय राइफल्स
गंदरबल, श्रीनगर
कश्मीर

सिपाही राजूराम (अब नायब सूबेदार) जब से 12 जाट में शामिल हुए थे, तभी से लांस नायक महतो की बहादुरी की कहानियाँ सुनता आ रहा था। उसके सीनियर उसकी हिम्मत, बहादुरी और कड़ी मेहनत की मिसालें देते नहीं थकते थे। युवा राजू 5 राष्ट्रीय राइफल्स में गंदरबल, कश्मीर में अटैच हुआ ही था, जहाँ लांस नायक राजकुमार महतो भी तैनात थे। राजू को उससे जल्द ही मिलने की उम्मीद थी। यूनिट में आते समय वह बार-बार उसके बूट, बेल्ट और वरदी को घबराते हुए देखता रहता था।

जब वह बेस पर पहुँचा तो उसने अपने बक्से को खोलना शुरू किया, तभी

एक जोरदार आवाज सुनाई पड़ी, "सिपाही राजूराम ?" हैरान होकर वह पलटा और अपने सामने खड़े सीनियर को तुरंत उसने सैल्यूट किया, "राम-राम सर! सिपाही राजू, 12 जाट, उपस्थित है!"

"ओए! तेरी तो अभी मूँछें भी नहीं आई हैं! इधर 5 आर.आर. में क्या कर रहा है ?' लांस नायक ने मुसकराते हुए नरम स्वर में पूछ लिया।

"आपके बारे में बहुत-कुछ सुना है, आज आपसे मिल भी लिया।" राजू से उसकी खुशी छिप नहीं रही थी।

"अरे! ये यूनिटवाले भी न ऐसे ही हवा बनाते रहते हैं। चल इतना लोड न ले! पानी पी!" लांस नायक महतो ने प्यार से उसकी पीठ थपथपाते हुए कहा।

राजकुमार ने उससे अगले दिन ड्यूटी के बाद मिलने के लिए कहा और यह भी कहा कि अगर उसे कोई भी दिक्कत हो तो वह उसे बताए। आखिरकार वे एक ही यूनिट के थे और भारतीय सेना में सैनिकों के बीच यह सर्वाधिक प्यार का रिश्ता होता है।

अगले दिन सिपाही राजूराम उससे बैरक में मिला और बोला, "सर, आप मेरे सीनियर हैं और कमांडो भी रहे हैं, लेकिन मेरी तो यह इस तरह की पहली पोस्टिंग है। मैं तो घबरा रहा हूँ। यहाँ तो बहुत एनकाउंटर होते होंगे ?"

लांस नायक महतो ने जवाब दिया, "यही तो तुझे आर.आर. में सीखना है। हमारा मुख्य काम आतंकवाद विरोधी अभियान या घेराबंदी और तलाशी अभियान चलाना नहीं है। हमारा असली काम शांति बहाल करना और स्थानीय लोगों के साथ भाईचारा कायम करना और उन्हें सहायता पहुँचाना है। सी.ओ. साहब हर माह दो बार सभी गाँववालों से मिलते हैं और उनकी समस्याएँ सुनते हैं और उन्हें सहयोग देते हैं। गाँववाले हमारे ऊपर इतना ज्यादा भरोसा करते हैं कि हमसे वाहन, दवाओं और अन्य चीजों की मदद लेते रहते हैं। कई बार मैंने उनके घावों पर मरहम-पट्टी की है, उनके घायल जानवरों को पास के अस्पताल तक पहुँचाया है। हम लोग यहाँ पर यही करते हैं।" वह कुछ पल के लिए रुका और बोला, "तेरे को यह नहीं सोचना है कि वे हिंदू हैं या मुसलिम। बस इतना याद रखना है कि वे इंडियन हैं और तुझे उनकी सहायता करनी है। यही हमारा काम है। अगर बाहरवाले हमारी धरती पर कदम रखेंगे या कोई हम पर बम फेंकेंगे तो हम जवाब देंगे ही न। इसे एनकाउंटर बोलो या कुछ और।"

लांस नायक महतो ने उसे काम करने के तरीके और काम के दौरान अपनाए जानेवाले सुरक्षा उपायों के बारे में भी बताया। कश्मीर उस समय आतंकवाद से पीड़ित था और उसे 'अशांत क्षेत्र' के रूप में चिह्नित किया गया था। इसलिए वहाँ

आज भी सशस्त्र बल विशेष अधिकार अधिनियम (अफस्पा) लागू है।

राजकुमार ने राजूराम को बताया कि राष्ट्रीय राइफल्स का मुख्य योगदान केवल आतंकवादियों को मार गिराना नहीं, बल्कि उस इलाके में शांति और स्थिरता कायम रखना है। उसने यह भी बताया कि आर.आर. किस तरह से पुलिस के निकट सहयोग से काम करती है। उनका मुख्य काम सुचारु नागरिक प्रशासन के लिए अनुकूल स्थिति बहाल करना है। उसने यह भी जिक्र किया कि निजी तौर पर उसने राष्ट्रीय राइफल्स के साथ काम करने को एन.एस.जी. के कमांडो की तुलना में ज्यादा चुनौती भरा पाया है। उसने खुफिया जानकारी जुटाने के लिए 'इखवानी' या भाईचारे की भूमिका पर जोर दिया।

सिपाही राजूराम उसकी जानकारी का दायरा देखकर और उसे अविश्वसनीय सैनिक पाकर दंग रह गया। बाद में रात को कई सैनिक उससे मिले और उसे बताया कि लांस नायक महतो कंपनी कमांडर का दोस्त है, क्योंकि वह सर्वश्रेष्ठ लोगों में शुमार किया जाता है। राष्ट्रीय राइफल्स अलग-अलग रेजिमेंटों से संबद्ध नहीं है। इसके सैनिक अलग-अलग शाखाओं और यूनिटों से आते हैं। युवा राजू को उसी 12 जाट यूनिट का हिस्सा बनकर बेहद गर्व महसूस हो रहा था, जिससे लांस नायक महतो जुड़ा था। वह नहीं जानता था कि अजीब इत्तेफाक से उसके हाथ की रेखाएँ राजकुमार के हाथ की रेखाओं के काफी समान हैं। जिंदगी रहस्यों से भरी है और कुछ बातें इनसानी समझ से बाहर हैं। कई सवालों के उत्तर नहीं हैं और किसी भी विज्ञान के जरिए उनकी व्याख्या नहीं हो सकती। राजूराम एक ऐसी ही चीज का प्रत्यक्षदर्शी बननेवाला था।

नायब सूबेदार राजूराम ने अपने साथ साक्षात्कार सत्रों के दौरान बताया, "मैं अब अपनी यूनिट 12 जाट में वापस आ गया हूँ, और जब कभी मैं लांस नायक महतो के नाम पर रखे गए स्पोर्ट्स कॉम्प्लेक्स के सामने से गुजरता हूँ तो अपनी आँखों के आँसू नहीं रोक पाता हूँ। मैं उनकी बहादुरी देखकर हतप्रभ था और उन्हें अपना आदर्श मानता था, लेकिन तब मुझे कभी पता नहीं था कि मेरी तकदीर में उनके अंतिम दिनों में उनके साथ रहना बदा था। कई बार मुझे लगता है कि मुझे 5 राष्ट्रीय राइफल्स में केवल उनसे मिलने के लिए ही तैनात किया गया था। उनसे मुलाकात के बाद बहुत जल्दी ही मुझे 15 कोर क्यू.आर.टी. में तैनात कर दिया गया था। 5 आर.आर. की वह संक्षिप्त अवधि मेरे लिए एक ठहराव के समान थी। हो सकता है, कोई पिछले जन्म का कनेक्शन रहा हो! पता नहीं।"

5 आर.आर. में अटैचमेंट की उस छोटी सी अवधि के दौरान राजूराम राजकुमार के साथ ऑपरेशन के इलाकों में गया और 'सद्भावना मिशनों' में भी उसके साथ रहा। 5

राष्ट्रीय राइफल्स एक स्थानीय स्कूल को सुरक्षा उपलब्ध कराता था और साथ ही मरम्मत का काम भी करवाता था। कई बार वे शिक्षकों को आने और स्थानीय बच्चों को पढ़ाने के लिए भुगतान भी करते थे। कई बार राजूराम ने राजकुमार के साथ नाइट ड्यूटी भी की।

एक बार राजकुमार उसे एक कश्मीरी पंडित से मिलाने ले गया।

युवा राजू घाटी से परिचित हो रहा था और कभी-कभी यह सैनिकों पर भारी पड़ती थी। गोलियों की बौछार, हिंसा और कभी-कभी क्रूरता के स्पष्ट प्रदर्शन ने उसके मन को विचलित कर दिया था। वे जिस कश्मीरी पंडित से मिले, उसकी सुरक्षा सी.आर.पी.एफ. और 5 आर.आर. की संयुक्त जिम्मेदारी थी। पंडित ने राजू को सलाह दी। उसने 1990 के दशक में घाटी से कश्मीरी पंडितों के पलायन के दौर की अपनी कहानी सुनाई।

मैंने काफी जोर दिया, लेकिन नायब सूबेदार राजूराम ने वह कहानी मेरे साथ साझा करने से इनकार कर दिया। उसने दृढ़ता से कहा, "मैं नहीं बता सकता। उसका अनुभव क्रूरता से भी परे था। उसका एक परिवार था—बेटे, बेटियाँ, पत्नी, चचेरे भाई—लेकिन अब कोई नहीं बचा था। भयानक कहानी थी—जो अब भी मुझे परेशान कर देती है। मैं राक्षसों को फिर से खुला नहीं छोड़ना चाहता।" वह जैसे खुद से बातें कर रहा था और कह रहा था, "लेकिन उसने मुझे बहुत हिम्मत दी। उसने मेरे लिए छोटी सी पूजा भी की। मुझे अहसास हुआ कि सेना के नाकाम होने पर क्या नतीजे होंगे और क्यों मैं भावनात्मक या विचलित होने का खतरा नहीं उठा सकता!" वह सोचते हुए बोलता जा रहा था, "पंडित ने मुझे यह भी बताया कि वह अब आतंकवादियों से नहीं डरता। यह उसकी जमीन थी—उसके पूर्वजों की जमीन थी—और उसका उसी पर मर-मिटने का इरादा था। आतंकवादियों ने वह सबकुछ पहले ही छीन लिया था, जो कभी उसका था। मुझे यह भी नहीं पता कि अब वह जीवित है या नहीं! तब राजकुमार सर ने हमें मौत से अपने बाल-बाल बचने के बारे में भी बताया और यह भी बताया कि अब उन्हें किसी भी चीज से डर नहीं लगता, क्योंकि उनका मानना था कि अगर वे मर भी गए तो वे एक नेक काम के लिए ही मरेंगे। दुनिया से विदा होने का क्या शानदार तरीका है!"

दोनों सैनिकों के बीच वही आखिरी बातचीत थी। जल्द ही राजूराम को 15 कोर जाने का ऑर्डर मिल गया, जहाँ वह बाकी कार्यकाल के लिए क्यू.आर.टी. का हिस्सा रहनेवाला था।

4 जून, 2004
टाटासिल्वे, झारखंड

जया एम.एस.सी. के फाइनल ईयर में थी। उसके फाइनल एक्जाम नवंबर में होने थे और वह कड़ी मेहनत कर रही थी। पिछले दो सालों में बहुत-कुछ घटित हो चुका था। अपनी हिम्मत और भरोसे के बल पर उसने अपनी ससुरालवालों का आदर और सहयोग हासिल कर लिया था। जब उसने 2002 में प्राणी विज्ञान से फर्स्ट डिवीजन में बी.एससी. पास की तो समूचा गाँव उसे बधाई देने उमड़ पड़ा था। मासू में स्नातक बननेवाली वह पहली महिला थी। अपनी असाधारण उपलब्धि पर उसके बारे में स्थानीय अखबारों ने सुर्खियों में छापा था। उसकी उपलब्धि के बाद उसके ससुर गाँव में काफी गर्व महसूस करने लगे थे, क्योंकि उस गाँव में महिलाओं को दबाकर रखा जाता था और महिला सशक्तीकरण एक कल्पना थी। इस बार वह जया का एम.एससी. का फॉर्म भराने उसके साथ गए थे। उसने अपनी पत्नी से भी कहा कि जया पर काम का ज्यादा बोझ न डाले, ताकि उसे अपनी पढ़ाई पर ध्यान देने का वक्त मिलता रहे। दोनों बच्चे जैमनी देवी को व्यस्त बनाए रखते थे।

जब जया को लग रहा था कि सबकुछ ठीक हो गया है, तभी 2003 में उसके ससुर चल बसे। अचानक मुसीबतें बढ़ गईं। लोगों ने जैमनी देवी को डायन कहना शुरू कर दिया था। उस गाँव में विधवा महिलाओं के साथ इस तरह का व्यवहार कोई नया नहीं था। झारखंड में आज भी कई हिस्सों में लोग अब भी जादू-टोने में यकीन करते हैं और महिलाओं के साथ सरेआम सामूहिक रूप से मार-पीट करते हैं।[25] बीस साल पहले तो हालात और भी खराब थे। राजकुमार भी उस साल दो बार घर आया था और उसने गाँववालों को धमकी दी थी कि अगर किसी ने शरारत की तो वह एफ.आई.आर. दर्ज करा देगा। उसके जाते ही लोगों ने फिर से जैमनी देवी को परेशान करना शुरू कर दिया। जया ने लोगों को समझाने की भरसक कोशिश की, लेकिन कोई फायदा नहीं हुआ। हालाँकि वह उम्मीद लगाए रही और अपने पति के फिर से घर लौटने का इंतजार करती रही। राजकुमार का 5 राष्ट्रीय राइफल्स में कार्यकाल पूरा होनेवाला था और वह 7 जून, 2004 को एक सप्ताह के लिए घर आने की योजना बना रहा था। जया की भी एम.एस.सी. पूरी होनेवाली थी और वह फर्स्ट डिवीजन लाने के लिए कोई भी कसर बाकी नहीं छोड़ रही थी। उन लोगों ने जैमनी देवी के साथ जयपुर में रहने का प्लान बना लिया था, जहाँ से जया पी-एच.डी. करने की सोच रही थी। 12 जाट जयपुर में पीस स्टेशन में आ गई थी। बच्चों की पढ़ाई के लिए भी यह बहुत अच्छा था। राजकुमार ने छुट्टियों में उसे पश्चिम बंगाल के तटीय

नगर दीघा ले जाने का भी वादा किया था। पाँच साल के गौरव और ढाई साल के अंकित ने भी चिट्ठी भेजकर राजकुमार के पास खिलौनों की लंबी सूची भेज दी थी। इसमें एक असली टैंक की भी फरमाइश की गई थी। जया एक-एक पल गिन रही थी।

4 जून, 2004 की सुबह की उसे हर बात अच्छी तरह से याद है। उसे लांस नायक महतो का फोन आया था—

"हैलो।"

"राम राम गौरव की मम्मी। कैसी हैं आप?" उसकी आवाज काफी खुश लग रही थी।

"आज फोन कैसे कर लिया इतनी सुबह? ऐसे तो कभी नहीं करते हो आप?"

"अरे गौरव की मम्मी, अब अपने मिलन के दिन आनेवाले हैं। आ रहा हूँ 7 जून को। सोचा, सरप्राइज दूँ, इसलिए फोन किया। रात से ही बहुत याद आ रही है आपकी, पता नहीं क्यों? इसलिए मैंने आज रसगुल्ले भी खाए।"

"अरे, आपने रसगुल्ले कैसे खा लिये? वह तो मेरे पसंदीदा हैं, आपको तो वह पसंद ही नहीं?" जया शरमाते हुए बोली।

"मैंने बताया न—तुम्हारी बहुत याद आ रही थी। ऐसा लग रहा था, जैसे 7 जून न जाने कितनी दूर है और यह कभी नहीं आएगी! तुमसे और बच्चों से मिलने का और इंतजार नहीं कर सकता अब।" भावुक होकर राजकुमार धीरे से बोला।

"प्लीज, ऐसे मत बोलो। केवल दो दिन तो बचे हैं और ये भी पलक झपकते ही उड़ जाएँगे। इस बार कितने दिन रुकोगे?"

"मासू में मैं केवल एक सप्ताह रुकूँगा और तुम लोगों को दीघा ले जाऊँगा और फिर तुरंत अपनी यूनिट वापस लौट आऊँगा। लेकिन जब मैं लौटूँगा तो मैं नायक राजकुमार महतो बनकर लौटूँगा। जया, तुम्हारा पति अब नायक बनने जा रहा है। जून में मेरा प्रमोशन होना है। मेरा वादा है कि प्रमोशन पाते ही मैं फिर से तुम्हारे पास आऊँगा।" राजकुमार की आवाज में गर्व महसूस हो रहा था।

जया बहुत ज्यादा खुश थी। वह जानती थी कि उसके लिए प्रमोशन की कितनी अहमियत है!

"अच्छा, जल्दी बताओ, माँ कैसी हैं? मुझे कंपनी कमांडर साहब के पास जाना है। उन्होंने मुझे तुरंत मिलने के लिए बुलाया है, लेकिन मैंने सोचा, पहले तुमको फोन कर लूँ।"

"माँ ठीक हैं, लेकिन गाँववाले अब भी उन्हें परेशान करते हैं। मैं कुछ दिनों के लिए अपनी माँ के पास टाटासिल्वे आई हूँ, लेकिन 7 जून तक जब तुम आओगे, मैं

मासू लौट आऊँगी। साहब ने तुम्हें क्यों बुलाया है?"

"जया, तुम्हें माँ के पास होना चाहिए। पापा के गुज़र जाने के बाद वे अकेली पड़ गई हैं। इस बार हम लोग जयपुर में बसने का प्लान करेंगे। माँ को भी उजड्ड गाँववालों से दूर, बेहतर जिंदगी की जरूरत है। मैं 12 जाट में पहुँचकर सी.ओ. साहब से इस बारे में बात करूँगा। अब मुझे जाना है। टेक केयर। बाय, लव यू।"

जया ने अपने चाचा के घर पर खुशी-खुशी फोन रखा। यह उसकी अपने पति से आखिरी बातचीत थी और इसके कुछ ही घंटों बाद उसने 'ऑपरेशन रक्षक' के तहत ड्यूटी करते हुए सर्वोच्च बलिदान दे दिया था।

काश, कोई ऐसा तरीका होता कि हम अपने भविष्य को देख पाते, ताकि अब चीजें बेहतर तरीके से प्लान कर पाते! ऐसे तो हमारे सैनिक अपने परिवारवालों के लिए टूटे सपने, अधूरे वादे और खोई हुई उम्मीदें ही छोड़ जाते हैं, जो उनके बिछुड़ने पर जिंदगी भर के लिए दुःख में डूब जाते हैं।

4 जून, 2004
गंदरबल
कश्मीर

5 राष्ट्रीय राइफल्स के कमांडिंग ऑफिसर मलूतगली, गंदरबल के जरिए सीमा पार से होनेवाली घुसपैठ की खबरों से चिंतित थे। इस इलाके में घुसपैठ के लिए आतंकवादी मलूतगली का इस्तेमाल कर रहे थे, जो उनके एरिया में पड़ता था। मलूतगली की पहाड़ी और इसकी तराई में नाला आतंकवादियों के लिए आसान रास्ता साबित हो रहा था। इलाके की भौगोलिक संरचना सुरक्षाबलों की दुश्मन साबित हो रही थी और उन्हें आतंकवादियों की हरकतों पर नजर रखने के लिए पहाड़ी पर एक चौकी बनानी पड़ गई थी। 2000 के दशक के आरंभ में कश्मीर में आतंकवाद चरम पर था और सुरक्षाबलों को उससे निपटने में बहुत मुश्किल आ रही थी।

ऐसे काम 'ऑपरेशन रक्षक' के तहत किए जाते हैं, जिनसे सुरक्षाबलों पर काफी दबाव पड़ता है और उनकी आवाजाही में बाधा आती है। स्थानीय लोगों की जान बचाते हुए और कई बार सद्भाव बनाए रखने के प्रयासों में कई सुरक्षाकर्मियों की जानें जा चुकी हैं।

4 जून, 2004 को उन्हें भरोसेमंद सूत्र से जानकारी मिली कि मलूतगली में लश्कर के दो आतंकवादी छिपे हैं। तीन सैनिकों और कंपनी कमांडर समेत 5

राष्ट्रीय राइफल्स क्यू.आर.टी. मौके के लिए रवाना हो गई। लांस नायक महतो उस क्यू.आर.टी. का हिस्सा था, क्योंकि वह सबसे अच्छे सैनिकों में से था और कंपनी कमांडर का दोस्त भी था। वे हमेशा उसके साथ काम करते थे। वे दोनों निकट सहयोगी थे।

घेराबंदी और तलाशी अभियान से उन्हें पता चला कि आतंकवादी घाटी में छिपे हुए हैं। जब वे वहाँ पहुँचे तो कोई आतंकवादी नजर नहीं आया। शायद किसी ने उन्हें इलाके में सुरक्षाबलों की आवाजाही के बारे में खबर दे दी थी। कंपनी कमांडर ने एक जाल बिछाया और दस्ता चुपके से जगह-जगह पोजीशन लेने के लिए कदम बढ़ाने लगा। यह फैसला लिया गया कि लांस नायक महतो पहले आगे बढ़ेगा और कंपनी कमांडर उसे कवर देंगे। वे अचानक हमला करना चाह रहे थे, लेकिन उन्हें यह आभास नहीं था कि लश्कर-ए-तैयबा के आदमी पहले से ही अपेक्षाकृत सुरक्षित स्थान हासिल कर चुके हैं। लश्कर के पास घाटी में तगड़ा खुफिया नेटवर्क है। आतंकवादियों ने महसूस किया था कि वे घेरा नहीं तोड़ सकते और बच नहीं सकते, इसलिए उन्होंने इंतजार करने और मौत का मुकाबला करने का फैसला किया।

जिस पल लांस नायक महतो अपनी पोजीशन लेने के लिए आगे बढ़े, वैसे ही साठ सेकंड से कम समय के अंदर गोलियों का पहला राउंड दागा गया। किसी भी ऑपरेशन में पोजीशन लेना स्वाभाविक रूप से सबसे अहम होता है, क्योंकि तब आप अपेक्षाकृत सुरक्षित होते हैं। लांस नायक महतो को कई गोलियाँ लगीं और वे तुरंत गिर पड़े।

एक सेकंड! एक सेकंड के अंदर ही सबकुछ गड़बड़ हो गया था। मजबूत और अनुभवी लांस नायक महतो अपने क्यू.आर.टी. की ताकत थे—और उसका नैतिक समर्थन भी थे। यहाँ तक कि कंपनी कमांडर भी ऐसे समय में प्रोटोकॉल को किनारे करते हुए अपने कवर से बाहर आने से खुद को रोक नहीं पाए। वे दो अन्य सैनिकों के साथ मारे गए हीरो की ओर दौड़ पड़े। बाकी 5 आर.आर. दस्ते ने अपनी मशीनगनों के हैंडल पर अपनी पकड़ मजबूत कर ली और आतंकवादियों पर कई राउंड गोलियाँ बरसा दीं। इत्तेफाक की बात थी कि आतंकवादी विशाल मलूतगली नाले के पास थे, जिसमें वे अपनी जान बचाने के लिए कूद पड़े।

आखिरकार अगले दिन कुपवाड़ा स्थित 24 आर.आर. ने दो आतंकवादियों को मार गिराया। 5 आर.आर. और 24 आर.आर. में गंदरबल और कुपवाड़ा में अपने ठिकानों के बीच बहुत सारे सामान्य ऑपरेशन एरिया थे।

श्रीनगर से मुठभेड़ स्थल करीब पच्चीस किलोमीटर की दूरी पर था। तुरंत

लांस नायक महतो को एंबुलेंस से श्रीनगर के 92 बेस अस्पताल ले जाया गया, लेकिन कई गोलियाँ लगने के कारण बुरी तरह से घायल मजबूत सिपाही राजकुमार महतो ने रास्ते में ही दम तोड़ दिया।

उसी कोर के सिपाही राजूराम को जैसे ही खबर मिली, वे तुरंत अस्पताल की ओर भागे। उसे वहाँ 5 राष्ट्रीय राइफल्स के कंपनी कमांडर और सीनियर जे.सी.ओ. मिले। वे सब बहुत दु:खी लग रहे थे। लांस नायक महतो कोई साधारण सैनिक नहीं थे, वे कमांडो रह चुके थे। उन सबके मनोबल को यह गहरा धक्का था। कमांडिंग ऑफिसर सिपाही राजूराम को देखते ही उनकी तरफ आए। उन्हें पता था कि दोनों एक ही यूनिट के थे।

नायब सूबेदार राजूराम ने मुझे बताया, 'उन्होंने मुझसे कहा कि जो कुछ होना था, हो गया और इससे अपना मनोबल नहीं गिरने देना चाहिए, लेकिन ऐसा लग रहा था, जैसे वे खुद को ही सांत्वना दे रहे हों। हम सभी जानते थे कि आतंकवाद के खिलाफ हमारी लड़ाई में हमने क्या खो दिया है? दुर्भाग्यपूर्ण स्थिति थी। मैं जया भाभी के बारे में सोच तक नहीं पा रहा था। मुझे पता था कि उन्होंने उनके लिए क्या किया है और वे अभी अपना कार्यकाल पूरा करके घर लौटनेवाले थे।'

शव को राँची भेज दिया गया। जया के जेठ अमरनाथ महतो को सबसे पहले खबर दी गई। वे जल्दी से जया के माता-पिता के घर गए, जहाँ वह रह रही थी। किसी ने उसे कुछ नहीं बताया, लेकिन वह समझ रही थी कि कुछ गड़बड़ है। तब उसे बताया गया कि राजकुमार को गोलियाँ लगी हैं और वह घायल हो गया है, लेकिन ज्यादा गंभीर बात नहीं है। हालाँकि उसके दिल में घबराहट होने लगी थी। वह एक मजबूत आदिवासी महिला थी, जो इस दुनिया का सारा बोझ अपने कंधे पर उठा सकती थी, लेकिन यह कुछ ऐसा था, जिससे वह सिहर गई थी। वह खुद से कहती रही कि कुछ भी गलत नहीं हो सकता और उसका पति अपने वादे के अनुसार दो दिनों के भीतर घर लौट आएगा।

शाम तक उसके माता-पिता के घर पर भारी भीड़ जमा हो गई थी। लोगों को पता चल गया था कि 'स्थानीय आदमी' वीरगति हो गया है।[26] जया यह तब तक मानने को तैयार नहीं हुई, जब तक कि उसने पार्थिव शरीर खुद नहीं देख लिया। लांस नायक राजकुमार महतो का शव तिरंगे में लिपटा था। वह बेहोश हो गई थी। जब उसे होश आया तो उसे समझ आया कि उसका सबकुछ लुट चुका है।

उसने मुझसे कहा, "सबसे पहले मैंने अपने बच्चों के बारे में सोचा और फिर अपने बारे में। तब मेरी उम्र काफी कम थी—करीब इक्कीस साल की थी मैं। अपने

पति के ही सहयोग से मैं पढ़ सकी थी और अपने बच्चों के अच्छे भविष्य की उम्मीद कर रही थी। मुझे समझ नहीं आ रहा था कि अब हमारी मदद कौन करेगा, और उनके बिना अब हम कैसे जिएँगे? वे मुझे रास्ता दिखानेवाली रोशनी थे, मेरे मार्गदर्शक थे, मेरे दोस्त थे। जिंदगी अचानक बेमानी लगने लगी थी।"

जया के जीने की इच्छा खत्म हो गई थी। उसके बच्चे भूख से चिल्लाते रहते थे, लेकिन वह कोई ध्यान नहीं देती थी। उसे रात में बुरे-बुरे सपने आने लगे और वह आधी रात को घबराकर जाग जाती थी। उसके पास न तो पैसा था, न मदद थी और न यह पता था कि वह अपने मायके में कब तक रह पाएगी! उन्हें लगा उनके सारे सपने टूट जाएँगे, जो उसने राजकुमार के साथ देखे थे। वह न तो खुद पढ़ सकती थी और न अपने बच्चों को पढ़ा सकती थी।

जब हमें भगवान् की बहुत ज्यादा जरूरत होती है, तब वह फरिश्तों के रूप में इनसानों को हमारे पास भेज देता है। ये फरिश्ते हमारे दोस्त हो सकते हैं, परिजन हो सकते हैं या अजनबी भी हो सकते हैं, जो कुछ देर के लिए प्रकट होते हैं, हमें ताकत और सांत्वना देते हैं और हमारे दिलों में प्यार भर जाते हैं। वे हम तक भगवान् का संदेश पहुँचाते हैं और संकेत देते हैं कि सबकुछ खत्म नहीं हुआ है और वे ऊपर से सब देख रहा है। हमें केवल उस संकेत को समझने की, विश्वास बनाए रखने की और आगे बढ़ने की जरूरत होती है।

जया को वह फरिश्ता लांस नायक एल.बी. राय के रूप में मिला, जो उसके पति के साथ एन.एस.जी. में काम कर चुके थे। जब उन्हें खबर मिली तो वे अपने प्यारे दोस्त की शोक-संतप्त पत्नी से मिलने मासू आए। उन्होंने कहा, "राजकुमार ने आपको किसलिए इतना पढ़ाया-लिखाया था? रोते रहने और दुःख मनाते रहने के लिए? या इसलिए कि समय आने पर आप उस शिक्षा का इस्तेमाल करें? वह समय आ चुका है। उसका इस्तेमाल कीजिए। सारे सांत्वना-पत्रों को पढ़िए और देखिए, कहाँ से आपको मदद मिल सकती है?"

जया ने सारे शोक-पत्र निकाले। उनमें से आर्मी वाइव्स वेलफेयर एसोसिएशन (आवा) की अध्यक्षा के पत्र पर उसकी नजर पड़ी। पत्र पर छपे शब्द 'आर्मी वाइव्स वेलफेयर एसोसिएशन' ने संकेत दिया कि यह उसके लिए अपनी शिकायतों को सामने रखने का सही मंच हो सकता है। उसने उस पत्र का उत्तर दिया और कुछ ही दिनों में उसे उनका संदेश मिल गया। 15 कोर 'आवा' की तत्कालीन अध्यक्ष श्रीमती ज्योत्स्ना शर्मा ने आगे की कारवाई के लिए उसका मार्गदर्शन किया। तब जया ने राँची स्थित 'आवा' 23 इन्फैंट्री डिवीजन की अध्यक्ष श्रीमती रेणु भारद्वाज

से मुलाकात की, जो उनकी स्थानीय कमान चेन थी। श्रीमती रेणु भारद्वाज ने 'वीर नारी' के रूप में उसकी स्थिति से अवगत होकर तुरंत एक वाहन भेजकर उसे अपने ऑफिस मिलने के लिए बुलवाया।

23 इन्फैंट्री डिवीजन के जनरल ऑफिसर कमांडिंग लेफ्टिनेंट जनरल दलीप भारद्वाज अब सेवानिवृत्त हो चुके हैं। उनकी पत्नी श्रीमती रेणु भारद्वाज को वह समय याद है। उन्होंने बताया, "जया गुस्से में थी और परेशान थी। मुझे उससे मिले एक महीना हो गया था और उसे लग रहा था कि सेना ने उसकी मदद नहीं की है। मैं उसका दर्द समझ गई। सेना एक बड़ा परिवार है और ये हमारी बेटियाँ हैं। अगर हम उनकी मदद नहीं करेंगे तो कौन करेगा?"

श्रीमती भारद्वाज ने सबसे पहले तो उससे ड्राइविंग सीखने को कहा, जोकि किसी पिछड़े गाँव की रहनेवाली महिला के लिए क्रांतिकारी बात थी। उसके सामने भी मुश्किलें थीं, लेकिन श्रीमती भारद्वाज ने कहा कि वे तभी उसकी मदद कर पाएँगी, जब वह खुद अपनी मदद करेगी। इसके लिए जया को स्कूटर चलाना सीखना था। श्रीमती भारद्वाज ने सी.एस.डी. से उसके लिए स्कूटर का भी इंतजाम करा दिया और संबंधित अधिकारियों से अनुरोध किया कि जया का जो भी रुपया-पैसा मिलना था, वे जारी कर दें। जया को आर्मी पब्लिक स्कूल में नौकरी का भी ऑफर मिला, जबकि वह उस लायक हुई नहीं थी। श्रीमती भारद्वाज ने कहा, "मकसद उसे व्यस्त रखने का और जीने के लिए एक मकसद देने का था। वह तो अगस्त में अपने फाइनल एक्जाम भी देने को तैयार नहीं थी। मैंने उसे समझाया, तब वह मानी। वह परीक्षा उसके कॅरियर में मील का पत्थर साबित हुई।"

लेफ्टिनेंट जनरल दलीप भारद्वाज ने उस दौरान तीन दिनों की पूर्व सैनिकों की रैली आयोजित की। रेणु भारद्वाज ने जोर दिया कि वे उस रैली में एक दिन वीर नारी रैली भी आयोजित करें।[27] उस इलाके की 'आवा' की अध्यक्ष होने के नाते वे महीने में कम-से-कम दो बार वीर नारियों से मिलती थीं और जानती थीं कि उन्हें उनकी जिंदगी के ऊबड़-खाबड़ रास्तों पर आगे बढ़ने के लिए सिस्टम के समर्थन की कितनी जरूरत है। सैन्य अधिकारी की पत्नी होने के नाते रेणु भारद्वाज ने यह सब देखा था। वे जानती थी कि पति या पिता को खो देने का क्या मतलब होता है और सैनिकों के परिवारों के लिए यह कितनी सदमे की बात हो सकती है।

मुझे उन्होंने बताया, "मेरे कार्यकाल के दौरान मैंने सुनिश्चित किया कि मैं महीने में कम-से-कम दो बार वीर नारियों से और उन महिलाओं से मिलूँ, जिनके पति सरहद पर तैनात हैं। अपनी-अपनी यूनिटों के कमांडिंग ऑफिसर वाहनों का

इंतजाम कर देते और उनके परिवारवाले मुझसे मिलने मेरे ऑफिस आ जाते थे। इससे भी मुझे उन समस्याओं की जानकारी मिलती, जिनका सामना वे महिलाएँ करती थीं। इसलिए मैंने अपने पति से 'वीर नारी रैली' करने का आग्रह किया। हमने बैंककर्मियों, बिल्डरों, रोजगार कंपनियों, सामाजिक कार्यकर्ताओं, मंत्रियों और कई अन्य लोगों को आमंत्रित किया।' तत्कालीन मुख्यमंत्री श्री अर्जुन मुंडा सिर्फ एक फोन करने से ही रैली में आने को तैयार हो गए।

उस कार्यक्रम में जया महतो समेत सभी वीर नारियों को दो-दो लाख रुपए दिए गए। अनेक ने मकानों के लिए आवेदन किया; कई अपने बच्चों के दाखिले कराना चाहती थीं—और बाकियों के भी ऐसे ही कुछ काम थे। उनके सभी सरकारी दस्तावेज जुटाए गए और सही किए गए। उनकी हरसंभव मदद की गई। रेणु भारद्वाज ने एक जाने-माने बिल्डर से भी अनुरोध किया कि वह जया को डिस्काउंट रेट पर फ्लैट दे दे। इसके अलावा, उसके लिए बैंक लोन का भी इंतजाम कराया गया और उसके पति के निधन के बाद मिले रुपयों की एफ.डी. कराने में मदद की गई। उन्होंने जया के परिवार से भी कड़ाई से कह दिया कि वे उन रुपयों का इस्तेमाल उसके बच्चों की पढ़ाई और उसके जीवन के लिए ही करें। श्रीमती भारद्वाज जानती थीं कि पति के बिना जीना उस आदिवासी युवा महिला के लिए मुश्किल होने जा रहा है और रुपया उसके लिए बहुत जरूरी है।

बिल्डर उस समय 5 लाख में उसे फ्लैट देने को तैयार हो गया और रेणु भारद्वाज के कहने पर एक लाख रुपए की उसने अतिरिक्त छूट दे दी। बाद में उन्होंने मुझे बताया, "स्वप्निल, वीर नारी रैली के दौरान बिल्डर सहमत हो गया तो हमने उसकी प्रक्रिया शुरू कर दी, लेकिन मुझे याद है कि जब हम दिल्ली में पोस्टेड थे, तब जया ने मुझे फोन किया था। उसने बताया कि उसे अभी तक फ्लैट नहीं मिला है और उसमें लगातार देरी की जा रही है। मैं उस राज्य के आई.जी. को जानती थी, इसलिए मैंने उन्हें कॉल किया और जया की मदद करने का अनुरोध किया। उन्होंने बिल्डर को फोन किया। इसके बाद बिल्डर ने जया से फोन करके कहा कि वह उसकी बहन जैसी है। उसने वादा किया कि एक सप्ताह के अंदर उसे फ्लैट मिल जाएगा—और उसने अपना वादा निभाया भी।"

यह कहते हुए वे हँस पड़ीं। मैं भी मुसकरा पड़ी।

जया को भी वह समय याद है। उसने बताया, "आज जो कुछ भी मेरे पास है, उसके लिए मैं आर्मी की आभारी महसूस करती हूँ। मेरे पति चले गए थे, लेकिन अपने पीछे वे पूरी सैन्य बिरादरी मेरे लिए छोड़ गए थे। उनको गए पंद्रह साल हो

गए हैं, लेकिन 'आवा' हमेशा मेरी मदद के लिए आगे आता है। मुझे याद है, मेरे पति के वीरगति प्राप्त होने के बाद मासू में गाँववालों ने मुझे भी परेशान करना शुरू कर दिया था और मुझे भी डायन कहने लगे थे। एक ही परिवार में लगातार तीन मौतें होने से हर किसी को यह बात सच लगने लगी थी। एक दिन मेरे एक जानकार ने मुझे खबर की कि गाँववाले मुझे मार डालना चाहते हैं और मेरी जमीन हथियाना चाहते हैं। मैं डर गई। घबराहट में मैंने रेणु मैम को फोन किया और उन्हें अपनी हालत बताई। अगले दिन मैंने देखा कि मेरे गाँव में मिलिटरी की गाड़ियों का पूरा काफिला पहुँच गया। पूरा गाँव स्तब्ध रह गया था। काफिले की अगुआई कर रहे सूबेदार मेजर साहब हमारी फूस की झोंपड़ी तक आए और मुझे पूरी इज्जत के साथ हमारे गाँव की चौपाल तक ले गए।

"करीब पाँच सिपाही मेरे पीछे चल रहे थे और बाकी इलाके को घेरे थे। उन्होंने सभी गाँववालों को इकट्ठा किया और ऐलान किया कि अगर किसी ने भी मुझे या मेरे परिवार को नुकसान पहुँचाने की कोशिश की तो पूरे गाँव को तिहाड़ जेल में डाल दिया जाएगा। यह उन लोगों के लिए एक तरह की धमकी थी, क्योंकि वे जानते थे कि वे तिहाड़ से वापस नहीं आ पाएँगे। मेरी मुश्किलों का वह आखिरी दिन था। सबको पता चल गया था कि भले ही मेरे पति नहीं रहे, लेकिन मैं अकेली नहीं थी।"

यह वाक्य आशा और कृतज्ञता से भरी हँसी के साथ समाप्त हुआ। आगे की यात्रा कठिन थी, लेकिन उसने खुद को सशक्त बनाने और आत्मनिर्भर बनने के अपने सपने को नहीं छोड़ा था। चाभी मिलते ही वह राँची में अपने मकान में शिफ्ट हो गई और बाकी लोगों पर उसकी निर्भरता खत्म हो गई। वह अपने निर्णय लेने और अपने जीवन में आगे बढ़ने के लिए आजाद थी। एम.एससी. के बाद उसने आर्मी पब्लिक स्कूल में पढ़ाते हुए बी.एड. और एम.एड. भी किया। बाद में, ग्यारह साल के लंबे इंतजार के बाद, उसे 2016 में झारखंड सरकार ने नौकरी की पेशकश की। उसकी पहली पोस्टिंग धनबाद में विज्ञान शिक्षक के रूप में हुई थी। उसने शिक्षक-प्रशिक्षण कार्यक्रमों में व्याख्याता के रूप में भी पढ़ाया। 2019 में, उन्हें 'इ-कंटेंट डेवलपर' के रूप में झारखंड शैक्षिक अनुसंधान और प्रशिक्षण परिषद् के महत्त्वाकांक्षी 'इ-लर्निंग कार्यक्रम' में भी शामिल किया गया था।

एक ग्रामीण आदिवासी महिला होने से लेकर शिक्षिका बनने तक और युवाओं में शिक्षा की रोशनी फैलाने तक, जया ने शक्ति और साहस का संचार किया है। इस मायने में वह अपने नाम पर खरी उतरी है—देवी दुर्गा का एक नाम 'जया' भी होता है। जया मिटी नहीं और न ही गरीबी तथा सामाजिक कलंक के बंद दरवाजों के पीछे

छिपी। इसके बजाय उसने ऊपर जाने के लिए लड़ते हुए अपना रास्ता बनाया और अपनी जैसी सैकड़ों महिलाओं के लिए आशा की किरण बनी। हालाँकि हम किसी बहादुर सैनिक से विवाह करनेवाली महिला से यही तो उम्मीद करते हैं।

आज जया अच्छी तरह से सेटल हो चुकी है। उसने न केवल जूलॉजी में एम.एससी. और एम.एड. किया, बल्कि झारखंड के सरकारी स्कूल में टी.जी.टी. विज्ञान शिक्षिका भी है। वह अपने पति के सपने को पूरा करने में बहुत गर्व महसूस करती है। उसका बड़ा बेटा गौरव बी.टेक., इलेक्ट्रिकल इंजीनियरिंग की पढ़ाई पूरी करने के बाद टाटा कंसल्टेंसी सर्विसेज में काम कर रहा है; और छोटा बेटा अंकित बैचलर ऑफ कंप्यूटर एप्लीकेशन के दूसरे वर्ष में है। वह अब भी उसी फ्लैट में रहती है, जिसे खरीदने में श्रीमती रेणु भारद्वाज ने मदद की थी। वह अपने स्कूल की सभा में राष्ट्रगान के बाद हर दिन अपने पति को याद करती है।

~❖~

यह कहानी लांस नायक राजकुमार महतो की पत्नी जया महतो; लांस नायक महतो के साथ काम कर चुके नायब सूबेदार जाकिर; लांस नायक महतो के जूनियर रहे और कुछ समय तक उसके साथ काम करनेवाले नायब सूबेदार राजूराम; उसके सीनियर और साथी फुटबॉल खिलाड़ी ऑनरेरी कैप्टन गोपाल कृष्ण भट्ट और 23 इनफैंट्री डिवीजन की 'आवा' की तत्कालीन अध्यक्ष श्रीमती रेणु भारद्वाज के साक्षात्कारों पर आधारित है। आज मासू में बहादुर लांस नायक राजकुमार महतो की आवक्ष प्रतिमा लगी है और हर दो साल में एक बार उनके नाम पर फुटबॉल टूर्नामेंट और मैराथन का आयोजन किया जाता है। जिस तरह से सेना ने जया की मदद की थी, उसी तरह से जया भी झारखंड के गाँवों की वीर नारियों की मदद करती हैं। वे अपने इलाके की लड़कियों को शिक्षित होने की सलाह देती हैं और जल्द ही मासू में पुस्तकालय खोलने की योजना बना रही हैं। उनके पति की मूल यूनिट जाट रेजिमेंट की 12वीं बटालियन उन्हें भूली नहीं है। 6 फरवरी, 2020 को 12वीं बटालियन के स्वर्ण जयंती समारोह में भी उन्हें आमंत्रित किया गया था। वे अपने पति की लंबी खोई हुई कहानी को पूरा करनेवाली एकमात्र प्रेरक शक्ति रही हैं। उन्होंने तथ्यों को खोजने, शोध करने और सही लोगों तक पहुँचने में मेरी बहुत मदद की—और उन्होंने यह सब इसलिए किया, क्योंकि वे अपने पति की विरासत को जीवित रखने के लिए अडिग हैं।

□

कारगिल प्रेम-कहानी

सौम्या नागप्पा और
कैप्टन नवीन नागप्पा, सेना पदक (वीरता)

6 जुलाई, 1999
पॉइंट 4875 (अब बत्रा टॉप)
मुशकोह घाटी, द्रास सेक्टर

भारतीयों और उनके पाकिस्तानी दुश्मनों के लिए सामरिक रूप से महत्त्वपूर्ण पर्वत चोटी पॉइंट 4875[28] की खड़ी ढलानों पर सुबह होनेवाली थी। यह बंजर भूमि थी—एक भी पेड़ नहीं था, कोई झाड़ी नहीं थी, हर तरफ बस बर्फ से ढके पहाड़ ही थे। बर्फ ने अपनी सारी सुंदरता खो दी थी। लगातार गोलाबारी और दोनों ओर के गिरे हुए सैनिकों ने जमीन को लाल और काले रंग के गहरे धब्बों में बदल दिया था। कैप्टन विक्रम बत्रा और कैप्टन नवीन नागप्पा हाल ही में कब्जाए गए दुश्मन के बंकर के अंदर बैठे थे। युद्ध के बीच में मेलजोल भुलाया नहीं गया था। वे साथ बैठकर खुलकर हँस रहे थे। कैप्टन नागप्पा से एक साल सीनियर कैप्टन बत्रा ने उनसे पूछा, "ओए, अन्ना, तेरा रिटायरमेंट प्लान क्या है ?"

कैप्टन बत्रा प्यार से कैप्टन नागप्पा को 'अन्ना' यानी भाई कहकर बुलाते थे।

कैप्टन नागप्पा ने कुछ उदास होकर जवाब दिया, "पता नहीं, सर ! मैं ई.एम.ई. से हूँ। मैं छह महीने में 13 जम्मू एंड कश्मीर राइफल्स छोड़ दूँगा। मुझे केवल यही चिंता है कि मैं आपसे दोबारा मिल पाऊँगा या नहीं ?"

"अन्ना, तू जे एंड के राइफल्स के लिए क्यों नहीं ऑप्ट कर लेता है ? देख, मेरे पास एक बहुत ही सिंपल प्लान है। यदि तू जे एंड के राइफल्स में शामिल

होता है तो हम साथ रहेंगे। सेना से रिटायर होने के बाद मैं पालमपुर में अपने घर स्ट्रॉबेरी फॉर्म खोलूँगा। तू वहीं मेरे पास आ जाना। मैं घोड़े भी रखूँगा और हम खूब मजे करेंगे।"

युद्ध के मैदान में ज्यादातर सैनिक इसी तरह की पागलपन भरी बातें करते हैं। युद्ध के बीच में जहाँ मौत हर पल चारों तरफ घूमती है, वहाँ रिटायरमेंट प्लान की बात कौन करता है? लेकिन बहादुर सैनिक ऐसे ही होते हैं।

विक्रम बत्रा ने उन्हें अपने बैग से कुछ शक्करपारे दिए। उसी समय उन्हें लगा कि कैप्टन नागप्पा की उँगलियाँ खून से लथपथ हैं। उन्होंने दिन में ही आखिरी बंकर पर कब्जा कर लिया था और उसी दौरान हताहत सैनिकों को पट्टी बाँधते समय या बाहर निकालते समय उन्हें चोट लग गई होगी, लेकिन उन्होंने अब तक इस पर ध्यान नहीं दिया था। कैप्टन विक्रम बत्रा ने उनका हाथ थाम लिया और उस पर कुछ बर्फ मल दी। उन्होंने कहा, "जो तेरे हाथ में लगा है, वह अपने बंदों का खून है। जब तक तेरे हाथ में दुश्मन का खून न लगे, छोड़ना मत सालों को।"

यह उनकी आखिरी बातचीत थी। कैप्टन नवीन नागप्पा ने अपनी ए.के.-47 उठाई और गुस्से में आखिरी बंकर की ओर भागे और पॉइंट 4875 पर कब्जा करने के लिए झपट पड़े। उनकी आँखों के सामने आखिरी कुछ दिन गुजर रहे थे।

~❖~

4 जुलाई, 1999
पॉइंट 4875 का बेस
मशकोह घाटी

मई 1999 में भारतीय सेना को पता चला कि पाकिस्तानी सेना और कुछ आतंकवादी एल.ओ.सी. पार करके भारतीय इलाके में घुस आए हैं। उन्होंने सामरिक रूप से महत्त्वपूर्ण ऐसी ऊँची चोटियों पर कब्जा कर लिया था, जो व्यावहारिक रूप से सरहदों का काम करती हैं। जवाब में भारतीय सेना ने बड़े पैमाने पर ऊँचे पर्वतों पर आक्रामक अभियान 'ऑपरेशन विजय' शुरू कर दिया, जिसका मकसद उन चोटियों को खाली कराना और उन पर फिर से कब्जा हासिल करना था। आखिरकार 26 जुलाई, 1999 को भारतीय सेना ने अपनी सारी चोटियों पर सफलतापूर्वक फिर से कब्जा कर लिया और यह ऑपरेशन पूरा हो गया। कैप्टन विक्रम बत्रा और कैप्टन नागप्पा युद्ध में भाग लेनेवाले ऐसे नाम हैं,

जो भारतीयों के दिमाग पर हमेशा छाए रहेंगे। कैप्टन नागप्पा ने मुझे विस्तार से बताया कि आखिरी हमला करने से पहले लास्ट मिनट में उन्होंने कैसे अपने आप को तैयार किया था।

अभी कुछ दिन पहले, जब नवीन कब्जा किए गए पॉइंट 4875 पर अपने टोही मिशन से लौटे थे तो उन्हें दुश्मन की हरकतों, हथियारों, गार्ड बदलने और अन्य प्रासंगिक चीजों के बारे में कुछ मूल्यवान जानकारी मिली थी। लेफ्टिनेंट कर्नल वाई. के. जोशी ने कैप्टन विक्रम बत्रा और कैप्टन संजीव सिंह जामवाल को पॉइंट 5140 पर कब्जा करने की जिम्मेदारी सौंपी थी।

कैप्टन नागप्पा को बेस पर गोला-बारूद का ढेर जमा करने और जरूरत पड़ने पर बैकअप उपलब्ध कराने के लिए कहा गया था। पॉइंट 5140 पर कब्जा करना एक बड़ी जीत थी, जिसमें कोई हताहत नहीं हुआ था। सैनिकों का मनोबल ऊँचा था और कैप्टन विक्रम बत्रा की मशहूर लाइन, 'ये दिल माँगे मोर' ने लाखों लोगों का दिल जीत लिया था।

कैप्टन नागप्पा को याद है कि उस समय हवा में भी जीत की सुगंध फैल गई थी। अब समय था कि वे अपनी काबिलीयत साबित करते। उन्हें कंपनी कमांडर गुरप्रीत सिंह की अगुआई में चार्ली कंपनी के साथ पॉइंट 4875 पर कब्जा करने का काम सौंपा गया था। कैप्टन बत्रा को इस बार बेस पर गोला-बारूद जमा करने और रिजर्व के रूप में काम करने के लिए कहा गया था। उस समय बुखार के कारण वे कुछ कमजोरी महसूस कर रहे थे।

कैप्टन नागप्पा ने मुझे बताया, "युद्ध में जाने से पहले सैनिकों को अपने परिवारवालों को पत्र लिखने के लिए कहा गया था, जिन्हें पोस्ट नहीं किया गया था। मेरे लिए सबसे कठिन काम अपने सैनिकों को यह बताना था कि अगर वे वापस नहीं आए तो ये पत्र पोस्ट कर दिए जाएँगे। हमें अपना पहचान-पत्र भी जमा करना था, ताकि अगर हमें युद्धबंदी (पी.ओ.डब्ल्यू.) बना लिया जाए तो हमारी पहचान उजागर न हो सके। मुझे याद है कि हर सैनिक ने अपना बटुआ खोला था और वे बहुत देर तक अपने परिवार की तसवीरें देखते रहे थे।"

पॉइंट 4875 की तराई में पहले संगर पर पहला हमला बड़ी सुबह चौंकानेवाला था। पाकिस्तानी सैनिक यूनिवर्सल मशीनगन और 30 एम.एम. मोर्टार लिये थे। हमले के बाद भारतीय पक्ष ने कुछ ए.के.-47 राइफलें, यू.एम.जी., पिस्तौलें, मोर्टार और गोला-बारूद बरामद किया। पहला कब्जा तो काफी आसान था, लेकिन सैनिकों को पता था कि बाकी चोटी पर कब्जा आसान नहीं होगा, क्योंकि गोलियों की आवाजों

ने अगले बंकर में छिपे दुश्मन को सतर्क कर दिया था।

'एरिया फ्लैट टॉप' कहे जानेवाले अगले बंकर में प्रवेश का रास्ता सँकरा था। आगे बढ़ना बहुत कठिन था। कैप्टन नागप्पा के नेतृत्व में चार्ली कंपनी ने खुद को टुकड़ों में बाँट लिया, लेकिन फिर भी इसे सँभाल नहीं सकी। दुश्मन भारी पहरा दे रहा था। वे लगातार गोलियों की बौछार कर रहे थे। भारी गोलाबारी के कारण भारतीय पक्ष को रुकना पड़ गया था। कंपनी एक ही स्थिति में फँस गई थी। किसी को समझ नहीं आ रहा था कि क्या करना है? सैनिक न तो वहाँ से हट सकते थे और न ही जवाबी काररवाई कर सकते थे।

राइफलमैन संजय कुमार सिंह ने कंपनी के लिए स्काउटिंग करने की इच्छा जताई। उसने अपनी हथेलियों के चारों ओर फील्ड ड्रेसिंग लपेटी और उस सँकरी चढ़ाई पर नीचे लेटे हुए रेंगते हुए बाहर निकले। वे ऊँचाई पर दुश्मन के बंकर के करीब पहुँच गए और एच.एम.जी. की गरम बैरल को उन्होंने अपने हाथों से खींच लिया।

वही क्षण निर्णायक था, जिसमें उनके साथियों को बढ़ने का मौका मिल गया। इसके बाद उन्होंने दुश्मन के बंकर की तरफ धावा बोल दिया, जबकि वे उन पर गोलियाँ दाग रहे थे। उनके सीने और हाथों पर गोलियाँ लगीं, लेकिन इसके बावजूद वे नहीं रुके। इसी समय उनके साथी सैनिकों को मौका मिल गया और वे खेल में फिर मुकाबले में आ गए।

आखिरकार, राइफलमैन संजय कुमार ने हाथापाई में ही तीन पाकिस्तानी सैनिकों को मार डाला। इसके बाद वह दुश्मन की गिरी हुई मशीनगन लेकर दूसरे बंकर की तरफ रेंगकर आगे बढ़े। उसके सैनिक एकदम दंग रह गए और भागने की कोशिश करते समय मार गिराए गए।

कैप्टन नागप्पा ने मुझे बताया, "चारों ओर बंकरों से घिरी चोटियों पर चढ़ना खतरों से भरा था। पाकिस्तानी हमें ऊपर चढ़ने देते और फिर गोलियाँ चलाने लगते। शुरुआती हमलों के बाद अब वे पूरी तरह से सतर्क थे। हम ऊपर चढ़ते गए, इंच-दर-इंच बढ़ते गए। हम गिरते, लुढ़कते, फायरिंग करते, रेंगते, बड़ी चट्टानों की ओर दौड़ते और उनके पीछे छिप जाते, फायरिंग करते और फिर खुद को छिपाने के लिए अगली चट्टान चुनते। हमने एक ही रणनीति बार-बार आजमाई। कोई कवर देता था। दुश्मन गोलाबारी करता था और हम जवाबी हमला करते थे और सँकरी सीमा-रेखा की तरफ आगे बढ़ते जाते। 5 जुलाई तक आगे बढ़ना बेहद कठिन हो चुका था। हमारा गोला-बारूद भी खत्म हो चुका था। मैंने

सुबह सबसे पहले लेफ्टिनेंट कर्नल वाई.के. जोशी को फिर से बेस पर बुलाया और उन्हें रिजर्व सैनिक भेजने को कहा।"

जोशीले साथियों ने देखने में सुरक्षित पर वास्तव में खतरनाक इलाके पर ध्यान न देते हुए दुश्मन पर हमला कर दिया और उससे पॉइंट 4875 का एरिया फ्लैट टॉप छीन लिया। 5 जुलाई तक 13 जे एंड के राइफल्स ने एरिया फ्लैट टॉप पर पूरी तरह से कब्जा कर लिया था।

कैप्टन नागप्पा ने राहत की साँस तक नहीं ली थी कि पाकिस्तानियों ने आक्रामक जवाबी हमला कर दिया। युवा कैप्टन ने नेतृत्व के अनुकरणीय गुणों और साहस का परिचय दिया। उन्होंने चोटी पर कब्जा बरकरार रखते हुए तगड़ा जवाब दिया। पहले जवाबी हमले को नाकाम कर दिया गया। एरिया फ्लैट टॉप पर फिर से कब्जा करने के बाद स्थिति एकदम विपरीत हो गई थी। अब ऊपर चढ़ते समय पाकिस्तानी सैनिक दिख रहे थे और भारतीय पक्ष को ऊँचाई पर होने का फायदा हो रहा था। पॉइंट 4875 की जीत में एरिया फ्लैट टॉप का काफी ज्यादा महत्त्व था और कैप्टन नागप्पा एक इंच भी पीछे हटने को तैयार नहीं थे। इस हमले के बाद दुश्मन और ज्यादा हताश भी हो गया था और आक्रामक भी।

~❖~

6 जुलाई, 1999

बहुत सुबह

सैनिक भूख से परेशान थे। उन्होंने 4 जुलाई की दोपहर को अपना अंतिम भोजन किया था। 5 जुलाई को उनके पास खिचड़ी भेजने की कोशिश की गई, लेकिन चारों ओर भारी गोलाबारी और लगातार बमबारी के कारण इसे कैप्टन नागप्पा की नेतृत्ववाली सी कोय तक नहीं पहुँचाया जा सका। कैप्टन नवीन नागप्पा ने मुझे बताया, "युद्ध आपसे अकल्पनीय काम करवा लेता है। आप बचे रहेंगे, इसका कोई पूर्वानुमान नहीं रहता और आपके सामने सबसे असाधारण परिस्थितियाँ आ जाती हैं। विश्वास कीजिए, ऐसी परिस्थितियों में जीवित रहने के लिए आपको बुद्धि या शक्ति की नहीं, बल्कि अनुकूलन क्षमता की जरूरत होती है। हमने बस यही किया। हमने कुछ बर्फ खोदी। भारी गोलाबारी और मानव रक्त के कारण ऊपरी परतों में काला और लाल रंग मिला हुआ था, लेकिन नीचे की तरफ साफ थी। हमने उसका निचला हिस्सा काटा और उसे चाटकर अपनी भूख-प्यास मिटाई।" ए कोय के कैप्टन बत्रा पंद्रह अन्य सैनिकों के साथ सी कोय से आ मिले थे। जवानों

में खुशी की लहर दौड़ गई थी। कैप्टन विक्रम बत्रा पॉइंट 5140 पर सफलतापूर्वक कब्जा करने के बाद काफी प्रतिष्ठा अर्जित कर चुके थे। कैप्टन नवीन नागप्पा को भी अपने सीनियर के पास आ जाने से राहत मिली थी।

कैप्टन बत्रा हमेशा उनके रक्षक साबित होते रहे थे।

कैप्टन नागप्पा ने मुझे बताया था कि आई.एम.ए. में एक बार कैसे उनका कंधा खिसक गया था और उन्हें इक्कीस दिन का आराम दिया गया था। इसका मतलब एक पूरे टर्म को गँवा देना था, इसलिए उनका मनोबल काफी गिर गया था। ऐसे में शाम को मिलिटरी हॉस्पिटल से अपनी छुट्टी के बाद वे उदास भाव से मानेकशॉ बटालियन की तरफ बढ़ गए। कैप्टन विक्रम बत्रा उनकी बटालियन के जूनियर अंडर ऑफिसर थे और डिनर करने के लिए सबसे आखिर में वे ही बचे थे। जब कैप्टन बत्रा ने कैप्टन नागप्पा को झुके कंधों और उदास चेहरे के साथ देखा तो उन्हें रोककर पूछने लगे, "ओए अन्ना, क्या हुआ ?"

कैप्टन नागप्पा ने उन्हें अपनी चोट के बारे में बताया। कैप्टन बत्रा ने उन्हें सांत्वना दी और उन्हें अपने साथ खाना खिलाया। कैप्टन नागप्पा को यूनिट जॉइन करने तक यह पता नहीं था कि कैप्टन बत्रा भी 13 जे एंड के राइफल्स के हैं। कैप्टन बत्रा की मौजूदगी ने उन्हें ताकत और उत्साह से भर दिया था।

पॉइंट 4875 पर पूरी तरह से कब्जा करने के लिए केवल एक और आखिरी बंकर रह गया था। चोटी और उनके अपने बंकर के बीच एक चट्टान थी। हथियार चोटी की तरफ तने थे और दो जवान उस एल-शेप के बंकर की चौकसी कर रहे थे। कैप्टन बत्रा और कैप्टन नागप्पा ने बारी-बारी से हमला किया और अपनी ए.के.-47 खाली करके वापस आ गए।

7 जुलाई
पॉइंट 4875 से एक चट्टान दूर

खीझ रहे दुश्मन ने बड़ी सुबह एक ग्रेनेड उस बंकर पर फेंका। आमतौर पर किसी ग्रेनेड के फटने में तीन से चार सेकंड का समय लगता है। ताव में आकर कैप्टन नागप्पा ने दुश्मन पर भी ग्रेनेड फेंक दिया। दुर्भाग्य से वह ग्रेनेड बीच में पड़ी चट्टान पर गिरा और उनके पैरों के पास आकर फट गया—उनकी दोनों टाँगें बहुत बुरी तरह से जख्मी हो गईं। एकदम अफरातफरी मच गई।

कैप्टन नागप्पा के कान बज रहे थे और उनका पूरा बदन एकदम सदमे में था।

धूल-धक्कड़ में कुछ भी दिखाई नहीं दे रहा था और उनके दिमाग ने काम करना बंद कर दिया था। हालाँकि उन पलों में भी जब उन्हें अहसास हुआ कि दुश्मन बंकर पर फिर से कब्जा करने के लिए आ रहा है तो उन्होंने अपनी ए.के.-47 उठाई और जवाबी फायरिंग शुरू कर दी।

कैप्टन बत्रा ए.के.-47 से लगातार फायरिंग करते हुए उनकी तरफ दौड़े आए। वे भी जानते थे कि दुश्मन के लिए बंकर पर फिर से कब्जा करने का यह सुनहरा मौका है। किसी तरह से उन्होंने जवाबी हमला जारी रखा। कैप्टन नागप्पा को पहली चीज यही सुनाई पड़ी, "अन्ना, तू डरना नहीं, मैं आ गया हूँ। छोड़ेंगे नहीं।"

इसके बाद उन्होंने कैप्टन नागप्पा को बंकर से बाहर खींचा और उन्हें वहाँ से निकालने का ऑर्डर दिया। दुश्मन की फायरिंग रेंज की सीमा में खुले इलाके में कोई मदद उपलब्ध नहीं थी। घायल कैप्टन नागप्पा अपने आप रेंगते गए और एक चट्टान के पीछे कवर ले लिया। अपने साक्षात्कार में कैप्टन नागप्पा ने बताया, "युद्ध में आपका दिमाग काम करना बंद कर देता है। सुबह मैं घायल था। मेरी टाँग लटक रही थी। सौभाग्य से मेरे कॉय के एक सैनिक ने मुझे देख लिया और मुझे वहाँ से निकालने की कोशिश करने लगा। उसे गोली लग सकती थी। भारी गोलाबारी हो रही थी और इलाका खुला था। उस समय मैंने उससे कहा कि अगर मेरी टाँग गिर जाएगी तो मैं उसे उठाकर ले जाऊँगा, ताकि डॉक्टर उसे फिर से जोड़ सकें। अब मैं पुरानी बातें याद करता हूँ तो सोचता हूँ कि कितनी अव्यावहारिक बात कर रहा था मैं! खड़ी ढलान पर बेस की ओर जाते समय वह सैनिक मुझे किसी तरह से स्ट्रेचर पर लादने में सफल हुआ और दो अन्य सैनिक मुझे नीचे लेकर आए थे।

"भारी गोलाबारी के बीच उन लुढ़कती चट्टानों पर किसी को स्ट्रेचर में लिटाकर ले जाना तो दूर की बात है, वहाँ चलना तक बहुत मुश्किल हो रहा था। भगवान् जानता है कि उन्होंने मुझे कितनी बार नीचे रखा और फिर उठाया होगा। मेरा काफी ज्यादा खून बह रहा था और मेरी टाँगों में बहुत ज्यादा दर्द होने लगा था। जब मैं बेस बटालियन पहुँचा तो यूनिट के डॉ. कर्नल राजेश आधु ने तुरंत मुझे फर्स्ट एड दी। उन्होंने मेरी जख्मी टाँग पर लगी खपच्ची हटाई और उसे मेरे हाथों पर रख दिया। और मैं सोच रहा था कि वापस आकर कोई गलती तो नहीं कर दी? शायद मुझे वहीं रुकना चाहिए था और दुश्मन से लड़ना चाहिए था।

"8 जुलाई को मुझे हेलीकॉप्टर से 92 बेस हॉस्पिटल, श्रीनगर ले जाया गया। उन दिनों गोलाबारी के कारण सभी हेलीकॉप्टर मध्यम से छोटी रेंज के थे और ज्यादा ऊँचाई पर उड़ान नहीं भरते थे। अचानक मुझे नर्सिंग असिस्टेंट ने जगाया और

बोला—"देखो साब, पॉइंट 4875 पर तिरंगा लहरा रहा है।"

"तब मुझे पता चला कि हमने पॉइंट 4875 पर जीत हासिल कर ली है। मैं बेहद पीड़ा से गुजर रहा था और मेरा पूरा बदन आग के गोले की तरह जलता महसूस हो रहा था, लेकिन मेरे दिल में बेहद खुशी थी। किसी तरह से मैं टिककर बैठा और हेलीकॉप्टर से ही लहराते तिरंगे को सैल्यूट किया। वह मेरे जीवन का सबसे ज्यादा खुशी का दिन था। मेरे नर्सिंग असिस्टेंट ने फिर से कहा, 'साब, इस तिरंगे की कीमत चुकाई है हमने।'"

~❖~

15 जुलाई, 1999
रिसर्च एंड रेफरल मिलिटरी हॉस्पिटल,
नई दिल्ली

शारदा आर. एंड आर. मिलिटरी हॉस्पिटल में अपने बेटे से मिलने आईं। उनके आँसू थम नहीं रहे थे। कोई माँ अपने बेटे को इस हालत में नहीं देख सकती। कैप्टन नागप्पा की दोनों टाँगें बहुत बुरी तरह से जख्मी थीं। बाएँ पैर में तो कुछ मांसपेशियाँ बची भी थीं, लेकिन दाहिने पैर में तो कुछ नहीं बचा था। ये तो आर. एंड आर. के डॉक्टरों का कमाल था, जिन्होंने किसी भी चीज की परवाह न करते हुए रिकंस्ट्रक्टिव सर्जरी करने का फैसला किया। कैप्टन नागप्पा की हालत बहुत खराब थी। उनका पूरा शरीर मुड़ा-तुड़ा था और उन्हें बहुत ज्यादा तकलीफ हो रही थी।

शारदा ने कहा, "तुम्हें वापस नहीं आना चाहिए था। तुम्हारी हालत बहुत ज्यादा खराब है। इस सबसे गुजरने से तो बेहतर है कि तुम वहीं पर जान दे देते।"

कैप्टन नागप्पा पिछले कुछ दिनों से सदमे और आघात में तो थे, लेकिन ज्यादा दुःख तो उन्हें यह देखकर हुआ कि उनकी हालत देखकर उनके माता-पिता को कितना ज्यादा दुःख हो रहा है। इसके लिए वे आज भी अपने आप को दोषी मानते हैं। वे बहुत मुश्किल दिन थे। करीब तीन साल बाद ही वे बिना बैशाखी के, अपने पैरों पर चलने के काबिल हो सके, जोकि किसी चमत्कार से कम नहीं था। डॉक्टरों ने तो कह दिया था कि वे अब कभी नहीं चल-फिर सकेंगे। तीन सालों में उन्हें कई तरह के उपचार और सर्जरी से गुजरना पड़ा, लेकिन उन्होंने एक पल को भी उम्मीद नहीं खोई थी। इस योद्धा का संकल्प था कि वह एक दिन सामान्य इनसान की तरह चल-फिर सकेगा और एक दिन उसने यह करके भी दिखाया।

~❖~

सितंबर 2000

तुमकुर, कर्नाटक

फर्स्ट ईयर की दो छात्राएँ अपनी कॉलेज लाइब्रेरी में एक लेख पढ़ रही थीं, जो एक कारगिल हीरो के बारे में था, जिसे नौकरी नहीं मिल रही थी। युवा सौम्या ने जोर से वह लेख पढ़ा। उसमें बताया गया था कि कारगिल के नायकों की देश में कोई कदर नहीं हो रही है। सरकार ने उन्हें जमीन और रोजगार के वादे तो किए थे, लेकिन कर्नाटक के गौरव कैप्टन नवीन नागप्पा जब हाल ही में अपनी बैसाखी के सहारे चलकर विधानसभा पहुँचे थे तो पता चला कि उन्हें अभी तक कोई मदद नहीं मिल सकी है। लेख में यह भी पूछा गया था, 'देश के लिए अपना सर्वस्व न्योछावर कर देनेवाले वीर नायकों के साथ क्या ऐसा ही व्यवहार किया जाना चाहिए?'

युवा सैनिक की कहानी पढ़कर दोनों लड़कियाँ हैरान हो रही थीं। तभी उनमें से एक लड़की सौम्या ने अपनी सहेली से कहा, "शिल्पी, जब कारगिल के वीरों को नौकरी नहीं मिल रही है, तब हमारे तो कोई चांस ही नहीं बचते। चल क्लास बंक करते हैं।"

दोनों लड़कियाँ जोर से हँस पड़ीं। उन्हें नहीं पता था कि सौम्या की एक दिन उसी इनसान से शादी होनी है।

~❖~

जनवरी 2002

बेंगलुरु

नवीन ने हाल ही में यू.पी.एस.सी. की परीक्षा पास की थी और 515 बेस वर्कशॉप, बेंगलुरु में असिस्टेंट एक्जीक्यूटिव इंजीनियर का पद सँभाला था। यह संघर्ष और प्रेरणा भरी लंबी यात्रा थी, जिसमें गिरने और उठने तथा कभी भी हार न मानने का संकल्प था। पॉइंट 4875 के उन दिनों के बाद उनका जीवन कई तरह से बदल गया था, लेकिन वे जीवन के इस उपहार के लिए भगवान् के आभारी थे। इनके विपरीत, कैप्टन बत्रा समेत उनके 527 साथियों ने कारगिल युद्ध के दौरान अपनी जान गँवाई थी।

नवीन की माँ ने शादी के लिए जोर देना शुरू किया, लेकिन वे जानते थे कि कोई भी लड़की उससे शादी नहीं करेगी। न ही उसका इरादा था। हालाँकि वह बिना बैसाखी के चल सकता था, लेकिन उनका दाहिना पैर बाएँ पैर से

तीन इंच छोटा हो गया था। उनका अँगूठा भी नहीं रह गया था। वे अपने पैर में विकृति के अलावा आंशिक पक्षाघात से भी पीड़ित थे। विस्फोट के निशान अब नवीन की पहचान का हिस्सा बन चुके थे। उन्हें इस बात का कोई पछतावा नहीं था, लेकिन वे कभी नहीं चाहते थे कि कोई महिला उस बारे में ध्यान दे। कभी-कभी जब वे बाहर जाते थे, तब उन्हें कई लोगों की निगाहों और तानों का सामना करना पड़ता था, जो उन्हें लँगड़े के रूप में देखते थे और उनकी बैसाखी को देखकर हँसते थे। लोग उसकी पहचान से अनभिज्ञ थे और उन्होंने भी लोगों को समझाने की जहमत नहीं उठाई, लेकिन उन्होंने तय किया था कि वे कभी शादी नहीं करेंगे।

कैप्टन नागप्पा की आंटी कुछ दिनों पहले ही एक शादी समारोह में सौम्या से मिली थीं। उन्होंने उसके माता-पिता से उसकी तसवीर माँगी और कैप्टन नागप्पा की माँ को दिखाई। माँ को भी तसवीर पसंद आई और उन्होंने अपने बेटे से उसके परिवार से मिलने को कहा। सौम्या तब पढ़ ही रही थी और अचानक रिश्ते की बात चलने से वह नाराज हो रही थी, लेकिन कुछ समय बाद उसे पता चला कि लड़का कारगिल युद्ध में लड़ा था तो वह धीरे-धीरे उसे पसंद करने लगी।

इधर नवीन अपने फैसले पर अडिग थे। शादी के बाजार में अपनी टाँग को लेकर सौ तरह के सवालों का सामना करने के बजाय वे अपने स्वाभिमान को बचाकर रखना चाहते थे। इसके अलावा, वे किसी लड़की को ऐसे रिश्ते में नहीं बाँधना चाहते थे, जो उसके लिए ठीक न हो। रिश्ते की बातचीत शुरू होने के बाद नवीन को तुमकुर जाने के लिए मनाने में छह माह लग गए, जबकि बेंगलुरु से तुमकुर की दूरी मात्र ढाई घंटे की थी।

पहली मुलाकात ठीक नहीं रही। सौम्या जहाँ बेहतरीन कपड़े पहने थी, वहीं तुनुकमिजाज नवीन ने खुद को जितना संभव हो सका, फटीचर रूप में पेश करने की कोशिश की थी। सौम्या के लिए यह पहली नजर का प्यार था, लेकिन नवीन का गुस्सा उसकी समझ से परे था। उसने सौम्या से ज्यादा बातचीत नहीं की थी। सौम्या के परिवार को अलग शंका थी। लड़का लँगड़ा था और उन्हें बताया गया था कि उसके पैर भी पूरी तरह से सामान्य नहीं हैं।

लड़के के जाने के बाद रात में सौम्या के चाचा और उसकी माँ पारिवारिक चर्चा में लग गए। उन्होंने निष्कर्ष निकाला कि विकलांग लड़का उनकी लड़की के लिए ठीक नहीं है। सौम्या को बुरा लगा। विनम्र बेटी सौम्या ने अपने घर में कभी आवाज नहीं उठाई थी, लेकिन उस दिन वह खुद को रोक नहीं पाई। उसने कहा, "मुझे लड़का

बहुत पसंद है और मुझे उसके साथ शादी करने में कोई दिक्कत नहीं है।"

पूरा परिवार सन्न रह गया। उसके पिता नंजुनदप्पा भी तैयार नहीं थे, लेकिन सौम्या के जोर देने पर वे बोले, "मैं लड़के से एक बार और मिलूँगा और उसके पैर को फिर से देखना चाहता हूँ।"

सौम्या को यह बात पसंद नहीं आई। वह जानती थी कि किसी और के बजाय उसके लिए वही लड़का अच्छा रहेगा, जो देश के लिए लड़ा था और उसके गौरव की रक्षा की थी। वह जानती थी कि उसी से उसे प्यार, आदर और सम्मान मिल सकता है। उसने कह दिया, "अप्पा, उनके यहाँ तभी जाना, जब आप मेरी शादी वहाँ करने को तैयार हों। अगर आपका मन नहीं हो तो वहाँ जाइए ही मत। पर हाँ, मैं आपको बता देना चाहती हूँ—मेरे लिए कोई लड़का बना है तो बस वही बना है।"

सौम्या इस रिश्ते को लेकर अपने पिता की शंका से परिचित थी। नंजुनदप्पा बता नहीं पा रहे थे कि किसी विकलांग लड़के से अपनी बेटी की शादी वे क्यों नहीं करना चाहते हैं, भले ही वह लड़का ऐसा नायक था, जो देश के लिए वीरता के साथ लड़ा था! वे नवीन का बहुत आदर करते थे, लेकिन उससे अपनी बेटी का ब्याह करना एक अलग बात थी। उन्होंने सौम्या से वादा किया था कि वे उसके लिए सबसे अच्छा लड़का तलाशेंगे। अपनी बेटी के प्रति उनके प्यार ने उनके दिमाग को अवरुद्ध कर दिया था।

नंजुनदप्पा ने नवीन के साथ बेंगलुरु में एक और मुलाकात तय की। सौम्या के अंकल उसके साथ थे। जब वे बैचलर्स एकोमोडेशन में नवीन से मिले तो उन्होंने नवीन से अनुरोध किया कि वे अपनी टाँग उसे दिखाएँ। इसी स्थिति से बचने के लिए नवीन शादी नहीं करना चाहते थे।

जब वे वापस आए तो सौम्या की माँ शशि ने व्यग्र होकर उनसे नवीन की टाँग के बारे में पूछा। नंजुनदप्पा ने उन्हें बताया, "मुझे पता नहीं कि वह लड़का यहाँ ऐसा मैला-कुचैला बनकर क्यों आया था? मैं उसके घर पर उससे मिला और वह बहुत सुंदर लग रहा था। उसके साथ मुलाकात बहुत अच्छी रही। उसका व्यवहार बहुत अच्छा और सज्जनता से भरा है। मुझे लगता है, उसे सौम्या से बेहतर लड़की मिल जाएगी।"

उस रात किसी को नींद नहीं आई। सौम्या अपने दिमाग से नवीन को निकाल नहीं पा रही थी। अगले दिन वह सीधे अपने अप्पा के पास गई और बोली, 'अप्पा, मैं नहीं चाहती कि मुझसे बेहतर किसी लड़की से उनकी शादी हो। मुझे लगता है, मैं

उनका जीवन भर साथ निभा सकती हूँ।'

सौम्या की छोटी बहन काव्या ने भी अपने माता-पिता को समझाने की भरपूर कोशिश की। उसने अपने माता-पिता से कहा कि अगर शादी के बाद उनकी टाँग खराब होती, तब क्या होता? उसका कहना था कि लोगों को उस बात पर गर्व करना चाहिए, जो उन्होंने देश के लिए किया है। आखिरकार, सब लोग सौम्या की जिद के आगे झुक गए। सौम्या खुशी के मारे फूली नहीं समा रही थी और लड़केवालों की तरफ चल रही परेशानी से पूरी तरह से अपरिचित थी।

नवीन को इस पूरी परेड से बहुत बुरा लगा था और वह नाराज था, लेकिन उसके एक रिश्तेदार ने उसे समझाया। रिश्तेदार ने उसे समझाया कि वह लड़की के पिता के काम में दखल न दे। शादी के तीसरे चरण की बातचीत शुरू हो गई थी। लड़केवाले एक बार फिर लड़की के घर तुमकुर आए। हालाँकि इस बार माहौल बदला हुआ था। नवीन ने इस बार ढंग के कपड़े पहनने में पूरी मेहनत की थी और हर तरह से वह अब सभ्य लग रहा था, जबकि सौम्या हरी साड़ी में खिल रही थी।

दोनों का रिश्ता तब पक्का हो गया, जब नवीन ने सौम्या से पूछा कि क्या वह आखिरी फैसला लेने से पहले उसकी टाँग देखना चाहेगी और सौम्या ने कहा, "बिल्कुल नहीं।"

शादी की तारीख 30 मई, 2004 तय हुई, जो नवीन और सौम्या के जीवन-सफर की सुंदर शुरुआत थी।

~❖~

मार्च 2004

बेंगलुरु

सौम्या का कॉलेज का आखिरी सेमेस्टर था। उसे एच.ए.एल. बेंगलुरु में अपना प्रोजेक्ट असाइनमेंट पूरा करना था। वह बेंगलुरु में पी.जी. आवास में शिफ्ट हो गई, जोकि कैप्टन नागप्पा के घर से ज्यादा दूर नहीं था। वीर योद्धा और उसकी मँगेतर के बीच मेलजोल शुरू हो गया और वह सब बिल्कुल वैसे ही था, जो परियों की कहानियों में होता है। सौम्या बोलती थी और कैप्टन नागप्पा सुनते रहते थे; वह मुसकराती और वे उसकी मुसकान पर मोहित हो जाते। सेकंड मिनटों में बदलते और मिनट घंटों में बदलते, लेकिन दोनों ही समय की परवाह नहीं करते थे और उन्हें यह सब एक पल जैसा लगता था।

धीरे-धीरे वे एक-दूसरे को जानने लगे। सौम्या को समझ आया कि नवीन सेना का बेहतरीन और कठोर सैनिक ही नहीं था, जो केवल बंदूकों और सैल्यूट की भाषा जानता हो। वह अंदर से कहीं शांत, रचनाशील, देखभाल करनेवाला और स्नेही इनसान था, जो खुलकर अपनी भावनाओं का इजहार करता था। छोटी-छोटी बातों पर वे मुसकराने लगते। एक बार सौम्या ने ऐसे ही बता दिया कि उसे टेडी बियर और चॉकलेट का बहुत शौक है। इस पर वह अपनी पहली डेट पर एक टेडी बियर और एक डेयरी मिल्क चॉकलेट ले आया था।

जब सौम्या ने अपनी फिजूलखर्ची की आदत छोड़ने के लिए कड़ी मेहनत की और सरलतम चीजों में आनंद लेने लगी तो नवीन को बहुत अच्छा लगा। उन दोनों को फिल्में पसंद नहीं थीं और दोनों कहानियों का मतलब तलाशते हुए एक साथ पुस्तकें पढ़ते थे और उनके सार को लंबे समय तक सँजोए रहते थे। दोनों को भीड़ और शोर से नफरत थी और सबसे शांत स्थान उनके दिलों में विशेष स्थान रखते थे। उनके बीच का जुड़ाव इतना परिपूर्ण था कि उन्हें लगने लगा था कि वे एक-दूसरे को अनंत काल से जानते हैं। वे सबसे अच्छे दिन थे, जिन्हें सौम्या और नवीन दोनों प्यार से याद करते हैं।

सौम्या ने मुझे बताया कि उसने अप्रैल के आखिर तक तुमकुर वापस लौटने और शादी की तैयारियों की योजना बनाई थी, जिसका उसे बेसब्री से इंतजार था, लेकिन सबकुछ वैसा नहीं होता, जैसा हम सोचते हैं। उसने मुझे बताया, "मेरी बहन और मैं शादी की खरीदारी करने में व्यस्त थे कि तभी मेरे फाइनल एक्जाम्स की डेट आ गई। एक्जाम 1 जून, 2004 से यानी शादी के अगले दिन से ही शुरू हो रहे थे। हमारे परिवार पर बम सा फट पड़ा।

"मेरे पिता हमारी पढ़ाई-लिखाई को लेकर हमेशा बहुत चौकस रहते थे और उन्होंने शादी की डेट बढ़ाकर परीक्षाएँ खत्म होने के बाद जुलाई में करने की कोशिश की, लेकिन नवीन की माँ अड़ गईं। 7 जुलाई की तारीख उनके परिवार में अशुभ मानी जाती थी, क्योंकि वे उसी दिन विधवा हुई थीं। कारगिल युद्ध में नवीन के पैरों पर बम भी उसी दिन फटा था, जिसमें वह विकलांग हो गया था।

"मेरे पिता हमेशा से प्रगतिशील विचारोंवाले रहे हैं। वे अंधविश्वास कतई नहीं मानते थे। उन्हें मेरी परीक्षाओं की सचमुच चिंता थी और चाहते थे कि मैं डिस्टिंक्शन लाना जारी रखूँ। यह उनकी सबसे बड़ी इच्छा थी। नवीन मुझे नियत तारीख पर शादी के लिए मना रहे थे। आखिरकार मैंने अपने अप्पा को मनाने के लिए काफी दलीलें दीं। मैंने उनसे वादा किया कि मैं पहले से तैयारी कर लूँगी और डिस्टिंक्शन

ही लाकर दिखाऊँगी। हालाँकि वे काफी समय तक और तब तक नाराज रहे, जब तक कि मैंने उन्हें डिस्टिंक्शनवाला रिजल्ट दिखा नहीं दिया।'

हम चलते हुए बात कर रहे थे, तब वह हलके से हँस रही थी, जिससे मेरे दिल में जो खुशी हुई, उसे बताया नहीं जा सकता। वह ऐसी औरत थी, जिसे अपने सपनों का राजकुमार, बल्कि उससे भी बेहतर जीवनसाथी मिल गया था और उसके पिता भी इतने अद्‌भुत थे, जो अपनी बेटी की शादी से ज्यादा उसकी शिक्षा की परवाह कर रहे थे।

~❖~

30 मई, 2004

तुमकुर

नंजुनदप्पा का घर शानदार रोशनियों से जगमगा रहा था और हर तरफ गेंदे के ताजा फूलों की सुगंध फैली हुई थी। शादी का मुहूर्त बड़ी सुबह का था। रस्में देर तक चलीं। दक्षिण भारतीय शादियों की परंपरा के अनुसार, एक दिन पहले, 29 मई को उन्होंने सगाई समारोह किया था, जिसमें भव्य पार्टी रखी गई थी। सब लोग थके हुए थे, लेकिन सौम्या के चेहरे पर मुसकान लगातार बनी हुई थी। नजरें बचाकर अपने नवीन को देख रही सौम्या गुलाबी रंग की पोशाक में अलौकिक लग रही थी। अपनी नई दुलहन के गले में मंगलसूत्र पहनाते हुए नवीन के दिल में जो गर्व था, उसको कोई नहीं माप सकता था। उस खुशहाल शादीशुदा जोड़े की आज बारह साल की बेटी सवेरा है, जो अपने माता-पिता के एक-दूसरे के लिए प्यार और स्नेह की प्रतीक है। उनकी कहानी पूरी होने के बाद मैं कई दिनों तक मुसकराना बंद नहीं कर सकी। मैंने इसे अब तक कम-से-कम दस बार पढ़ा होगा, क्योंकि आखिरकार मुझे एक ऐसी कहानी मिल गई थी, जिसमें एक राजकुमारी चमकता हुआ कवच पहने अपने शूरवीर के साथ खुशी से रहती है।

~❖~

यह कहानी श्रीमती सौम्या नागप्पा और कैप्टन नवीन नागप्पा के साक्षात्कारों पर आधारित है, जो अब बेंगलुरु में रहते हैं। कैप्टन नागप्पा अब भी सेना के साथ सिविल अधिकारी के रूप में काम करते हैं। अपनी ड्यूटी के दौरान कठिन परिस्थितियों में असाधारण समर्पण दिखाने के लिए उन्हें सेना का वीरता पदक प्रदान किया गया था। काफी समय तक कैप्टन नागप्पा पॉइंट 4875 पर दोबारा जाने का साहस नहीं जुटा पाए थे। हालाँकि जुलाई 2019 में कारगिल युद्ध के बीस वर्ष होने पर वे उस चोटी पर दोबारा गए, जिसका नाम उसी ऑपरेशन में वीरगति पानेवाले कैप्टन विक्रम बत्रा के नाम पर

रखा गया है। 7 जुलाई, 1999 को जब कैप्टन नवीन नागप्पा गंभीर रूप से घायल हुए थे, तभी कैप्टन बत्रा शहीद हो गए थे। कैप्टन नागप्पा ने वहाँ पर स्थापित युद्ध स्मारक की कारगिल युद्ध के अन्य वरिष्ठ साथियों और कैप्टन विक्रम बत्रा के जुड़वाँ भाई के साथ परिक्रमा की थी। उसी जगह पर कैप्टन बत्रा अन्य सैनिकों के साथ शहीद हुए थे। यह उनके लिए बेहद भावुक क्षण था। बीस साल बीत चुके थे, लेकिन जब वे दूसरी बार कारगिल पहुँचे तो पूरा शहर वीर योद्धा का स्वागत करने के लिए हवाई अड्डे पर जमा हो गया था। अनेक लोगों ने बताया कि वे कारगिल युद्ध के दौरान उनका सम्मान नहीं कर पाए थे, इसलिए अब मौका मिलते ही वे उनका स्वागत करने आ पहुँचे।

□

आभार

एक लेखक का ये सबसे बड़ा सपना होता है। यह मेरे लिए इसका भी मौका है कि वे उन सारे लोगों का शुक्रिया अदा करूँ, जिन्होंने विमोचन के बाद इस पुस्तक का भारी सहयोग किया और इसे इतनी प्रचंड सफलता दिलाई। यह देखना बेहद खुशी की बात है कि इस पुस्तक ने सैन्य जगत् में एक नया चलन शुरू किया और सामान्य लोगों में सैनिकों के साथ उनकी पत्नियों का नाम भी श्राद्ध में लिया जा रहा है।

हर कहानी एक विचार के साथ शुरू होती है और हमारे नायकों तथा उनकी पत्नियों की ये असाधारण कहानियाँ मेरी दूसरी पुस्तक के विमोचन के साथ ही शुरू हो गई थीं। मौके पर मौजूद वीर नारियों ने सैनिकों की पत्नियों के असली जीवन की कहानियाँ पढ़ने की इच्छा जाहिर की थी। कई बार प्यार और बिछुड़ने की इन बेहद भावनात्मक और चुनौतीपूर्ण कहानियाँ लिखने का विचार त्याग देने का विचार किया, परंतु मित्रों ने यह याद दिलाया कि यह केवल एक पुस्तक नहीं, बल्कि एक सरोकार भी है।

इसके साथ ही, इस पुस्तक में जिन महिलाओं के बारे में बताया गया है, उनके प्रति मेरी कृतज्ञता को शब्दों में बयाँ नहीं किया जा सकता, क्योंकि उन्होंने मुझ पर भरोसा करते हुए मेरे साथ अपनी सबसे मूल्यवान यादें साझा कीं। बेहद दर्द सहते हुए उन्होंने बक्सों में बंद पड़े प्रेम-पत्रों, तसवीरों, स्मृति चिह्नों और उपहारों को मेरे लिए फिर से खोला। मैं शहीद सैनिकों के परिवारों के सदस्यों—माताओं, बहनों, पिता और भाइयों की भी उतनी ही आभारी हूँ, जिन्होंने सहृदयता दिखाते हुए अपने दिल की बातें मुझे बताईं।

फिर वहाँ अन्य अधिकारी बंधुओं और साथी सैनिकों ने भी अपने खोए हुए साथियों के साथ अपने स्नेह और दोस्ती की बातें मेरे साथ साझा कीं। मैं इसके लिए उन सबकी सदा आभारी रहूँगी।

मानसी सुभ्रामन्यान, शुभी सुराणा, अपर्णा अभिजीत और दिव्या की शुक्रगुजार हूँ, जिन्होंने उन कहानियों पर दिन-रात काम किया, जिन पर हम सामूहिक रूप से विश्वास करते थे। कवर डिजाइन टीम के साथ-साथ डिजाइनरों भी विशेष उल्लेख करना चाहती हूँ।

मैं अपने सैनिक का भी शुक्रिया अदा करना चाहती हूँ, जिसने अपने व्यस्त कार्यक्रम के बीच घर सँभाला, जबकि मैं कई दिनों तक शोध, यात्रा और लोगों का साक्षात्कार करने के लिए बाहर थी। वे मेरे जीवन में हर खूबसूरत चीज का कारण हैं। मैं अपने माता-पिता, अपने बच्चों और अपने भाइयों का भी जिक्र करना चाहती हूँ, जो हमेशा मेरे समर्थन के अडिग स्तंभ रहे और मुझे सहज तथा सुविधाजनक माहौल उपलब्ध कराया। उनका मेरे लिए प्यार बेजोड़ है।

और अंत में, मैं अपने पाठकों और अपने सोशल मीडिया परिवार को मेरी कहानियों पर विश्वास करने और इस पुस्तक को बेहद सफल बनाने के लिए धन्यवाद देती हूँ! मेरे जीवन की दिव्य शक्ति, माता रानी के जिक्र के साथ अब यह आभार सूची समाप्त कर देनी चाहिए। माता रानी ही चाहती थीं कि मैं ये कहानियाँ आप लोगों तक पहुँचाऊँ और दुनिया को प्रेरित करूँ।

नोट्स

1. 'Laskar-e-Toiba terrorist killed in encounter in Pulwama', Indian Express, https://indianexpress.com/article/india/lashkar-e-toiba-terrorist-killed-in-encounter-in-pulwama-5572665/6 February, 2019
2. 'Pulwama attack mastermind Kamran alias Rashid Ghazi killed in encounter', Economic Times, https://economictimes.indiatimes.com/news/defence/pulwama-attack-mastermind-kamran-alias-rasheed-ghazi-killed-in-encounter/videoshow/68050555.cms, 18 February, 2019
3. मेजर विभूति शंकर भारत सरकार के रक्षा मंत्रालय से वीरता पुरस्कार ग्रहण करते हुए, https://www. gallantryawards.gov.in/awardee/4890, 15 August, 2019
4. 'Pakistani army shells LoC for fourth consecutive day', New Indian Express, https://www.newindianexpress.com/nation/2017/may/17/pakistan-army-shells-loc-for-fourth-consecutive-day-1605764.html, 17 May, 2017
5. 'Major Kaustubh Rane's mortal remains flown to Mumbai residence', Indian Express, https://indianexpress.com/article/cities/mumbai/major-kaustubh-ranes-mortal-remains-flown-to-mumbai-residence-5298392/, 9 August, 2018
6. 'The tragic love story of Indian Army Major Shasidharan and Trupti Nair', The Print, https://theprint.in/features/the-tragic-love-story-of-indian-army-major-sashidharan-and-trupti-nair/178155, 15 January, 2019
7. 'Meet Priya Semwal : The First Amry Jawan's Wife to Join As Officer After Her Husband Lost Life for Country',

iforher.com, https://www. Iforh er.com/motivation/ women-achievers/priya-semwal-first-army-jawan-wife-to-join-as-officer-after-husband-lost-life-for-country/, 5 December, 2020

8. 'Sushma Swaraj calls Bahadur Ali 'Living proof of terrorist who entered from Pak", www.abpnews.in, https://www. youtube. com/watch?v=fwpDsofvWAY, 26 September, 2016

9. 'Kashmir clashes over militant Burhan Wani leave 30 dead', BBC News, https://www.bbc.com/news/world-asia-india-36761527, 11 July, 2016

10. 'Afzal Guru and the Jaish's jihad project', Indian Express, https://indianexpress.com/article/explained/afzal-guru-and- the-jaishs-jihad-project, 18 February, 2017

11. एस.एफ.ए. : सेपरेट फैमिली अकोमोडेशन ऐसे सैनिकों के परिवारों के लिए बनाए जाते हैं, जो उन मैदानी इलाकों में सेवा कर रहे होते हैं, जहाँ असुरक्षित परिस्थितियों और अनिश्चित मौसम के कारण उनके परिवारवाले साथ नहीं रह सकते।

12. "Aaj Muqabla Hoga' Major Satish Dahiya's last words to Shabir Khan Before the Handwara Encounter', Pune Mirror, https://punemirror.indiatimes.com/news/ india/aaj-muqabla- hoga-major-satish-dahiyas-last-words-to-shabir-khan-before-the-handwara-encounter/ articleshow/57185762.cms, 16 February, 2017

13. 'Major Satish Dahiya, braveheart to the core', Tribune, https://www.tribuneindia.com/news/archive/ haryanatribune/major-satish-dahiya-braveheart-to-the-core-705487, 9 June, 2021

14. 'PM Modi Pays Tribute To Soldiers Who Died Fighting Terrorists In Kashmir', www.ndtv.com, https://www. ndtv.com/india-news/pm-modi-pays-tribute-to-soldiers-who-died-fighting-terrorists-in-kashmir-1659807, 15 February, 2017

15. 'राष्ट्रपति रामनाथ कोविंद 13 राष्ट्रीय राइफल्स के मेजर सतीश दहिया को शौर्य चक्र प्रदान करते हुए', दूरदर्शन, https://www.youtube.com/ watch?v=kaXbXBbp3Y8, 27 March, 2018

16. 'Major Tahir Hussain Khan', Honourpoint, https://www. honourpoint.in/profile/major-tahir-hussain-khan/

17. 'ध्रुव : हिंदुस्तान एयरोनॉटिक्स लिमिटेड', एच.ए.एल., https:// hal-india.co.in/Product_Details.aspx?Mkey=54&lKey= &CKey=24
18. 'आर्मी एविएशन कोर', भारतीय थलसेना, indianarmy.nic.in
19. 'Pathankot attack : all terrorists dead', The Hindu, https://www.thehindu.com/news/national/Pathankot-attack-All-terrorists-dead/article13982714.ece, 3 January, 2016
20. 'Brave Daughters Salute Martyr Col MN Rai', India TV, https://www.youtube.com/watch?v=tQ6WiGYKTb8, 29 January, 2015
21. 'Pilots Who Flew Crashed Dhruv Were Experienced. Chopper Has a History of Crash', ndtv.com, https://www.ndtv.com/india-news/pilots-who-flew-crashed-dhruv-were-experienced-chopper-has-a-history-of-crashes-739113, 12 February, 2015
22. 'स्वतंत्रता दिवस पर वीरता पुरस्कार से सम्मानित होनेवाले सैनिकों की सूची-2016', भारतीय सेना, https://indianarmy.nic.in/Site/FormTemplete/frmTempSimple.aspx?MnId=BQHP5qm8I2OY+qfysLPazA==&ParentID=Q90Kq/f6RXzCQhxRppMU5w==&flag=62lZRXDF39 TnHN+AOSUAVA==
23. 'Four branded witches, lynched in Jharkhand', Times of India, https://timesofindia.indiatimes.com/city/ranchi/four-branded-witches-lynched-in-jharkhand/articleshow/70322751.cms, 22 July, 2019
24. 'Lance Naik Raj Kumar Mahto', Honourpoint, https://www.honourpoint.in/profile/lance-naik-raj-kumar-mahto-2/
25. 'About AWWA', https://awwa.org.in/Home/About
26. 'Remembering Kargil : What is Battle of Point 4875? All you need to know', https://www.youtube.com/watch?v=THh338U5LSU, 26 July, 2019
27. 'How Wounded Sanjay Kumar Facilitated Capture of Area Flat Top in Kargil War', My India My Glory, https://www.myindiamyglory.com/2017/05/16/how-wounded-sanjay-kumar-facilitated-capture-of-area-flat-top-in-kargil-war/
28. कॉय सैनिकों की वह टुकड़ी होती है, जिसमें कई प्लाटूनों के सभी रैंकों के लगभग 132 सैनिक होते हैं। हर प्लाटून स्वतंत्र रूप से दुश्मन की चौकी पर हमला करने में सक्षम होती है।

□□□